W0015917

Leonie Swann

Dunkelsprung

Leonie Swann

Dunkelsprung

Roman

GOLDMANN

Originalausgabe

Dieses Buch ist auch als E-Book erhältlich.

Verlagsgruppe Random House FSC® N001967
Das für dieses Buch verwendete FSC®-zertifizierte Papier
EOS liefert Salzer Papier, St. Pölten, Austria.

1. Auflage

Umschlaggestaltung: Uno Werbeagentur, München
Satz: Uhl + Massopust, Aalen
Druck und Bindung: GGP Media GmbH, Pößneck
Printed in Germany
ISBN 978-3-442-31387-7
www.goldmann-verlag.de

Dramatis Creaturae

Julius Birdwell	Goldschmied und Flohdompteur
Elizabeth Thorn	eine Dame mit Mütze und Plan
Frank Green	Privatdetektiv mit dunkler Vergangenheit
Das Legulas	ein grünes Wesen mit gesundem Appetit
Lazarus Dunkelsprung	Albinofloh, der Star von Julius' Truppe
Marie Antoinette **Zarathustra** **Oberon** **Tesla** **Lear** **Faust** **Freud** **Cleopatra** **Madame P.** **Spartacus**	Julius' Flohartisten
Professor Isaac Fawkes	Magier
Thistle	doch kein Mädchen
Hunch	ein Typ mit Bogarthut

Rose Dawn	eine ältere Dame mit Vergangenheit
Emily	ein altes Mädchen ohne Zukunft
Mr. Fox **Die Schneckenfrau** **Mr. Hong**	Emilys Gäste
Odette Rothfield	eine Lady mit Geschmack und rotem Haar
Alisdair Aulisch	Vergessenstherapeut
Five-Finger-Fred	ein Gangster
Pete	ein Mann mit Hund und Hausboot
Mary	Luftsockenstrickerin
Claire Weathervane	eine Nachbarin
Nick	ein Ganove
Wilson	ein Unterganove
Hieronymus	Automat
Napoleon Luciferretti	keine große Leuchte
Der Mwagdu	wer weiß?

Even educated fleas do it …

Cole Porter

HEY! HEY DU!

GENAU!

KOMM NÄHER!

SEI NICHT SCHÜCHTERN

… WIR BEISSEN NICHT!

Vorspiel

Ein blauer Samtvorhang teilt sich, eine weiß behandschuhte Hand nimmt unser Ticket entgegen. Ein Wink, ein Lächeln, fast zu vertraulich. Wir flüchten an dem Kartenabreißer vorbei, hinein ins Foyer, wo schon andere Theatergäste warten, herausgeputzt, verlegen, fehl am Platz zwischen grellen Neonröhren und milchigen Spiegeln. Flüstern. Man weicht Blicken aus. Eine Zaubershow in einem Hinterhoftheater, nichts Besonderes eigentlich, und dennoch … dennoch … Der Eintrittspreis ist zu saftig, die Stunde zu spät, und wären da nicht die handschriftliche Einladung und all die Dinge, die einem Freunde und Kollegen erzählt haben …

Aber da sind die Dinge.

Gerüchte von Gerüchten. Wunder. Unbeschreibliches, nie Geahntes.

Nichts Genaues natürlich. Eigentlich gar nichts.

Geh nur selbst.
Du wirst schon sehen.

Nun gut.
Sehen wir also …

Im Zuschauerraum ist es dunkel, so dunkel, dass man kaum seinen Platz finden kann oder seinen Sitznachbarn erkennen.

So dunkel, als wäre man allein. Ein seltsamer Geruch herrscht, erdig und wild und saftig wie ein Wald und gleich darunter ein bitterer Ton wie von giftigen Blumen. Im Schutze der Dunkelheit schleicht sich dieser Duft in jede Ecke unseres Bewusstseins.

Plötzlich ertönt laute Rockmusik. Das Publikum fährt zusammen.

I can't get no – sa-tis-fac-tion.

Dann ist die Bühne zu sehen, in flackerndes Licht getaucht wie von einem sterbenden Feuer. Auf der Bühne ein Mann in einem bodenlangen roten Mantel. Makellose Haltung, orientalischer Hut. Ringe an den Fingern. Dunkle, bohrende Augen.

Das wird dann wohl dieser Professor Fawkes sein.

Der *große* Professor Fawkes.

Besonders groß ist er ja nicht.

Fawkes lässt sich den roten Zirkusmantel von den Schultern gleiten. Darunter trägt er Jeans und ein Muskelshirt. Und Muskeln. Er lächelt leise. Es ist, als würde er sich über uns und unsere Erwartungen und vielleicht auch über sich selbst ein wenig lustig machen.

Fawkes schlägt aus dem Stand drei Saltos, perfekt ausgeführt, ohne dabei den orientalischen Hut zu verlieren.

Dann steht er still und verbeugt sich. Die Musik bricht ab.

Zögernd plätschert Applaus durch den Raum.

Die eigentliche Vorstellung beginnt damit, dass der große Fawkes auf einmal weg ist. Nicht verpufft, mit Hilfe von Blitz, Donner, Nebel und Bühnenmaschinerie, einfach nur weg.

Dafür steht ein großer Blumentopf auf der Bühne. Der Blumentopf ist wirklich groß.

Dann nichts.

Noch immer nichts.

Genau in dem Moment, in dem das Publikum anfängt, unruhig zu werden, regt sich auf einmal etwas in dem Topf, grün und windend. Eine Schlange? Ein Keim!

Der Keim entfaltet sich, erste Blätter glänzen, frisches grünes Laub sucht tastend den Weg nach oben, höher und höher, ein Baum entsteht, die Blätter ständig bewegt, blind suchend. Ein seltsames, elastisches Knistern erfüllt den Raum.

Auf der Bühne ist es Frühling geworden.

Knospen sprießen, Blüten öffnen sich. Nachtschwarze Bienen tanzen trunken von Blüte zu Blüte, Früchte wachsen, seltsam glatt und kalkig und weiß. Niemand hat je solche Früchte gesehen, und als der Bühnensommer sich seiner Vollendung zuneigt, kann man erkennen, dass der Baum nicht wirklich Früchte trägt, sondern Eier. Aus den Eiern schlüpfen nach und nach weiße Vögel, keck und anmutig, spatzenhaft.

Plötzlich wirbelt Fawkes wieder auf die Bühne. Er pflückt einige der noch nicht völlig gereiften Eierfrüchte und beginnt damit zu jonglieren, drei, fünf, sieben, neun, schwindelerregend schnell. Noch während er jongliert, schlüpfen die Vögel und schwingen sich in die Luft. Endlich ist nur noch ein einziges Ei übrig, dann keines. Vögel schwirren durch den Raum und machen Jagd auf die Nachtbienen.

Fast unbemerkt sind die Blätter des Baumes inzwischen golden geworden, ein kühler Wind weht von nirgendwoher, Blätter fallen und tanzen in Wirbeln über die Bühne.

Die Vögel sammeln sich zu einem Schwarm, kreisen, steigen höher und höher.

Fawkes klatscht in die Hände, ein unnatürlich lauter Knall. Die Vögel sind verschwunden, weiße Federn fallen wie Schnee, der Baum steht kahl.

Der Professor haucht in seine Hände, so als wolle er sie wärmen, zwinkert uns zu und verbeugt sich.

Wir sind zu benommen für einen vernünftigen Applaus.

So geht es weiter, Wunder um Wunder, Rehe und Kaninchen, Feuer und Eis, zu viel, zu schnell, zu unglaublich, um sich wirklich an etwas festhalten zu können.

Hinterher wird uns alles wie ein Traum vorkommen, aber

ein Moment bleibt im Gedächtnis, klar und kalt wie Wasser: Leuchtende Luftquallen, die nach Quallenart ziellos durch den Raum schweben, schon vergessen, woher. Ihre Berührung hinterlässt fluoreszierende Male auf der Haut, seltsam kühl und angenehm, pulsierend und verblassend.

Als wir unsere Aufmerksamkeit wieder der Bühne zuwenden, ist da eine Frau, erhöht auf einem Gerüst. Ein dunkler Mantel umspielt ihre Gestalt. Ihr Gesicht ist glatt wie ein Teich, ihr Haar eine Wolke aus Licht.

Sie klammert sich an dem Gerüst fest, wie um sich zu stützen. In ihrem Haar bewegt sich etwas, eine kleine Schlange, nein, ein zierlicher Oktopusarm, der sich nervös kräuselt.

Die Frau lässt das Gerüst los und hält sich einen Moment lang aufrecht, leise schwankend. Dann fällt sie. Sie wird sich beim Aufprall verletzen, aber auf der Bühne steht auf einmal ein großer gläserner Wassertank, und die Frau taucht hinein. Ihr Mantel ist verschwunden, aber seltsamerweise kann sich nachher niemand mehr daran erinnern, ob sie darunter nun nackt war oder nicht. Ein Fischschwanz? Vielleicht …

Das Wunderbare, das wirklich Unglaubliche ist, dass die Frau nicht wieder auftaucht. Luftperlen sind in ihrem Haar gefangen, aber sie scheint nicht zu atmen. Fawkes legt einen stabil aussehenden Stahldeckel über den Tank. Der Deckel wird mit Riegeln und Schlössern fixiert.

Das Publikum stöhnt.

Dann vergehen quälend lange Minuten, in denen die Frau einfach nur durch den Tank schwebt, den Oktopusarm nun animierter, das Gesicht leuchtend und still.

Eine kleine Ewigkeit.

Diese Nummer endet nicht wie üblich damit, dass die Dame triumphierend ihrem Gefängnis entsteigt, nein, auf eine Geste Fawkes' hin rollen einige Assistenten den Tank einfach hinter einen Vorhang.

Fawkes wirbelt noch einmal radschlagend über die Bühne,

dann kniet er da, schweißglänzend, die Arme weit ausgebreitet, auf den Lippen wieder sein halbes Lächeln.

Es sind natürlich alles nur Tricks. Es *müssen* Tricks sein. Doch *was* für Tricks!

Wir verlassen die Vorstellung stumm vor Staunen, trunken von Wundern, betört von Licht und Schatten, schlafwandelnd und mondsüchtig.

Was für ein origineller Typ dieser Fawkes doch ist! Wie fit und klug. Wie *cool*! Wir wollen ihm folgen, auf Facebook und Twitter und vielleicht sogar persönlich. Ob es einen Fanclub gibt? Ob man für ihn arbeiten kann? Oder wenigstens ein Autogramm?

Doch da ist mehr.

Unsere Blicke streifen die Assistenten des Professors, die im Foyer Getränke anbieten und Nachtbienenhonig verkaufen, und finden unerwartete Dinge: einen Huf, einen Schweif, glänzende braune Augen, schöne angelegte Rehohren, wo eigentlich nur Haar sein sollte. Wir wünschen und ahnen und hoffen auf einmal, dass dies alles vielleicht doch viel mehr ist als nur ein Trick.

Leute in Abendgarderobe taumeln verzückt durch das Foyer, kaufen Gläser schwarzen Nachtbienenhonigs, Programmhefte und Fliedersekt. Wir versuchen, den rehohrigen Assistenten Geld zuzustecken, damit sie uns hinter die Bühne lassen. Vergebens. Ergriffen von einer Art Verzweiflung stellen wir der »Fawkes Stiftung für das Unnatürlich-Natürliche« einen stattlichen Scheck aus. Zwei Herren im Smoking bewerfen sich gegenseitig mit Geldscheinen, um das letzte Programmheft zu erringen.

Mehr! Mehr! Wir wollen mehr tun, mehr geben. Vielleicht braucht der Professor ja noch einen Mäzen, einen Hilfsarbeiter, einen Sklaven?

Doch dann verlöschen eines nach dem anderen die Lichter, Samtvorhänge werden aufgezogen, Hände schieben uns sanft, aber bestimmt Richtung Tür in einen kalten, nassen Hinterhof.

Wir treten widerwillig nach draußen, die Hände voll Honig, die Seele voll Staunen, in den Regen.

Spät im September

Das Hausboot liegt im Morgennebel wie etwas Lebendiges, ein gestrandeter Wal vielleicht oder eine faule Robbe, reglos, aber wach. Aufmerksam. Wartend.

»Mr. Birdwell? Julius Birdwell?«

Nichts. Draußen auf dem Kanal fliegt eine Ente auf.

Dave überprüft noch einmal die Bootsnummer, dann geht er über den schwankenden Holzsteg an Bord und klopft in Ermangelung einer Haustüre an eines der verbarrikadierten Fenster.

»Hallo? Hallllooo? Mr. Birdwell?«

Weiter hinten an Deck öffnet sich plötzlich eine Klappe.

»Komm rein!«

»Ich komme von Joe, Sir, ich habe eine Lieferung für ...«

»Jaja, komm rein, sage ich!«

Joe hat ihn gewarnt, dass der Job kein Zuckerschlecken ist, also fasst sich Dave ein Herz, taucht durch die niedrige Tür ins Innere des Bootes, macht einen Schritt – und steht auf einmal im Dunkeln.

Verdammt!

»Hallo? Mein Name ist Dave Collins, ich habe eine Lieferung für Julius Birdwell. Sind ... sind Sie das?«

Kein Laut. Nur sein eigener Herzschlag.

»Mr. Birdwell?«

»Wo ist Joe?«

»Krank. Blinddarm. Pech, was? Ich ... ich mache den Job, bis er wieder auf den Beinen ist.« Daves Stimme klingt piepsig. Warum klingt er immer so piepsig, wenn es darauf ankommt?

»Und du hast den Stoff?«

»Natürlich!« Dave hält die Hand mit dem Päckchen vor sich hin.

Wieder diese Stille. Sein Herz klopft noch lauter. Er hat keine Illusionen darüber, dass das, was er da ausliefert, nicht ganz legal ist. Keine richtigen Drogen, wie ihm Joe versichert hat, eher … Medikamente. Medikamente, die der Doktor seinen Kunden nicht verschreiben will und an die Joe als Sanitäter leicht herankommt.

Alles harmlose Typen, hat Joe gesagt, ein bisschen schräg vielleicht, aber solide. Na toll! Und jetzt steht Dave hier im Dunkeln mit irgendeinem irren Junkie!

»Weißt du, was da drin ist?«, fragt eine Stimme hinter ihm, näher, als ihm lieb ist.

Dave schüttelt den Kopf, aber natürlich hat er doch geguckt: Blutkonserven. Verschiedene Blutgruppen. Und frischer Fisch vom Billingsgate-Fischmarkt. Den Fisch hat Dave nach Joes Anweisungen selbst besorgt.

Fisch?

Joe hatte mit den Achseln gezuckt. *Jeden Montag und Mittwoch. Solange er zahlt, stelle ich keine Fragen, und du solltest auch keine stellen.*

Also hält Dave einfach nur weiter die Tüte mit Blut und Fisch vor sich hin und hofft darauf, dass alles bald vorbei sein wird.

Jemand nimmt ihm das Päckchen ab und schnüffelt.

»Warte hier!«

Dave hört Schritte, die sich entfernen. Eine Tür schließt sich. Plätschern und Schlürfen, zärtliches Murmeln und etwas, das wie das Kichern eines Mädchens klingt. Jedes Geräusch für sich genommen harmlos genug, aber zusammen genommen verursachen sie bei Dave eine Gänsehaut. Nur weg hier, Geld oder nicht!

Er will sich gerade im Dunkeln zurück zur Tür tasten, als plötzlich das Licht angeht und ein gutgekleideter junger Mann mit Sonnenbrille den Raum betritt und ihm lächelnd die Hand hinstreckt.

»Hi Dave, ich bin Julius. Tut mir leid wegen dem Licht vorhin. Mal funktioniert es, mal funktioniert es nicht. Bruchbude!«

Dave blickt sich benommen um. Flauschige Teppiche, Ledersessel und ein Glastisch. Wie in einer Bruchbude sieht es hier drin eigentlich nicht aus, ganz im Gegenteil, das Hausboot ist sehr viel besser ausgestattet, als er erwartet hat. Und dieser Julius ... Gutaussehend. Elegant. Energische federnde Bewegungen. Alles andere als ein Junkie.

Julius blättert Geldscheine auf den Tisch und plaudert dabei über Sportfischen und das Wetter. Seltsam, was für einen Unterschied das Licht macht. Hat er sich wirklich gerade noch vor diesem umgänglichen Typen gefürchtet?

»Kaffee?«

Dave zögert. Joe hatte ihn davor gewarnt, sich mehr als nötig mit seinen Kunden einzulassen. Aber Dave ist auf einmal neugierig auf Julius, der ihn über den Rand der Sonnenbrille hinweg mit offenen grünen Augen anblickt.

»Warum nicht!«

»Hervorragend!« Julius Birdwell strahlt und macht sich in einer Kochnische an einer edelstahlglänzenden Espressomaschine zu schaffen.

Blut und Fisch – natürlich hat sich Dave da so seine Gedanken gemacht. Ein Satanist? Ein Vampir? Aber das scheint nicht zu Julius Birdwell zu passen, der Kaffee abmisst und sich anschließend die Hände an einem sauberen Geschirrtuch abwischt.

»Ich wüsste wirklich nicht, was ich ohne Leute wie dich und Joe machen würde. Es gibt einfach Beschwerden, gegen die man mit der Schulmedizin nicht wirklich ankommt. Cappuccino oder ... Ach!«

Birdwell hat die Kühlschranktür geöffnet und äugt entschuldigend zu Dave hinüber.

»Die Milch ist alle. Schon wieder! Das ist wirklich … Trinkst du ihn auch schwarz?«

»Kein Problem.«

»Zucker?«

Die Espressomaschine hat ihre Arbeit getan, und Birdwell stellt eine dampfende Tasse vor Dave ab.

Plötzlich ist Dave verlegen. Er schüttelt den Kopf und rührt in der Tasse herum, obwohl es eigentlich gar nichts umzurühren gibt. Er nippt. Viel zu heiß. Verdammt – jetzt muss er hier mit diesem Birdwell herumsitzen und Konversation treiben, bis sein Kaffee abgekühlt ist!

»Bist du auch Sanitäter? Wie Joe?«

Birdwell lässt sich neben ihm in einen Sessel fallen und überkreuzt die Beine.

»Medizinstudent.« Dave nimmt vorsichtig einen ersten Schluck. Schöne Augen hat er, der Julius, das muss man ihm lassen.

»Student, was?« Julius beugt sich vor, legt seine Hände aneinander und blickt Dave eindringlich an. »Dave, hast du vielleicht Lust, dir ein bisschen Geld dazuzuverdienen?«

Dave merkt, wie er rot wird. Woher weiß denn der Typ, wenn noch nicht einmal seine Eltern …? Ist es wirklich so offensichtlich …? Er holt tief Luft und nimmt sich zusammen. Joe hat ihn gewarnt, dass so etwas passieren kann. *Wenn man illegales Zeug verhökert, scheinen manche Leute zu denken, der ganze Rest ist auch einfach so zu haben.*

Er steht auf. »Nein, nicht mein Ding. Ich muss jetzt wirklich gehen, Mr Birdwell.«

»Julius.«

Julius sieht ihn einen Moment lang verblüfft an, dann lacht er los. »Setz dich, Dave, ich meine doch nicht *das*. Nein! Das hier ist eher eine äh … medizinische Angelegenheit.«

Julius' Überraschung ist so echt, dass Dave nicht wie geplant aus dem Zimmer stürmt. Seine Phantasie ist da wohl wieder einmal mit ihm durchgegangen. Jetzt ist er wahrscheinlich richtig rot, puterrot, bis zum Haaransatz.

Er wendet sich von Julius ab und blickt verlegen umher. Eine Ecke des Raumes ist anders, verspielter irgendwie, nicht so hell und glatt wie der Rest. Dunkler. *Intimer.* Dave schlendert hinüber, halb aus Neugier, halb, um seinen roten Kopf vor Julius zu verbergen.

Eine Kommode aus dunklem Holz, darauf eine antik aussehende silberne Spieluhr, eine klassische Marmorbüste und eine kleine schwarze Kiste, bemalt mit goldenen Zeichen. Auf der Büste ein feiner schwarzer Zylinder, etwas zu groß für den Marmorkopf. Daneben so etwas wie eine winzige Bühne, Samtvorhang, Plattform – und eine Leiter, die hinauf in einen Wattewölkchenhimmel führt, alles so klein und fein, dass noch nicht einmal ein ausgewachsener Marienkäfer dort auftreten könnte.

Über der Kommode hängen gerahmte Zeitungsausschnitte und ein Plakat.

PROFESSOR FAWKES' WUNDERKAMMER!
DIE GRÖSSTE SHOW DER WELT!

Das Ganze erinnert Dave ein wenig an die Trophäenecke, in der seine Mutter seine Jugendfotos und Rugbypokale ausstellt. Der Typ auf dem Plakat sieht allerdings ganz und gar nicht wie Julius aus, gedrungener, muskulöser. Trotzdem glaubt Dave eine gewisse Ähnlichkeit zwischen den beiden festzustellen, im Blick vielleicht oder in der Haltung.

»Ist das ein Verwandter?«

»Nicht wirklich.«

Dave streckt bewundernd die Hand nach der glänzenden Seide des Zylinders aus. »Bist du, äh, bist du Künstler oder so was?«

Künstler! Das würde *alles* erklären!

Plötzlich steht Julius neben ihm und setzt sich mit einer eleganten Bewegung den Zylinder auf.

»Zirkusdirektor, genau genommen.«

Wenig später sitzen eine ganze Menge Flöhe auf Daves Unterarm und saugen sich mit seinem Blut voll. Es kitzelt ein bisschen, aber nicht zu sehr. Schlimmer ist schon der Gedanke, dass sich gerade parasitische Insekten über seine Säfte hermachen.

Flohzirkusdirektor! Wie konnte er nur auf so etwas hereinfallen?

Dave rutscht unruhig auf seinem Sitz herum. »Wie lange wird das denn noch dauern?«

»Oh, eine kleine Weile. Wenn sie fertig sind, sind sie fertig.« Julius lächelt. »Mach dir's bequem. Keine Sorge, sie fressen dich nicht auf.«

Dave nippt Kaffee. Der hat jetzt genau die richtige Temperatur.

»Deine, äh, Beschwerden…«, fragt er so unauffällig wie möglich, »wie lange hast du die denn schon?« Dieser Julius interessiert ihn wirklich. Nur deshalb hat er sich von ihm zu der Blutspende überreden lassen. Das extra Geld schadet natürlich auch nicht.

»Was?« Julius blickt ihn irritiert an. Der Zylinder ist ihm ein wenig in die Stirn gerutscht, und auf einmal sieht er wirklich wie ein Zirkusdirektor aus einem Schwarz-Weiß-Film aus. Jeder Zoll ein Zirkusdirektor.

»Deine Beschwerden…«

»Ach so.« Julius blickt träumerisch zu dem Plakat hinüber. »Eigentlich noch gar nicht so lange. Eigentlich erst seit April…«

Bird

1. Im Fluss

Es war ein ungewöhnlich kalter Aprilabend. Julius Birdwell eilte die Straße entlang, eine kleine schwarze Kiste fest gegen die Brust gepresst. Es wurde schon dunkel, zu schnell, so als würde jemand mit einem Staubsauger das Licht aus London absaugen. Julius hasste die Dunkelheit. Dunkelheit stellte mit den Dingen seltsame Sachen an. Die Häuser rückten näher an ihn heran, vielgestaltig und irgendwie sprungbereit. Er guckte nicht so genau hin. Es war eine Abkürzung, die er nicht allzu oft nahm, aber der Wind ging ihm auf die Nerven, und er hatte es eilig, nach Hause zu kommen.

Ein schwarzes Taxi fuhr vorbei, dann war die Straße wieder menschenleer.

Plötzlich löste sich ein Schatten aus einer Toreinfahrt und versperrte ihm den Weg.

»Birdie! Hey, Birdie! Bist du's? Mensch, Birdie! Lange nicht gesehen!«

Oh shit! Julius blieb stehen, ein enges Gefühl in der Kehle. Er kannte die Stimme. Fred? Five-Finger-Fred oder irgend so ein idiotischer Ganovenname. Schließlich hatte so gut wie jeder fünf Finger.

»Mensch, wie lange haben wir uns schon nicht mehr gesehen. Seit der Beerdigung?«

»So ungefähr.« Julius schluckte. Es war jedes Mal seit der Beerdigung, obwohl ihm der Typ inzwischen schon vier Mal aufgelauert hatte.

»Schau dich an, der kleine Birdie mit Mantel und Anzug. Mann, dein Großvater wär stolz auf dich!«

Julius schwieg und umklammerte seine kleine schwarze Kiste. Er wusste, was als Nächstes kommen würde.

»Ich habe mich gefragt, ob du vielleicht wieder mit uns arbeiten möchtest. Das wär doch was!«

»Ich kann ja mal in meinen Terminkalender gucken«, sagte Julius geheuchelt beiläufig. »Aber ich fürchte, da sieht es schlecht aus.«

Finger-Fred, oder wie auch immer er genau hieß, lächelte, aber es war kein gutes Lächeln. »Nun ja, das ist aber doch so verdammt schade, weißt du, die ganzen schönen Tricks, die dir dein Großvater beigebracht hat, alles für die Katz.«

Wie auf ein Kommando glitt neben ihm eine Katze unter einem Auto hervor, fauchte und schoss davon. Julius sah ihr neidisch nach.

»Ich arbeite nicht für Katzen.« Ein lahmer Witz, aber wenn schon. Hauptsache, der Typ merkte nicht, dass Julius Angst vor ihm hatte.

Schlösser knacken war nichts für ihn. Nicht nur weil er sich davor fürchtete, erwischt zu werden, das auch, natürlich, aber dahinter steckte eine noch viel größere, irrationalere Angst, die Angst, dass irgendwo in der Dunkelheit etwas auf ihn lauerte und »Buh!« machte. Er hatte einfach nicht die Nerven für eine Kriminellenkarriere. Der Großvater hatte das schließlich eingesehen, aber nun, nach seinem Tode, fingen seine sogenannten Freunde an, Problem zu machen.

»Du müsstest nicht mal reinkommen. Nur Schmiere stehen. Und zehn Prozent plus Spesen. Fairer geht's nicht!«

»Nein.«

Der Typ hatte auf die nette Tour nichts erreicht und beschloss, ungemütlich zu werden. Er trat ganz nah an Julius heran, zupfte an seinem Kragen und prüfte den Stoff seines Mantels.

»Feine Klamotten tragen, aber für die alten Kumpels deines Großvaters hast du nichts übrig. Nicht schön, Birdie, gar nicht schön. Zu fein für richtige Arbeit, was?«

Julius senkte die Augen und umklammerte seine Kiste noch fester.

Finger-Fred bemerkte es.

»Was hast du denn da in dem Ding? Gib mal her!«

»Nein!«, sagte Julius, ein Zittern in der Stimme.

Finger-Freds Augen weiteten sich.

»Ach du Scheiße, sind das etwa die …?«

Er ließ los und trat mit angewidertem Gesichtsausdruck einen Schritt zurück.

»Genau!«, sagte Julius. Er hielt die Kiste hoch. »Sie haben seit gestern nichts gegessen. Sie sind hungrig.«

»Okay«, sagte Finger-Fred. »Schon gut. Lass den Quatsch. Aber überleg dir's, Birdie. Vielleicht komme ich ja später mal in deinem feinen Atelier vorbei.«

Der Fingermann formte seine Finger zu einer unfeinen Geste, dann drehte er sich eilig um und ging die Straße hinunter. Bald war er um eine Biegung verschwunden.

Julius stand schwer atmend im kalten Wind. Panik überschwemmte ihn. Sie würden ihn nie in Ruhe lassen, sie würden in sein Atelier kommen, und dann, irgendwann … Wussten sie, wo er wohnte? Würden sie ihm folgen? Er rannte los, so schnell er konnte, die Straße entlang, gegen den peitschenden Wind, links, gerade, über die Kreuzung, herum um eine Frau mit Einkaufstüten, vorbei an dem kleinen Park.

Endlich stand er vor seiner Haustür. Seine Hände zitterten so sehr, dass er die schwarze Kiste abstellen musste, um mit beiden Händen mühsam den Schlüssel ins Schlüsselloch zu manövrieren. Wenn Finger-Fred gesehen hätte, wie er sich mit seiner eigenen Haustür anstellte, hätte er ihn vielleicht in Ruhe gelassen.

Endlich hatte er es doch geschafft, stürzte in den Flur und schob alle verfügbaren Riegel vor.

»Es ist nur die Kälte«, dachte er. »Ich zittere vor Kälte.«

Doch das war zumindest eine halbe Lüge.

Ein eisiger Wind wehte. Das Tageslicht blinzelte bleich und lustlos auf den Kanal herab.

Julius Birdwell, bis zu den Knöcheln im Schlamm, blinzelte zurück. Wasser rann aus seinen Haaren in seine Augen, die Beine hinab, um sich dann in seinen Schuhen zu sammeln. Wasser leckte Welle um Welle an seinen Zehenspitzen.

Er stand im Niemandsland, nicht mehr im Wasser, aber auch noch nicht so richtig im Trockenen. Vor ihm kräuselte sich der Kanal und spielte träge mit leeren Plastikflaschen, kaputten Verkehrskegeln, Zigarettenstummeln und anderem städtischen Treibgut. Über ihm wölbte sich ein backsteinerner Brückenbogen. Efeu hatte sich in den Ritzen eingenistet und griff gierig nach dem Licht.

Etwas Schwarzes schoss plötzlich aus dem Wasser.

Julius zuckte zurück.

Kormoran.

Er drehte sich um, der flachen Böschung zu. Dürre Rankenpflanzen versperrten ihm den Weg, aber dahinter, etwas höher, führte glücklicherweise ein Fußweg am Ufer entlang. Ein Jogger rannte vorbei, sah ihn nicht oder wollte ihn nicht sehen.

»Alles ist gut«, wiederholte Julius zum hundertsten Mal und wickelte sich tiefer in die schmutzige alte Picknickdecke, die ihn wie ein freundlicher Rochen umhalste.

»Alles ist gut. Alles wird gut. Alles ist okay.«

Das allein war natürlich schon ein sicheres Zeichen dafür, dass rein gar nichts okay war. Genau solche Dinge sagten Leute in Filmen, kurz bevor sie von Aliens oder Sauriern gefressen wurden. Nun, so weit würde es heute wohl doch nicht kommen. Andererseits: Konnte er sich da nach den jüngsten Ereignissen wirklich noch so sicher sein? Wie war er hierhergekommen? War es wirklich erst gestern gewesen, dass Finger-Fred ihm aufgelauert hatte? Es schien eine Ewigkeit her.

Julius Birdwell begann, mit einer gewissen Dringlichkeit die Taschen seines triefnassen Anzuges abzusuchen. Aber nach was? Zigaretten? Nein, er rauchte nicht, hatte nie geraucht und wollte ganz sicher nicht damit anfangen. Autoschlüssel? Das war es auch nicht, er hatte ja noch nicht einmal einen Führerschein. Wer brauchte in London schon einen Führerschein? Trotzdem hatte Julius das sichere Gefühl, dass ihm etwas fehlte, etwas Entscheidendes. Irgendetwas Wichtiges war plötzlich aus seinem Leben verschwunden, und er war nicht mehr ganz.

Julius fröstelte und versuchte, sich wieder daran zu erinnern, wie es ging, Julius Birdwell zu sein, Schmieder von Geschmeide, Sammler fluchbeladener Juwelen, größter Angsthase und bester Flohdompteur weit und breit.

Erst einmal musste er vom Wasser weg. Er konnte sich nicht einmal mehr richtig daran erinnern, wie er auf die Brücke gekommen war, geschweige denn darunter, und mit der stinkigen alten Picknickdecke wollte er eigentlich auch nichts zu tun haben. Julius ließ sich die Decke von den Schultern gleiten und fröstelte noch mehr. Er watete durch öligen Schlamm, Plastiktüten, Kondome, Kronkorken und Gottwerweißwasnoch, dann kämpfte er sich, beobachtet von einer Stockente und drei kritischen Tauben, bis zu dem Fußweg, der unter der Brücke hindurchführte, immer am Kanal entlang.

Nebel hing über dem Wasser. In der Ferne hörte er Baulärm, Kirchenglocken und den unermüdlichen Singsang des Londoner Straßenverkehrs. Er schlug den klatschnassen Kragen hoch und ging los, den Pfad entlang. Nur weg von hier, zurück in die Zivilisation.

»Sie hat dich also gehen lassen! Hätte ich nicht gedacht.«

Die Stimme kam vom Wasser, so als hätte der Nebel gesprochen oder der Kanal selbst.

Julius blieb stehen. Am Ufer lag eine Reihe von Hausbooten, bunt und schäbig wie Zirkuswagen, und auf einem der Boote regte sich etwas. Jemand faltete sich mühsam aus einem

Liegestuhl, ein Rausschmeißertyp mit Seemannsmütze und schlechten Zähnen. Neben ihm dampfte es aus einer Thermoskanne. Vermutlich war es der Anblick der Thermoskanne, der Julius davon abhielt, einfach Hals über Kopf davonzulaufen.

Der Mann hatte es endlich aus seinem Liegestuhl geschafft, trat an die Reling und schob sich die Mütze aus der Stirn.

»So was habe ich schon lange nicht mehr … Was hat sie dir denn versprochen? Und viel wichtiger: Was hast *du* ihr versprochen, Jüngelchen?«

»Ich … ich weiß nicht, was Sie meinen«, flüsterte Julius und schielte sehnsüchtig nach der Thermoskanne.

»Kalt?«

Julius klapperte zur Antwort mit den Zähnen.

»Komm an Bord, Junge, du holst dir den Tod!« Der Mann deutete auf die schmale Planke, die zu dem Boot hinaufführte. Julius verspürte einen Widerwillen dagegen, auf das Schiff zu gehen, wieder hinaus aufs Wasser, aber der Typ hatte Recht. Er konnte entweder weiterlaufen und sich unterwegs eine Lungenentzündung einfangen, oder er konnte sein Glück mit dem Hausboot versuchen.

Mittlerweile zitterte Julius so sehr, dass er es kaum noch die Planke hinauf schaffte.

Der Mann hatte inzwischen auf Deck eine Klappe geöffnet und winkte ihn einladend hinunter in den Bauch des Bootes. Drunten knurrte und kläffte es.

Schock. Es musste der Schock sein, sonst wäre er nie im Leben einfach so in ein fremdes Hausboot geklettert, hinein in die kläffende Dunkelheit.

Julius stieg schlotternd die Leiter hinab, rutschte auf einer der letzten Sprossen aus und landete mit einem Platsch auf dem Hosenboden. Vor ihm saß der hässlichste, bedrohlichste Pitbull, den er je gesehen hatte, und leckte ihm freundlich das Gesicht. Die warme Hundezunge brannte und prickelte auf seiner Haut wie tausend Nadelstiche.

»Das ist Bullseye. Und ich bin Pete.«

Pete tätschelte Bullseyes Kopf, und Bullseye sabberte freundschaftlich auf Julius' Ärmel und wedelte dazu mit seinem Stummelschwanz.

»Birdwell. Julius Birdwell.«

Julius flüchtete mit letzter Kraft vor Bullseyes Mundgeruch auf einen Stuhl. Um ihn herum schälte sich das Hausbootinnere aus der Dunkelheit. Zwei Sessel. Ein Klapptisch. Ein Gaskocher und ein Waschbecken, dahinter ein karierter Vorhang. Julius schauderte. Er könnte nie auf so einem Hausboot leben, schwankend, glucksend, so dicht über dem dunklen Wasser.

Pete knipste ein Licht an.

»Mann, Birdwell, du musst aus deinen nassen Sachen.«

Julius war inzwischen alles egal. Er riss sich schlotternd den Anzug vom Leib, während ihm Pete von hinter dem Vorhang Kleidungsstücke zuwarf. Weite Wollhosen, einen senfgelben Pullover, grüne Weste, Holzfällerhemd. Nicht gerade modisch. Aber warm.

Bullseye kläffte enthusiastisch.

Später saß Julius unter diversen Wolldecken neben einem kleinen Holzofen, ins Trockene gebracht wie ein sprichwörtliches, buntkariertes Schäfchen, und hörte endlich mit dem blöden Zähneklappern auf.

Pete hatte die Ärmel hochgekrempelt und machte sich mit Wasserkessel und Gaskocher zu schaffen. Julius' Blick fiel auf ein Tattoo auf Petes Unterarm: eine Meerjungfrau mit Kussmund und Fischschwanz und daneben, rot mit schwarzem Rand, ein Herz.

Julius schauderte. Da war es wieder, das Gefühl, dass ihm plötzlich etwas fehlte.

Pete bemerkte seinen Blick und schüttelte den Kopf.

»Mach dir nichts draus, mein Junge, sie sind nun mal ein launisches Volk.«

»Was?«, krächzte Julius. »Wer?«

»Du musst nicht darüber sprechen«, sagte Pete. »Ich verstehe schon.«

»Aber ich verstehe nicht.« Julius wurde langsam ungehalten. Was wollte dieser Pete von ihm? Hatte er noch alle Tassen im Schrank?

Tassen.

Schrank.

Tee!

Pete hielt ihm eine dampfende Teetasse unter die Nase. »Vielleicht besser so.«

Julius griff gierig zu. Es gab so gut wie nichts auf der Welt, was man mit heißem Tee nicht wieder hinbekam. Eigentlich wäre ihm Grüntee natürlich lieber gewesen, aber Pete hatte Schwarztee gebraut, ein pechschwarzes Teufelszeug.

Pete tätschelte Julius' Kopf, genau wie er vorher Bullseye getätschelt hatte.

»Ich muss wieder auf meinen Posten, Junge. Trink was. Wärm dich ordentlich auf. Bleib, solang du willst. Und wenn er zu laut ist, gib ihm ruhig eins hinter die Ohren!«

Letzteres galt Bullseye, der sich zu Julius' Füßen zusammengerollt hatte und einen lautstarken Hundetraum träumte.

Julius nickte abwesend, während Pete die Leiter wieder hinaufkletterte und durch die Klappe verschwand.

Ruhe. Wenigstens so eine Art Ruhe, unterbrochen von Pitbulljapsen.

Er starrte in seinen Tee.

Schwarz.

Beschützt von Wolldecken, Ohrensessel und dem schlafenden Pitbull wagte Julius vorsichtig den Blick zurück in die jüngste Vergangenheit.

Heute Morgen …

Heute Morgen hatte es keinen Tee gegeben, eigentlich untypisch, aber nach der schlaflosen Nacht und dem Ärger mit Finger-Fred war er einfach zu mitgenommen gewesen für

Nahrung, fest oder flüssig. Er hatte aus dem Küchenfenster geblickt und überlegt, wie er Fred und seine Kumpane ein für alle Mal loswerden konnte. Dann hatte er Raureif auf dem Fenstersims entdeckt, und auf einmal hatte sich ein flaues Gefühl in seiner Magengrube breitgemacht.

Noch flauer als Angst.

Schuld.

Frost! Nachtfrost. Noch so spät im Frühjahr?

Wo zum Teufel war der Flohpalast?

Der Flohpalast war eigentlich nur eine kleine hölzerne Kiste, schön lackiert in Schwarz und Gold, mit bequemem Tragegriff und guter Belüftung. Er befand sich weder auf seinem angestammten Platz neben Julius' Bett noch unter seinem Bett noch …

Julius stürzte zur Haustüre und riss sie auf. Dann setzte er sich geschockt auf die oberste Treppenstufe. Dort, direkt neben ihm, stand der Flohpalast, hatte die ganze Nacht dort gestanden, vergessen in der Panik, in der Kälte, ungeschützt. Es hätte nicht passieren dürfen, aber es war passiert.

Seine Flöhe brauchten nicht viel, ein bisschen Blut, ein bisschen Dunkelheit, ein Stück Filz als Wohnungseinrichtung. Sie hätten die alte Decke unter der Brücke zu schätzen gewusst.

Julius schluckte ein paar Tränen weg.

Denn eines brauchten Flöhe im Übermaß: Wärme. Jede Menge Wärme.

Er hätte eigentlich gar nicht nachsehen müssen, aber natürlich guckte er doch, durchsuchte jede Lumpenfalte nach Überlebenden. Marie Antoinette, Zarathustra, Oberon, Tesla, Lear, Faust, Freud, Cleopatra, Madam P., Lazarus der Albinofloh …

Im Tode sahen sie sich alle erstaunlich ähnlich.

Seine kleinen Künstler. Seine Artisten. Seine – Blutsbrüder?

Der größte, der schönste und beste, der einzige *freie* Flohzirkus der westlichen Welt war nicht mehr.

Julius nahm einen Schluck zu heißen Tee und beobachtete Bullseye, der zuckend über Traumwiesen rannte.

Er war nicht zurück ins Haus gegangen. Wozu? Sehr sacht hatte er den Flohpalast in der Diele abgestellt und sich seinen Zylinder aufgesetzt. Seinen Flohzirkusdirektorenzylinder. Eigentlich war der Hut für die Show gedacht, aber jetzt kam er Julius auf einmal als Trauerkluft angemessen vor. Er hatte die Haustüre hinter sich abgeschlossen und begonnen, durch die Straßen zu wandern. Richtung Atelier, dachte er zuerst, aber bald bemerkte er, dass er die Gegend um sich herum nicht kannte. Die Häuser schienen kleiner, die winzigen Vorgärten wilder, als er es sonst von London gewöhnt war. Verirrt. Verloren. Er *wollte* sich verlieren. Julius fühlte sich dunkel wie lange nicht mehr. Wie eine Kerze, deren Docht in Wachs ersoff, dimm und flackernd und rußig und doof. So ungeheuer doof.

Der Flohzirkus war eine ihrer beiden Familientraditionen – diejenige, die Julius *mochte*.

Flohzirkus und Einbrüche.

Brot und Spiele, hatte sein Großvater gesagt. Seit er sich erinnern konnte, hatte Julius den Flöhen bei ihren Flohrennen und anderen Flohgeschäften zugesehen und ab und zu sogar bei der Fütterung geholfen.

Dann, sieben Jahre alt, hatte er beschlossen, sich selbst als Zirkusdirektor zu versuchen.

Sein Großvater, der gerade in dunklem Overall von der Arbeit zurückkehrte, war nicht begeistert gewesen.

»Es ist nicht wirklich ein Zirkus«, hatte er gesagt. »Es ist nur ein Trick.«

Julius hatte den Großvater entgeistert angesehen. Er *sah* es doch, Flöhe, die tanzten oder auf dem Hochseil balancierten. Mit seinen eigenen zwei Augen. Wo sollte denn da der Trick sein?

»Ungeziefer!« Aber dann hatte der Großvater sich Julius

doch auf sein Knie gesetzt, ihn an seinem Bier nippen lassen und ihm alles erklärt.

Die Flöhe *mussten* die Dinge tun, die sie taten. Sie wurden in Golddraht gebunden und bewegten Dinge, weil sie an ihnen festhingen – aber eigentlich wollten sie nur weg.

»So ist es im Leben«, sagte der Großvater und zuckte mit den Achseln.

»Warum?«, hatte Julius gefragt und damit ein bisschen das Leben und sehr den falschen Flohzirkus gemeint.

»Die Leute gucken eben gerne zu, wenn die Kleinen große Dinge tun«, meinte der Großvater. »Und sie glauben die Dinge, die sie glauben wollen.«

In vielen Flohzirkussen gab es überhaupt keine richtigen Flöhe mehr, nur Spielzeug, das sich mit Hilfe von Magneten und Mechanismen bewegte. Das Publikum bildete sich die Flöhe dazu ganz einfach ein. Verglichen damit war ihr Zirkus ein hochanständiger, grundsolider Betrieb.

»Man kann Flöhen nichts beibringen«, hatte der Großvater gesagt, »man kann sie nur benutzen.«

Zu diesem Zeitpunkt trainierte Julius heimlich schon eine hochmotivierte Truppe von fünf Flöhen, die papierene Wägelchen zogen, auf dem Rande eines Fingerhutes tanzten und durch Zwiebelringe sprangen, einfach so, ganz ohne Golddraht, nur weil Julius sie darum bat.

Ein bisschen benommen von der nackten Wahrheit und dem dunklen Bier des Großvaters hatte Julius damals beschlossen, dies alles für sich zu behalten.

Und bis heute wusste niemand, dass sein Flohzirkus anders war. Echt. Kein Ausbeuterladen. Freie, glückliche Flöhe. Es war Julius' bestgehütetes Geheimnis. Viele Flohgenerationen waren seither ins Land gegangen, und Julius hatte mit seiner Truppe Kindergärten, Schulen, Pubs, Dinnerpartys und einmal einen Junggesellenabend besucht, sie waren im Fernsehen aufgetreten, auf Festivals und sogar vor einem Mitglied des Königshauses, bewundert, bestaunt und bejubelt. Der beste Flohzirkus weit und breit.

Nur Julius selbst wusste, wie gut sie wirklich waren.

Und jetzt? Wo in aller Welt sollte er im antibakteriellen, frischgeduschten London der Neuzeit Menschenflöhe herbekommen?

Bullseye war verstummt. Julius starrte verzweifelt hinunter in seinen beharrlich dampfenden Schwarztee.

Nebel.

Nebel über einem dunklen Fluss.

Julius *brauchte* den Flohzirkus. Der Zirkus war das Beste an ihm, das Echteste, vor aller Augen und doch vor allen verborgen.

Er war auf der Brücke angekommen.

Drunten tanzten Wirbel und Wellen, Licht floss, spielte und brach, hypnotisch und überraschend attraktiv. Julius, erschöpft von seinem ziellosen Spaziergang und der Aussicht auf eine flohlose Zukunft, war einfach über das Brückengeländer geklettert, hatte sich weit vorgelehnt und vom Wasser locken, necken und verführen lassen. Natürlich war es nur ein Spiel, ein dunkles Spiel. Natürlich war er nicht lebensmüde! Natürlich würde er nicht wegen ein paar Flöhen springen, schon gar nicht in diese Brühe. Was für ein Klischee! Wieso sprangen Leute überhaupt von Brücken? Weil es unten nicht so hart war? Und was war das für eine Einstellung, wenn man sowieso mit dem Leben abgeschlossen hatte?

Der Wind zupfte ihm den Zylinder vom Kopf, Wasser trug ihn davon, kleiner und kleiner. Julius blickte dem Hut melancholisch nach.

»Hey, tu's nicht!«, hatte auf einmal eine Stimme hinter ihm gerufen, und Julius war vor Schreck ausgerutscht und ins Wasser gefallen.

Noch im Fall war ihm die Sache peinlich gewesen. Ein Unfall, ein dämlicher Unfall, aber so schlimm nun auch wieder nicht. Schließlich konnte er schwimmen …

Das Wasser war so kalt, dass Julius dann erst einmal gar nichts konnte, nicht einmal paddeln. Er sank mit offenen Augen, umschwirrt von Luftblasen, liebkost von schlängelnden grünen Wasserpflanzen. Eine Plastiktüte schwebte vorbei, seltsam schön.

Als er dann endlich mit dem Schwimmen anfing, war es gar nicht mehr so einfach zu sagen, wo oben war und wo unten. Sein Mantel zerrte an ihm, seine Lunge brannte, etwas hatte sich um seinen Hals gewickelt, und die ganze Zeit über versuchte er verzweifelt, irgendjemandem zu erklären, dass dies alles nur ein Missverständnis war, dass er gar nicht sterben wollte.

Doch niemand hörte ihm zu, und Julius war dabei zu ertrinken, Missverständnis oder nicht.

Aber dann … Wasserpflanzenhaar, ein plätscherndes Lachen, ein fließender Kuss. Er hatte sich Nixen immer blau vorgestellt, karibikblau und glitzernd, aber sie war dunkel wie ein Fluss im Winter, moorig, moosig und tief, unendlich glatt und schön. Dunkel die Haut, dunkler die Augen und obsidianschwarz ihr Lächeln.

Es war auf eine seltsame Art schlimmer gewesen, als wirklich zu ertrinken, ein Ertrinken an Küssen, jeder tiefer und trauriger als der vorherige, und jeder mit einem bitteren kleinen Luftbläschen Hoffnung, das ihn schwindelig werden ließ vor Sehnsucht nach dem Leben.

Und zwischen Küssen und schlängelnden Umarmungen und perlendem Lachen hatte die Flussjungfrau ihm einen Handel vorgeschlagen.

Und Julius Birdwell, halbtot und halbverliebt, hatte zugestimmt.

Doch was für einen Handel? Daran erinnerte er sich nun kein bisschen mehr.

2. Unter Brücken

Nur ein paar Tage später machte sich in London endlich der Frühling breit – etwas blass und hysterisch zwar, aber unerbittlich. Vögel sangen erfolgreich gegen den Straßenlärm an, Unkraut blühte zwischen Pflastersteinen, Fliegen sonnten sich auf parkenden Autos. Die Leute vergaßen ihre Mäntel zuhause und bereuten es erst gegen Abend, wenn die Stadt wieder den Schatten gehörte. Die Sonne walzte Tag für Tag pompös über den Himmel, schien und ließ sich Zeit.

Unter den Brücken nisteten Schwalben und Enten und sogar das eine oder andere schmutzige Schwanenpaar. Wicken rankten. Mücken summten. Junge Triebe schoben den Asphalt zur Seite, Käfer krochen, Vögel raschelten in Sträuchern – oder waren das etwa Ratten?

Julius Birdwell guckte gar nicht erst hin. Das ganze Gekreuche, Gekrieche und Gefleuche berührte ihn peinlich, so als ob er London unter den Rock geguckt und dort etwas gesehen hätte, was er gar nicht suchte. Er verbrachte neuerdings zu viel Zeit unter Brücken, in Gummistiefeln und schlechter Gesellschaft, so viel war klar.

Julius wartete einen Moment, bis sich seine Augen an die tanzenden Schatten im Brückenhalbdunkel gewöhnt hatten, dann sah er sich mit inzwischen geschultem Blick um. Da hinten, wo der Boden am trockensten war, lag wurstförmig und einigermaßen obszön ein Schlafsack und schnarchte. Nur einer? Ja. Julius wollte kein Risiko eingehen. In sicherem Abstand von dem Sack ging er in die Hocke, stellte eine Flasche billigen Wodka auf den Boden und rief halblaut in die Schatten hinein.

»Hey!«

Heyheyhey

hey hey hey hey

hey   hey   hey

hey hey hey hey

Unter den meisten Brücken hallte es.

Das Schnarchen wurde lauter.

»He du!«, rief Julius. »Wach auf!«

Nichts.

Julius seufzte, wählte sorgfältig einen größeren Kiesel aus, nicht zu schwer und nicht zu leicht, zielte, warf und traf. Die meisten Unterbrückenleute erwachten mit einem Schrei, einem Stöhnen, einem Stein oder Messer in der Hand, aber dieser hier saß einfach auf einmal aufrecht da und fixierte Julius mit überraschend wachem Blick.

Zottiger brauner Bart. Helle Augen. Kräftiger Kiefer.

»Entschuldigung«, sagte Julius nervös.

Der Penner blieb still.

Julius hatte es anfangs mit Diplomatie versucht, Schmeicheleien, Euphemismen, aber die Menschen unter Brücken schienen dafür vollkommen unempfänglich. Seinen in Seide, feine Lederstiefel und Universitätsabschlüsse gehüllten Kundinnen konnte er so gut wie alles erzählen, aber hier funktionierten nicht einmal die einfachsten Tricks. Inzwischen hatte er einiges gelernt. Keine Namen. Keine Floskeln. Keine eleganten kleinen Witze. Julius kam einfach zur Sache.

»Ich suche Flöhe«, sagte er. »Hast du Flöhe?«

Der Penner glotzte.

»Sie springen«, sagte Julius. »Sie sind sehr klein und springen. Sie beißen, meistens nachts. Es gibt dann kleine juckende Punkte. Meistens ein paar in einer Reihe. Hast du kleine juckende Punkte?«

Der Penner spuckte erstaunlich präzise in den Staub. Wahrscheinlich hatte er ganz andere Sorgen als kleine juckende Punkte, also kam Julius gleich zum Wesentlichen.

»Das ist eine Flasche Wodka«, sagte er und deutete übertrieben theatralisch auf die Spirituose. »Ich gebe dir eine Flasche Wodka für jeden Floh, den du lebend fängst. Man kann sie einfach vorsichtig zwischen zwei Finger nehmen, das macht ihnen gar nichts. Und wenn du jemand anderen kennst, der Flöhe hat, gebe ich dir zwei Flaschen.«

Noch immer keine Reaktion. Das war untypisch. Normalerweise kam spätestens an diesem Punkt Leben in die Verhandlungen. Konnte der Typ nicht sprechen? Verstand er ihn etwa nicht? Das hatte Julius gerade noch gefehlt!

»Pro Floh eine Flasche«, wiederholte er. »Das ist ein guter Deal!«

»Ich trinke nicht.«

Das war nun allerdings eine überraschende Wendung.

»Ich zahle auch Geld«, sagte Julius ein wenig verdutzt.

»Ach was«, antwortete der Penner. »Brauche ich nicht.«

»Jeder braucht Geld.«

Der Penner schüttelte grinsend den Kopf.

»Hier nicht.«

»Irgendetwas musst du doch brauchen«, sagte Julius stur.

»Schlaf«, grollte der Penner und sank wieder zurück in seinen Sack.

Damit war die Sache wohl erledigt. Julius packte die Flasche Wodka zurück in seine Tasche und richtete sich vorsichtig auf. Wahrscheinlich hätte der Typ sowieso nichts zu bieten gehabt. Bisher war Julius noch auf keinen einzigen Floh gestoßen. Läuse ja. Flöhe nein. Es war zum Verzweifeln.

Er wandte sich zum Gehen.

»Was willst du denn mit Flöhen?«, fragte es aus dem Sack.

»Flohzirkus«, sagte Julius.

Im Schlafsack kicherte es. »Versuchs doch mal auf dem Flohmarkt!«

Julius ging dann doch nicht auf den Flohmarkt, sondern zurück in sein Atelier, zog die Gummistiefel aus und genoss einen Moment lang die helle Strenge seines Arbeitsraums.

Keine dunklen Ecken. Keine lauernden Schatten. Gebannt vom Glanz seiner Schmuckstücke ließ die Welt ihn hier in Ruhe. Seine Werkzeuge lagen schlank und blank aufgereiht, geordnet nach Funktion und dann nach Größe. Das Licht fiel geschmackvoll auf Glas, weiß gelackte Flächen und Gold, glitzerte dort ein wenig und wurde vom matten Steinfußboden verschluckt. Hier kroch und wuchs nichts, nicht einmal die Orchidee auf dem Sofatisch. Die Orchidee beschränkte sich höflich aufs Überleben.

Julius seufzte zufrieden, schlüpfte in feine Lederslipper, füllte den Teekessel und trat an seine Werkbank, wo Ringrohlinge auf die Politur warteten und geschliffene Edelsteine ihres Schicksals harrten.

Er liebte seinen Beruf. Er liebte den Glanz, die Textur und die träge Schwere des Goldes. Die Farbe. Das Detail. Die endlose, unermüdliche magische Variation einer Form. Das fiebrige Funkeln in den Augen seiner Kunden – Kundinnen meistens. Die Bewunderung. Die Feinheit und Kleinheit seiner Stücke, die Art, wie sein Schmuck Ordnung in die Welt brachte.

Und all das hatte er seinen Flöhen zu verdanken.

Es hatte damit angefangen, dass sich Julius mit Zwiebelringen und Fingerhüten nicht mehr zufriedengab. Seine Flöhe, inzwischen acht an der Zahl, Filo, Fluff, Captain Kirk, Barbarella, Mickey, Tarzan, Batman und Superfloh, alles Künstler ersten Ranges, hatten Besseres verdient. Julius probierte mit Kupferdraht und Alufolie herum, später kamen Silberdrähte und Goldplättchen hinzu. Er formte kleine römische Triumphwagen mit winzigem Löwenrelief, Reifen aus silbernen Flammen, ein kleines schimmerndes Hochseil mit Plattformen aus Kronkorken.

Und dann war da irgendwann ein dunkeläugiges Mädchen gewesen, das seinen silbernen Flammenring an einer Seidenschnur um den Hals tragen wollte. Die Flöhe waren nicht erfreut gewesen, aber Julius richtete seinen Blick zum ersten Mal auf die feine, weise, uralte Welt des Schmuckes. Er hing seine Schlosserlehre an den Haken und begann eine Ausbildung bei einem Goldschmied.

Bald verdiente er mit ehrlichem Handwerk mehr, als er je mit nervenaufreibenden kleinen Einbrüchen und Betrügereien erwirtschaftet hatte, sehr zum Ärger seines Großvaters. »Du hast kein Talent, Junge, du hast einfach kein Talent«, hatte der Großvater wieder und wieder gemurmelt und Julius nach und nach mit seinen Projekten in Ruhe gelassen.

Und er hatte Recht. Julius war als Krimineller denkbar unbegabt, nicht nur der Nerven wegen. Es fehlte nicht an Kreativität, Energie und gutem Willen, trotzdem wollten sich einfach keine rechten Ergebnisse einstellen. Das Hauptproblem war das Lügen. Nicht, dass er es nicht gewollt hätte, oh nein, Julius log mit seinen 15 Jahren so geschickt wie der Großvater. *Doch, doch, diese Banknoten waren Falschgeld und mussten sofort konfisziert werden; der Ring war natürlich nicht echt, völlig wertlos eigentlich, und Julius kaufte ihn nur aus Sentimentalität; ja, sicher das war eine echte Stradivari, ein bisschen heruntergekommen zwar, doch Sammler würden dafür selbstverständlich ein Vermögen zahlen.*

So weit, so gut, doch später stellte sich heraus, dass Julius tatsächlich Falschgeld konfisziert hatte, der erschwindelte Ring völlig wertlos war und die alte Violine vom Flohmarkt wirklich eine Stradivari. Die Wahrheit war ihm immer einen Schritt voraus – kein besonders stolzes Kapitel seines jungen Lebens.

Julius merkte, wie ihm das Blut in den Kopf stieg, und legte sich schnell einige Werkzeuge zurecht. Schluss mit dem Grübeln! Er musste etwas tun. Etwas schaffen. Ein neues Design. Es war höchste Zeit für ein neues Design. Heute würde es endlich klappen!

Er überlegte kurz und wählte dann einen Ringrohling aus Wachs. Ihm schwebte eine ovale Form vor, etwa wie ein Stein im Marquise-Schliff. Nur würde natürlich kein simpler Stein den Ring krönen, sondern eine winzige Skulptur. Ein einzelnes Auge. Kein stilisiertes Auge, sondern ein echtes, ein Menschenauge mit allen Details. Das Auge des Penners, das ihm nun in der Erinnerung seltsam faszinierend und hell und leuchtend vorkam. Ein Unikat, ein Juwel, ein geistreicher kleiner Witz! Besetzt mit Diamanten und Saphiren würde es bald von einem Damenfinger in die Welt hinausblicken!

Er arbeitete wie ein Besessener. Zuerst das Band, das mit winzigen Fischschuppen besetzt sein sollte, dann das Auge, perfekt mandelförmig.

Dann noch ein Auge.

Wieso denn noch ein Auge?

Haare, wild gelockt wie elegante Aale.

Ein einzelnes Tentakel.

Tentakel?

Zuletzt ein geheimnisvolles, trauriges Lächeln und dann, wie immer, sein Markenzeichen, der lebensgroße, naturgetreue Floh.

Wunderschön. Fiebrig goss er die Form, schmolz das Gold, zentrifugierte.

Als er den Ring endlich aus der Form brach, war es draußen schon dunkel. Er merkte gleich, dass schon wieder etwas nicht stimmte. Das Stück sah nicht im Entferntesten wie ein Auge aus, eher wie ein kleiner Oktopus, ausufernd nach allen Richtungen. Julius stöhnte und griff widerwillig zum Polierlappen.

Da war sie wieder, die Frau, die sich seit Tagen auf jedes seiner Schmuckstücke drängte!

Die Wasserfrau!

Er wusste jetzt schon, was er ihr für Augen geben würde: grün, smaragdgrün, die sattesten grünsten Smaragde, die in seinem Atelier noch zu finden waren.

Julius starrte feindselig hinunter auf das schöne, glatte, traurige Goldlächeln, die wallenden Haare und das einzelne zierliche Tentakel, das sich verspielt über das Gesicht rankte. Handwerklich zweifellos eine schöne Arbeit, vielleicht eine seiner besten, die Leute würden sich darum reißen, aber was half das schon? Julius wollte Dinge *formen*, nicht geformt werden. Es war so, als hätte sich jemand in seinen Kopf geschlichen und benutzte ihn wie ein Werkzeug, um immer wieder obsessiv das gleiche Gesicht zu formen. Immer die gleiche Frau, immer das gleiche schwermütige Lächeln. Auf einmal kam ihm sein Atelier nicht mehr hell und klar vor, sondern bedrückend – nicht länger ein Zufluchtsort, eher eine Falle.

Wer *war* sie? Eine Wasserjungfrau, so viel war klar. Nicht die Nixe, der er begegnet war, die hätte er erkannt. Hätte er? War er ihr wirklich begegnet? Einer Flussfrau? Julius hatte die letzten Tage damit verbracht sich einzureden, dass er sich alles nur eingebildet hatte. Ein Fiebertraum. Ein Produkt seiner überreizten Phantasie. Doch angesichts seiner jüngsten Schmuckkreationen musste er sich eingestehen, dass an der Sache doch mehr dran sein musste.

Wer war die Frau? Was hatte sie zu bedeuten?

Eine Frage? Eine Bitte? Eine Drohung?

Eine Erinnerung?

Eine Erinnerung an den Handel!

Julius hatte sich anfangs keine besonders großen Sorgen um seinen Handel mit der Flussfrau gemacht – wenn denn da wirklich eine Flussfrau war. Schließlich war er hier auf dem Trockenen, weit weg von Londons Gewässern. Und wenn sie wirklich irgendwie hier auftauchen sollte – wie denn? in einem rollenden Aquarium? –, würde er schon irgendwie mit ihr fertigwerden. Mit Frauen war er bisher immer gut fertiggeworden. Aber natürlich war die Nixe ebenso wenig eine einfache Frau, wie ein Wal ein Fisch war. Sie hatte sich in seinen Kopf geschlichen und benutzte Julius' eigene Hände, um ihn Tag für Tag an ihre Vereinbarung zu erinnern. So ging es nicht weiter! Er konnte entweder den Rest seines – vermutlich durch Wahnsinn verkürzten - Lebens damit verbringen, goldene Nixenköpfe zu produzieren, oder er musste herausfinden, was die Flussfrau von ihm wollte.

Julius zog eine Schublade auf und blickte vorsichtig hinein. Da lag zwischen Zangen und Drähten und dem einen oder anderen kleinen Halbedelstein eine einzelne Visitenkarte, schwarz und weiß, schlechtes Papier, billiges Design, unspektakulär. Das einzig Interessante an der Karte war, wo Julius sie gefunden hatte.

Unter der Brücke.

In einer der Taschen seines tropfenden Anzugs.

Sie musste von der Nixe kommen. Woher sonst?

Von all den Dingen, die Julius Birdwell vom Grunde des Flusses zurückgebracht hatte, war nur diese Karte vollkommen trocken gewesen.

Frank Green stand darauf.

Frank Green
Privatdetektiv

3. Auf dem Sofa

PRIVATDETEKTEI GREEN
BITTE TRETEN SIE EIN!
KLOPFEN ZWECKLOS!

Die Detektei war genauso schäbig, wie Julius es befürchtet hatte. Möglicherweise sogar noch schäbiger. Im Warteraum baumelte eine nackte Glühbirne von der Decke. Staub sammelte sich auf Stühlen und Kissen, der Wasserspender beheimatete eine rege Algenfauna, die Illustrierten waren veraltet.

Spektakulär veraltet. *Herbstfarben jetzt! Das iPhone 2 ist da! Die Weihnachtsdiät!* Nur gut, dass hier niemand wartete.

Julius durchschritt den kleinen Vorraum und blieb vor einer halbgeöffneten Tür mit Milchglasfenster stehen. *Büro* stand darauf. *Bitte klopfen.* Durch das Milchglas war eine Figur am Schreibtisch zu erkennen, ein ausufernder, fleischiger Klops, rosig und reglos, vage bedrohlich.

Julius schluckte. Dann klopfte er an.

»Herein«, sagte eine Stimme.

Jenseits der Milchglasscheibe machte Frank Green eigentlich einen ganz fokussierten Eindruck, ruhig und kräftig, nicht zu alt, nicht zu jung. Unauffällig im besten Sinne. Er deutete wortlos auf den Stuhl vor seinem Schreibtisch. Julius dankte, setzte sich und legte sofort los: der Absturz, das Versprechen, das Loch in der Erinnerung, das schlechte Gewissen, das ihn nun nicht mehr losließ. Es überraschte ihn selbst, wie gut es tat, sich die ganze Geschichte endlich von der Seele zu reden. Nun ja, vielleicht nicht die *ganze* Geschichte. Julius verschwieg geschickt die Tatsache, dass sich die betreffende Episode unter Wasser zugetragen hatte und die Dame einen Fischschwanz besaß. Ein feuchter Abend. Ein feuchter Abend mit Gedächtnisverlust. Das war schließlich das Wesentliche!

»Ich muss herausfinden, was ich ihr versprochen habe«, sagte er schließlich. »Koste es, was es wolle. Darum bin ich hier.«

Er wartete darauf, dass Green anfing, Fragen zu stellen. Name, Adresse, Telefonnummer, Bankverbindung. Haarfarbe der Dame. Name der Kneipe.

Oder einfach nur den Kopf schüttelte.

Doch Green runzelt nur eine Weile lang stumm, kritisch und ausgesprochen kompetent die Brauen.

»War sie schön?«, fragte er schließlich.

»Ja«, antwortete Julius schaudernd. »Oh ja!«

Green schrieb etwas in ein Notizbuch. Dann stand er plötzlich auf und schritt zur Tür.

»Komm!«, sagte er.

Julius war beeindruckt. Ein Mann der Tat! Und offensichtlich hatte er bereits eine Spur.

Sie liefen eine Weile durch die Straßen, im Zickzack, wie es schien, Green voran, Julius hinterher. Zuerst war Julius einfach nur froh, dass sie das staubige kleine Büro hinter sich gelassen hatten und endlich Schritte unternommen wurden. Wortwörtlich. Jede Menge Schritte. Doch nach und nach kamen ihm Zweifel. Was wusste Green schon? Was hatte Julius ihm wirklich erzählt? Wie sollten sie durch bloßes Herumlaufen der Lösung seines Problems näher kommen?

Green musste an einer roten Fußgängerampel halten, und Julius nutzte die Zeit, sich umzusehen. Eine Wohngegend, und keine der besten. Staubige Vorhänge hinter staubigen Fensterscheiben. Keine Parks. Keine Läden. Gelbes ungepflegtes Gras zwischen den Pflastersteinen. War Green auf dem Weg zu einem Kollegen? Einem Informanten? Jemandem, der sich im Wassernixenmilieu auskannte?

Julius unterdrückte ein hysterisches Kichern.

»Wohin gehen wir?«, fragte er, um sich zu beruhigen, doch in diesem Moment wurde die Ampel wieder grün, und sie strömten mit anderen Passanten über die Straße, weiter, immer weiter.

Ab und zu drehte Green sich um, wie um sich zu vergewissern, dass Julius ihm noch folgte. Oder wollte er vielleicht sehen, ob ihnen *sonst noch jemand* folgte? Jetzt, wo er ihn genauer beobachtete, fiel Julius an Green eine kleine Merkwürdigkeit auf: Jedes Mal, wenn er Julius ansah, schien er gleichzeitig auch auf etwas neben ihm zu blicken. Oder vor oder hinter oder über ihm. Greens Blick hat etwas vage Gehetztes, Unstetes, und auf einmal war sich Julius alles andere als sicher, ob er hier wirklich in den richtigen Händen war.

Wieder blieb Green stehen, diesmal in einem Hauseingang. Blicke nach allen Seiten. Auch Julius sah sich um. Nichts. Nur zwei Dohlen, die sich um den Inhalt eines geplatzten Müllsacks stritten, und eine harmlos aussehende ältere Dame mit Pudel. Die Dame hatte grelle rote Fingernägel.

»Wohin gehen wir?«, fragte er zum zweiten Mal, diesmal etwas schriller.

»Nirgendwohin«, antwortete Green. »Wir sind da.«

Er drückte einen Klingelknopf.

»Wo?«, fragte Julius.

»Bei meinem Therapeuten natürlich«, antwortete Green.

Es war zu dunkel für eine richtige Praxis. Es roch komisch.

Julius lag gut gepolstert und teuflisch bequem auf einem Sofa und beobachtete ein Pendel beim Schwingen.

Hin und her.

Hin und her.

Her und hin.

»Ich vermisse meine Flöhe!«, sagte er.

Ein kauzartiges Therapeutengesicht tauchte über ihm auf.

»Sicher, sicher, darüber reden wir später. Entspannen Sie sich!«

Wieder schwang das Pendel.

Hin und her.

Her und hin.

»Lassen Sie sich fallen«, säuselte der Therapeut über ihm in einem seltsamen Singsang. »Beobachten Sie das Pendel, und wenn ich das Licht ausmache, werden Sie sich *erinnern*!«

Her und hin.

Humbug, dachte Julius. *Ich will meine Flöhe!*

Das Licht ging aus.

Julius fiel.

Er fiel direkt ins eiskalte Wasser, und da war sie wieder, in einer Wolke aus dunklem Haar, durch das Schwärme von kleinen silbernen Fischen zogen.

Julius produzierte verzweifelt Luftblasen.

»Einverstanden«, wollte er sagen. »Alles! Alles, was du willst!«

»Rette meine Schwester!«, sagte die Flussfrau, ohne dabei den Mund zu bewegen. Ihr Mund war eine Muschel. Ihr Mund war ein Stein.

»Gerne!«, blubberte Julius. »Wie? Wo?«

Das Gesicht der Nixe wurde noch dunkler, die silbernen Fische flohen. Auf einmal waren schwarze Schlangen in ihrem Haar.

»Fo«, hörte Julius die Schlangen sagen. »Fo. Foe. Faux.«

Dann fühlte er sich gehalten und getragen, hinauf, immer hinauf, in eine Decke gehüllt und auf Schlamm gebettet. Der Schlamm war überraschend bequem.

»Faux!«, murmelte Julius und öffnete die Augen.

Zwei Gesichter guckten ihn von oben an, der Therapeutenkauz animiert, Green mitfühlend.

»Wassernixe, was?«, grinste der Therapeut. »Die menschliche Psyche ist doch etwas Wunderbares!«

Julius setzte sich ruckartig auf.

»Ich habe nicht … Ich wollte nur …«

»Alles in Ordnung«, sagte Green beschwichtigend. »Am Anfang ist es immer schwierig. Immerhin wissen wir jetzt, was sie von dir will.«

»Können Sie Französisch?«, fragte der Therapeut.

»Wie bitte?«, fragte Julius.

»Nun ja, es ist für die Analyse nicht unwichtig, ob Ihr Unterbewusstsein Französisch spricht.«

Der Therapeut hatte seine Brille abgesetzt und schwenkte sie vor Julius' Augen hin und her, als wolle er ihn erneut hypnotisieren.

»Der nächste Schritt ist jetzt natürlich, diesen Foe zu finden«, sagte Green sachlich. »Ich könnte da …«

Julius schüttelte den Kopf. Er hatte genug von dem ganzen Hokuspokus.

»Danke. Ich google ihn einfach.«

»Und die Schreibweise?«, fragte der Therapeut.

»Französisch!«, improvisierte Julius, um die beiden so schnell wie möglich loszuwerden. »Ich brauche keine Therapie!«

»Haben Sie ein Verhältnis mit Ihrer Schwester?«, fragte der Therapeut. »Oder mit der Schwester Ihrer Schwester?«

»Ich habe keine Schwester«, sagte Julius entsetzt.

Der Therapeut machte sich eine Notiz.

»Interessant«, sagte er. »Und Sie sind sich sicher, dass Sie keine Therapie …«

»Sehr sicher«, sagte Julius und stand auf. »Ich muss jetzt gehen. Entschuldigen Sie bitte!«

Er trat in den Flur und blickte sich unsicher um. Wo war hier gleich noch mal der Ausgang?

»Einen Moment, bitte schön!«, säuselte der Therapeut.

Ach so, natürlich: Geld.

»Nehmen Sie auch Schecks?«

»Ach, *das* kann warten!« Der Therapeut lehnte agil im Türrahmen, und auf einmal erinnerte er Julius unangenehm daran, dass auch Käuzchen Raubvögel waren. »Erst die Hypnose!«

»Aber ich hatte doch gerade …«

»Nicht Ihre Hypnose, natürlich! *Meine* Hypnose!«

Julius starrte ihn entgeistert an. »Wollen Sie sich auch an etwas erinnern?«

»Erinnern!«, kreischte der Therapeut empört. »Was glauben Sie eigentlich, was das hier für ein Betrieb ist? Einer dieser Läden, wo man Ihre Erinnerungen durchforstet und in Ihrer Kindheit herumwühlt? Pah! Dies ist eine Vergessens-Praxis! Es geht hier darum, unnütze Erinnerungen loszuwerden. Verdrängen funktioniert nicht, wollen Sie sagen? Irrtum! Verdrängen funktioniert ganz ausgezeichnet, wenn man es richtig macht! Das ist jedenfalls der Grund, warum Mr. Green hierherkommt.«

Green war ebenfalls im Türrahmen aufgetaucht und lächelte freundlich.

»Und wenn Sie bei mir keine Therapie machen wollen, mein Lieber, dann ist diese ganze Psycho-Geschichte mit der Nixe eben genau das: unnütze Erinnerung. Weg damit, sage ich! Es steht auch in meinen Geschäftsbedingungen, Sie können das gerne nachlesen! Wenn ich mich immer an all den Kram erinnern würde, den mir meine Patienten erzählen, wäre ich schon längst nicht mehr bei klarem Verstand!«

Er grinste Julius manisch an.

»Kommen Sie«, sagte er dann sanft. »Gucken Sie nicht so besorgt! Es ist ganz einfach.«

Julius war zurück in dem etwas zu dunklen Raum. Diesmal saß er auf dem Stuhl. Vor ihm auf dem Sofa lag der Therapeut und blickte ihn mit vertrauensvollen Eulenaugen an. Julius schwenkte halbherzig das Pendel.

»Etwas gleichmäßiger vielleicht«, sagte der Therapeut von unten. »Und dann sagen Sie einfach ›Vergiss es, Alisdair!‹. Das genügt. Oh, und erinnern Sie mich, dass ich noch Zucker kaufen muss. Und dann schnipsen Sie. Können Sie schnipsen?«

Julius schnipste und kam dabei mit dem Pendeln aus dem Rhythmus.

»Ausgezeichnet«, sagte der Therapeut. »Oh, und nett, Sie kennengelernt zu haben, Sie sind ein sehr interessanter junger Mann, wenn ich das so sagen darf. Viel Glück mit der Nixe. Kommen Sie doch einfach mal wieder vorbei – einmal die Woche haben wir Gesprächskreis.«

Julius pendelte schneller.

»Vergiss es, Alisdair!«, sagte er. »Und kauf Zucker!«

Er schnipste.

4. Im Netz

Der Diamant glotzte Julius böse an.

Julius glotzte zurück, dann nahm er eine Lupe zur Hand und glotzte mit größerem Kaliber. Der Diamant machte sich fett, blähte sich unter der Lupe auf wie ein Kugelfisch, doch schließlich gab er klein bei und offenbarte Julius sein schmutziges Geheimnis.

»Aha«, sagte Julius und legte die Lupe weg.

Seine Kundin, ein rothaariges delikates Wesen, wrang ihre nackten Finger.

»Können Sie es sehen? Haben Sie den Fehler gefunden?«

»Hmm«, sagte Julius.

Es war ein heikler Moment. Natürlich war die Dame nicht wegen eines Fehlers im Stein gekommen. In dieser Hinsicht war der Diamant makellos, ein echtes Schmuckstück, klar wie Wasser. Ein kostbares Stück, vermutlich zur Verlobung, ein Ring, den sie tragen *sollte*. Aber sie *wollte* ihn nicht tragen, das war das Geheimnis. Unter all dem Puder und Parfum saß irgendwo ein scharfer Instinkt und riet ihr davon ab, sich diesen Ring an den Finger zu stecken.

Und der Instinkt hatte Recht. Über dem Diamanten lag ein Schatten, ein hauchfeiner öliger Film aus Bosheit, konventionell gesprochen: ein Fluch. Die Dame würde das nicht gerne hören, noch weniger gerne glauben und schon gar nicht gerne *zugeben*, dass sie es glaubte. Wer ließ sich denn heutzutage noch von Flüchen ins Bockshorn jagen?

Julius selbst war sich auch nicht so sicher, was genau er davon halten sollte, aber er sah nun einmal, was er sah, steingewordenes Ressentiment, das wie ein Schleier über manchen Juwelen lag und allen in ihrer Umgebung das Leben schwermachte. Je härter der Stein, desto hartnäckiger schien auch der dazugehörige Fluch zu sein. Diamanten waren in dieser Hinsicht am nachtragendsten.

Julius glaubte, dass nur in den seltensten Fällen sich jemand wirklich die Mühe gemacht hatte, den Stein aktiv zu verfluchen, nein, diese Dinge passierten vermutlich einfach zufällig, wahrscheinlich in der heißen Enge der Minen, wo Edelsteine wortwörtlich mit Blut und Gier aus der Erde gewaschen wurden. Sensible Steine nahmen sich so etwas wohl zu Herzen, wurden bitter und stumpf, und er, Julius, musste dann sehen, wie er damit fertigwurde.

Das Ganze war selten so dramatisch, wie es sich im ersten Moment anhörte. Ein todbringender Fluch, der ganze Generationen blaublütiger Familien dahinraffte, war Julius bisher noch nicht untergekommen. Meistens ging es um banalere Dinge. Steine konnten dafür sorgen, dass ihre Träger schreckhaft waren, schlecht träumten, ständig einen Schnupfen hatten, von Hunden verbellt wurden oder immer an roten Ampeln warten mussten. Einmal war ihm sogar ein Rubin untergekommen, der eine Rechtschreibschwäche verursacht hatte.

Wie diese Dinge funktionierten verstand Julius ebenso wenig wie alle anderen, aber er hatte erlebt, *dass* sie funktionierten. Die Umschulung boshafter Juwelen war heute sogar eine seiner Spezialitäten und das eigentliche Geheimnis seines geschäftlichen Erfolges.

Manchmal konnte man die Steine einfach mit etwas Pflege und gutem Zureden, einer gemütlichen neuen Fassung oder einem beruhigenden Begleitstein – ausgeglichene kleine Saphire eigneten sich dafür ganz besonders gut – in eine freundlichere Stimmung versetzten.

Doch dieser Diamant war offensichtlich ein harter Fall.

»Hmmm«, murmelte Julius zum zweiten Mal. »Ich könnte es mit einer neuen Fassung versuchen, aber so wie ich es sehe, muss ich wahrscheinlich den Stein austauschen ...«

Er brach ab und legte den delinquenten Ring zurück auf ein Samtkissen, um zu beobachten, wie die rothaarige Kundin auf diese Information reagieren würde.

Die Dame sah ihn mit einer Mischung aus Hoffnung und Verachtung an. *Ja sicher, es ist der Stein, weg damit*, sagte ihr Unterbewusstsein. *Er will dir nur einen neuen Diamanten andrehen*, entgegnete ihr Verstand.

Das Unterbewusstsein schien den Sieg davonzutragen, denn auf einmal trat ein halb verspielter, halb lauernder Ausdruck in ihre Augen. Zweifellos hatte ihr eine ihrer Freundinnen davon erzählt, vorgebeugt, augenfunkelnd, atemlos flüsternd: Regen, jedes Mal, wenn sie ihr Collier trug, es war wie verhext gewesen, bis Julius den Verschluss repariert hatte, und seither nichts als Sonnenschein!

Natürlich glaubte sie normalerweise nicht an solche Dinge, aber … wie aufregend!

»Kann man das denn?«, fragte sie nun. »Ohne … ich meine, ohne dass man es sieht? Ich heiße übrigens Odette. Odette Rothfield.« Sie streckte Julius ihre nackte Hand hin.

Julius nahm die Hand und deutete eine Verbeugung an. Wenn sie einem ihren Namen verrieten, hatte man meistens gewonnen.

»Man muss natürlich den passenden Stein finden«, sagte er dann. »Das kann eine Weile dauern, bei einem so schönen Stück, aber im Prinzip ist es machbar.«

»Und was passiert mit dem alten Stein?«

»Den würde ich Ihnen zum Marktpreis abkaufen.«

»Oh!«, sagte Odette etwas enttäuscht – hatte sie etwa einen kleinen Exorzismus erwartet?

Julius wusste selbst nicht genau, warum, aber er kaufte alle verfluchten – oder vielleicht sollte man besser sagen: fluchenden – Steine, die er nicht reformieren konnte. Er verwahrte sie sicher in einem eigenen Tresor, wo sie vermutlich in ihrer Bosheit schmorten oder möglicherweise auch nur froh waren, wieder im Dunkeln zu sein. Vielleicht waren Edelsteine ja wie Flöhe in dieser Hinsicht – dunkelheitsliebend? War es das, was sie empörte? Das Licht, das sie Tag für Tag brechen und brechen und brechen mussten, ohne gefragt zu werden? Manchmal spielte Julius mit dem Gedanken, all seine gefährlichen Steine in einem einzigen Schmuckstück zu vereinen, einer Brosche vielleicht oder einem kolossalen, monströsen Ring. Er wusste, dass dies keine gute Idee war, aber irgendetwas daran reizte ihn.

»Ich lasse ihn also hier?«, fragte Odette, sichtbar erleichtert, den Ring erst einmal los zu sein.

Julius nickte.

»Und die Kosten?«

Er schrieb etwas auf die Rückseite seiner Visitenkarte.

»Das ist natürlich nur ein Schätzwert.«

Odette blickte unbeeindruckt hinunter auf die Zahl und nickte. »Einverstanden.«

Sobald Julius den Ring sicher eingetütet und verstaut hatte, ging eine feine, aber merkliche Veränderung in Odette vor. Ihre Schultern senkten sich, sie lächelte gedankenverloren und berührte ihr Haar, strich ihren Rock glatt. Wäre sie ein Hund gewesen, hätte sie sich geschüttelt und gestreckt. Plötzlich hatte ihr Gesicht fast etwas Spitzbübisches.

Julius sah ihr fasziniert, aber diskret zu.

»Hach, ich fühle mich so nackt!«, seufzte Odette und flatterte verspielt mit den Händen. »Wochen wird es dauern, meinen Sie?«

»Möglicherweise länger.«

»Dann muss ich mich wohl nach Ersatz umsehen.« Sie zwinkerte Julius zu, und Julius zwinkerte geschäftstüchtig zurück.

»Wollen wir mal sehen …« Odettes Blick schweifte über die Glasvitrinen und blieb dann an dem Tablett hängen, das im Hintergrund auf Julius' Werkbank lag.

»Kann ich das dahinten mal sehen?«

Nein! wollte Julius zuerst sagen, denn dort lagen, in verschiedenen Stadien der Vollendung, seine drei ersten – und hoffentlich einzigen – Portraits der Wasserfrau, aber dann griff er doch hinüber und stellte das Tablett schicksalsergeben vor Odette ab. Die Kundin war schließlich König. Königin. Oder so.

Sie blickte lange still auf die drei Ringe hinunter, und Julius sah ihr mit großem Unbehagen dabei zu. Es war so, als würde er ihr etwas zeigen, was sie gar nicht sehen sollte, was eigentlich niemand sehen sollte – sein Innenleben. Keine Anmut, Symmetrie und Ordnung, sondern das Chaos der Dinge unter der Oberfläche, blind und windend und seltsam verführerisch.

Er wartete darauf, dass Odette den Kopf schüttelte oder ihn vorwurfsvoll ansah. *Wie konnten Sie nur?* oder *Na hören Sie mal!* Aber nach einer Weile begann sie zu schnurren wie eine verzückte Katze, dann streckte sie zögerlich die Hand aus und streifte sich den ersten und größten der drei Ringe über den Finger.

»Wie angegossen!«

Sie spreizte ihre Hand vor Julius zur Ansicht aus.

Verdammt – er passte!

»Den muss ich haben!«

Wieder wollte Julius *nein* sagen, eigentlich eher *neeeeiiiiiiin!, auf keinen Fall, kommt gar nicht in die Tüte!* Es kam ihm falsch vor, dieses erzwungene, obsessive, *fremde* Ding einfach so an einem Damenfinger in die Welt hinauszuschicken. Aber unter dem flehenden Blick der Kundin geriet er ins Wanken. Warum eigentlich nicht? Wenn er hier schon kreativ festsaß, sollte sich die verdammte kleine Nixe wenigstens finanziell nützlich machen!

Er nahm also eine weitere Visitenkarte vom Stapel, drehte sie um, notierte eine Ziffer und schob sie Odette über den Glastisch zu.

Sie gab einen scharfen kleinen Ton von sich, doch dann nickte sie tapfer.

»Es ist ein Einzelstück«, sagte Julius entschuldigend. *Hoffentlich!*

Odette zückte seufzend ihre Handtasche und schrieb einen Scheck aus.

»Da! Der kommt mir jetzt nicht mehr vom Finger!«

Wer auch immer ihr den boshaften Diamanten angesteckt hatte, würde darüber kaum erfreut sein, aber das war schließlich nicht Julius' Problem.

Erst nachdem sich Odette mit viel Zeremonie und einem überraschenden kleinen Wangenkuss von ihm verabschiedet hatte und Julius den fetten Scheck in seinen Safe packte, fiel ihm ein, dass der Verkauf vielleicht doch keine so gute Idee gewesen war. Da draußen gab es irgendeinen perfiden Faux, einen brutalen Entführer von Wassernixen, der, von Google unauffindbar, in Julius' Vorstellung allmählich dämonische Dimensionen annahm. Jeder Versuch, ihm in einer seiner vielen möglichen Schreibweisen auf die Schliche zu kommen, war bisher im Sande verlaufen, doch nun spazierte dort draußen ein Ring herum, der Faux direkt zu Julius führen konnte, wenn der Zufall es so wollte.

Und Julius' Erfahrung zufolge nahm der Zufall alles, was er kriegen konnte.

Der Abend fühlte sich fast schon wie ein Sommerabend an, warm und weich, mit liebestrunkenen Nachtfaltern am Fenster und romantischem Katzengekreisch im Hof. Julius hatte das Fenster gekippt und saß zuhause am Computer. Neben ihm ruhte wie ein kleines Mausoleum der Flohpalast. Julius hatte es nicht übers Herz gebracht, ihn wegzuräumen. Vielleicht passierte ja etwas Wunderbares, irgendwann, irgendwie, irgendwo, und dann würde er froh sein, dass er noch da war.

Julius hackte zum hundertsten Mal »Foe« in eine Suchmaschine.

Friends of the Earth? War die Nixe irgendwelchen Umweltschützern in die Quere gekommen? Unwahrscheinlich.

Bands. Blogs. Der ganze übliche Kram.

Mr. Foe – ein Film. Julius bezweifelte, dass Flussfrauen fernsahen.

Mr. Faux? *Mrs.* Faux? Wer sagte denn, dass Faux ein Mann war? Miss Faux? Eine rivalisierende Nixe vielleicht? Um was stritten sich Wasserfrauen denn so? Flüsse? Fische? Muscheln? Männer? Julius schauderte, doch besonders wahrscheinlich kam ihm das Ganze dann doch nicht vor. Wäre es um eine reine Nixenangelegenheit gegangen, hätte die dunkle Flussdame die Sache vermutlich selbst in die schwimmhäutigen Hände genommen. Nein, sie brauchte Julius, weil ihre Schwester außerhalb ihres natürlichen Elementes saß. Auf dem Trockenen.

Vielleicht würde er doch wieder Green einschalten müssen, aber Julius wollte das eigentlich gerne vermeiden. Ihn einfach so zu seinem Therapeuten zu schleifen! Offensichtlich nahm Green den Fall nicht ernst. Und wollte Julius wirklich einen Privatdetektiv, der in Therapie war? Noch dazu in so einer Therapie?

Nein, es musste anders gehen. Alles war im Netz, alles, man musste nur wissen, wie man es herausfischte.

Metaphorisch vielleicht? Foe – der Feind. Faux – falsch. Falschgeld? Falschgold? Ein falscher Pelz? Eine Täuschung, eine falsche Oberfläche? Faux pas – ein Fehltritt? Konnte die Flussfrau überhaupt Französisch?

In diesem Moment tauchte auf seinem Bildschirm eine neue E-Mail auf. Odette Rothfield. Vielleicht hatte sie es sich ja anders überlegt und wollte den Ring zurückgeben? Das wäre nicht das Schlechteste gewesen.

Julius klickte.

Da waren Sie auch, stimmt's? stand da.

Und ein zwinkernder Smiley.

;-)

Julius konnte sich zuerst keinen rechten Reim darauf machen, doch dann entdeckte er den Anhang.

Klick.

Ein neues Fenster öffnete sich, und Julius sah das Bild eines dunkeläugigen Mannes, die beringten Hände beschwörend erhoben, dämonisch von unten beleuchtet. Eindrucksvoll, aber vielleicht ein bisschen zu laut für Julius' Geschmack.

Rote Buchstaben.

PROFESSOR FAWKES' WUNDERKAMMER!
DIE GRÖSSTE SHOW DER WELT!
INVITATION ONLY!

5. *Vor der Tür*

Die Tür sah harmlos aus – vielleicht ein bisschen zu harmlos. Ein simples, eher altmodisches Stiftschloss. Keine Riegel, kein Schnickschnack und ganz sicher keine Alarmanlage. Klingel und Namensschild gab es auch nicht, nur einen Briefschlitz, trotzdem wohnte hier Julius' Recherchen zufolge der ominöse Professor Fawkes. Es war alles andere als einfach gewesen, ihm auf die Spur zu kommen, aber ein kleiner inoffizieller Besuch beim Finanzamt hatte schließlich eine staubige Akte und eine Adresse zutage gefördert. Es war nicht wirklich ein Einbruch gewesen, versicherte sich Julius, schließlich war er zu Geschäftszeiten aufgetaucht, und die Tür zum Aktenraum war noch nicht einmal richtig abgeschlossen gewesen. Ein einfaches Buntbartschloss – kaum zu glauben, dass es das heute noch gab. Trotzdem – das flaue Gefühl in seiner Magengrube ließ sich nicht so einfach wegdenken.

Fawkes wohnte in einer schmalen, dunklen Seitenstraße in Bankside, in erfreulicher Nähe zur Themse. Noch vor ein paar Jahren wäre es eine besonders miese Adresse gewesen, aber nun wurde das alte Fabrikgebäude renoviert, und in den unteren Stockwerken entstanden Loftwohnungen.

Professor Fawkes' Tür sah allerdings vollkommen unrenoviert aus, und den Unterlagen des Finanzamts zufolge wohnte er hier bereits seit 1850 – obwohl das wohl nur ein Tippfehler sein konnte.

Wenn er überhaupt hier wohnte.

Julius schwitzte. Er hatte sich vorgenommen, gewissenhaft das ganze Prä-Einbruchprotokoll seines Großvaters durchzuexerzieren. Observation, Dokumentation, Aktion. Mit anderen Worten, er würde in schwarzen Jeans und schwarzem Rollkragenpullover zwischen einer Menge Gerümpel auf dem obersten Treppenabsatz auf der Lauer liegen und warten, bis Fawkes aus der Tür spazierte. Dann würde er weiter warten, bis Fawkes zurückkehrte, das Ganze an verschiedenen Tagen zu verschiedenen Zeiten, so lange, bis er verstand, nach welchem Muster der Alltag des Magiers ablief. Erst dann war es an der Zeit, das Schloss zu knacken und herauszufinden, was hinter der Tür lag – idealerweise die Nixe, in einer Badewanne vermutlich. Julius würde sie in eine Decke wickeln, die Treppen hinunterschleppen, dann die zweihundert Meter zur Themse, dann adieu.

Und es war auch kein richtiger Einbruch, immerhin ging es hier um die Befreiung entführter Personen. Julius versuchte, sich wie ein Polizist im Sondereinsatz vorzukommen, und schaffte es nicht.

Wenn die Tür nur nicht so verlassen ausgesehen hätte … Julius trat näher und legte höchst unprofessionell ein Ohr an das Holz.

»Das ist die falsche Tür«, raunte plötzlich eine Stimme hinter ihm. *Sehr nah hinter ihm.* Fast ein Flüstern. »Von dieser Tür würde ich mich fernhalten.«

Julius fuhr herum.

»Ich … äh … ich wollte gar nicht einbrechen … ich wollte nur, äh … ich bin der Nachbar. Ich habe da dieses, äh … Stöhnen gehört, und na ja, ich mache mir Sorgen. Ich glaube, es geht ihm schlecht, und äh, was ist dann mit seinen Haustieren? Die könnten abhauen und so.«

Haustiere? Abhauen? Was für ein bodenloser Unsinn! Sein Großvater wäre vor Scham im Boden versunken. Glücklicherweise machte die Person, die da hinter ihm an der Wand lehnte, nicht gerade einen offiziellen Eindruck.

Eher einen höchst inoffiziellen. Ein bisschen Punk, ein bisschen Gazelle, etwas Katzenhaftes. Eine Ziege war auch dabei.

Julius brauchte einen Moment, um zu entscheiden, ob er es mit einem sehr jungen Mann oder einer Frau zu tun hatte. Frau, entschied er dann. Groß. Jung. Hager. Trotz der Frühlingswärme trug sie eine voluminöse grasgrüne Wollmütze, darunter guckte glattes pechschwarzes Haar hervor, etwas tiefer pechschwarze Augen und noch tiefer ein rosiger, wütend lächelnder Mund. Spitze Zähne. Blass. So etwas wie ein schwarzes bodenlanges Kleid am Leib. Eine dieser Gothics vielleicht?

Jedenfalls nicht die Bürgerwehr und bestimmt nicht Fawkes. Das war erst einmal die Hauptsache.

Das Schweigen begann langsam ungemütlich zu werden, und Julius suchte gerade nach der nächsten idiotischen Ausrede, als die Goth-Frau endlich etwas sagte.

»Die entkommen nicht!« Ihre Stimme war leise und rau, und etwas in ihrem Ton verriet Julius, dass es wohl besser war, nun die Klappe zu halten.

Er stand also weiter mit hängenden Armen vor Fawkes' Tür wie ein Idiot und äugte sehnsüchtig nach dem obersten Treppenabsatz, wo er sich nun nicht mehr verstecken konnte. Die Frau hatte aufgehört zu lächeln, sie schien zu lauschen, und auf einmal zupfte sie ihn sacht am Ärmel.

»Komm hier weg«, sagte sie und warf einen misstrauischen Blick Richtung Tür. »Es ist nicht gesund, hier herumzustehen.«

Da hatte sie wahrscheinlich Recht, und Julius folgte ihr etwas kleinlaut die Stufen hinunter. Draußen nickte er kurz und vage, dann schlug er schnell den Weg zur nächsten U-Bahn-Station ein. Die Frau lief schweigend neben ihm her, unangenehm nah, und Julius versuchte, sie zu ignorieren.

Lange funktionierte das nicht.

»Was wolltest du vor seiner Tür?«, fragte die Frau im Gehen. Sie warf ihm einen scharfen, schwarzäugigen Blick zu.

Julius wollte gerade zu einer abwegigen und vermutlich peinlichen Erklärung ansetzen, doch dann passierte etwas Merkwürdiges.

»Ich plane einen Einbruch«, sagte er und verschluckte sich fast vor Überraschung.

Die Frau lächelte bitter. »Vergiss es! Glaub mir, nicht einmal ein Floh würde da reinkommen.«

»Würde er doch«, widersprach Julius reflexartig. »Flöhe kommen überall rein.«

Sie lachte leise. »Glaubst du? Was weißt du schon von Flöhen?«

»Eine Menge«, sagte Julius melancholisch. »Ich hatte welche. Noch vor einer Woche hatte ich 34 Flöhe.«

Er seufzte.

Die Frau blieb plötzlich stehen und hielt ihm die Hand hin.

»Elizabeth«, sagte sie mit ihrer rauen Stimme.

Sie zögerte. »Thorn. Elizabeth Thorn.«

Julius griff zu und schüttelte. Noch während des Schüttelns wurde ihm klar, dass sie, ihrer Geste nach zu urteilen, vermutlich eher so etwas wie einen Handkuss erwartet hatte. Er hielt inne und blickte unsicher auf Elizabeths fordernde weiße Hand hinunter. Es war eine schöne Hand, schlank und kräftig, aber dann vielleicht doch ein bisschen zu schlank und zu kräftig, die Finger etwas zu lang, die Nägel zu matt und bleich. An der Grenze zu gruselig, genau genommen.

Julius entschied sich also gegen den Handkuss und lächelte stattdessen, wie er hoffte, gewinnend.

»Was ist denn mit den Flöhen geschehen?«

Julius' Lächeln erstarb.

»Tot.«

»Sicher?«, fragte Elizabeth, als sie gemeinsam die Stufen zur U-Bahn hinabstiegen.

Drinnen in seiner Wohnung wird Professor Fawkes plötzlich von einer seltsamen Übelkeit erfasst. Das kommt ungelegen, ist er doch gerade dabei, nach der Fütterung die Räume seiner Eleven wieder zu versiegeln. Trotzdem, er muss sich sofort hinlegen. Fawkes stöhnt laut, die halbleere Milchflasche entgleitet seinen Händen und läuft auf dem Teppich aus. Schlecht, schlecht, schlecht, Milch auf dem Teppich. Ein scharfer, stechender Schmerz. Fawkes krümmt sich, die Milch und die fünfzehn Siegel vergessen. Er stolpert in sein Studierzimmer und lässt sich stöhnend und ächzend auf den Diwan fallen. Hier geht es etwas besser. Fawkes schließt die Augen und verliert erleichtert das Bewusstsein.

Als der Professor auch nach geraumer Zeit nicht zurückgekehrt ist, wagen sich die ersten seiner Eleven aus ihren Zellen, blinzelnd, zögernd, huschend, in Erwartung irgendeines Tricks. Nichts. Dann schnell! Den langen Korridor entlang, Richtung Tür! Manche können nicht. Manche wollen nicht. Manche trauen sich nicht. Manche werden vom Duft der langsam versickernden Milchpfütze betört, lassen sich auf dem Boden nieder und beginnen, die Milch aus dem Teppich zu saugen. Doch einige schaffen es bis zur Tür. Sie summen und reimen und singen, bis die Tür sich widerwillig öffnet, dann sind sie draußen im Treppenhaus.

»Hinunter«, flüstert jemand, also machen sie sich auf den Weg die Treppen hinab, zögernd und scheu, geblendet vom Licht, hinaus in eine fremde, neue Welt.

»Tadaaa!«, sagte Julius freudlos und klappte den Deckel des Flohpalastes auf.

Elizabeth spähte hinein.

Sie saßen draußen auf den Stufen, weil Elizabeth sich standhaft geweigert hatte, seine Wohnung zu betreten. Julius konnte es ihr nicht verdenken. Einem leicht verwirrten potentiellen Einbrecher wie ihm wäre er auch nicht in eine Wohnung gefolgt.

Trotzdem wollte sie mit einer gewissen Dringlichkeit seine Flöhe sehen, und Julius hatte einfach nicht widerstehen können. Vielleicht war es das letzte Mal, dass sich überhaupt jemand für den Flohpalast interessierte.

Elizabeth Thorn guckte lange und eindringlich auf seine verstorbenen Artisten hinunter. Sie schob sie mit bleichen Fingernägeln hin und her, pustete sie an und … *witterte*. Julius war in der Großstadt aufgewachsen und hatte noch nie jemanden wittern sehen, nicht einmal Hunde. Stadthunde *schnüffelten* eher. Trotzdem erkannte er es sofort. Elizabeth hatte den Kopf in den Nacken gelegt und ihre Augen zu Schlitzen verengt und sog lautlos und systematisch Luft durch die Nase, so als würde sie trinken. Julius sah ihr einigermaßen beunruhigt zu.

»Besonders tot sind sie ja nicht«, sagte sie schließlich mit einem zufriedenen Gesichtsausdruck.

»Tot genug«, seufzte Julius.

Elizabeth wiegte auf eine sehr katzenhafte Art den Kopf hin und her. Ja und nein, schien der Kopf zu sagen.

Ja und nein.

Plötzlich war Julius von einer irren, törichten Hoffnung erfüllt.

»Du meinst, sie sind nicht …«

»Doch«, sagte Elizabeth.

»Du meinst, man könnte …« So einfach ließ Julius sich jetzt nicht abschütteln.

»Verhandlungssache«, antwortete Elizabeth.

»Ich gebe dir, was du willst«, sagte Julius schlicht.

Elizabeth sah ihn prüfend an.

»Deine Zähne!«, sagte sie schließlich.

»Wie bitte?«

»Deine Zähne«, wiederholte Elizabeth. »Ich will all deine schönen weißen Zähne!«

Dann warf sie den Kopf in den Nacken und lachte, nicht bitter oder ironisch diesmal, ein fröhliches, echtes Lachen. Es klang wie Glocken, nein, wie Glockenblumen, wenn sie läuten könnten. Fein und klar und violett. Einen Moment lang sah sie sehr schön aus.

»Versprich nie jemandem alles, was er will«, sagte sie dann nüchtern und schon weniger schön. »Die Leute wollen seltsame Dinge. Aber das ist es nicht, was ich meine. Ich meine Verhandlungssache mit ihnen.«

Sie nickte mit dem Kinn Richtung Kiste.

»Cleo und Zarathustra und Lazarus?«, fragte Julius. »Aber wieso? Warum sollten sie …? Und wie?«

»Flöhe sind zähe Kreaturen. Sie haben sich nicht so einfach verabschiedet, oh nein, nicht sie. Die kleinen Blutsauger lauern noch eine Weile in der Nähe des Lebens herum, um zu sehen, was sich so ergibt. Und wenn der richtige Hund vorbeikommt – metaphorisch gesprochen –, dann werden sie springen. Wir müssen nur der richtige Hund sein.«

Julius nickte etwas ratlos. »Ich habe keinen Hund. Ich könnte einen kaufen.«

»Wir brauchen keinen Hund. Wir brauchen einen Kreuzweg auf offenem Feld, vorzugsweise einem Kornfeld. Wir brauchen Wasser und Feuer und ein paar andere Dinge, und wir brauchen Blut. Eine Menge Blut.«

»Menschenblut?«, fragte Julius schaudernd.

»Das will ich meinen«, antwortete Elizabeth Thorn und grinste.

6. The Ghost of a Flea

Was für eine Nacht! Julius verstand nicht ganz, wo so plötzlich der Vormittag herkam, aber er war zweifellos da, mit Sonnenschein, überschwänglichem Vogelgesang und dem sanften Murmeln des Straßenverkehrs. Julius trottete übernächtigt neben Elizabeth Thorn her und versuchte, im Gehen ein Frühstückssandwich zu verdrücken. Das war gar nicht so einfach, denn Elizabeth ging schnell und fließend und änderte manchmal abrupt die Richtung. Hatte sie etwa jemand beobachtet? Wurden sie verfolgt? Julius warf dann und wann hastige Blicke über die Schulter, geriet aus dem Konzept und musste ein paar Schritte joggen, um aufzuholen.

Den Rest der Zeit verbrachte er damit, Elizabeth aus den Augenwinkeln zu beobachten, heimlich, wie er hoffte. Alles an ihr war gewöhnungsbedürftig, ihr Gang, ihr Parfum (war das überhaupt ein Parfum?), die Art, wie sie sprach oder schwieg oder den Kopf hielt, und nicht zuletzt diese scheußliche Mütze. Wie seltsam sie aussah, wie fremd, wie fehl am Platz. Jetzt, unter den Bäumen, ging es etwas besser, ihr Gang wurde weich, ihre Konturen verschwammen, Licht und Schatten huschten über ihr Gesicht wie ein Lächeln. Ab und an gab es winzige Pausen, in denen sie einfror, mitten in der Bewegung, reglos, lauschend. Wie ein Reh. Wann hatte er zum letzten Mal ein Reh gesehen? Hatte er überhaupt schon mal ein Reh gesehen? Vielleicht im Fernsehen.

Julius hatte es bisher geschickt vermieden, über die kriminellen Aktivitäten der vergangenen Nacht nachzudenken und darüber, wie vernünftig dieses ganze Flohwiedererweckungsprojekt eigentlich war. Nicht besonders vernünftig, so viel stand fest, aber eine aberwitzige Chance war immer noch besser als gar keine, nicht wahr? Flohartistik und Juwelenentfluchung sahen auf den ersten Blick auch nicht gerade vernünftig aus, aber sie funktionierten. Und seit der Sache mit der Nixe stand Vernunft sowieso nicht mehr besonders weit oben auf Julius' Prioritätenliste: Flöhe, Nixe, der Juwelierladen, Grüntee, Licht und Stille, Porridge und Grapefruit zum Frühstück, Jazzmusik und so weiter – und dann irgendwo, ganz weit unten: Steuererklärung und Vernunft.

Sie hatten schon so gut wie alles Nötige beisammen, nur eine einzige, letzte, entscheidende Zutat fehlte anscheinend noch. Elizabeth weigerte sich hartnäckig zu sagen, um was genau es sich handelte, hatte aber versprochen, ihn hinzuführen.

Was hatte *sie* eigentlich vor Fawkes' Tür gewollt? Und was wollte sie jetzt von Julius? Die Sache mit den Zähnen konnte doch wohl nur ein Scherz gewesen sein!

Er war so vertieft, dass es einige Augenblicke dauerte, bis ihm klar wurde, dass sie angehalten hatten. Elizabeth stand still, die Handfläche freundschaftlich auf einem Baumstamm ruhend, in einer ihrer seltsamen Starrposen.

»Da ist es.«

Julius folgte ihrem Blick hinüber zu dem großen, distinguiert sandfarbenen Gebäude, das jenseits einiger frischbegrünter Bäume auf sie wartete.

»Shit!«

Elizabeth sah ihn überrascht an.

»Die Tate?«, schimpfte Julius. »Das kann doch nicht dein Ernst sein! Ich klaue doch nichts aus der verdammten Tate!«

»Es ist nicht, was es scheint«, murmelte Elizabeth.

»Aber natürlich ist es, was es scheint!«, rief Julius aufgebracht. »Es ist ein Museum. Ein verdammt bekanntes Museum. Weißt du, was die für Sicherheitssysteme haben?«

Julius' Vernunft hatte sich gerade an Steuererklärung und Grapefruit vorbeigekämpft und machte sich von den hinteren Rängen der Prioritätenliste aus lauthals bemerkbar.

Aber Elizabeth war schon weitergegangen, auf den Eingang zu, und Julius starrte ihr wütend nach. Jetzt war der Moment, sich umzudrehen und sie einfach stehenzulassen, mit ihrer blöden Mütze und ihrer arroganten, wortkargen Art. Julius konnte kehrtmachen und ab in die U-Bahn, zurück in sein Leben, flohlos zwar, aber frei, einigermaßen unbescholten und bei halbwegs klarem Verstand. Zurück zu seinem Atelier – und der Dunkelheit, die sich auf einmal in Form von Nixenringen in sein Leben drängte.

Das gab den Ausschlag. Julius atmete einmal tief durch, dann joggte er hinter Elizabeths grüner Mütze her. Sie führte ihn zügig durch das Museum: gut ausgeleuchtete Ausstellungssäle, Korridore, lange Galerien, eine riesige steinerne Halle, dunkel und weit wie ein Wald, vorbei an Touristen, kultivierten Rentnern und Schulklassen. Nur ein einziges Mal blieb sie stehen, vor einem ölig verschwommenen Gemälde in honigsüßen Topaztönen.

TURNER stand auf dem Schild.

»Alles, was der arme Mann malen wollte, war Licht«, murmelte Elizabeth kopfschüttelnd, dann ging es weiter, bevor Julius zu einem mehr oder weniger tiefsinnigen Kommentar ansetzen konnte. Er mochte Gemälde, stellte er fest, er mochte all die gerahmten Farbenmeere und halberzählten Geschichten. Licht im Dunkel, Ordnung im Chaos. Detailaufnahmen der Welt, die man bewundern und verstehen konnte. Ein bisschen wie sein Schmuck. Warum war er nicht viel früher hierhergekommen?

Elizabeth nahm auf sein neuentdecktes Kunstinteresse natürlich keine Rücksicht. Sie stieg eine gewundene Treppe hinauf, und Julius folgte ihrem Rocksaum, hinein in einen eher nüchternen, kleinen Raum. Ein Wachmann war beim Aufpassen eingeschlafen, winzige Bilder saßen wie Fliegen an den Wänden.

Julius spürte plötzlich so etwas wie einen Sog: Jedes dieser kleinen Bilder war eine Welt, und jedes war darauf aus, ihn zu verführen und zu verschlingen. Er schluckte. Elizabeth drehte sich zu ihm um und lächelte. Sie legte den Finger an die Lippen.

Julius sah sich nach potentiellen Floherweckungshilfen um, aber der im Schlaf leise schwitzende Wachmann war das Einzige hier, was seine Flöhe auch nur ansatzweise interessiert hätte – und es wäre doch mehr als nur ein bisschen absurd gewesen, den Wachmann zu stehlen, nicht wahr?

»Und?«, fragte er nervös, aber Elizabeth nahm ihn nur schweigend bei der Hand, und Julius folgte ihrem kühlen, trockenen Griff in den nächsten Raum, der in geheimnisvollem Blau gehalten war.

Vor einem kleinen goldgerahmten Bild blieb sie stehen.

»Das soll ich stehlen?«, fragte Julius etwas ratlos.

»Du sollst es dir ansehen«, antwortete Elizabeth.

Julius guckte gehorsam. Das Gemälde war etwa so groß wie der Flohpalast und von ebenso schöner dunkler Farbe, mit goldenen Sternen verziert wie ein Nachthimmel.

Zwischen den Sternen war ein Mann zu sehen, nein, nicht wirklich ein Mann, eher ein Wesen, eine Kreatur, ein muskulöser Dämon mit kleinen Drachenflügeln hinter den Ohren, nackt, züngelnd, seltsam beunruhigend. Der Dämon stand vom Betrachter abgewandt, angespannt und gelassen zugleich. Seine ganze Aufmerksamkeit schien einer goldenen Schale in seiner linken, entsetzlich langfingrigen Hand zu gelten. Irgendetwas kam Julius an der Figur und der Geste bekannt vor – aber was?

»Und?«, flüsterte er.

Elizabeth tippte mit dem Finger auf das Schild neben dem Bild.

William Blake, las Julius da. The Ghost of a Flea.

Ein Floh? Jetzt, wo er es wusste, fiel ihm durchaus eine gewisse Flohhaftigkeit auf. Der gedrungene Nacken, die Kurve der Stirn, die flohbraune Farbe …

»Und?«, flüsterte er wieder. Stehlen sollte er das Bild offensichtlich nicht, Gott sei Dank, aber irgendwie schien es trotzdem für die Floherweckung wichtig zu sein. Aber warum? Er drehte sich ratlos zu Elizabeth um, doch seine Hand war auf einmal leer, und Elizabeth stand nicht mehr neben ihm. Sie hockte etwas entfernt auf einer rotsamtenen Museumsbank, im Schneidersitz, undamenhaft verschränkt, und klopfte auffordernd auf den leeren Platz neben sich.

Julius plumpste erschöpft auf die Bank. Erst jetzt merkte er, wie müde er eigentlich war.

»William Blake war…«, begann Elizabeth.

Julius nickte schläfrig. Natürlich wusste er, wer Blake war – ein bisschen, irgendwie. Visionär und Poet der Romantik und offensichtlich auch Maler, brillant und vermutlich mehr als nur ein wenig durchgedreht. Sie hatten es in der Schule gelernt. *O Rose, thou art sick*… Julius war nicht klar gewesen, dass er so schön malen konnte.

»Er hatte scharfe Augen«, fuhr Elizabeth fort. »Er ließ sich nichts vormachen. Und er hatte einen Freund, John Varley. Varley war ein bisschen ein Scharlatan, aber das machte nichts, denn Blake war umso echter. Gemeinsam trafen sie sich beim Licht von drei Kerzen, um mit Geistern zu tändeln. Varley rief die Geister, aber nur Blake konnte sie sehen. Sehen und zeichnen. Und eines Abends sah Blake den Geist des Flohs an seiner Gartentüre, umschwirrt von Motten. Und er hat ihn gemalt.«

»Du meinst, er hat ihn wirklich gesehen?«, fragte Julius schaudernd. Die Vernunft machte sich wieder bemerkbar, wurde aber schnell von Reispudding und Open-Air-Kino auf die hinteren Ränge verwiesen.

Elizabeth grinste spöttisch. »Varley allein hätte noch nicht einmal den Geist eines Salatblattes beschwören können, aber Blake… das ist eine andere Geschichte. Und er ist doch eigentlich ganz gut getroffen, nicht wahr?«

Julius zuckte mit den Achseln. Irgendwie hatte das Wesen auf dem Bild etwas Flohhaftes, aber irgendwie auch nicht. Seine Truppe war jedenfalls anders.

»Und jetzt? Was hat das mit mir zu tun?«

»Ich wollte nur, dass du es siehst«, sagte Elizabeth und sah auf einmal sehr ernst aus. »Niemand ist einfach nur, was er ist, und niemand ist vollkommen das, was andere in ihm sehen. Wir sind alle etwas dazwischen. Mehr oder weniger dazwischen. Du mehr, ich weniger. Wenn deine Flöhe zurückkommen, werden sie sich verändern. Sie werden weniger sie selbst sein und etwas mehr das, was du in ihnen siehst. Du solltest dir nur sicher sein, *was* du in ihnen siehst. Blake hat das hier gesehen. Du möchtest keine 34 von denen in deiner Wohnung sitzen haben, nehme ich an.«

Julius verstand sogar ein bisschen, was sie meinte. Bei jeder echten Flohzirkusvorstellung gab es ein paar Menschen, die die Flöhe einfach nicht sahen, sich weigerten zu glauben, dass sie da waren. Und in jedem falschen Flohzirkus gab es Leute, die schworen, die Flöhe gesehen zu haben. Es gab etwas im Blick, das Dinge wahr oder falsch machen konnte. Das war es! Er sollte nichts stehlen – er sollte etwas verstehen. Elizabeth wollte sichergehen, dass er seine Flöhe nicht als kleine Monster sah. Aber Julius' Flöhe waren keine Monster. Sie waren … am ehesten so etwas wie Kollegen, vielleicht.

»Meine Flöhe sind anders«, sagte er entschieden, stand auf und ging erneut zu dem kleinen Gemälde hinüber.

Diesmal blickte er den unheimlichen Dämonenfloh mit größerem Wohlwollen an. So schlimm war er nun auch wieder nicht! Der Gesichtsausdruck wirkte zwar entschlossen, aber doch sicher eher hungrig als grausam, und die kleinen Flügelohren hatten beinahe etwas Sympathisches. Der Floh stand im Licht – das allein konnte ihn in eine ungenießbare Stimmung versetzt haben. Jetzt sah sich Julius auch die Umgebung des Flohs genauer an. Nicht besonders flohgerecht, diese Bretter, auf denen er da stand. Bretter … die Bretter, die die Welt bedeuten, gerahmt von Vorhängen – ganz klar: der Floh stand auf einer Bühne! Warum war ihm das nicht gleich aufgefallen? Und der geflochtene Zopf in seinem Nacken konnte nichts anderes als ein Golddraht sein!

»Das ist nicht nur der Geist eines Flohs«, verkündete er, so laut, dass sich ein kulturinteressiertes kleines Rudel älterer Damen am anderen Ende des Raums empört zu ihm umdrehte. »Das ist der Geist eines Zirkusflohs! Er ist einfach nur sehr hungrig, das ist alles.«

Nach ihren Auftritten waren Flöhe erschöpft und ausgehungert, und dieser hier hatte es vermutlich auch satt, sein ganzes Leben in Golddraht gespannt zu verbringen! Blake, bei all seinem Genie vermutlich kein Kenner des Flohzirkus, hatte den verstimmten Gesichtsausdruck des Geisterflohs einfach nur falsch interpretiert! Und der fallende Stern im Hintergrund … jetzt war Julius fast gerührt.

»Er ist eigentlich ganz in Ordnung!«, erklärte er mit einer gewissen Erleichterung, doch Elizabeth saß nicht mehr auf der Bank, und auch die älteren Damen flüchteten böse flüsternd aus dem Raum.

Der Kreuzweg behagte Julius nicht besonders. Dieser ganze Himmel! So viel Himmel konnte doch sicher nicht gesund sein! Und die Stille! Julius lauschte nach Autobrummen auf nächtlichen Landstraßen – vergebens.

Und es war *dunkel*, nicht nur dunkel wie in der Stadt, sondern DUNKEL wie in einem Sack. Elizabeth hatte ihm verboten, ein Licht mitzubringen, und Julius konnte kaum seine eigene Hand erkennen, geschweige denn den Weg oder das Gestrüpp am Wegesrand, das manchmal mit feinen widerbehakten Fühlern nach seinen Händen griff. Und war das überhaupt ein richtiger Weg, so gewunden und steinig und uneben?

Julius fühlte, wie er am Rande eines Nervenzusammenbruchs entlangstolperte.

Etwas, vielleicht eine Motte, flatterte in sein Gesicht, und Julius stieß einen kleinen Schrei aus.

Elizabeth seufzte. »Früher gab es hier so viele Nachtfalter, dass es war, als ginge man durch Schneeflocken. Kannst du dir das vorstellen?«

Julius konnte es nicht. Zum Glück.

»Setz dich«, sagte Elizabeth.

»Hier?«

»Genau hier!«

Julius ließ sich widerwillig auf dem staubigen Boden nieder. Wer konnte sagen, was hier alles so schlich und glitt, huschte, fleuchte und kroch?

»Bist du bereit?«

Julius nickte, obwohl er sich nicht besonders bereit fühlte. Im Dunkeln konnte das wahrscheinlich sowieso niemand sehen. Er hielt den Flohpalast vor sich hin wie eine Reliquie.

Eine Kerze entflammte, und Julius erkannte Elizabeths Gesicht, vielleicht eine Armlänge entfernt, oval und leuchtend und ebenmäßig wie eine Maske.

Mit der Präzision eines Insekts legte sie Dinge vor sich auf den Boden, simple Dinge, die sie gestern mit viel Aufwand aus Vorgärten, kleinen Läden und Supermärkten geklaut hatten: eine Blume, einen Stein, ein Stück Holz, ein Stück Zucker, eine flache Schale, die sie dann mit Wasser füllte. Julius schluckte. Es wurde immer schwerer, sich einzureden, dass Elizabeth einfach nur ein esoterisches Goth-Mädchen war.

»Jetzt das Blut!«

Plötzlich hatte Elizabeth ein gekrümmtes Messer in der Hand, fast einen Dolch. Ihre glatten Mandelaugen blickten ihn erwartungsvoll an.

Julius griff in seine Tasche und tastete nach den gestohlenen Blutkonserven. Das Messer züngelte nach ihm, und plötzlich war alles rot, seine Hände, seine Knie, der Flohpalast. Rot tropfte von Elizabeths Fingern, mischte sich mit dem Straßenstaub und roch salzig und übel und vage berauschend.

Julius schleuderte die leeren Blutkonserven angewidert ins Dunkel. Wenn er auch nur entfernt gewusst hätte, wohin, wäre er jetzt schreiend weggerannt. So aber blieb er sitzen, schluckte seine Angst hinunter und blinzelte. Das Messer war schon wieder verschwunden, und Elizabeth hielt ihre dünne rote Hand mit gespreizten Fingern über den Flohpalast. Ihre Augen fanden die seinen, und Julius konnte nicht wegsehen, so gerne er das auch gewollt hätte.

Und jetzt? Worauf wartete sie?

Elizabeth machte keine Anstalten, irgendeinen Flohzauber durchzuführen. Ihre blutige Hand schwebte abwartend über dem Flohpalast, wie ein unheilvoller Vogel.

»Was wolltest du vor Fawkes' Tür?«, fragte sie auf einmal.

»Einfach nur einbrechen. Beruflich«, antwortete Julius etwas lahm. Er schwitzte.

Elizabeth zog ihre Hand zurück und schüttelte den Kopf.

»Nein.«

Schweigen. Wieder diese nervenaufreibende Stille.

Julius gab klein bei.

»Ich muss eine Nixe befreien.«

Er wartete auf Spott oder eine Frage oder zumindest ein ironisches Lachen, aber Elizabeth nickte zustimmend.

»Wir *werden* bei Fawkes einbrechen. Mit *ihrer* Hilfe wird es gelingen. Und dann befreien wir alles, was befreit werden will. Und dann verstreuen wir Fawkes in alle vier Winde und verzehren sein Herz.«

Sie zog sich die Mütze vom Kopf, und Julius sah, dass sich zwei Hörner aus ihrem Ebenholzhaar wanden, eines stark und rund und geschneckt wie ein Widderhorn, eines klein und spitz und zickleinhaft.

Aber es waren nicht wirklich die Hörner, die Julius plötzlich mit Angst erfüllten, sondern ihre Augen, schwarze, bodenlose Löcher, gefüllt … nicht einmal wirklich mit Hass, mehr mit einer grenzenlosen, raubtierhaften Entschlossenheit. Wer auch immer Fawkes war, wen oder was auch immer er auf dem Gewissen hatte – in diesem Moment tat er Julius leid.

Elizabeth lächelte mit vielen Zähnen. Sie schloss die Augen und begann zu pfeifen, eine simple Melodie, beruhigend und beklemmend und ungeheuer schön.

Es war eine sehr alte Melodie, und die Flöhe hörten ihr eine Weile einfach nur zu. Sie rieben ihre Beine aneinander, strichen sich über ihre schlanken braunen Körper und dehnten die Sprungbeine. Sie steckten beratend die Köpfe zusammen, bewegten nachdenklich die Fühler und prüften mit Kennermiene den Duft des Blutes. Sie spürten Wärme und Wind, Herzschlag und Hautgeruch, ihre Panzer glänzten, und ihre schwarzen Linsenaugen funkelten.

Schließlich, widerwillig und neugierig, vorsichtig und kühn, kehrten sie zurück aus dem Fell der Dunkelheit in das Leben, weiser und stärker als zuvor, einer nach dem anderen, Marie Antoinette und Tesla, Oberon und Freud, Faust und Zarathustra, alle 34, und ganz zuletzt Lazarus Dunkelsprung, der Albinofloh.

Green

7. *Hunch*

Die Kleine sah schüchtern aus. Wie eine Maus vielleicht. Frank Green hatte erst gestern Abend eine Maus gesehen, aus nächster Nähe, in seinem Schrank, neben einer Schachtel mit Müsli. Nur hatte diese Maus gar nicht wirklich schüchtern ausgesehen, nur … *da*, irgendwie. *Ungeheuer* da. Genau wie die Kleine mit ihren großen Kirschaugen. Die sah bei genauerer Betrachtung eigentlich auch nicht schüchtern aus. Nur eben großäugig. Lemurenaugen. Er hatte da vor kurzem eine Sendung …

»Frank Green?«, fragte sie, wahrscheinlich nicht zum ersten Mal. »Privatdetektiv? Bist du das?«

Er atmete tief durch und versuchte, sich zusammenzunehmen.

Sie hielt eine Karte in der Hand, seine Business-Karte. Obwohl von einem Business in der letzten Zeit nicht wirklich die Rede sein konnte, abgesehen von diesem komischen Birdwell vielleicht, und als richtiger Fall hatte der sich ja auch nicht herausgestellt. Einen Augenblick lang war Green versucht, den Kopf zu schütteln und einfach jemand anderer zu sein. John White vielleicht oder Samuel Black. Samuel Black hätte vermutlich eine bessere Figur gemacht.

Er sah sich um. Es dämmerte bereits in seinem staubigen kleinen Büro, und er hatte sich nicht einmal die Mühe gemacht, die Schreibtischlampe anzuknipsen. Wozu auch – der Schreibtisch war leer.

Das Mädchen steckte die Business-Karte wieder in ihre Tasche, rutschte vom Stuhl und schob etwas über die Tischplatte, so weit sie eben konnte, auf ihn zu.

»Ich will, dass du sie findest.«

Jetzt musste er die Lampe doch anknipsen, und die Kleine floh vor dem Lichtkegel hinter den Kundenstuhl und beobachtete ihn von dort, genau wie ihn gestern die Maus beobachtet hatte, wach und sprungbereit und, wie Green vermutete, mit heimlichem Spott.

Er beugte sich vor und scheuchte erst einmal den schwarzweißen Schmetterling vom Schreibtisch. Der Schmetterling war nicht wirklich da, Green war sich einigermaßen sicher, dass er ihn sich nur einbildete, aber das hielt den aufdringlichen Flatterer nicht davon ab, Green schon seit Tagen auf die Nerven zu gehen. Ein schwarzer und ein weißer Flügel. Scheußlich!

Er zog das Bild näher zu sich heran und musterte es mit leicht gekräuselten Brauen und eindringlichem Blick, wie ein Fernsehdetektiv. Es war eine der wenigen Routinen, die noch funktionierten. Erst nach einer Weile professionellen Runzelns und Musterns wurde ihm klar, dass das, was er da in der Hand hielt, überhaupt kein Foto war. Eine Zeichnung. Keine ausgesprochene Kinderzeichnung, aber auch nicht gerade realistisch. Krakelig, genau, das war das Wort. Eine Frau mit einem runden Gesicht war zu erkennen. Die Haare waren graue Bleistiftkringel, der Mund ein freundlicher Strich, die Augen … irgendetwas war besonders an den Augen, nur zwei Tupfer in einem blässlichen Kornblumenblau, aber sie schienen sehr hell zu sein – leuchtend und scharf.

Er ließ das Bild zurück auf den Tisch fallen. Es drehte sich einmal um sich selbst und blickte dann wieder in seine Richtung, mit herausfordernden hellen Tupferaugen.

»Soll das ein Witz sein?« Er merkte, dass seine Brauen sich noch immer professionell kräuselten, und entspannte das Gesicht.

Das Mädchen wagte sich weiter in den gelben Lichtkreis. Sie hatte auch Kringellocken, aber natürlich nicht in Bleistiftgrau, sondern in glänzendem Schwarz. Die Locken sahen fett und gesund aus, prall wie Schlangen, und Green kam es so vor, als würden sie sich etwas zu viel bewegen. Er sah genauer hin, aber sosehr er sich auch anstrengte, er konnte die Schlangenlocken nicht wirklich bei unorthodoxem Verhalten ertappen.

Green blinzelte. Die Kleine hatte gerade etwas gesagt.

Geld lag auf dem Tisch. Ein Haufen Geld. Wortwörtlich. Fünfer und Zehner, Zwanziger und erfreulich viele rosige Fünfziger, bunt durcheinander. Alle Scheine hatten schon bessere Zeiten gesehen, aber jemand hatte sich die Mühe gemacht, sie zu glätten und zu säubern, und jetzt raschelten sie auf seinem Schreibtisch, gelb und grün und blau, ein willkommener, seltsam herbstlicher Haufen.

Tausend. Mindestens. Green ertappte sich dabei, wie er sich die Lippen leckte.

»Willst du keine Fragen stellen?«, fragte die Kleine.

Fragen. Okay. Richtig. Konnte sie haben, für so viel Geld.

»Wie heißt du denn?«

Das schien wiederum die falsche Frage zu sein, denn etwas im Gesicht des Mädchens zog sich zu wie ein Vorhang.

»Ich heiße nicht«, sagte sie schließlich.

Miss X also. Auch gut. Einer seiner letzten Klienten hatte darauf bestanden, dass er ihn Sex Machine nannte. Den entlaufenen Leguan hatte er dann doch nicht gefunden, trotz der ganzen Handzettel und Tierheimbesuche. Selbst der Leguan hatte ein besseres Fahndungsfoto gehabt als die strahläugige Strichfrau.

Ach so.

Fragen.

»Und wie heißt sie?« Er tupfte mit dem Zeigefinger auf das Bild. Es fühlte sich seltsam befriedigend an. Er tupfte noch mal. Und noch mal.

»Rose. Rose Dawn. Oma Rose Dawn.« Miss X schien verstanden zu haben, dass Fragen nicht seine Stärke waren (was war schon seine Stärke – Brauenrunzeln?), und begann zu erzählen.

Auch wenn er zwischendurch ständig von dem verdammten Schmetterling abgelenkt wurde, konnte er sich am Ende die Geschichte so etwa zusammenreimen.

Rose Dawn war anscheinend Miss Xs Großmutter, und X sollte bei ihr die Ferien verbringen. (Wieso Ferien – waren überhaupt Ferien?) Großmutter Rose hatte eine kleine Wohnung in Chelsea, und als die Miss dort ankam, war ihre Oma verschwunden. Mit dem Auto, stellte sich heraus, obwohl sie gar keinen Führerschein hatte. Nicht mit ihrem Auto, natürlich, sondern mit dem des Fleurop-Blumenboten. Sie hatte den Blumenboten in die Besenkammer gesperrt und war mit seinem Auto – einem großen roten Lastwagen mit Lilienaufdruck – davongefahren. Niemand hatte sie seither gesehen, und im Krankenhaus war sie auch nicht – zum Glück.

»Soso.« Green versuchte, den Schmetterling zu ignorieren.

»Das ist ein Fall für die Polizei«, sagte er schließlich mit bedauerndem Blick auf den unsaisonalen Geldhaufen.

»Nein«, sagte die Kleine nachdrücklich. »Die Polizei wird nichts finden.«

»Aber ich?«

Sie nickte ernst. »Du bist uns empfohlen worden.«

Wer würde schon einen Privatdetektiv mit Konzentrationsstörungen empfehlen? Jemanden, der in Behandlung war, Stimmen hörte und Schmetterlinge sah, alles zu den falschen Zeiten, und nicht einmal einen grasgrünen Leguan finden konnte?

Miss X sah ihn mit einem zufriedenen Gesichtsausdruck an, fast einem Lächeln, so als wäre jetzt alles geklärt. Sie war schon an der Tür.

»Warte«, sagte er und deutete auf seinen ungewohnt vollen Schreibtisch. »Das ist zu viel!«

Die Schlangenlocken schüttelten den Kopf – so sah es zumindest aus.

»Nein, es ist genau richtig!«

Green zuckte mit den Schultern und folgte der Miss zum Ausgang. Für so viel Geld konnte er wenigstens die Türe aufhalten. Als er zu ihr hinunterblickte, fiel ihm auf, wie klein sie war. Noch kein Teenager, jedenfalls kein richtiger. Elf, höchstens. Er dachte an die runtergekommene Gegend und die runtergekommene Straße und das runtergekommene, halbleere Bürogebäude mit seinem Büro. Kein Platz für ein Kind, eigentlich, schon gar nicht so spät am Tag.

»Ich bring dich nach Hause«, sagte Green. »Du solltest hier abends nicht herumlaufen, so ganz allein.«

Miss X blickte zu ihm auf und grinste überraschend breit und respektlos. »Aber ich bin doch nicht allein!«

Erst jetzt sah Green die Gestalt im Wartezimmer, durch die Milchglasscheibe war sie ihm vorher gar nicht aufgefallen. Groß, sehr groß, geradezu unsinnig groß, mit einem feinen grauen Trenchcoat und dunklem Bogarthut – die Karikatur eines Detektivs. Unter der Hutkrempe nur Schatten, sosehr sich Green auch anstrengte, einen Blick auf das Gesicht des Fremden zu erhaschen. Die kaputte Glühbirne an der Decke half da natürlich auch nicht weiter. Der Typ hatte sich eine Illustrierte gegriffen – *Men's Health*, die Weihnachtsausgabe – und las, oder er tat nur so. Nun blickte er auf, und obwohl Green seinen Blick nicht sehen konnte, konnte er ihn spüren, an diesem seltsamen Punkt im Nacken, der noch nicht begriffen hat, dass wir nun Anzüge tragen und es schon lange kein Fell mehr zum Sträuben gibt.

Auf einmal hatte Green keine Lust mehr, jemanden nach Hause zu bringen.

»Mr. Hunch!«

Die Schlangenlocken hüpften. Miss X zupfte den Fremden am Ärmel, zupfte ihn mit Leichtigkeit aus seinem Stuhl, bis hin zur Tür. Mr. Hunch versuchte, sich klein zu machen, schaffte es irgendwie, dann waren die beiden draußen auf dem Flur.

Das Mädchen winkte.

»Bis morgen dann«, sagte sie, so als wäre Green ein Geigenlehrer oder Tanztherapeut oder Kinderpsychologe oder so was. Morgen schon? Wieso morgen?

Als er einige Augenblicke später benommen seinen Kopf aus der Tür steckte, konnte er die beiden noch am Ende des Flurs erkennen. Mr. Hunch hatte sich weit heruntergebeugt und schien der Kleinen etwas zuzuflüstern, mit einer seltsam hohen, gespenstischen Stimme – aber wahrscheinlich bildete sich Green auch das nur ein.

Er schloss die Türe, sperrte sie nach einem Moment des Zögerns hinter sich ab, scheuchte den blöden schwarz-weißen Schmetterling vom Illustriertenstapel und setzte sich wieder an den Schreibtisch. Green sortierte die Geldscheine in ordentliche kleine Bündel, erst nach Farbe, dann in Hunderterbündel. Jedes Hunderterbündel bekam eine Büroklammer umgeklemmt, weil es so schöner aussah.

Als die Scheine ein optisch erfreuliches Bild boten, öffnete Green die Schreibtischschublade und holte Notizbuch und Füllfederhalter heraus.

Er schlug das Notizbuch auf.

Der schwarz-weiße Schmetterling flatterte wie verrückt.

Was, wenn es die Nixe wirklich gibt?
stand da als letzter Eintrag, und davor
Was, wenn er gar nicht grün ist?

Green nahm seinen Füllfederhalter zur Hand und malte zwei entschlossene horizontale Striche.

Ein neuer Anfang. Eine neue Chance.

Er schrieb los.

Warum Lilien? Lilien sind Friedhofsblumen. Warum keine Rosen? Ist das Auto überhaupt von Fleurop?

Er malte eine Reihe von Fragezeichen,

??

hielt inne, ertappte sich fast beim Stiftkauen und schrieb weiter:

Warum ein Lastwagen? Was war im Laderaum, als das Fahrzeug bei Oma Rose ankam? Und was ist jetzt drin?

Eine ältere Dame ohne Fahrerfahrung würde sich wohl kaum einen sperrigen roten Laster aufhalsen, es sei denn, es ging ihr um das, was hinten im Laderaum war. Blumen? Ältere Damen waren manchmal geradezu wild auf Blumen. Oder sie wollte etwas transportieren. Etwas Großes.

Oder sie ist einfach verrückt.

Den letzten Satz strich Green gleich wieder durch.

~~Oder sie ist einfach verrückt.~~

Verrücktheit war schön und gut, aber sie erklärte noch gar nichts. Er hatte im Laufe seiner Behandlung schon einige verrückte Leute kennengelernt, und seiner Meinung nach hatten sie genauso gute Gründe für ihr Handeln wie jeder normale Mensch auch – nur eben andere.

Warum findet niemand den roten Lastwagen?

Das war schon eher aufschreibenswert. Es machte eigentlich keinen Sinn. Die Polizei hatte Videoüberwachung und Funkstreifen und ein landesweites Fahndungsraster. Wenn die nach einem großen roten Lastwagen suchten, fanden sie ihn für gewöhnlich. Es sei denn … Wenn Green etwas Großes und Auffälliges nicht finden konnte – zuletzt seinen Badevorleger –, lag es meistens daran, dass etwas mit seiner Vorstellung von dem Ding nicht stimmte. Gelb statt blau. Rund statt eckig. Manchmal lag es allerdings auch an den Stimmen oder dem verdammten Schmetterling.

Hört Rose auch Stimmen?

Ist der Wagen wirklich rot?

Sucht die Polizei überhaupt?

Streng genommen hatte die kleine Miss X mit der hyperaktiven Lockenfrisur nicht gesagt, dass die Polizeifahndung erfolglos geblieben war. Sie hatte gesagt, dass sie erfolglos sein würde. Wann war die ganze Sache eigentlich passiert? Vor ein paar Tagen? Gestern? Heute? Green stellte sich vor, dass sie gerade passierte. Gerade jetzt saß Rose Dawn irgendwo am Steuer und kämpfte mit dem Verkehr wie mit einem mittelalterlichen Lindwurm, eine geheimnisvolle Fracht im Laderaum.

Und wenn dem so war: Warum war die kleine Miss so schnell zu ihm gekommen? Woher wusste sie das mit dem Lastwagen? Und warum ging sie nicht zur Polizei?

Er blätterte ein paar Seiten vor, hinein in die unerforschte reinweiße Zukunft seines Notizbuches, und notierte

Miss X und Mister Hunch ?????????????

Vielleicht waren die beiden ja nicht zu ihm gekommen, weil er die richtigen Fragen stellte. Vielleicht waren sie hierhergekommen, weil er gar keine Fragen stellte. Die Spitze seines Federhalters schwebte einen Moment lang über dem Papier wie eine von Zweifeln geplagte Libelle, doch sie stieß nicht zu.

Green blätterte wieder nach vorne.

Er würde mit dem Fleurop-Boten sprechen müssen – hoffentlich hatte ihn jemand aus der Besenkammer gelassen. Er musste sich Roses Wohnung ansehen, die Nachbarn befragen, er würde …

Schwarz-weiß, ritsch-ratsch, zick-zack – wenn nur der Schmetterling nicht wäre! Green machte scheuchende Bewegungen mit seinem Füllfederhalter, spritzte Tinte auf das Notizbuch und seufzte. Er hasste Tintenflecke in seinem Notizbuch. Er hasste Tintenflecke überall, nicht nur Tintenflecke, eigentlich alle Flecke, besonders rote. Manchmal kam es ihm so vor, als wäre sein ganzes Leben nur ein einziger dämlicher Rorschach-Test.

Er holte Löschpapier aus der Schreibtischschublade und saugte die verspritzte Tinte notdürftig auf. Dann beugte er sich wieder über sein Notizbuch, ohne den Schmetterling eines weiteren Blickes zu würdigen, und formulierte das größte Rätsel von allen:

Wer in aller Welt hat mich empfohlen?????

8. Weathervane

Rose Dawn wohnte im dritten Stock eines adretten roten Ziegelhauses mit Klingelschildern aus goldenem Messing und einem Blümchenteppich im Treppenhaus. Oder besser gesagt: sie wohnte dort gerade nicht.

Green hatte schon drei Mal auf den glänzenden Klingelknopf gedrückt und dreimal dem melodischen Klingelton im Wohnungsinneren gelauscht und war sich mittlerweile ziemlich sicher, dass tatsächlich niemand zuhause war.

Er kämpfte gerade gegen die Versuchung, Roses Tür mit einem gezielten Kick aufzutreten, als sich knarzend die gegenüberliegende Wohnungstüre öffnete. Eine kleine habichtartige Alte starrte heraus.

»Wollen Sie zu Rose?«

»Ja«, gab Green zu. Er hatte wiederholt auf den Klingelknopf mit der Aufschrift *Dawn* gedrückt, und dieser alte Vogel hatte ihn vermutlich die ganze Zeit durch den Türspion beobachtet. Leugnen zwecklos.

Die Frau feixte. Ihre feinen grauen Haare waren in einer strengen, aber nicht besonders schmeichelhaften Steckfrisur strategisch über den Kopf verteilt, ihre Kleidung konsequent in Haferschleimfarben gehalten. Grundschullehrerin im Ruhestand, vermutete Green, oder irgendein anderer Drachenberuf.

»Sie hat was ausgefressen, stimmt's?«, fragte die Frau mit leuchtenden Augen. »Sind Sie von der Polizei?«

Green nickte. Es war nur eine kleine Lüge. Die Polizei würde nichts finden, hatte die kleine Miss X gesagt, und er würde vermutlich auch nichts finden. Und noch wichtiger: die Alte *wollte*, dass er von der Polizei war, und Green hatte gelernt, solche Erwartungen nicht zu enttäuschen.

»Das wurde aber auch Zeit!«, sagte sie triumphierend. »Wenn Sie wegen des Lärms kommen, sind Sie allerdings reichlich spät dran. Seit gestern früh ist alles ruhig.«

Green zückte sein Notizbuch. Die Sache begann doch eigentlich ganz vielversprechend.

»Samuel Black«, sagte er und runzelte offiziell die Brauen. »Kommissar, äh, Hauptkommissar.«

»Soso.«

»Und Ihr Name bitte?«

»Claire Weathervane.« Sie deutete auf ihr Klingelschild. »Sind Sie von der Mordkommission?«

»Nein«, sagte Green und notierte *Weathervane* in seinem Notizbuch.

»Drogen? Würde mich nicht wundern!«

Green schüttelte den Kopf. »Erzählen Sie mir doch bitte von dem Lärm.«

»Was gibt's da schon zu erzählen?«, fragte die Weathervane. »Lärm eben. Ein Höllenlärm. So etwas geht einfach nicht in einem Haus mit mehreren Parteien.«

»Wie Baulärm? Klopfen und Hämmern?«, fragte Green.

»Manchmal Klopfen. Und Stimmen.«

»Streit? Schreie?«

Claire Weathervane überlegte. »Nein, einfach nur Stimmen. Viele verschiedene Stimmen. Laut manchmal, aber man konnte kein Wort verstehen.«

Green, der davon überzeugt war, dass der alte Vogel sein Bestes getan hatte, das eine oder andere Wort zu verstehen, nickte.

»Fremdsprachig?«

»Araber!« Die Alte senkte die Stimme, machte den Hals lang und sah auf einmal noch habichthafter aus. Hühnerhabichthaft, um genau zu sein. »Und die Musik …«

Sie schauderte.

»Wie eine Party?«

Die Alte sah ihn verständnislos an. Vermutlich hatte sie schon seit Jahrzehnten niemand mehr auf eine Party eingeladen. Green überlegte, wann *er* eigentlich das letzte Mal auf einer richtigen Party gewesen war, und seufzte melancholisch.

»Was weiß ich«, rief Claire Weathervane ungeduldig. »Ich kann Ihnen sagen, was ich weiß, Herr Kommissar. Tagelang ist niemand in die Wohnung gegangen. Und niemand hat die Wohnung verlassen. Was soll denn das für eine Party sein?«

»Hauptkommissar«, korrigierte Green beleidigt.

Er überlegte. Seine Zeugin investierte offensichtlich einige Energie in die Überwachung des Treppenhauses, und so hatte ihre Aussage ein gewisses Gewicht. Andererseits musste sie auch irgendwann schlafen. Jeder schlief irgendwann.

»Vielleicht war es ja der Fernseher?«

»Immer ist alles der Fernseher!«, rief die Weathervane und warf empört ihre Hände hoch. »Warum soll denn immer alles der Fernseher sein?«

Green beschloss, das Thema zu wechseln.

»Kennen Sie Rose Dawn gut?«

»Sie wohnt hier seit fünfzehn Jahren«, sagte die Alte in einem Ton, der keinen Zweifel daran ließ, dass dies für eine zufriedenstellende Bekanntschaft wohl kaum ausreichte.

»Wissen Sie, was sie beruflich macht?«

»Sie hat irgendeinen Laden. Vermutlich einen Ramschladen.«

Green notierte *Ramschladen.*

»Haben Sie ein Foto von ihr?«

Der alte Habicht starrte ihn an wie einen Geisteskranken. »Natürlich nicht.«

»Wie würden Sie sie beschreiben?«

Claire Weathervane verschränkte die dürren Arme vor der Brust und überlegte lange und sorgfältig.

»Sie war komisch«, sagte sie dann mit Nachdruck. »Irgendwie komisch.«

Green nickte und tat so, als würde er etwas Wichtiges in sein Notizbuch schreiben. Er überlegte einen Moment, ihr die krakelige Zeichnung mit den blauen Augen zu zeigen, entschied sich aber dann dagegen.

»Ist Ihnen in der letzten Zeit etwas Besonderes aufgefallen? Besucher oder so?«

Die Alte schüttelte zufrieden den Kopf. »Besonders viele Freunde hatte sie ja nicht. Eigentlich gar keine.«

Ganz im Gegensatz zu Claire Weathervane, vermutete Green, die sich wahrscheinlich vor Popularität kaum retten konnte. Was nun? Green fielen keine Fragen mehr ein, und so konzentrierte er sich wieder aufs Brauenrunzeln.

»Kennen Sie die Enkelin?«, fragte er dann, einer plötzlichen Eingebung folgend.

»Enkelin?«, rief die Weathervane. »Ich wusste noch nicht einmal, dass sie Kinder hat!«

»Kleines Mädchen. Dunkle Locken. Vielleicht elf. War hier vor ein paar Tagen und hat nach Rose gesucht.«

Die Weathervane schüttelte den Kopf. »Hier war noch nie ein kleines Mädchen«, sagte sie im Brustton der Überzeugung.

Das war nun wieder nicht uninteressant.

Der Schmetterling, der sich bisher erfreulicherweise im Hintergrund gehalten hatte, flatterte nach vorne und ließ sich auf der präzisen Altdamenfrisur nieder. Plötzlich sah die Alte auf merkwürdige Art selbst wie ein verschrumpeltes kleines Mädchen aus – komplett mit Schürze und Schleife im Haar.

Green kam aus dem Konzept.

»Das, äh … wäre dann erst einmal alles, Frau, äh, Weathervane. Wenn Ihnen noch etwas einfällt, dann, äh …« Green zögerte. Seine Telefonnummer wollte er ihr nun eigentlich nicht geben.

»Wollen Sie da mal reingucken?«, fragte die Alte plötzlich mit glänzenden Augen und stach ihr spitzes Kinn Richtung Roses Wohnungstüre. »Ich hab den Schlüssel. Sie hat mich vorgestern gebeten, nach ihren Pflanzen zu sehen, aber ehrlich gesagt: Keine zehn Pferde würden mich da reinkriegen.«

Green guckte überrascht. So wie er sie eingeschätzt hätte, dürfte es für Claire Weathervane eigentlich nichts Schöneres geben, als ungestört in Rose Dawns Wohnung herumzuschnüffeln. Irgendetwas von dem, was sie gehört hatte, musste sie tiefer verunsichert haben, als es den Anschein machte. Oder sie *war* schon in der Wohnung gewesen und hatte dort etwas gefunden, mit dem sie nichts zu tun haben wollte.

Roses Tür knarzte nicht. Lautlos wie auf Schienen glitt sie auf, und Green, dem klar war, dass die alte Weathervane ihn durch ihr Guckloch beobachtete, trat beherzt hindurch und zog die Türe hinter sich wieder zu.

Nach all den abfälligen Bemerkungen der Weathervane hatte Green ein gewisses Chaos erwartet, aber Roses Flur war sauber und wohlgeordnet. Drei Paar geschmackvolle Damenschuhe standen auf einem Holzgitter bei der Garderobe, außerdem war da noch Platz für ein viertes Paar. Das vierte Paar fehlte. Ein Regenschirm steckte im Schirmständer, zwei überraschend elegante Jacken hingen an Garderobenhaken. So weit, so normal. Eine Sache war dann aber doch komisch: der Geruch. Ein säuerlicher, Übelkeit erregender Geruch hing in der Luft. Der Geruch gehörte nicht hierher, entschied Green. Er musste aus einem der Zimmer kommen.

Alle Türen zum Flur hin waren geschlossen, doch durch die Glasfenster der Zimmertüren fiel milchiges Licht. Green machte einen Schritt nach vorne und öffnete vorsichtig die erste Tür. Badezimmer. Fläschchen, Tinkturen und eine Gummiente im Regal. Die Badewanne hatte Löwenfüßchen, der Spiegel guckte ihn vorwurfsvoll an.

Weiter.

Auch in der Küche gab es nichts Sensationelles zu sehen, außer dass Rose nach ihrer letzten Mahlzeit hier zuhause nicht abgespült hatte. Das hätte vielleicht die Weathervane schockiert, aber Green war schon ganz anderen Küchenszenarien gegenübergestanden, nicht zuletzt bei sich zuhause. Er begutachtete den einzelnen benutzten Teller. Eindeutig keine Party. Frühstück, entschied er. Vermutlich Croissant oder irgendein anderes Blätterteiggebäck. Doch als er sich umdrehte, um wieder zurück in den Flur zu gehen, fiel ihm noch etwas auf: In der Ecke neben der Küchentür lag achtlos hingeworfen und halbvertrocknet ein enormer Strauß weißer Rosen. So ganz versessen auf Schnittblumen konnte Rose also doch nicht sein.

Der nächste Raum, eine kleine Abstellkammer, sah vielversprechend aus. Die Tür stand offen, und drinnen herrschte ein heilloses Durcheinander, hauptsächlich von Besen.

Kehrbesen, Langbesen und Wischmopp lagen wild auf dem Boden verstreut, orgiastisch verschlungen mit einem Staubsauger, zwei umgeworfenen Eimern und einem Verlängerungskabel. Das musste dann wohl die Besenkammer sein, und es sah tatsächlich so aus, als wäre hier jemand eingesperrt gewesen und hätte dabei eine stattliche Unordnung angerichtet. Der Fleurop-Bote? Green überlegte, ob das wohl der Lärm war, den Claire Weathervane gehört hatte. Aber Musik? Wie war der Bote eigentlich wieder aus der Kammer herausgekommen? Die Tür sah nicht aufgebrochen aus, eher so, als hätte sie einfach jemand von außen geöffnet.

Green machte sich eine Notiz.

Dann ging er weiter.

Die nächste Tür war breiter als die anderen, mit einem großen Glasfenster, durch das goldenes Sonnenlicht fiel. Er trat ein. Im ersten Moment dachte Green nur, welch ein schöner Raum das doch war, groß und hell und sonnig, mit einem kleinen Sitzerker und einladenden violettsamtenen, etwas formlosen Sitzmöbeln.

Dann traf ihn der Gestank. Sauer und ranzig, schneidend und scharf. Und Green sah sofort, wo er herkam.

Auf dem Boden, auf Tischen und Stühlen, sogar auf dem Kaminsims – überall standen Schalen. Unsinnig viele Schalen, Müslischalen und Teeschalen und Obstschalen und Dessertschalen. Zweckentfremdete Aschenbecher und Seifenschalen. Und alle waren sie mehr oder weniger mit einer hellen Flüssigkeit gefüllt. Milch. Milch, die schon seit einiger Zeit ungekühlt in diesem warmen, sonnigen Zimmer stand und mittlerweile zum Himmel stank.

Was in aller Welt hatte Rose Dawn mit so vielen Milchschalen gewollt? Katzen? Waren das die Stimmen gewesen, die Claire Weathervane gehört hatte? Katzenstimmen? Katzenmusik? Green glaubte es eher weniger. So viele Katzen hätten Spuren hinterlassen, zumindest Haare, wahrscheinlich auch Kratzspuren, aber abgesehen von der Schaleninvasion war der Raum makellos sauber und adrett. Das Ganze sah mehr wie eine Kunstinstallation aus. Nicht, dass Green viel von Kunstinstallationen verstanden hätte, aber soweit er es beurteilen konnte, waren das Dinge, die Sinn machten, weil sie keinen Sinn machten. War Rose eine Künstlerin?

Ihm wurde langsam schwindelig von dem Gestank, und selbst der schwarz-weiße Schmetterling saß etwas benommen auf dem Sofa. Green beschloss, ein Fenster zu öffnen, und balancierte vorsichtig zwischen den Gefäßen hindurch Richtung Erker.

Mit dem offenen Fenster ging es etwas besser, und Green bemerkte zum ersten Mal Roses prächtige Zimmerpflanzen. Orchideen und Grünlilien, Duftgeranien und Kamelien und in einer Ecke eine stattliche Palme.

Rose Dawn mochte Pflanzen. Ganz zweifellos. War sie deshalb mit dem Fleurop-Auto durchgebrannt? Doch so wie es aussah, schätzte Rose lebendige Pflanzen um einiges mehr als Schnittblumen. Green entdeckte zwischen den Töpfen eine metallene Gießkanne und machte sich daran, die Blumen zu gießen, da er nun schon einmal hier war. Auf Claire Weathervane war in dieser Hinsicht ja offensichtlich kein Verlass. Er balancierte also einige Male zwischen Küche und Wohnzimmer hin und her, bis alle Pflanzen einen halbwegs zufriedenen Eindruck machten.

Gerade als er die Kanne wieder zurück auf das Fenstersims stellen wollte, fiel ihm aus den Augenwinkeln eine Bewegung auf – nur eine winzige Bewegung, aber sie war da. Ganz langsam stellte Green die Kanne ab, dann warf er sich plötzlich herum und stieß dabei eine der Schalen um.

Nichts, dachte er zuerst, doch dann sah er es wieder: eine Bewegung, so langsam, dass sie eigentlich kaum als Bewegung zu erkennen war. Auf dem lackierten Beistelltisch neben dem Sofa kroch schamlos eine Schnecke und zog eine regenbogenschillernde Schleimspur hinter sich her. Green trat näher. Endlich so etwas wie eine Spur, auch wenn es erst einmal nur eine Schleimspur war. Die Schnecke war ein Indiz, Green konnte es spüren. Er holte sein Notizbuch hervor und notierte *Schnecke*, dann ging er in die Hocke, um das Weichtier auf Augenhöhe begutachten zu können. Es war eine ausgesprochen hübsche Schnecke mit alabasterfarbenem, fast leuchtendem Schneckenkörper, langen, zarten, sinnlichen Fühlern und einem rosigen, perfekten Schneckenhaus.

»Wo kommst du denn her?«, murmelte er gedankenverloren. Sicher, Schnecken konnten auf alle möglichen Arten in Wohnungen geraten, im Schutze von Salatköpfen oder Zimmerpflanzen oder einfach durch ein offenes Fenster. Andererseits hatte es seit mehreren Tagen nicht mehr geregnet, Rose wohnte im dritten Stock, die Fenster waren alle geschlossen gewesen, und die Domäne des Salates war doch wohl eher die Küche. Nein, Green war sich sicher: Wenn er herausfinden konnte, wie die Schnecke hierhergekommen war, war er der Lösung des Rätsels ein ganzes Stück näher.

Er überlegte einen Moment, dann stupste er die Schnecke vorsichtig mit dem Finger. Die Schnecke schäumte empört und zog sich überraschend schnell in ihr Häuschen zurück. Green griff nach dem Häuschen und steckte es achtsam in die Jackentasche. Ein Indiz. Er musste daran denken, auf dem Rückweg Salat zu besorgen.

Einer Eingebung folgend, ging er zurück in die Küche und öffnete den Kühlschrank. Kein Salat, aber einige Milchkartons. Zwei Becher Reispudding. Zitronen. Eine Packung mit Aufbackcroissants. Ein Croissant fehlte, und Green gratulierte sich im Stillen zu seiner präzisen Frühstücksanalyse. Er bemerkte, dass er Hunger hatte, holte gedankenverloren einen Becher Reispudding aus dem Kühlschrank und löffelte ihn leer.

Gerade als er mit dem Löffeln fertig war, ließ ihn ein klirrendes Geräusch zusammenfahren. Ein Geräusch *in* der Wohnung. Mit zwei Schritten war Green draußen im Gang. Es war nur noch eine einzige Tür übrig, die Tür ganz am Ende des Flurs. Doofdoofdoof, dass er nicht die ganze Wohnung gesichert hatte, bevor er sich über den Reispudding hermachte. Schlimmer als doof: unprofessionell. Da half auch das beste Brauenrunzeln nichts.

Wieder ein Geräusch, diesmal eher ein Schleifen wie von einem Sack, der über einen Teppich gezogen wird. Green schlich sich durch den Flur, dann riss er mit einer schnellen Bewegung die Tür auf.

Schlafzimmer.

Das Bett war gemacht, aber am Fußende gab es eine Kuhle, so als hätte hier noch vor kurzem jemand gesessen. Green legte eine Hand auf die Kuhle. Kalt. Ganz besonders kalt sogar, kälter, als er erwartet hätte. Eine kleine Porzellanskulptur war vom Nachttisch gefallen, hatte unglücklicherweise nicht den Bettvorleger, sondern den Dielenboden getroffen und war zerschellt. Das Klirren, offensichtlich. Und das Schleifen? Green versuchte sich zu konzentrieren, aber der verfluchte Schmetterling umflatterte ihn wie von Sinnen.

Kleiderschrank, verspiegelt. Türen geschlossen. Ein Stuhl, auf dem ein gemusterter Morgenmantel lag. Und darunter …

Green erstarrte.

Unter dem Stuhl hockte etwas, glimmende Augen im Schatten.

Etwas, das entfernt – sehr entfernt – an einen grünen Leguan erinnerte, vor allem der Farbe wegen. Es war größer als ein Leguan (nahm Green zumindest an, den echten Leguan hatte er ja nie zu Gesicht bekommen), so groß, dass es gerade noch so eben unter den Stuhl passte, hatte lächerlich kleine schlaffe Flügel, goldene Augen und – Green blinzelte – ein kurzes, glattes grasgrünes Fell statt der sonst wohl üblichen Schuppen.

Jetzt glitt es nonchalant, aber ein wenig plump aus seinem Versteck und produzierte dabei das schleifende Geräusch, das Green vorher schon gehört hatte. Sehr viel größer als ein Leguan, keine Frage. Das Wesen kam auf Green zu, fing mit einer blau-getupften Chamäleonzunge den lästigen Schmetterling aus der Luft, kaute, lächelte ein bezauberndes Lächeln – bezaubernd trotz der vielen nadelspitzen Zähne und der Schmetterlingsreste, die noch zwischen ihnen zu erkennen waren – und wedelte mit seinem langen dicklichen Echsenschwanz wie ein Hund.

Green setzte sich aufs Bett.

Er saß dort eine ganze Weile, tief in Gedanken, während das Leguanwesen vor ihm auf dem Boden hockte und ihn entspannt ansah. Wie schön man denken konnte ohne den blöden Schmetterling! Trotzdem war es vermutlich wieder an der Zeit für die eine oder andere Therapiestunde. Green guckte schuldbewusst hinunter auf die zerschellte Porzellanfigur. Eine Ausgeburt seiner Phantasie hatte das angerichtet! Unprofessionell! Was war das überhaupt für eine Figur gewesen? Green sah einen Arm, aber auch ein haariges, behuftes Bein. Der Kopf war halb unter das Bett gerollt, doch Green erkannte ein hübsches Männergesicht und hübsche Ziegenhörner. Irgendeine Art Faun also. Green stand auf, tätschelte gedankenverloren den Kopf des Wesens und ging zurück in den Flur.

Auf der Innenseite der Wohnungstür entdeckte er eine Pinnwand mit einem einzigen Zettel.

Fleurop stand da in einer schönen, altmodischen Handschrift und eine Telefonnummer. Und eine Uhrzeit: *5 Uhr früh! Wecker!!!* mit drei Ausrufezeichen und darunter *Proviant! Und vergiss die Feder nicht!*

Green zupfte den Zettel ab und steckte ihn in die Jackentasche. Zeit, sich diese Fleurop-Geschichte näher anzusehen.

Gerade als er die Hand auf die Klinke legen wollte, hörte er im Treppenhaus Stimmen.

»Bist du dir sicher?«, hörte er von draußen. »Muss das wirklich sein?«

»Sicher«, sagte eine weibliche Stimme.

Er hörte ein lautes Seufzen, dann machte sich jemand an der Wohnungstür zu schaffen. Green zögerte keinen Augenblick. Er eilte so lautlos wie möglich zurück ins Schlafzimmer und zog die Tür hinter sich zu. Ohne nachzudenken, klemmte er sich das grüne Wesen unter den Arm und versteckte sich mit ihm zusammen im Kleiderschrank.

9. Legulas

Ein paar Sekunden lang rang Green mit etwas, das schlimmstenfalls ein toter Fuchs und bestenfalls eine Pelzstola war, dann hatte er sich im Schrankinneren einigermaßen arrangiert, die Beine angezogen, den Kopf gegen einen groben Wollstoff gedrückt.

Das Wesen rülpste, vermutlich vor Aufregung.

Green legte einen Finger an die Lippen, völlig unsinnig eigentlich im Schrankdunkel, doch als Antwort fuhr ihm eine Zunge feucht über das Gesicht. Igitt! Green setzt das Leguanwesen schnell neben sich ab, dann hielt er still und lauschte.

Er hörte, wie sich draußen eine Tür öffnete.

Dann Stille.

Green überlegte, ob er wohl notfalls auf die Hilfe der Weathervane zählen konnte, aber die holte sich vermutlich gerade Teegebäck oder irgendeinen anderen Altweibersnack, um das erhoffte Drama vor ihrem Türspion in vollen Zügen genießen zu können.

»Du zuerst«, sagte eine weiche, leicht heisere Frauenstimme. »Geh schon!«

»Wieso ich zuerst?«, fragte eine Männerstimme.

»Mach schon! Sei nicht schwierig!«

»*Ich* bin schwierig? Ich will da gar nicht rein!«

Doch dann waren im Flur zögernde Schritte zu hören.

»Was jetzt?«, fragte die Männerstimme nervös.

»Jetzt musst du mich einladen!«

»Einladen? Spinnst du?«

Ein Schweigen, zu dem wohl ein böser Blick gehört hatte, denn die Männerstimme gab schnell klein bei.

»Na gut. Komm rein! Mach schon!«

»Du musst es dreimal sagen!«

»Was?«

»So ist es nun mal.«

»Ich glaub's nicht! Na gut, wenn's sein muss: komm rein, komm rein, komm rein!« Der Mann lachte hysterisch.

Die Haustür klackte leise ins Schloss.

Zwei. Nur zwei. Green entspannte sich ein wenig. Mit zweien würde er notfalls fertigwerden. Trotzdem: irgendetwas nagte an ihm, und es war nicht nur das Leguanwesen, das verspielt an seinem Finger knabberte. Green zog die Hand weg. Die Männerstimme! Green kannte sie! Wo hatte er diese Stimme zum letzten Mal gehört?

Die Schritte kamen näher.

»Ich habe keine Ahnung, wieso ich mich auf so was einlasse«, maulte die vage bekannte Männerstimme. »Ich habe dir doch gesagt, dass ich normalerweise nicht …«

Die Frau unterbrach ihn. »Entspann dich! Sieh es einfach

als Übung für Fawkes an. Was … was ist denn das Eckige mit dem Rüssel da?«

»Staubsauger«, antwortete der Mann irritiert. Vermutlich begutachteten die beiden gerade den Inhalt der Besenkammer.

Wieder Schritte, dann das Geräusch einer Türklinke.

»Meine Güte, was zum Teufel …?«, ächzte die Männerstimme.

Die Besucher waren offensichtlich im Wohnzimmer angekommen. Green lauschte neugierig, gespannt, was sie von der unappetitlichen Milchschüsselinstallation halten würden.

»Ah«, sagte die Frauenstimme leise. Nichts weiter. Nur »ah«, aber es klang wie »aha«. Kein Zweifel: sie wusste genau, was es mit den Milchschüsseln auf sich hatte.

Der Mann hingegen hatte keine Ahnung. »Was soll das?«, flüsterte er. »Das ist *gruselig*. Wer wohnt denn hier eigentlich? Wer ist diese Rose? Und was soll das alles mit Fawkes zu tun haben? Mir reicht's! Ich haue ab!«

»Pssst«, flüsterte die Frau beschwichtigend. »Sei jetzt still. Lass mich nachdenken!«

»Du hättest *vorher* nachdenken sollen. Wir müssen hier verschwinden!«

Green hörte, wie sich die Tür zum Schlafzimmer öffnete, dann ein leichtes Knarzen der Bettfedern. Sehr vorsichtig verlagerte er sein Gewicht und versuchte, einen Blick durch den dünnen Spalt zwischen den Schranktüren zu werfen.

»Was *machst* du da drin?« Wieder die gepresste Männerstimme.

»Denken«, sagte die Frau.

Jemand tigerte durch den schmalen Ausschnitt zwischen den Schranktüren. Einmal. Und noch einmal. Fast hätte Green vor Überraschung ein Geräusch von sich gegeben. Das war doch dieser komische Vogel! Birdwell! Jules, nein, Julius Birdwell. Der Typ, der vor kurzen im Büro aufgetaucht war, mit dieser fischigen Nixengeschichte! Green musste noch die Rechnung schreiben. Was hatte *der* hier zu suchen? Und ob seine Begleiterin wohl die Nixe war?

Green verlagerte den Durchspähwinkel, um einen Blick auf die Frau zu erhaschen. Da! Sie saß mit dem Rücken zu ihm auf dem Bett, ganz in Schwarz. Keine Nixe, entschied er. Nixen hatten keine Hörner, nicht einmal kleine.

Doch wahrscheinlich bildete er sich die Hörner sowieso nur ein – vielleicht sogar die ganze Frau.

Green geriet ins Zweifeln. Hatte er sich auch Julius Birdwell nur eingebildet? Bildete er sich ihn *immer* noch ein? Und wenn er eine Rechnung schrieb und Birdwell zahlte – würde er sich selbst *das* nur einbilden? Hockte er vielleicht ganz umsonst hier im Schrank? Hockte er überhaupt im Schrank? Vielleicht war er selbst ja auch jemand ganz anderes – gar kein Privatdetektiv mit einem schäbigen kleinen Büro, sondern nur jemand, der glaubte, ein Privatdetektiv zu sein? Green fühlte eine tiefe Traurigkeit in sich aufsteigen. Er mochte seinen Beruf und sein schäbiges kleines Büro, und er hätte sich gerne darauf verlassen, dass es echt war. Deprimiert tätschelte er den Kopf des Leguanwesens. Das Wesen fühlte sich angenehm kühl an.

Die Stimme der Frau riss ihn aus seinen Gedanken.

»Hör auf, so herumzulaufen!«

»Ich muss so herumlaufen«, sagte Julius Birdwell. »Es beruhigt mich. Kannst du mir endlich sagen, was wir hier machen?«

»Halt still!«, sagte die Frau mit den Hörnchen. »Halt still und hör zu. Ich war wieder vor Fawkes' Tür, ja? Wie du gesagt hast. Observation, Dokumentation, Aktion. Und dann geht die Tür auf einmal auf, und Thistle und Hunch treten heraus. Thistle und Hunch! Ich war so überrascht, dass sie mich fast gesehen hätten. Du musst wissen, Thistle und Hunch gehen nicht so einfach spazieren, oh nein. Er lässt selten jemanden vor die Tür, und schon gar nicht diese beiden. Wenn er Thistle und Hunch schickt, hat er ein Problem. Ein großes Problem.«

»Was für ein Problem?«

»Das habe ich mich auch gefragt. Ich bin ihnen also gefolgt. Sie liefen eine Zeit lang durch die Straßen, so als würden sie etwas suchen, und schließlich sind sie hierhergekommen, hinein in die Wohnung. Ich konnte ihnen nicht in die Wohnung folgen …«

»Weil dich niemand eingeladen hat«, sagte Birdwell sarkastisch.

»Genau deshalb. Also habe ich an der Wohnungstür …«

»Und Thistle und dieser Hunch? Brauchen die keine Einladung?«

»Thistle schon. Hunch nicht, und sobald er drinnen ist, kann er natürlich Thistle einladen.«

»Praktisch«, murmelte Birdwell. »Und was hast du von draußen gehört?«

»Nichts wirklich Ungewöhnliches, nur ein bisschen Schreien und Jammern …«

»Schreien und Jammern? Nichts Ungewöhnliches?«

»Nein«, sagte die Frau kühl. »Nicht mit Thistle und Hunch.«

Julius Birdwell warf einen nervösen Blick zur Tür. »Was, wenn sie wiederkommen?«

Die Frau zuckte mit den Schultern. »Dann verstecken wir uns im Schrank. Aber ich verstehe jetzt, was sie hier wollten. Die ganze Milch – das kann nur eines bedeuten: ein paar von ihnen sind Fawkes entkommen. Genau wie du gesagt hast!«

»Ein paar *was*?«, fragte Julius entnervt.

Er bekam keine Antwort.

Die Frau legte den Kopf schräg, so dass das größere ihrer beiden Hörner direkt nach oben zeigte. »Sie sind entkommen, und sie müssen direkt hierher sein. Warum? Jemand von ihnen muss Rose Dawn gekannt haben, und sie haben gehofft, dass Rose ihnen helfen würde. Und Rose hat ihnen geholfen.«

»Woher willst du das wissen?«, fragte Julius Birdwell.

Green drinnen im Schrank versuchte, das Leguanwesen

daran zu hindern, an ihm hochzuklettern. Er hätte genau die gleiche Frage gestellt.

Die Frau breitete die Arme aus und spreizte die Hände. »Nun, sie sind weg, nicht wahr?«

Sie hatte sehr lange Finger.

»Vielleicht hat diese Thistle sie ja gefunden«, sagte Julius.

»Wenn Thistle und Hunch sie gefunden hätten, würde es hier anders aussehen.«

»Und wo kam dann das Schreien und Jammern her?«

Die Frau seufzte. »Das weiß ich auch nicht. Was machst du da?«

Julius Bird hatte sich auf alle Viere niedergelassen und spähte unters Bett.

»Ich glaube, hier ist irgendjemand.«

Birdwell richtete sich wieder auf und begann, eine nach der anderen Roses Schranktüren zu öffnen.

Green wurde kalt vor Schreck. In einem Altdamenschrank mit einem Leguanwesen ertappt zu werden – das war nicht nur heikel, sondern auch ausgesprochen peinlich.

»Das bildest du dir nur ein!«, sagte die Frau.

»Ich weiß«, seufzte Birdwell, »aber was will ich machen? Ich habe dir gesagt, dass ich nicht gut im Einbrechen bin.«

Das Leguanwesen hatte begonnen, mit dem Schwanz zu wedeln. Green konnte ein Geräusch an seiner Schranktüre hören. Er griff nach der Tür und hielt sie so gut wie möglich von innen fest. Birdwell rüttelte.

»Lass den Unsinn«, sagte die Frau. »Wenn du unbedingt Krach machen musst, geh in die Küche.«

Und tatsächlich: Green hörte Schritte im Flur, dann das saugende Schmatzen der Kühlschranktür.

»Reispudding!«, rief Julius Birdwell erfreut, dann ließen dezente Essgeräusche erkennen, dass er sich gerade über die letzte Milchspeise hermachte.

Die Frau seufzte. Green hörte seinem eigenen Herzen

beim Klopfen zu und ließ sich langsam vom Lavendelduft des Schranks beruhigen. Nur das Leguanwesen schien enttäuscht.

Wer waren diese Leute? Was wollten sie hier? Und sie kannten Hunch! Das konnte kein Zufall sein! Miss X war dann wohl diese Thistle, und zusammen mit Hunch war sie vermutlich nur Mittelsmann. Mittelsfrau? Mittelskind? Mittelswas? Von wegen Enkelin! Von wegen Oma! Was wollten sie wirklich von Rose Dawn? Für wen arbeiteten sie? Warum waren sie zu Green gekommen? Hinter wem war er wirklich her? Und wollte er überhaupt hinter ihnen her sein?

»Möchtest du auch was?«, fragte Birdwell aus der Küche, deutlich besser gelaunt. »Hier sind noch Croissants.«

»Nein«, sagte die Frau.

»Du isst nicht viel, was?« Julius tauchte mit dem Reispudding in der Hand wieder im Schlafzimmer auf. »Ich habe dich noch nie etwas essen sehen.«

»Nein.«

»Nein was?«

»Ich esse nicht viel. Die meisten Sachen *darf* ich gar nicht essen.«

»Diät?«, fragte Julius. »Du hast eine Diät wirklich nicht nötig, weißt du? Magst du ein Glas Milch?«

Schweigen. Green sah, wie ein Schauer über den Frauenrücken lief wie Wind über Wasser.

»Ich *hasse* Milch!«, sagte sie leise.

Julius Birdwell war klug genug, das Thema zu wechseln.

»Was jetzt?«

Die Frau überlegte kurz. »Wir müssen versuchen, sie zu finden. Die anderen. Die, die entkommen sind. Wir müssen sie *vor* Thistle und Hunch finden. Wenn wir uns mit ihnen verbünden könnten … dann hätten wir eine viel bessere Chance, mit Fawkes fertigzuwerden. Wie geht es mit den Flöhen?«

»Gut«, sagte Julius vorsichtig. »Gut. Sie … sie sind anders als früher. Kritischer vielleicht. Willensstärker. Aber wir machen

Fortschritte. Wenn sie erst einmal so weit sind, wird es eine tolle Show.«

»Gut.« Die Stimme der Frau lächelte.

»Glaubst du, die Nixe ist unter denen, die entkommen sind?«, fragte Julius dann. »Du weißt schon, meine Nixe?«

»Wahrscheinlich nicht«, sagte die Frau. »Nixen sind nicht besonders … mobil. Ich denke, du wirst sie entweder in Fawkes' Wohnung finden – oder gar nicht.«

»Oder in der Show«, sagte Julius.

»Oder in der Show«, stimmte die Hörnchenfrau widerwillig zu.

Flöhe? Nixen? Show? Green drinnen im Schrank fühlte sich wie in einer seiner Gruppentherapiesitzungen. Übergangen. Orientierungslos. Vage gelangweilt. Fawkes? Wer oder was war Fawkes?

Etwas Hartes presste sich durch den Wollstoff gegen seine Wange, das Wesen rülpste wieder, und der Schrankaufenthalt wurde allmählich ungemütlich. Was war denn das Harte hinter dem Wollstoff? Green tastete danach, fand eine Manteltasche und förderte eine längliche, eckige Tube zutage. Sie ließ sich öffnen und duftete nach Veilchen. Lippenstift vermutlich. Etwas schnellte im Dunkeln an Greens Gesicht vorbei, dann war der Lippenstift weg. Das Leguanwesen kaute.

Green beschloss, vorsichtig die Jacken- und Manteltaschen um sich herum zu untersuchen und dabei so wenig potentielles Beweismaterial wie möglich an das Wesen zu verfüttern. Wenn er schon hier festsaß, konnte er wenigstens ein bisschen Detektivarbeit leisten. Er arbeitete sich systematisch von links nach rechts voran.

Taschentücher. Taschentücher. Und noch mehr Taschentücher, die meisten davon glücklicherweise unbenutzt. Rose musste in ständiger Angst vor einer Tropfnase leben. Kleingeld. Ein einzelner Geldschein. Eine Nagelfeile. Ein … na, wahrscheinlich war das ein Bonbon und kein Kondom.

Ein – Butterflymesser?

Plötzlich berührte seine Hand etwas Kaltes, Feuchtes. Etwas, das sich bewegte. Green erschrak und zuckte unwillkürlich zurück, bevor ihm klar wurde, dass er aus Versehen seine eigene Jackentasche durchsucht hatte und an sein Messer und die Schnecke geraten war. Green stupste das Schneckenhaus, damit das Kriechtier sich wieder zurückzog. Jetzt war kaum der richtige Zeitpunkt, auf Abenteuer zu gehen.

Als er wieder vorsichtig das Gewicht verlagerte, stieß seine Hand im seidigen, schlüpfrigen Unterboden des Kleiderschranks auf etwas sehr Solides. Green tastete nach. Tief unter einem Stapel glatter, kühler Tücher hatte jemand eine kleine Kiste versteckt. Pralinen, vermutete Green, alte Damen horteten immer Pralinen. Trotzdem holte er das Kistchen vorsichtig aus seinem Seidenversteck, öffnete den Deckel und tastete.

Keine Schokolade, zumindest nicht mehr. Papierzettel. Zettel verschiedener Größe und Faltung. Ein süßer, ältlicher Geruch entströmte dem Kästchen.

Briefe!

Green hätte etwas darum gegeben, jetzt im Dunkeln sehen zu können, doch dann stellte er fest, dass er tatsächlich etwas erkennen konnte, erst seine eigenen Hände, dann die Umrisse der Kiste, endlich das Papier und schließlich auch die Schrift. Seine Augen hatten sich wahrscheinlich allmählich an die Finsternis hier drinnen gewöhnt. Er faltete vorsichtig den ersten Brief auf.

Meine liebe Rose stand da in einer geschwungenen Jungmädchenschrift.

Ich hoffe, dieser Brief findet Dich bei guter seelischer Gesundheit, aber nicht bei ZU guter Gesundheit, wenn Du weißt, was ich meine. Wir vermissen Dich hier alle. Erzähl mir von der Stadt! Gibt es dort auch FRÖSCHLEIN? Ich würde so gerne auf Besuch kommen, aber Ma und Pa werden das nicht erlauben, da Du ja ein EINFLUSS bist. Vielleicht laufe ich einfach davon. Ich muss Dir unbedingt …

Plötzlich sah Green rein gar nichts mehr. Er blinzelte und rieb sich die Augen, aber seine neu erlangte Nachtsichtfähigkeit war verschwunden. Dann war sie auf einmal wieder da, stärker als zuvor. Green blickte auf und hätte vor Überraschung fast das Kästchen fallen lassen.

Das Leguanwesen leuchtete dezent und wedelte dazu wieder mit seinem glimmenden kurzen Echsenschwanz. Es waren also gar nicht Greens Augen gewesen, die sich angepasst hatten! Jetzt schien es allerdings Probleme zu geben. Das Leuchten wurde schwächer und schwächer. Vielleicht war das Wesen ja müde? Es flackerte noch ein paar Mal schläfrig, und sie saßen wieder im Dunkeln.

Green überlegte kurz, dann steckte er das kleine Bündel von Briefen in die Jackentasche, ein wenig schuldbewusst zwar, aber entschlossen. Wenn er die Briefe mitnahm, konnte sie zumindest niemand anderes mitnehmen. Dieser Hunch zum Beispiel. Green konnte sich nicht vorstellen, dass Hunch und Thistle mit Briefen besonders sorgsam umgehen würden.

Draußen vor der Schranktür schien Julius endlich mit seinem Reispudding fertig zu sein.

»… aber zu was brauchen sie denn diese Rose?«, fragte er gerade. »Ich meine … warum verschwinden sie nicht einfach in alle Winde?«

Die Frau seufzte. »Das ist nicht so einfach. Wenn er sie einmal … hatte, sind sie … verwundbar. Für lange Zeit. Es ist, als wäre … als hätte …«

»Als hätte man ihnen Golddraht um den Hals gebunden?«, fragte Julius.

»Genau so«, sagte die Frau leise.

»Du warst eine von ihnen, stimmt's?«

Schweigen.

Die Frau stand auf, noch immer mit dem Rücken zu Green.

»Nein«, sagte sie entschieden. »Ich *bin* eine von ihnen.«

Dann drehte sie sich plötzlich um.

Green erschrak fast davor, wie hübsch sie war.

Sie kam näher und warf wütende Blicke Richtung Schrank. Green dachte zuerst, sie hätte ihn entdeckt, doch dann erinnerte er sich daran, dass der Schrank ja ein Spiegelschrank war. Die wütenden, wangenglühenden, augenfunkelnden Blicke galten also ihr selbst.

»Komm, Elizabeth!«, sagte Julius Birdwell aus dem Flur. »Lass uns endlich verschwinden.«

Elizabeth hieß sie also.

Elizabeth. Elizabeth. Elizabeth.

Schon war sie aus Greens Blickfeld verschwunden, und das Schlafzimmer sah plötzlich unerfreulich leer aus.

Schritte im Flur.

Die Wohnungstür klackte.

Stille.

Green saß noch eine Weile im Dunkel des Kleiderschranks, lauschte dem Schweigen draußen und dem leisen Schnarchen des grünen Wesens drinnen und dachte. Er hatte einige Sachen beschlossen.

1. Er bildete sich das Leguanwesen doch nicht ein.

Den grünen, seltsam plumpen und muskulösen Körper hätte er vielleicht noch hinbekommen, möglicherweise auch die schlaffen Flügelchen. Aber die Augen, golden mit Flecken, einer Farbe, für die Green nicht einmal einen Namen hatte, das Fell und die blaugepunktete Zunge – viel zu viele Details. Bisher waren Greens Wahnvorstellungen alle simpel gewesen. Schwarz und weiß. Stimmen aus dem Toaster. Die Wahrheit war: Green traute sich das Leguanwesen einfach nicht zu.

2. Das Leguanwesen war eigentlich ganz in Ordnung.

Immerhin hatte es den dämlichen Schmetterling gefressen. Und es leuchtete, wenn es darauf ankam. Praktisch. Green hatte sich noch nie etwas Nützliches eingebildet. Nie. Ein weiterer Beweis dafür, dass das Leguanwesen echt war.

3. Das Leguanwesen hatte ab sofort einen Namen: Legulas.

Es war einfach zu anstrengend, die ganze Zeit »Leguanwesen« zu denken. Green war sich nicht sicher, ob Legulas die Gattung oder das Wesen selbst bezeichnen sollte – und vielleicht war Legulas ja auch der Einzige seiner Art. Der Legulas? Die Legulas? Das Legulas? Fast schon tragisch.

4. Er wollte Elizabeth wieder von vorne sehen.

Von vorne, von hinten, von allen Seiten.

Green hoffte sehr, dass er sie sich nicht nur einbildete.

10. Der Bote

»Der Nächste bitte!«

Green saß im Wartezimmer des Therapiezentrums und war eigentlich ganz zufrieden mit sich und der Welt. Nirgends fühlte er sich gesünder und ausgeglichener als hier.

Die Frau zu seiner Rechten – Martha? Magda? Mary? – strickte mit Luftwolle und Luftnadeln Luftsocken. Es sah seltsam aus, wie ein sehr präzises Zittern, und Green wusste nur von den Socken, weil sie ihm kürzlich ein Paar versprochen hatte. Extradick.

Zu seiner Linken saß Jimmy, der sich manchmal für Napoleons Hut hielt, daneben Walter mit der Insektenbrille und noch eins weiter dieser Typ, der immer gar nichts sagte. Das war der Durchgedrehteste von allen, vermutete Green.

Ihm gegenüber hockte heute ein neuer Patient. Eigentlich

hockte er nicht so sehr, sondern zuckte, juckte und fuchtelte, suchte mit einem gehetzten, hoffnungslosen Ausdruck in den Augen seine Kleidung ab. Ab und zu presste er Daumen und Zeigefinger zusammen und stieß ein triumphierendes »Ha!« aus.

Green saß einfach nur entspannt da, las Zeitung und kam sich überlegen vor. Selbst mit dem Legulas an seiner Seite fühlte er sich solide wie ein Buchhalter.

»Sie werden ihn aussaugen«, raunte ihm die Luftsockenfrau mit einem Blick auf den Neuen zu. »Im Gegensatz zu echten Flöhen kann man gegen imaginäre Flöhe leider rein gar nichts tun.« Dann verwandelte sich ihr besorgter Gesichtsausdruck in ein Lächeln. »Bald sind sie fertig!« Sie zwinkerte kokett.

Green blickte hinunter auf die nicht vorhandene Socke in ihrem Schoß und versuchte, irgendetwas Nettes zu sagen. Ihm fiel nichts ein.

Die Sprechstundenhilfe streckte genervt ihren hübschen Kopf durch die Tür.

»Der Nächste bitte! Frank Green?«

Nie kam sie ganz ins Wartezimmer, immer sah man von ihr nur den Kopf oder bestenfalls eine Hand oder Schulter, und als Green in den Empfangsbereich trat, hatte sie sich schon wieder hinter der Rezeption verschanzt. Die Frau ohne Unterleib, dachte Green.

»Sprechraum zwei«, sagte die Frau ohne Unterleib. »Bleiben Sie heute zur Gruppentherapie?«

Green nickte tapfer, dann fiel ihm ein, dass sie das unter ihren gesenkten Lidern ja gar nicht sehen konnte.

»Ja«, sagte er entschlossen.

Etwas in seiner Stimme ließ sie aufblicken, und einen Augenblick lang musterte sie ihn mit zitternden Wimpern. Dann fiel ihr Blick auf das Legulas, das sich ebenfalls aus dem Wartezimmer geschleift hatte und nun hechelnd neben ihm saß.

Green erwartete, dass sie etwas sagen würde. *Keine Haustiere, bitte!* oder *Der Leguan bleibt draußen!*

Nichts. Sie blinzelte nur kurz, dann wanderte ihr Blick zurück zu Greens Patientenkarte.

Green drehte sich um und steuerte auf Sprechraum zwei zu, das Legulas dicht auf den Fersen.

Die Sitzungen im Therapiezentrum waren nicht so effektiv wie Alisdair Aulischs Vergessenspraxis, aber sie waren billiger, und Green mochte die Art, wie der Psychiater ihm am Ende der Stunde die Hand schüttelte und ihm erklärte, dass er Fortschritte machte. Durch den Rest musste man einfach durch.

Green sank also auf das Therapiesofa und wartete. Das letzte Mal hatten sie ausführlich über den eloquenten Toaster gesprochen, und für dieses Mal hatte er sich eigentlich den Schmetterling vorgenommen. Nun aber war der Schmetterling zerkaut und verdaut, und Green fühlte sich eigentlich ganz aufgeräumt.

Was gab es sonst zu berichten? Das Legulas? Haustiere gingen den Psychiater nichts an, entschied er. Rose Dawn? Thistle und Hunch? Elizabeth? Auf keinen Fall Elizabeth!

Green starrte ratlos hinunter auf seine Füße. War es auch ein Sprechraum, wenn man gar nichts sagte?

Der Psychiater hatte entspannende Musik aufgelegt, und Green schloss die Augen und hörte einfach zu.

Er träumte.

Er träumte, dass er wieder Samuel Black war, Samuel Black, der gerade geträumt hatte, Frank Green zu sein, sich nun aber in seinem Bett aufsetzte, verwirrt den Kopf schüttelte, in seine Filzpantoffeln schlüpfte und sich mit halbgeschlossenen Augen auf den Weg ins Badezimmer machte. Er wusch sein Gesicht mit kaltem Wasser, putzte die Zähne und zog einen gut sitzenden grauen Anzug an. Black frühstückte schwarzen Kaffee und Bohnen auf Toast.

Dann saß er plötzlich nicht mehr am Frühstückstisch, sondern mit dem Boss im Restaurant, ohne sich erklären zu können, wie er denn so schnell dort hingeraten war. Der Boss trug einen schwarzen Anzug mit gestreifter Weste, am kleinen Finger hatte er einen goldenen Siegelring. Wenn er lächelte, zog sich die Haut um seine Augen zu einem Labyrinth von Fältchen zusammen. Black wusste das, obwohl der Boss gerade nicht lächelte.

Sie aßen schweigend Steak und Fritten. Der Boss mochte Steak und Fritten. Black mochte den Boss. Mehr als nur mögen eigentlich, er bewunderte ihn. Als der Boss mit dem Essen fertig war, legte er mit einer zivilisierten Geste sein Besteck auf den Teller, tupfte sich mit der Serviette den Mund und stand auf. Er klopfte Black ermunternd auf die Schulter und verließ das Restaurant, ohne zu zahlen. Black zahlte auch nicht, sondern ging hinüber in die Küche und dann durch die Küche hindurch in ein kleines Büro im Hinterzimmer. Dort saß ein Mann in Hemdsärmeln und polierte Silberbesteck. Als er Black sah, ließ er das Silber fallen, die ganze Schublade, mit großem Geklirr. Seine Augen weiteten sich, sein Kinn begann zu zittern. Black und der Mann sahen sich einen Moment lang an. Sie wussten beide, dass gleich etwas Schreckliches passieren würde.

»Haben Sie denn gar nichts zu sagen?«, fragte der Mann.

»Haben Sie denn gar nichts zu sagen?«, wiederholte der Psychiater.

Green riss die Augen auf und wäre fast vom Therapiesofa gefallen. Sein Herz klopfte wie verrück. Er schwitzte, glücklicherweise nicht in einem grauen Anzug, sondern in seiner guten alten Tweedjacke.

»Nein«, sagte er, vielleicht etwa rüde.

Green hasste die Black-Träume. Sie kamen nicht oft, aber

regelmäßig, und sie hörten immer auf, kurz bevor irgendetwas Schlimmes passierte. Doch tief im Inneren wusste Green, dass das Schlimme trotzdem passieren würde, ob er es nun träumte oder nicht, unausweichlich. Vielleicht *war* es sogar schon passiert. Immer wenn er in den Black-Träumen steckte, fühlte er sich eingesperrt wie auf dem Grunde eines erschreckend realen Aquariums.

Er streckte zögernd die Hand aus, fand neben sich das kühle Reptilienfell des Legulas und tätschelte. Er war froh, dass es da war. Der Psychiater beobachtete ihn mit seinen kleinen, schnellen Psychiateraugen und sagte gar nichts.

Zum ersten Mal seit Beginn der Therapie gab es diesmal kein Händeschütteln, und Green ging etwas enttäuscht hinüber in den Gruppenraum.

Die anderen saßen schon in Position, vorne die Therapeutin, rothaarig, übergewichtig und weiß bekittelt, ihr gegenüber der Typ, der immer gar nichts sagte, dann der Neue mit den Flöhen und die Luftsockenstrickerin. Mary, erinnerte sich Green plötzlich. Sie hieß Mary. Walter mit der Insektenbrille saß wie üblich mit dem Rücken zur Gruppe und beobachtete das Geschehen über seine Schulter. Zwei Stühle waren noch frei. Green setzte sich und wartete.

Die Gruppentherapeutin blickte zweimal streng auf ihre Uhr.

»Was ist mit Linda? Fehlt Linda wieder?«

Die Luftstricknadeln standen still, der Neue hörte einen Moment mit der imaginären Flohjagd auf, und sogar der Typ, der nie etwas sagte, senkte die Augen. Betretenes Schweigen. Green rutschte unbehaglich auf seinem Stuhl herum. Jedes Mal, wenn jemand den Sitzungen eine Zeit lang fernblieb, gab es diese langen Gesichter. Warum freuten sich die Leute nicht einfach, dass es endlich jemand geschafft hatte, aus der Mittwochsgruppe auszubrechen?

»Nun gut«, sagte die Therapeutin in einem Ton, der erkennen ließ, dass es alles andere als gut war. »Fangen wir also an! Paul, du bist heute zum ersten Mal hier. Möchtest du dich vielleicht einfach vorstellen?«

»Ich heiße Paul«, sagte Paul überflüssigerweise. »Ich habe einen Süßwarenladen, und ich habe Flöhe.« Er hielt kurz inne und zupfte sich etwas vom Ärmel. »Ich meine, ich weiß, dass ich nicht wirklich Flöhe habe, nicht mehr, aber … sie fressen mich auf! Sie fressen mich einfach auf! Kann man denn von etwas aufgefressen werden, das es gar nicht gibt?«

Er blickte flehend in die Runde.

Es war eine ziemlich interessante Frage, aber die Therapeutin machte sich noch nicht einmal eine Notiz. Das war nicht in Ordnung, fand Green. Er hob die Hand, um etwas zu sagen. Jeder, der in der Mittwochsgruppe etwas zu sagen hatte, musste die Hand heben.

Die Therapeutin blickte entschlossen an Green vorbei, dann guckten auf einmal alle zu Lindas leerem Platz hinüber, sogar Walter mit der Insektenbrille. Das Legulas hatte sich zu dem Stuhl hinübergeschleift und war gerade dabei, ihn mit einiger Mühe zu erklettern. Dann hatte es das grüne Wesen geschafft und grinste spitzzähnig in die Runde. Da es noch eine Menge roten Lippenstift zwischen den Zähnen hatte, war der Effekt einigermaßen beunruhigend.

Green ließ die Hand wieder sinken und wartete auf Laute der Empörung und den Ruf nach Haustierbann, Fütterungsverbot und mehr Hygiene im Therapiezimmer – doch nichts passierte. Die Therapeutin blickte wieder zurück auf ihren Schnellhefter, Mary strickte weiter, und der stumme Typ starrte erneut ins Leere, wie es so seine Gewohnheit war.

Green war verwirrt. Gerade hatte es so ausgesehen, als würden alle das Legulas beobachten, und jetzt nichts? Kein einziger Kommentar? Sahen die anderen das Wesen etwa gar nicht? Andererseits: vielleicht taten sie alle einfach nur so, als würden sie es nicht sehen, um einen möglichst vernünftigen Eindruck zu machen. Gerade Leuten, die mit der Vernunft Probleme hatten, kam es oft sehr darauf an, einen möglichst vernünftigen Eindruck zu machen.

Das musste es sein. Das Legulas wurde ignoriert, weil es *unwahrscheinlich* war. Bedrohlich unwahrscheinlich, fast unmöglich, genau genommen. Green kannte sogar den Namen für diese Abwehrreaktion: Verdrängung. Kognitive Dissonanz. Denial. Sie waren *alle* im Denial! Sogar die Therapeutin, obwohl sie als Einzige nicht darauf angewiesen war, einen vernünftigen Eindruck zu machen! Green hatte auf einmal die Nase voll von dem ganzen Therapiezauber. Man musste der Wahrheit ins Auge sehen, auch wenn sie manchmal klein und grün war!

Er holte sein Notizbuch hervor und schrieb:

Nur weil die anderen etwas nicht sehen wollen, bedeutete das noch lange nicht, dass es nicht da ist!!!!!

GANZ IM GEGENTEIL!!!!!

Es ist nicht immer wichtig, einen vernünftigen Eindruck zu machen!

Green stand auf und blickte hinunter auf das Legulas, das auf Lindas Stuhl friedlich eingeschlafen war. Er hatte genug davon, sich von Leuten, die gedanklich noch nicht einmal mit einem kleinen Leguanwesen fertigwurden, die Welt erklären zu lassen.

»Frank?«, rief die Therapeutin. »Frank, was ist los? Wohin gehst du?«

Er hörte nicht hin. Schluss mit dem ganzen Gefranke! Er war Green! Mr. Green, bitte schön! Was wussten sie schon von ihm? Gar nichts! Green klemmte sich das Legulas unter den Arm und marschierte entschlossen zur Tür.

»Frank!«, zischte die Therapeutin.

»Ha!«, rief der Typ, der sonst nie etwas sagte.

Und wenn Green genau hinhörte, konnte er sogar das Klappern der Luftstricknadeln hören.

Green verließ das Therapiezentrum in blendender Laune. Zum ersten Mal seit langer Zeit hatte er das Gefühl, echte Fortschritte zu machen. Er kaufte sich ein Sandwich, eine kleine Salatbox und eine Tüte Chips und steuerte den nächsten Park an. Dort pflanzte er sich ins Gras, setzte die Schnecke in die Salatbox und warf das Dressing weg, aß genüsslich sein Sandwich und verfütterte die Kartoffelchips und schließlich auch die Chipstüte an das Legulas. Er saß eine Weile lang einfach so in der Sonne, dann holte er sein Notizbuch hervor. Seine letzte Therapiesitzung hatte ihn auf vollkommen neue Gedanken gebracht.

Die wichtigen Dinge sind die, die wir nicht sehen schrieb er und guckte freundlich zu dem Legulas hinüber, das mit seinem grünen Fell auf dem grünen Rasen tatsächlich so gut wie unsichtbar war. *Sehen wir sie nicht, weil sie wichtig sind, oder sind sie wichtig, weil wir sie nicht sehen???*

Dann hatte er das Gefühl, sich philosophisch zu weit aus dem Fenster gelehnt zu haben, und konzentrierte sich wieder auf seinen Fall. Er dachte zurück an Roses Wohnung und an all die Dinge, die er dort nicht gesehen hatte: die geheimnisvollen, milchtrinkenden Besucher, die Feder, die nicht vergessen werden durfte, den Fleurop-Boten – und Rose selbst natürlich. Das waren die wichtigen Dinge, die, auf die er seine Ermittlungen konzentrieren musste!

Beinahe hätte er auch Elizabeths Gesicht nicht gesehen …

Elizabeth schrieb er in sein Notizbuch, ohne es eigentlich zu wollen.

Was sie wohl gerne isst? dann *Sie weiß nicht, was ein Staubsauger ist!* Das ließ nicht gerade auf hausfrauliche Qualitäten schließen, aber Green machte sich nichts daraus. Er dachte an die kleine zerschellte Faunenfigur in Roses Schlafzimmer. *Ist es ein Zufall, dass sie beide Hörner haben?* schrieb er auf, dann: *Ist es ein Zufall, dass sie beide Flöhe haben?* Julius Birdwell und der Typ in der Therapie. Wahrscheinlich war es sogar schlimmer, eingebildete Flöhe zu haben, als echte. Wenn man echte Flöhe hatte, saugten einen die Flöhe aus, aber wenn man sie sich nur einbildete, saugte man sich sozusagen selbst aus. *Bildet sich Birdwell seine Flöhe auch nur ein???*

Er kraulte das Legulas hinter den Ohren oder zumindest dort, wo er die Ohren vermutete, und beschloss, ihm bei Gelegenheit ein paar Kunststücke beizubringen. Dann holte er den Zettel hervor, den er von Roses Pinnwand gezupft hatte, und tippte die Fleurop-Nummer in sein Mobiltelefon.

Es klingelte eine ganze Weile, dann meldete sich eine misstrauische Stimme.

»Ja? Hallo?«

»Samuel Black«, sagte Green. »Hauptkommissar. Wir haben Ihren Laster gefunden!«

»Tatsächlich? Wie denn? Wo denn?«, tönte es am anderen Ende der Leitung aufgeregt.

»Bevor ich Ihnen Details mitteilen kann, müssten Sie uns leider erst noch einige Fragen beantworten«, sagte Green streng und runzelte vorsichtshalber offiziell die Brauen. Dann zückte er seinen Stift und notierte sich die Adresse, die ihm der Bote durch das Telefon diktierte.

Klick, klack, klick, klack.

Klick.

Klack.

Das Geräusch ging Green langsam auf die Nerven.

Der Fleurop-Bote saß ihm gegenüber wie festgefroren auf seinem Stuhl, das Legulas durchsuchte im Hintergrund geräuschvoll den Papierkorb nach Essbarem, und die Zeugenbefragung machte nicht so richtig Fortschritte. Sobald der Bote verstand, dass Green den Lastwagen doch nicht gefunden hatte und wahrscheinlich auch gar nicht von der Polizei war, hatte er sich verschlossen wie eine brüskierte Miesmuschel und nur noch »Gehen Sie!« und »Wer sind Sie?« und »Sie haben kein Recht!« gesagt. Doch Green hatte sich nicht so einfach abschütteln lassen, und jetzt saß der Bote nur noch miesmuschelig herum und sagte gar nichts mehr.

Klick, klack, klick, klack.

Es dauerte eine Weile, bis Green begriff, dass er selbst das Geräusch verursachte, genauer gesagt, seine linke Hand in Kombination mit dem Butterflymesser.

Auf – zu – auf – zu.

Kein Wunder, dass der Florist verschreckt war!

Green steckte schnell das Messer weg und versuchte, etwas Freundliches zu sagen.

»Schöne Blumen haben Sie hier«, murmelte er, obwohl nur ein einziges, halbvertrocknetes Usambaraveilchen auf dem Fenstersims vor sich hin vegetierte.

Es schien zu funktionieren, denn auf einmal legte der Fleurop-Bote sein Gesicht in die Hände und schluchzte kurz auf. Dann sprudelte er los.

Die alte Dame hatte gegen Abend angerufen und einen großen Strauß weiße Rosen bestellt, fünfzig Stück, langstielig, ein richtig großer Auftrag. Aber schnell musste es gehen, sehr schnell, am besten sofort. Er hatte seinen Lieferplan umgestellt und war gleich am nächsten Morgen zu der Adresse in Chelsea gefahren, um sechs Uhr früh, das musste man sich mal vorstellen! Aber die Zeiten waren hart, und für so einen lukrativen Auftrag …

Er war also pünktlich mit den Rosen auf der Matte gestanden, und die alte Dame hatte ihn in die Küche gebeten. Normalerweise betrat er ja keine Wohnungen, das war so eine Regel von ihm, aber sie war so eine nette Lady gewesen, und sie wollte ihm einen Scheck ausschreiben. Dann war er in der Küche gestanden und hatte gesehen, wie sie die fünfzig weißen Rosen achtlos in eine Ecke legte. Das war ihm schon komisch vorgekommen. »Vielleicht ist sie ja ein bisschen verwirrt«, hatte er gedacht und geduldig auf seinen Scheck gewartet. Und irgendwann hatte er seinen Autoschlüssel neben die Spüle gelegt. Einfach so. Er legte sonst *nie* seinen Autoschlüssel irgendwo ab, schon gar nicht in fremden Wohnungen, aber es war einfach so passiert, und er hatte sich nichts weiter dabei gedacht. Dann war sein Scheck fertig gewesen, endlich, und die alte Dame hatte ihn angelächelt.

»Ich habe da ein Problem«, hatte sie gesagt, und bevor er sichs versah, stand er schon in der Besenkammer und versuchte, ein Marmeladenglas vom obersten Regal zu angeln. Und erst als er das Glas triumphierend in den Händen hielt, war ihm aufgefallen, dass die Tür der Besenkammer längst zu war. Abgesperrt. Er hatte geflucht und geschrien und an der Tür gerüttelt. »Es tut mir sehr leid«, hatte die alte Dame von draußen gesagt. »Aber keine Sorge, es wird schon wieder werden. Und wenn Sie Hunger haben – die Marmelade ist wirklich ganz ausgezeichnet.«

Er hatte Schritte im Flur gehört, viele Schritte, Trippeln und Huschen und Kichern und Schleifen, dann war die Haustüre ins Schloss gefallen.

Durch das – zugegeben äußerst trübe – Fenster der Besenkammer hatte er gesehen, wie Rose Dawn draußen seinen Lastwagen umrundet hatte, behutsam, respektvoll, als sei er ein schlafendes Tier. Dann hatte sie die Tür zum Laderaum geöffnet und ein Wort gerufen, dann …

Der Bote versteckte wieder das Gesicht in den Händen und kicherte hysterisch.

Nein, er konnte sich nicht erinnern, was dann. Nein, an das Wort konnte er sich auch nicht erinnern, außer dass es nicht wirklich ein Wort gewesen war, eher ein … ein gesungenes Fauchen vielleicht?

Green seufzte und beobachtete den Fleurop-Boten dabei, wie er hinter seinen Händen immer blasser wurde, geradezu grünlich, beinahe so grün wie das Legulas.

»Und dann?«, fragte er, rauer, als er eigentlich vorgehabt hatte.

Der Bote zuckte zusammen und begann, seinen Kopf hin und her zu wiegen wie ein Elefant im Zoo. Nachher – hysterisches Kichern – hatte die alte Dame die Tür zum Laderaum wieder zugemacht, war überraschend behände ins Führerhäuschen geklettert, hatte einen Briefkasten umgefahren und war aus dem Gesichtsfeld des Besenkammerfensters verschwunden.

Green schwieg und dachte nach. Alles im Leben hing davon ab, dass man die richtigen Fragen stellte. Und die Frage nach dem Inhalt des Laderaums war vielleicht wichtig, aber nicht richtig, weil sie den Blumenboten in einen apathischen Elefanten verwandelte.

»Ist Ihnen sonst noch etwas aufgefallen?«, fragte er, um den Boten wieder zu beruhigen. »In der Wohnung vielleicht?«

Der Mann hörte tatsächlich mit dem Kichern auf und dachte einen Moment lang nach.

»Sie trug Gummistiefel«, sagte er dann. »Sonst alles schön, ein hübsches Kleid, fliederfarben oder so, aber dazu Gummistiefel und in der Hand eine Heckenschere. Ich habe mir noch gedacht: warum denn Gummistiefel?«

Green ging nachdenklich in die Küche hinüber, füllte ein Glas mit Wasser und goss das traurige Veilchen. Noch mehr Dinge, die man nicht sehen konnte: Gummistiefel? Heckenschere? Wohin wollte Rose mit Gummistiefeln und Heckenschere? Die Antwort lag auf der Hand: in einen Garten oder einen Park!

»Sie sollten öfter gießen«, sagte er zu dem Boten. »Und wie sind Sie eigentlich aus der Besenkammer wieder herausgekommen? Hat Sie jemand herausgelassen? Die Polizei?« Green hatte da so seine Theorie, aber er wollte wissen, ob die Polizei im Spiel war.

»Ein Mann«, sagte der Bote. »Ich habe gerufen und gerufen, und auf einmal stand ein Mann neben mir *in* der Besenkammer! Einfach so! Ein Riesentyp mit Hut!«

»*In* der Besenkammer?«

Der Bote blickte Green flehend an. »Ich habe keine Ahnung, wie er da reingekommen ist! Jedenfalls nicht durch die Tür!«

»Und?«

»Er hat mich gefragt, wo Rose Dawn ist, und dann war da dieses Mädchen, nur war sie nicht wirklich ein Mädchen, ich konnte *spüren*, dass sie kein Mädchen war. Sie hat mir gesagt, dass sie mich erst rauslassen, wenn ich ihnen sagen kann, wo Rose ist. Sie hat angefangen, mich mit ihren Fingern zu kneifen und zu stechen. Und ihr Gesicht … ich erinnere mich kein bisschen an ihr Gesicht!«

»Das ist der Schock«, sagte Green, nicht unfreundlich. Er kannte die nagende Leere, wenn man sich an etwas nicht erinnern konnte, und auf einmal tat ihm der Mann leid.

»Ich habe gesagt, dass ich nicht weiß, wo sie hin ist, und irgendwann haben sie mir geglaubt. Dann standen wir auf einmal unten auf der Straße, und sie wollten wissen, in welche Richtung Rose davon ist. Ich habe es ihnen gezeigt. Und dann haben sie beide den Kopf in den Nacken gelegt und *gewittert*. Daran erinnere ich mich. Ich wünschte, ich würde mich nicht erinnern, aber ich tu's.«

Green klopfte dem Boten ermunternd auf die Schulter. Thistle und Hunch, keine Frage. So hatten sie also die Sache mit dem Lastwagen herausgefunden. Aber was war im Lastwagen gewesen, und warum wollte sich der Fleurop-Mann nicht daran erinnern?

»Sonst nichts?«, fragte er sanft.

»Sonst nichts?«, wiederholte der Florist ungläubig. »Ist das etwa noch nicht genug?«

»Ich meine: keine Polizei?«

»Denen habe ich nur gesagt, dass der Wagen gestohlen wurde, als ich bei McDonald's aufs Klo bin. Ich will nicht in die Klapsmühle. Ich habe Familie.«

»Die Besuchszeiten sind gar nicht so schlecht«, sagte Green. Es rutschte ihm einfach so heraus.

Der Bote starrte ihn nun mit neuem Misstrauen an, und Green beschloss, dass es Zeit war zu gehen.

Er fischte das schmatzende Legulas aus dem Papierkorb und steuerte auf die Tür zu. Dann fiel ihm aber doch noch etwas ein.

»Was für eine Frau ist Rose Dawn? Ich meine: wie würden Sie sie beschreiben?«

Der Bote guckte überrascht. »Bezaubernd«, sagte er. »Eine wirklich bezaubernde alte Dame. Wenn sie einen anlächelte, wurde einem warm.«

11. Emily

Meine liebe Rose,

Maman ist wieder im Weinkeller, und Nana telefoniert heimlich mit ihrem Verehrer (heimlich, denkt sie, aber ich habe sie längst durchschaut, und manchmal gehe ich hinüber zu dem Telefon in Paps' Studierzimmer und höre ihnen zu. Oh Rose, sie sagen solche Sachen, vor allem er! Ich habe ihn noch nicht gesehen, aber ich stelle ihn mir sehr grobschlächtig vor, mit einer Schweinsnase und einem roten Gesicht. Oh Rose, wenn Du noch hier wärst! Wir würden unter Paps' Schreibtisch sitzen und sterben vor Lachen!!!).

Was ich aber eigentlich sagen wollte, ist, dass ich dem schweinsnasigen Beau danken muss, weil er Nana beschäftigt hält und ich so endlich allein bin und Dir schreiben kann. Sie lassen mich jetzt keine Sekunde mehr allein, weißt Du – es ist alles Deine Schuld! Wundere Dich also nicht, wenn ich Dir nicht so häufig schreibe, wie ich sollte, und wenn meine Briefe so viele Löcher haben, Du weißt, was ich meine – Du musst zwischen den Zeilen lesen, meine Liebe … Ach Rose, wenn Du nur die Wahrheit gesagt hättest!

Aber sprechen wir von anderen Dingen: Erinnerst Du Dich noch an das blaue Seidenkleid, das wir in Mamans Katalog gesehen haben? Nun, ich habe Grund zu der Annahme, dass es seinen Weg auf meinen Gabentisch finden wird, kannst Du Dir das vorstellen? Ich kann es kaum erwarten, wünschte aber, Du könntest da sein, wenn ich es auspacke …

Tausendfach,

E

Green blickte auf. Ihm war, als hätte er in seinem Wartezimmer ein Geräusch gehört. Er stand auf, die Hand in der Jackentasche mit dem Messer, und ging lautlos zur Tür.

Nichts.

Green überprüfte die Eingangstür. Abgeschlossen. Wo war das Legulas? Es dauerte einen Augenblick, bis Green es im Büro auf dem Kundenstuhl entdeckte, in tiefem Schlaf, nach allen Seiten überhängend wie ein Kuchen, der sich aus seiner Backform wälzte.

Meine liebe Rose,

der Geburtstag war ein voller Erfolg, möchte ich sagen. Ich fand tatsächlich das blaue Kleid unter meinen Geschenken, dazu drei Paar Seidenstrümpfe, dünn wie Spinnweben, Ohrringe mit echten Perlen und – setz Dich besser – eine Pelzstola, weich wie Rauch, mit einer Kristallbrosche. Von Nana bekam ich wieder ein Buch, Shakespeare für junge Damen, *kannst Du Dir das vorstellen? Es gab natürlich wieder Kuchen, den mit Brombeeren, den Du nicht sonderlich magst, und dazu trank ich Kaffee! Kaffee wird überschätzt, wenn Du mich fragst. Onkel Sheldon war da und hat versprochen, mich nächste Woche ins Theater auszuführen, wenn ich meine Pillen nehme. (Ich nehme meine Pillen natürlich nicht. Ich stecke sie mir unter die Zunge und spüle sie im Klo herunter. Du solltest das auch tun, Rose. Wir brauchen keine Pillen, weil es sie gibt!)*

Und nun das Beste ganz zum Schluss: Nach dem Essen haben sie mich in meinem ganzen neuen Staat durch den Garten wandern lassen, bis hinunter zum Teich, ungestört. Die Fröschlein waren beeindruckt, kann ich Dir sagen!

Soll ich Dir etwas Komisches erzählen: Maman sagt, ich trinke zu viel Milch!!!

Alles Liebe,
tausend Küsse,
Emily

Emily hieß sie also! Green faltete den nächsten Brief auf. Und dann den nächsten. Und wieder den nächsten. Neue Jacken und neue Schuhe, Strümpfe, Hüte, Fächer, Seidentücher. War das eine Art Code? Emily erzählte von der Sabotage des Klavierunterrichts, Vorsingen im Schulchor, Ausflügen in Onkel Sheldons neuem Benz und dem einen oder anderen sektgetränkten Picknick. Da gab es Nana – eine Art Erzieherin vermutlich –, die *es wahrscheinlich getan hatte* und sich anschließend mit ihrem Beau überwarf, und Paps, der hauptsächlich durch Abwesenheit und die vielen interessanten Dinge in seinem Studierzimmer glänzte. Ab und zu geisterte Maman durch die Zeilen, meistens mit der einen oder anderen Spirituose in der Hand und einmal auch in Begleitung eines unbekannten, aber schmierigen Vertreters des männlichen Geschlechts. Emily hatte Hausarrest und sehnte sich nach dem Garten und ihrem Lieblingsplatz am Teich. Wieso ließen sie ihre Eltern nicht hinunter zum Teich? Green versuchte sein Bestes, die Dinge zwischen den Zeilen zu lesen, fand aber nur vergilbte Leere und den einen oder anderen Schnörkel.

Die wichtigen Dinge sind die, die man nicht sieht dachte er mit einem freundlichen Blick auf das schlafende Legulas. Wo waren die blinden Flecken? Was *fehlte*?

Wo sind ihre Freunde? schrieb Green in sein Notizbuch.

Wer sind ihre Freunde?

Rose ganz offensichtlich, aber sonst gab es da anscheinend niemanden, keine Nachbarn, keine Schulkameraden, keine Cousins und Cousinen. Doch manchmal schrieb Emily Dinge wie *Wir vermissen Dich alle.* Wer genau vermisste Rose? Nana? Onkel Sheldon? Die sherrytrinkende Maman?

Wo waren die Jungs? Wo waren die Partys? Und wo war Emilys Zukunft? Emily kam Green eingesperrt vor, nicht nur in ihrem Haus, sondern auch in der Zeit. Keine Gedanken an morgen, keine Pläne, die über ein vages »irgendwann« hinausgingen. Emily schien sich in einer steten schillernden Seifenblase aus Gegenwart zu bewegen. War das normal? Waren junge Mädchen so? Und wie jung war Emily eigentlich? All den Seidenstrümpfen und Operngläsern und Straußenfedern und ihrer sauberen, geübten Handschrift nach zu schließen, hätte Green sie vielleicht auf dreizehn oder vierzehn geschätzt, aber manchmal kam es ihm so vor, als hätte er es mit einem sehr viel jüngeren Kind zu tun.

Warum besuchte sie Rose nicht einfach, wenn sie sie so vermisste? Irgendetwas schien zwischen den beiden vorgefallen zu sein. Rose hatte etwas getan, mit dem Emily nicht einverstanden war – oder umgekehrt?

Als Green den nächsten Brief auffaltete, fiel etwas heraus und schaukelte zu Boden wie ein Herbstblatt. Green bückte sich. Es war ein kleines rechteckiges Stück Papier. *Juli 61* stand da in Druckbuchsstaben und daneben in Emilys schnörkeliger Schrift *Wir vor dem Tanz!*

Ein Foto! Die Rückseite eines Fotos, genauer gesagt. Green hob das kleine weiße Rechteck auf und holte es zurück in den Lichtkreis seiner Schreibtischlampe. Dann hielt er es einen

Moment lang zögernd in den Händen, ohne es umzudrehen. *Juli 61!* Die Briefe waren über fünfzig Jahre alt! Warum hatte Rose so alte Briefe in ihrem Schrank versteckt? Wer würde nach so langer Zeit noch nach ihnen suchen? Wer würde überhaupt nach ihnen suchen, da sich doch alles nur um belanglosen Jungmädchenkram zu drehen schien?

Green saß noch einige Augenblicke still und dachte, dann drehte er das Foto um.

Seltsamerweise erkannte er Rose sofort. Sie hatte dieselben eindringlichen hellen Augen wie auf dem Krakelbild, denselben forschenden, freundlichen und ein wenig beunruhigenden Ausdruck darin. Ihr schwarzes Haar war zu zwei dicken Zöpfen geflochten, ihre Kleidung einfach. Sie trug keine Schuhe. Green sah einen Schatten auf ihrer Wange. Ein Striemen, vielleicht von einem Ast, der ihr ins Gesicht gepeitscht war, oder vielleicht auch nur Schmutz. Rose wäre jedem als ein außergewöhnlich hübsches Kind aufgefallen, wenn da nicht das zweite Mädchen gewesen wäre. Emily. Emily, die ein weißes Kleid und gute Stiefel hatte, helles Haar und dunkle Augen und ein Gesicht, das einem das Herz schneller schlagen ließ, selbst wenn es nur von einem alten vergilbten Foto blickte. Die beiden Mädchen hatten sich gegenseitig die Arme um die Hüften gelegt und blickten ernst und einträchtig und vielleicht ein bisschen zu herausfordernd in die Kamera. Irgendetwas in ihrer Pose ließ sie sehr lebendig wirken, so als könnten sie sich jeden Moment aus dem Bild lösen und davonlaufen. Green beobachtete sie eine Weile, doch die Mädchen blieben, wo sie waren.

Er ließ das Foto sinken und starrte in das Halbdunkel seines Büros.

Irgendetwas stimmte nicht.

Green sah aus den Augenwinkeln eine flatternde Bewegung. Nichts. Dann wieder. Einen Augenblick lang befürchtete er die Rückkehr des schwarz-weißen Schmetterlings, doch im nächsten Moment sah er, dass es nur eine staubschwere Spinnwebe an der Decke war, die sich nervös im Luftzug bewegte. Aber welcher Luftzug denn? Das Fenster war zu, der Tischventilator schlief friedlich in einer Ecke. Blieb nur noch … Green stand auf und ging wieder in das Wartezimmer hinüber. Keine Frage, hier war ein kühler Hauch zu spüren, angenehm eigentlich.

Die Eingangstüre stand eine Handbreit offen.

Green blinzelte irritiert. Gerade eben war die Tür doch noch abgeschlossen gewesen! Er hatte es ausprobiert – oder etwa nicht? Green öffnete die Tür und spähte hinaus in den düsteren Flur. Links. Rechts. Nichts. Er drehte sich um und blickte zurück ins Wartezimmer, wo sich Staub und Schatten unter den Stühlen sammelten.

Nur eingebildet also. Green seufzte. Es war nicht das erste Mal. Seine Hand wanderte zu dem Türriegel, zögerte, zog sich wieder zurück. Es war besser, die Türe offen zu finden, wenn man sich daran erinnerte, dass man sie offen gelassen hatte. Es war sogar besser, sie dann abgesperrt zu finden. Sich einzubilden, man hätte etwas abgesperrt, nur um es dann offen anzutreffen, war am schlimmsten. Green ging wieder in sein Büro zurück und blickte nachdenklich hinüber zu den Briefen auf seinem Schreibtisch. Zwei Stapel lagen da, ein dicker und ein kleiner, eigentlich nur noch ein paar Blätter. Gelesen – ungelesen. Green war fast mit Emilys Briefen fertig, und was hatte er bisher herausgefunden? Herzlich wenig! Er legte kurz seine Hand auf das schlafende Legulas, um sich zu beruhigen. Es kam ihm wärmer vor als früher. Hoffentlich hatte es kein Fieber!

Der nächste Brief war anders als die anderen, gar nicht wirklich ein Brief, eher ein Zettel, achtlos aus einem Block gerissen. Keine Anrede, keine Küsse, die Schrift hastig und achtlos.

Oh Rose, Nana hat mich im Wald erwischt! Oh Rose, sie werden mich morgen abholen! Ich will hier nicht weg! Ich kann *hier nicht weg! Du musst es ihnen sagen! Du musst ihnen endlich die Wahrheit sagen, Rose! Bitte schreibe mir! Warum schreibst Du nicht? Oder vielleicht schreibst Du ja, und sie fangen die Briefe ab? Ich habe im Garten verbranntes Papier gefunden. Waren das Deine Briefe, Rose?*

Der Ton war so anders als alles andere, was er bisher von Emily gelesen hatte, dass Green das Papier neben einen der anderen Briefe legte und die Handschriften verglich. Ja, dasselbe schnörkelige G, dasselbe halbherzige, leicht schwindsüchtige R. Emily, kein Zweifel. Was meinte sie mit *im Wald erwischt*? Erwischt bei was? Was für einen Wald? Von einem Wald war bisher nie die Rede gewesen.

Green dachte wieder an die wichtigen Dinge, die, die man nicht sehen konnte. Die *Löcher*, wie Emily sagte. War der Wald eines dieser Löcher, und war Emily beim Schreiben dieser kleinen verzweifelten Nachricht einfach zu aufgeregt gewesen, um noch irgendetwas zwischen die Zeilen zu packen?

Einer Eingebung folgend holte Green das Foto wieder hervor. Wo war es eigentlich aufgenommen worden? Der Hintergrund schien nicht ganz im Fokus, trotzdem war klar eine Wasserfläche zu sehen. Seerosen, fette Enten und zwei Schwäne. War das der Teich, von dem Emily immer sprach? Fast schon ein See, in Greens Augen. Und dahinter? Dunkelheit, in scharfem Kontrast zu der glänzenden Wasseroberfläche. Sicher hatte die Kamera diesen Hell-Dunkel-Kontrast noch verstärkt. Hell-Dunkel. Wie die beiden Mädchen. Wie der verdammte Schmetterling … Green versuchte sich wieder auf das Foto zu konzentrieren. Im Dunkel hinter dem Teich konnte er verschwommen einzelne Linien erkennen – Baumstämme. Punkte und Striche – Laub. War das der Wald, in den Emily gegangen war? Der Wald direkt hinter dem Teich? Wenn Emily *Teich* schrieb, oft und sehnsüchtig, meinte sie dann eigentlich *Wald*? Und was war so besonders an diesem Wald, dass er in den Briefen nicht erwähnt werden durfte?

Green öffnete sein Notizbuch und schrieb los.

Was ist im Wald???

Dann lehnte er sich in seinem Stuhl zurück und schnaufte frustriert. Nichts von alldem würde ihm auch nur im Geringsten dabei helfen, Rose aufzuspüren. Der kleinere der beiden Stapel bestand nur noch aus drei Blättern. Und dann? Wie in aller Welt sollte er mit diesem alten Kram Rose finden?

Und wie Elizabeth?

Green hielt erschrocken inne, mitten im Denken. Elizabeth? War das der Grund, warum er Rose unbedingt finden wollte? Nicht Hunch und Miss Thistle X und nicht der stattliche Geldhaufen, der schon auf sein Bankkonto gewandert war? *Elizabeth?* Sie suchte auch nach Rose, und sie *würde* sie finden, gar kein Zweifel, Green hatte es in ihren abgründigen schwarzen Augen gesehen. Und er wollte da sein, wenn das passierte. Green runzelte irritiert die Brauen. Professionell war das nicht.

Wieder ein Geräusch im Wartezimmer – und diesmal war er sich sicher.

Green blickte auf.

Das Legulas war von seinem Platz auf dem Kundenstuhl verschwunden.

Er wollte sich gerade entspannen, als er das Geräusch zum zweiten Mal hörte, hoch und dünn und perlend, etwas zwischen einem Vogelruf und einem Hyänenkichern. Das Legulas kicherte nicht. Es schnarchte, schmatzte und rülpste gelegentlich, aber ein Kichern? Nein! Der Laut war zu dünn, zu hart, zu fein. Green sah beinahe unbeteiligt zu, wie seine Hand lautlos über den Tisch kroch, sein Notizbuch, das Foto und die ungelesenen Briefe Emilys in die Jackentasche steckte, dann wieder auftauchte und das Messer hielt. In zwei Schritten war er an der Tür und spähte durch die Milchglasscheibe ins Wartezimmer. Hunch! Er erkannte ihn gleich, selbst durch das trübe Glas. Die Gestalt war einfach zu groß, um jemand anderes zu sein.

Green stupste die Türe auf und glitt geräuschlos hindurch. Dann hielt er inne. Hunch stand vor dem Wasserspender, wieder in Hut und Trenchcoat. Selbst im Profil war von seinem Gesicht unter der Hutkrempe nicht viel zu erkennen. Er hatte eine erstaunlich kleine, spinnenfingrige Hand nach dem Spender ausgestreckt und betätigte den Wasserhahn, ohne einen Becher darunterzuhalten.

Auf – zu, auf – zu.

Nur gut, dass Green nicht viel auf seinen Teppich hielt! Jedes Mal, wenn Hunch den Hahn öffnete, stieg eine dicke Luftblase durch das grünliche Wasser nach oben, und bei jeder Luftblase stieß Hunch sein albernes Vogelkichern aus.

Green sah der Sache eine Weile zu, dann wurde es ihm zu bunt. Er hüstelte und räusperte sich, und als das nichts half, trat er einen vorsichtigen Schritt nach vorne.

»Vielleicht sollten Sie es einmal mit einem Becher versuchen?«, sagte er kühl.

Hunch wandte sich sehr langsam und sehr widerwillig von dem Wasserspender ab und erinnerte Green dabei unangenehm an ein Rhinozeros, das gerade von irgendeinem arglosen Idioten geärgert worden war. Green, in der Rolle des arglosen Idioten, schluckte.

Hunch rieb sich die kleinen Spinnenhände, und dann, Schritt für Schritt, kam er auf Green zu. Green spürte wieder das alarmierende Kribbeln in seinem Nacken. Er kam sich lächerlich vor mit seinem Messer. Als Hunch näher und näher kam und schließlich wie ein gutgekleideter Berg vor ihm aufragte, konnte Green endlich so etwas wie ein Gesicht erkennen: tiefliegende Augen, eine kleine flache Nase und – ein Lächeln. Hunch strahlte ihn mit unzähligen Nadelzähnen freundlich an. Er freute sich eindeutig, Green zu sehen.

Green ließ das Messer sinken und versuchte sich zu entspannen.

»Wo issst sssie? Wo issst sssie?«, lispelte Hunch und streichelte mit seinen kleinen Händen zärtlich über Greens Tweedjacke.

Green wich unwillkürlich einen Schritt zurück.

»Mr. Hunch!«

Plötzlich stand Thistle neben Green. Hunch zuckte zusammen und ließ die Hände sinken.

»Wir wollen doch nicht gleich mit der Tür ins Haus fallen, nicht wahr?«, sagte sie sanft.

»Nein?«, quiekte Hunch.

»Nein!«, sagte Thistle entschieden und kam mit einer zum Gruß ausgestreckten Hand auf Green zu. Sie sah anders aus als beim letzten Mal, spitzer irgendwie und weniger menschlich. Ihr Haar webte und wogte: Weberknechte und Florfliegen, Schnaken und Motten, Tausendfüßler und kleine schimmernde Käfer. Green glaubte sogar, eine glänzende dunkle Schlange zu erkennen.

Zögerlich schüttelte er Thistles ausgestreckte Hand. Sie fühlte sich heiß an und leicht wie Papier.

»Nun denn, wo ist sie?«, sagte Thistle und sah sich erwartungsvoll in seinem Büro um.

»Wer?«, fragte Green mit einer bösen Vorahnung.

»Oma Rose natürlich«, sagte Thistle und zwinkerte ihm zu.

Hunch klatschte erwartungsvoll in die kleinen Hände.

»Ich weiß es nicht«, gab Green zu.

Er war überrascht zu sehen, wie betroffen die beiden auf einmal aussahen, schlimmer als Sex Machine, als Green verkündete, dass die Suche nach dem Leguan erfolglos geblieben war. Für einen Augenblick huschte so etwas wie Furcht über Thistles spitzes Gesicht. Hunch streckte einen seiner beeindruckend langen Arme aus und deutete mit einem dünnen Zeigefinger anklagend auf Green.

»Du hassst gessagt, du wirssst sssie finden«, lispelte er.

»Nein«, sagte Green so ruhig wie möglich und wich unwillkürlich ein paar Schritte zurück, hinein ins Büro. »Ich habe gesagt, dass ich sie *suchen* werde. Und ich habe sie gesucht. Ich bin in ihrer Wohnung gewesen, habe die Nachbarn befragt …«

»Du warst in der Wohnung?«, fragte Thistle und starrte mit bohrenden schwarzen Kirschaugen zu ihm hinauf. »Was hast du in der Wohnung gefunden?«

»Nichts«, sagte Green. »Das ist genau der Punkt, ich habe nichts gefunden, kein Indiz, keinen Anhaltspunkt, wo sie hin sein könnte, nur einen Reispudding. Ich habe mit dem Fleurop-Boten gesprochen, sie ist mit seinem Auto davon …«

Hunch machte eine wegwerfende Handbewegung. »Dasss wisssen wir! Aber wo issst sssie hin?«

»Ich weiß es nicht. Und ehrlich gesagt, ich möchte so auch nicht arbeiten.« Green schnipste eine von Thistles Schnaken von seinem Jackett. »Ich habe genug. Ich gebe den Fall ab. Wir äh, wir haben nicht wirklich ein gutes Vertrauensverhältnis, finde ich.«

»Du hasssst dasss Geld genommen!«, fistelte Hunch außer sich.

»Und ich werde es zurückerstatten, abzüglich der Ausgaben für gestern«, sagte Green. »Genau wie es in meinen Geschäftsbedingungen steht.« Er hatte das dunkle Gefühl, dass seine Geschäftsbedingungen die beiden nicht sonderlich interessieren würden.

»Du hast das Geld genommen«, flüsterte Thistles Stimme plötzlich hinter ihm. »Aug für Silber, Hand für Gold, Milch für Blut. Ein Handel ist ein Handel.«

Green drehte sich vorsichtig um und versuchte dabei weiter ein Auge auf Hunch zu haben. Thistle musste sich irgendwie an ihm vorbeigeschlichen haben und saß jetzt an seinem Schreibtisch, in seinem Stuhl. Ihre Augen waren schmaler als zuvor und so dunkel, dass man kaum noch Weiß in ihnen erkennen konnte. Ihr Haar wogte und wallte aufgebracht.

Green erstarrte. Auf dem Schreibtisch lagen noch immer die meisten von Emilys Briefen, der beste Beweis dafür, dass er doch etwas gefunden hatte und weit davon entfernt war, den Fall wirklich aufzugeben.

Liebe Rose! Liebe Rose! Liebe Rose!

Thistle bemerkte seinen Blick und nahm grinsend einen der Briefe in die Hand.

»Hast du Angst um deine hübschen Dinge, Mensch?«, fragte sie.

»Du solltessst Angssst um deine hübschen Dinge haben«, quiekte Hunch zustimmend von hinten.

Thistle hielt den Brief prüfend vor sich hin, dann ließ sie los und stach mit einer blitzschnellen Bewegung ihre Hand hindurch. Ihre Finger waren auf einmal voll von scharfen Dornen und Stacheln. Sie wiederholte dies einige Male, bis sich der erste Brief in Konfetti verwandelt hatte. Dann nahm sie sich den nächsten vor.

Green sah ihr stumm zu. Thistle konnte einiges, aber lesen konnte sie ganz offensichtlich nicht. Hunch kicherte von hinten. Er kickte im Wartezimmer einen Stuhl um und zertrampelte ihn so mühelos, als wäre er aus Pappe.

»Du wirrrsssst sssie finden, Mensch!«, fistelte er. »Oh ja, du wirrrssst!«

»Du wirst sie finden«, sagte Thistle, die inzwischen mit Roses Briefen fertig war. Eine Straße von Ameisen wanderte ihren Arm hinunter und trug das Papierkonfetti im Triumphzug davon. »Morgen wirst du sie finden – oder sie werden *dich* finden.«

»Oder sssssie werden dich *nicht* finden!«, quiekte Hunch, und die beiden lachten glockengleich wie über einen sehr gelungenen Witz.

Green wurde langsam wütend. Diese Art von Humor musste er sich in seinem eigenen Büro nicht bieten lassen! So unauffällig wie möglich ließ er seine Augen durch den Raum schweifen – wo, verdammt noch mal, war das Legulas? Dann entdeckte er es, oder zumindest eine Schwanzspitze, die wie ein winziger Christbaum neben dem Aktenschrank aus einer Reisetasche ragte. Greens Reisetasche. Er konnte sich zwar nicht daran erinnern, die Tasche gepackt und dort hingestellt zu haben, doch das war an sich nichts Ungewöhnliches. Jedenfalls kam sie wie gerufen!

In diesem Moment klingelte auf seinem Schreibtisch das Telefon. Thistle und Hunch zuckten zusammen, und die Ameisen evakuierten panisch die Tischplatte.

»Was ist das?«, kreischte Thistle. »Hör damit auf! Hör sofort damit auf!«

Green guckte ratlos zu dem Telefon hinüber.

Es klingelte noch zwei Mal, dann sprang der Anrufbeantworter an.

»Dies ist die Privatdetektei Frank Green. Leider bin ich zur Zeit nicht im Büro, Sie können mir aber …«

»Lügner!«, fauchte Thistle. »Er will weglaufen, Hunch. Lass ihn nicht weglaufen!«

Ihre Hände waren auf einmal ganz unter Dornen, Zacken und Stacheln verschwunden. Eine Wolke von Insekten stieg aus ihrem Haar auf und kam böse surrend auf Green zu. Dann sprang sie, ihre stachelstarrenden Hände weit ausgebreitet wie Morgensterne. Sie war unglaublich schnell – aber Green war schneller. Er warf sich zu Boden, und Thistle segelte über ihn hinweg auf Hunch zu. Im nächsten Moment war ein dumpfes Rums zu hören. Green sah nicht hin. Er tauchte hinüber zu seiner Reisetasche, dann hatte er sie schon in der Hand. In der anderen war auf einmal wieder das Messer. Green drehte sich um. Thistle hatte sich mehr oder weniger um Hunchs Kopf gewickelt, ihre Morgensternhände steckten in seinem Rücken fest. Hunchs Händchen hatten Thistle um die Hüfte gepackt, während er verzweifelt versuchte, sie von sich herunterzuzerren. Doch Thistle hing fest wie eine Klette.

Green sprintete an den beiden vorbei hinein ins Wartezimmer. Einer Eingebung folgend drehte er den Wasserspenderhahn auf, dann war er schon vor der Tür und raste den Flur hinunter, die Stufen hinab, auf die Straße.

Nichts wie weg hier!

In diesem Moment bog ein Taxi um die Ecke. Perfekt! Green streckte die Hand aus, riss die Tür auf und warf seine Reisetasche auf die Rückbank.

»Wohin soll's denn gehen?«, fragte der Taxifahrer.

»Weg!«, sagte Green. »Möglichst schnell! Irgendwohin, wo man nicht gleich im Stau steht.«

Das Taxi setzte sich in Bewegung, und Green fühlte in der Reisetasche nach dem Legulas. Hoffentlich war ihm nichts passiert. Eine feuchte Zunge leckte seine Hand, und Green entspannte sich.

Im Rückspiegel sah er in der Ferne noch kurz ein kleines lockenköpfiges Mädchen und einen großen Kerl im Trenchcoat, die vor seinem Bürogebäude standen und ihm nachstarrten.

12. Nick

Green saß noch einige Minuten schwer atmend und etwas benommen im Taxi, dann fiel ihm auf, wie gut er sich eigentlich fühlte. Keine Zweifel, keine Depressionen, keine Halluzinationen, einfach nur gesunde Erleichterung. Hervorragend!

Green zog die große Reisetasche näher zu sich heran und begann, ihren Inhalt zu untersuchen. So wie es aussah, würde er seinem Büro wohl für ein paar Tage fernbleiben müssen, und er hoffte inständig, dass er seine Zahnbürste und ein paar Medikamente eingepackt hatte.

Die Zahnbürste war da – die Medikamente nicht. Außerdem fand Green zwei T-Shirts, eine Krawatte und zwei Unterhosen zum Wechseln, Deodorant und Duschgel, ein Handy, drei Müsliriegel, eine Wasserflasche und ein Taschenbuch: *Selbstdisziplin – wie Sie alles erreichen.*

Kurzentschlossen verfütterte Green das Buch an das Legulas, dann suchte er weiter. Hoffentlich hatte er daran gedacht, etwas Geld für Essen und Unterkunft einzustecken! Ja, da, tatsächlich! In einer Innentasche fand Green ein Geldbündel. Und dann noch ein Geldbündel. Und noch eins. Und wieder eins. Jede Menge Geld, viel, viel mehr, als er von Thistle und Hunch bekommen hatte. Wo in aller Welt kam denn dieses ganze Geld her? Nun, Hauptsache, es war da. Die Innentasche hatte nochmal eine Innentasche, und in dieser steckte zu allem Überfluss auch noch eine Kreditkarte – aber es war nicht Greens Kreditkarte! *Samuel Black* stand da.

Green drehte die Kreditkarte etwas unschlüssig in seinen Händen hin und her. Samuel Black hatte auf der Rückseite unterschrieben – in Greens Handschrift! Green zuckte mit den Achseln, obwohl dies weder der Taxifahrer noch das im Hauptfach seiner Reisetasche leise schmatzende Legulas sehen konnte, dann steckte er die Kreditkarte in die Jackentasche.

Ausweis! Hatte er an einen Ausweis gedacht?

Der Ausweis fand sich ganz am Boden der Tasche, versteckt in einem kleinen Schlitz im Futter. Auch hier hatte sich Samuel Black eingeschlichen und guckte mit Greens Augen und Greens Zügen ungewöhnlich gut rasiert von dem kleinen Foto. Green wusste nicht so ganz, was er davon halten sollte, und legte den Ausweis zurück ins Futter. Dabei berührte seine Hand etwas Kaltes, Hartes. Green tastete nach und förderte ein kleines, aber außerordentlich effektiv aussehendes Messer zutage. Noch ein Messer! Es lag gut in der Hand.

Green bemerkte, dass ihn der Taxifahrer im Rückspiegel beobachtete, und ließ das Messer wieder in der Tasche verschwinden, dann breitete er seine Unterwäsche darüber aus, damit sich das Legulas auf keinen Fall verletzen konnte.

»Wo soll's denn nun hingehen?«, fragte der Taxifahrer.

Green blickte ratlos aus dem Fenster. Er konnte nicht ewig Taxi fahren, so viel war klar. Wohin? Einfach in ein Hotel? Wo waren sie eigentlich? Das Taxi rollte gerade am Trafalgar Square vorbei, und Green bewunderte die Säulen und Brunnen, Kuppeln, Menschen und Tauben und das seidige, halbdurchsichtige Frühlingsabendlicht. Dann entdeckte er Thistle und Hunch. Die beiden standen reglos auf dem Rücken eines der riesigen Bronzelöwen und blickten vage in seine Richtung. Hatten sie ihn entdeckt? Es sah nicht so aus. Thistle hatte die Augen geschlossen, die Nase gehoben und witterte, Hunch hatte sich eine Taube geschnappt und verspeiste sie systematisch, Bissen für Bissen, wie eine Falafelrolle. Dann bog das Taxi in die Charing Cross Road ein, und die beiden verschwanden aus Greens Blickfeld.

Das warf nun ein ganz neues Licht auf Greens Hotelpläne, und es war leider nicht das rosige samtene Abendlicht, das durch die Autofenster flutete. Thistle und Hunch waren ihm schon dicht auf den Fersen! Die beiden schienen nicht wirklich Greens Taxi zu folgen, aber sie folgten *etwas*, irgendeiner Spur, und es war nur eine Frage der Zeit, bis sie Green finden würden. Es sei denn …

»Zum Bahnhof«, sagte Green. »Kings Cross. So schnell wie möglich.«

Der Taxifahrer drückte aufs Gas und hätte fast einen Passanten umgefahren. Green dachte fieberhaft nach. Wenn er die beiden wirklich abhängen wollte, musste er London verlassen, so viel war klar. Aber wohin? Außerdem war da der riskante Weg vom Taxi hinein in den Bahnhof bis zum Zug. Sobald er das Taxi verließ, musste er wissen, wo er hinwollte, wenigstens ungefähr.

Green erinnerte sich an die letzten drei ungelesenen Briefe in seiner Jackentasche. Vielleicht fand er ja irgendwo dort eine Adresse?

Der dritte Brief war nicht wirklich ein Brief, sondern ein Umschlag – und auf dem Umschlag saß die Schnecke! Sie musste irgendwie aus ihrer Salatbox ausgebüxt sein und war gerade dabei, sich mit zufriedenem Schneckengesicht über das vergilbte Papier herzumachen. Green zupfte sie entsetzt von dem Brief – er hatte ja keine Ahnung gehabt, dass Schnecken Papier fraßen! Ob sie sehr hungrig war? Die Schnecke schäumte frustriert, als Green sie zurück in ihre Box setzte. Vielleicht würde er ja am Bahnhof Zeit haben, ihr einen neuen Salat zu kaufen.

Als das Weichtier gebändigt war, nahm er sich endlich den Umschlag näher vor. Höchste Zeit, das Auto kroch schon entschlossen die Tottenham Court Road entlang, ähnlich beharrlich wie die Schnecke.

The Long Road, stand da, *Yorkshire*. Und darüber etwas, das mit *Aysgar*... begann, und noch weiter oben etwas, das mit *End* aufhörte. Der Rest war verschwommen und verschleimt. Endlich eine Adresse – und ausgerechnet darauf musste die verdammte Schnecke ihr Picknick abhalten! Er konnte weder Namen noch Straße und Hausnummer erkennen, aber für Greens Zwecke genügte es erst einmal. Yorkshire! Wenn das nicht weit genug war, um Thistle und Hunch abzuhängen, wusste er auch nicht weiter.

Als er den Umschlag in seinen Händen umdrehte, fiel ihm etwas Seltsames auf: Das Papier war alt und vergilbt, genau wie das der anderen Briefe, aber an der Kante, wo der Umschlag aufgerissen worden war, sah es noch weiß und frisch aus. Dieser Brief war erst vor kurzem geöffnet worden! Warum hatte Rose so lange gewartet? Und was hatte sie dort drin gefunden? Er bog das Papier auf und äugte in den Umschlag.

Wieder nur ein Zettel. Und die vermaledeite Schnecke hatte es geschafft, ihn durch den Umschlag anzuschleimen!

Liebe Rose, stand da,
ich bin … schleim schleim … *und manchmal nicht wirklich ich selbst. Aber Du wirst Dich umentscheiden, ich weiß das, auch wenn Du selbst es noch nicht weißt …* Schleim … *schicke ich Dir also diese Feder. Hüte sie gut, es wird sie erkennen und Dich hereinlassen, auch wenn ich nicht …* schleim schleim … *werden schlimmer, und ab morgen bin ich wieder in Behandlung. Wünsch mir Glück! Komm bald! Gruß und Kuss, Emily*

Green ließ den Brief sinken. Warum waren denn immer alle in Behandlung? Emily hatte Rose also eine Feder geschickt – das musste die Feder sein, die Rose auf ihrer Pinnwand erwähnt hatte! Die Feder, die sie nicht vergessen durfte! Jetzt war er sich sicher: Rose war auf dem Weg nach Yorkshire, zurück zu Teich und Wald!

Yorkshire.

Aysgar …

The Long Road.

Wenn er es nur bis zum Zug schaffte …

»Da wären wir!«

Die Stimme des Taxifahrers riss ihn aus seinen Grübeleien.

Da? Schon?

»Das macht dann 95 Pfund.«

95 Pfund waren gesalzen. Der Taxifahrer hatte wohl gemerkt, dass Green in einer brenzligen Lage war, und versuchte, daraus Profit zu schlagen. Einen Moment lang hatte Green das Bedürfnis, ihm die Klinge seines Messers an den Hals zu legen und ihm ein paar deutliche Worte zu seinen Geschäftspraktiken zu sagen, aber dann entspannte er sich.

Er schnippte dem Taxifahrer wortlos zwei Fünfziger zu, dann sprintete er aus dem Auto, die Reisetasche mit dem Legulas dicht an sich gepresst. Wo war der Schalter?

Natürlich war Green nicht der Einzige, der eine Fahrplanauskunft wollte. Vor ihm warteten schon eine Mutter mit Kind, ein zittriger Herr mit Hut und eine alte Dame im Kunstpelz.

Green schaffte es, die fellige Alte vor sich mit Hilfe der Schnecke wegzuekeln, musste dann aber hilflos zusehen, wie die Mutter ihrem Kind gemächlich eine Banane schälte, während der zitternde Herr wiederholt seinen Geldbeutel fallen ließ.

Endlich war er dran.

»Ich muss nach Yorkshire«, sagte Green. »Möglichst schnell.«

Die bebrillte Schalterfrau spähte auf ihren Bildschirm. »Der Zug nach Leeds. In 5 Minuten. Gleis 7.«

Gleis 7! Leeds! Green schob sich durch die Menschenmenge. Schon war er in der Bahnhofshalle. Gleis 7 – dort hinten! Der Zug wartete. Green wollte gleich hinüberhetzen, aber so etwas wie Instinkt hielt ihn zurück. Im Zug würde er festsitzen – wortwörtlich. Ein leichtes Ziel für Thistle und Hunch. Besser, er stieg erst in allerletzter Minute ein!

Green glitt also in den Schatten eines Bahnhofskiosks, beobachtete die Zeitanzeige und die Eingänge und hielt nach einem dunklen Bogarthut Ausschau.

Dann fiel ihm plötzlich ein einzelner Mann auf. Groß, schlank, glatzköpfig, unauffällig. Es war eine Leistung, mit einer so spiegelnden Glatze unauffällig zu sein, aber der Mann schaffte es. Er stand genau wie Green im Schutze einer Imbissbude etwas abseits vom Trubel und beobachtete ihn. Als sich ihre Blicke trafen, nickte der Mann fast unmerklich, dann schwamm er durch den Menschenstrom zu ihm herüber, beiläufig und mühelos wie ein Hai.

»Hey, Sam.«

»Hey.« Green kannte den Mann, aber er *er*kannte ihn nicht. Kein Name, keine Erinnerung, nur das Gefühl, dass sie sich schon begegnet waren – und die Gewissheit, dass dieser Typ nicht merken durfte, dass Green Green war und sich nicht an ihn erinnerte.

Der Mann musterte ihn vom Kopf bis zu den Zehenspitzen.

»Es heißt, dass du aus dem Geschäft bist. Sieht aber nicht so aus.«

Er guckte vielsagend hinunter auf Greens Reisetasche.

»Ich weiß nicht, wovon du sprichst«, sagte Green in einem Ton, der nahelegen sollte, dass er es doch wusste.

Der Mann lächelte kalt.

»Ach komm, Sam, vor mir musst du doch nicht dieses Theater abziehen. Sag mir: was würde ich wohl finden, wenn ich jetzt in deine hübsche Tasche gucken würde?«

Green überlegte: dicke Geldbündel, einen falschen Pass, ein kleines gefährliches Messer, eine Schnecke und das Legulas. Wie auch immer man das interpretierte, es würde kein gutes Licht auf ihn werfen. Er schluckte.

Der Mann bemerkte Greens ertappten Gesichtsausdruck und lachte leise.

»Dachte ich mir doch! Ist ja auch gut so. Wir brauchen Leute wie dich!«

Green schwieg.

Noch vicr Minuten.

Der Mann nickte ihm zu. »Bis bald, Sam. Wir sehen uns!«

Auch Green nickte. Von irgendwoher kam ein Name: Nick.

»Wir sehen uns. Bis dann, Nick«, sagte er kalt.

Der Mann lächelte und drehte sich um. Im nächsten Moment war seine Glatze in der Menschenmenge verschwunden.

Noch drei Minuten – Zeit, sich auf die Socken zu machen!

»Frank!«, rief da eine Stimme hinter ihm. »Hey Frank!«

Green zuckte zusammen. Was zum Teufel …? Sonst traf er eigentlich nie jemanden! Er drehte widerwillig den Kopf, um zu sehen, wer da gerufen hatte. Die Frau im Kiosk winkte ihm zu. Green starrte sie einige Augenblicke lang ratlos an, dann erkannte er Mary aus der Mittwochsgruppe. Mary mit den Luftsocken. Ohne ihre ständigen Strickbewegungen sah sie bis zur Unkenntlichkeit normal aus.

»Hallo Mary«, sagte Green und warf einen nervösen Blick über die Schulter. »Du strickst ja gar nicht.« Es rutschte ihm einfach so heraus.

Mary lachte. »Ach, ich stricke eigentlich nur noch in der Gruppe – es ist da immer so langweilig, wenn man gar nichts zu tun hat, findest du nicht?«

Green nickte geistesabwesend. Dort hinten beim Eingang glaubte er einen dunklen Bogarthut zu erkennen.

»Du kommst nicht wieder, was?«, fragte Mary.

Green schüttelte den Kopf.

»Ich muss zum Zug«, sagte er.

Mary nickte weise. Dann streckte sie ihre leere Hand aus und hielt sie Green hin.

»Sie sind heute fertig geworden«, sagte sie.

Green verstand. Luftsocken. Er nahm Nichts aus ihrer Hand entgegen und hielt Nichts bewundernd vor sich hin, dann öffnete er den Reisverschluss und packte Nichts vorsichtig in seine Tasche. Das Legulas machte Platz.

»Danke Mary«, sagte er, irgendwie wirklich gerührt. »Die sind wunderschön.«

»Und warm«, sagte Mary. »Gute Reise.«

Green warf einen Blick auf die Zeitanzeige. Noch eine Minute bis zur Abfahrt.

Er sprintete los.

Professor Fawkes macht Liegestütze und starrt Thistle und Hunch dabei ungläubig an.

»Ein *was*?«

Thistle und Hunch, die in einiger Entfernung auf dem Boden knien, tauschen betretene Blicke aus.

»Ein Detektiv, Professor«, erklärt Thistle mit niedergeschlagenen Augen. »Ein Detektiv ist ein Mensch, der für Geld Dinge sucht. Man sagt ihm genau, was man sucht, und dann …«

»Ich weiß, was ein Detektiv ist!«, keucht Fawkes. »Was ich nicht weiß, ist, wie ihr euch erdreisten konntet, einfach einen Menschen …«

Er gibt die Liegestütze auf, trocknet sich mit einem Handtuch den Schweiß von der Stirn und beginnt, ungeduldig einen Apfel zu schälen.

»Er ist kein einfacher Mensch, bei allem Respekt, Professor«, sagt Thistle leise.

»Er issst unsss empfohlen worden«, quiekt Hunch. »Der Klabauter von Blackfriarsss Bridge hat ihn empfohlen. Und Queen Rat. Und die Hyde Park Mab hat unssss ssseine Karte gegeben.«

»Viele unserer Art gehen zu ihm, Professor«, sagt Thistle sanft. »Er ist sehr geeignet. Er ist nicht ganz dicht, und er wird sich später an nichts mehr erinnern.«

»Er geht zzzu einem Zzzauberer, der ihn allesss vergesssen macht«, fistelt Hunch.

»Er hat die Stimme der Banshee in einem hohlen Baum gefunden«, sagt Thistle.

»Und das silberne Auge des Greifen unter einem Stein«, ergänzt Hunch.

»In Holborn hat er einen Vampir entlarvt.«

»In Southwark einen entlaufenen Fluch eingefangen!«

»Ach was! Tratsch!« Fawkes macht eine wegwerfende Handbewegung. Ringe blitzen auf. »Wenn ich einen Hund nach einem Stock schicke, erwarte ich, dass er den Stock zurückbringt, nicht einen Detektiv beauftragt.«

»Bei allem Respekt, Professor, es ist nicht so einfach«, murmelt Thistle. »Es ist seltsam dort draußen. Alles ist anders als früher. Es gibt keine Fische mehr im Fluss.«

»Keine Kornkreissse«, fiept Hunch.

»Keine Weichselkirschen«, jammert Thistle.

»Viel zu viele Kreuzwege!«, stöhnt Hunch.

»Keine Pferdemähnen!«

»Keine Ssssspinnennetze.«

»Keine Dunkelheit!«

»Es ist so laut«, seufzt Thistle. »Es sind viele seelenlose Dinge unterwegs. Es gibt diese großen Dosen, die überall herumschwärmen wie Käfer. Sie verschlucken Menschen und spucken sie wieder aus.«

»Automobile«, sagt Fawkes und hört mit dem Schälen auf.

Thistle und Hunch tauschen einen Blick aus.

»Wir glauben, die Abtrünnigen sind in einem Automobil davon«, sagt Thistle sanft. »In einem Automobil mit einer Rose. Wir dachten, wenn die Abtrünnigen die Dienste eines Menschen zu Hilfe nehmen, sollten wir das auch tun.«

»Er hat eine SSSSpur«, sagt Hunch.

»Und wir haben seine«, ergänzt Thistle.

»Zzzzeit«, quiekt Hunch. »Wir brauchen nur etwasss Zzzeit.«

»Hmm.« Professor Fawkes fährt sich mit der Hand über das Kinn, so als würde er einen unsichtbaren Spitzbart glätten, dann greift er nach dem Apfel und fängt wieder mit dem Schälen an.

»Gebt uns noch ein paar Tage, Professor«, schmeichelt Thistle, »nur ein paar Tage dort draußen, und wir werden lernen. Wir werden sie finden, alle, alles, was du willst.«

»Wenn Ttthorn noch hier wäre …«, fiept Hunch.

Fawkes' Obstmesser segelt durch ihn hindurch, und Hunch duckt sich verspätet.

»Thorn ist nicht mehr hier!«, flüstert der Professor in einer Stimme, die einen mittelgroßen Froschteich zum Gefrieren gebracht hätte. »Sie wird nie wieder hier sein!«

Hunch bückt sich nach dem Messer und bringt es kleinlaut zurück zu Fawkes. Der Professor seufzt. Er holt zwei aufwendig verzierte Zinnschalen aus einem Schrank und stellt sie auf den Boden. Dann geht er hinüber in die Küche und kommt mit einer Flasche Milch zurück.

Hunch gurrt entzückt.

»Danke Professor«, sagt Thistle artig und ist schon zu Fawkes' Füßen und leckt die Milch wie ein Kätzchen.

»Danke Professor«, quietscht Hunch und gleitet formlos auf seine Milchschale zu.

Fawkes sieht ihnen eine Weile mit einem leisen Lächeln zu, dann bückt er sich und berührt Thistle und Hunch mit so etwas wie Zuneigung am Kopf.

»Und nun, meine Süßen, meine Hübschen, meine kleinen Schleckermäuler: GEHT UND BRINGT MIR MEINEN DRACHEN ZURÜCK!«

Rose

13. Himmel und Hölle

Julius Birdwell nahm noch einige letzte Änderungen am Himmelsgewölbe vor: weniger wolkige Watte, mehr dunkles Blau, einen Hauch Goldspray. Er kippte das Fenster, damit die Lösungsdämpfe von Klebstoff und Farbe nach draußen entkommen konnten, dann öffnete er den Flohpalast, in dem Tesla, Zarathustra und Faust, angetan mit überdimensionierten goldenen Engelsflügeln, auf ihren Auftritt warteten.

Julius setzte die drei vorsichtig am Fuße der Himmelsleiter ab.

Dann gab er das Signal.

Jetzt!

Hinauf!

Julius hatte nie wie andere Flohzirkusdirektoren mit physischen Signalen gearbeitet, Klopfzeichen, Anhauchen oder Licht. Auf so etwas reagierten Flöhe seiner Erfahrung nach eher ungehalten oder gar mit offenem Spott. Julius *dachte*. Er dachte so klar wie möglich an das, was er von seinen Artisten erwartete, und daran, wie es aus Flohperspektive vermutlich aussah.

Klettern!

Hinauf!

Doch diesmal saßen die Flöhe nur weiter am Fuße der schön glänzenden Himmelsleiter, ein Trio unfreiwilliger Cherubim, stumm und trotzig, wie es Julius schien. Nun, vielleicht war es nicht das Geschmackvollste, seine Flöhe angetan mit Engelsflügeln die Himmelsleiter hinaufzuschicken – immerhin waren sie erst vor kurzem aus dem Reich der Toten zurückgekehrt –, aber es war ein schöner Effekt und wirkliche Pionierarbeit auf dem Felde der Flohdressur.

Jetzt!

Endlich bequemte sich Zarathustra auf die erste Sprosse der Leiter, dann hockte er wieder und rieb unschlüssig die Beine aneinander.

Hinauf! feuerte Julius ihn an.

Zarathustras dunkle Flohaugen glänzten unschlüssig.

Hinauf! versuchte es Julius wieder.

Nein! sprach Zarathustra.

Wie bitte? Julius setzte sich vor Überraschung auf den Klebstoff, den er unvorsichtigerweise auf seinem Schreibtischstuhl abgelegt hatte. Nur weil er mit seinen Flöhen sprach, erwartete er noch lange keine Antworten!

Zarathustra blickte ihn von der untersten Himmelsstufe aus verlegen an.

Zu … licht.

Natürlich hörte Julius die Worte nicht laut – Flöhe hatten seines Wissens überhaupt keine Stimmbänder –, aber er verstand sie. Wie eine Stimme in seinem Kopf. Aber war das wirklich Zarathustra, der da sprach, oder hatte er, Julius, begonnen, unter dem Stress von Nixenbefreiung und kreativer Blockade, langsam durchzudrehen?

Probehalber dimmte er das kleine Lämpchen, das seinem Himmelsgewölbe den nötigen goldenen Glanz verlieh – und tatsächlich: Zarathustra setzte sich brav in Bewegung, gefolgt von Tesla und schließlich auch von Faust. Mit so etwas wie Unbehagen dachte Julius, dass der Himmel vielleicht nicht wirklich ein natürlicher Lebensraum für Flöhe war, und begann in Gedanken eine neue Attraktion zu konstruieren: die Höllenfahrt.

Hinter ihm lachte es leise.

Elizabeth.

Julius hatte sie mit viel Mühe und gutem Zureden endlich

dazu bewegt, ihren Fuß über die Schwelle seines Heims zu setzen, und seither tauchte sie ungefragt und ohne Vorwarnung zu den unmöglichsten Zeiten auf, meistens durch eines der Fenster. Elizabeth schien von Türen nicht viel zu halten.

»Wir üben gerade eine neue Nummer«, murmelte Julius, ohne sich umzudrehen. Die drei Flöhe hatten es die Himmelsleiter hinauf in die wattebewölkten Gefilde geschafft und machten eigentlich einen ganz selbstgefälligen Eindruck. Nun sollten sie sich verbeugen oder, besser gesagt, auf und ab wippen. Das würde für das Publikum, das sowieso vor allem die goldenen Flügel sehen konnte, wie eine Verbeugung wirken.

Auf – und ab dachte Julius.

Auf – und ab …

Unwillkürlich wippte er selbst ein wenig mit. Zarathustra, Tesla und Faust begriffen schnell und wippten los – Faust zuerst.

Julius war stolz auf sie.

»Meine Damen und Herren«, rief er theatralisch, »Applaus für die klügsten Flöhe der Welt!«

Erst dann drehte er sich zu Elizabeth um und wäre fast vom Stuhl gefallen. Elizabeth stand mit verschränkten Armen hinter seinem Schreibtisch und musterte ihn kalt, mit beinahe so etwas wie Feindseligkeit in den Augen. Dunkles Blut rann ihr aus den Haaren und über ihr Gesicht.

Julius hatte seine gehörnte Verbündete seit Tagen kaum gesehen, und immer wenn sie weg war, vergaß er sie ein bisschen. Sie war so … unmöglich. Umso größer war dann natürlich der Schock, wenn sie doch auftauchte, manchmal nur für ein paar Minuten, immerzu nass oder schmutzig, in zerrissenen Kleidern oder mit blauen Flecken und Schürfwunden an Händen und Armen. Wie in aller Welt richtete sie sich jedes Mal so zu? Aber so schlimm wie heute war es noch nie gewesen.

»Wie?«, stammelte Julius. »Was?«

»So hat er auch angefangen, weißt du«, sagte sie, seltsam abwesend.

Julius musste nicht mehr fragen, wer *er* war: Fawkes natürlich. Elizabeth sprach oft von ihm, oder besser gesagt, sie sprach oft *nicht* von ihm. Andeutungen, Halbheiten, fallengelassene Sätze.

»Mit einem Flohzirkus?«, fragte Julius. »Wie … was ist passiert?«

»Was soll schon passiert sein?«, fragte Elizabeth und trat näher. Ein Blutstropfen fiel von ihrem Kinn auf den Schreibtisch.

Tesla, Faust und Zarathustra guckten interessiert.

»Na ja, *das*!« Julius deutete unbeholfen auf den Tropfen.

Elizabeth fuhr sich über die Stirn und betrachtete dann nachdenklich ihre blutverschmierte Hand.

»Ach so, *das*. Das ist nichts. Nur eine kleine Meinungsverschiedenheit. Bis zur Hochzeit ist alles wieder gut!« Sie lachte rau.

Bevor Julius protestieren konnte, war sie zu seinem Sofa hinübergeglitten und sank seufzend in die beigefarbenen Kissen.

»Diesmal habe ich sie«, flüsterte sie. »Ich habe jemanden gefunden, der jemanden kennt, der Rose kennt. Gut genug, um zu wissen, wo sie hin sein könnte. Rose hat so etwas wie eine *Vergangenheit*, könnte man sagen. Und nach einer kleinen Diskussion« – sie betastete vorsichtig ihre Stirn und verzog das Gesicht – »ist es mir gelungen, ein Treffen zu arrangieren. Morgen zur Mitternacht. Was sagst du dazu?«

Julius sagte lieber gar nichts. Jemanden gefunden? Sicher keinen Rentner an irgendeiner Bushaltestelle. Elizabeth stellte offenkundig Erkundigungen unter ihren eigenen Leuten an, und was das für Leute waren, wollte Julius gar nicht so genau wissen. Hörner waren da wahrscheinlich noch das geringste Übel.

»Was ist mit dieser Thistle?«, fragte er schließlich. »Und Hunch? Wenn du jemanden finden kannst, der weiß, wo Rose hin ist, können die beiden das vermutlich auch – nach einer äh … kleinen Diskussion.«

Unbemerkt von Julius machten sich drei beflügelte Flöhe wieder auf den Weg die Himmelsleiter hinunter, Richtung Blutstropfen.

Elizabeth schloss die Augen und nickte. »Sicher, früher oder später finden sie es heraus. Es geht nur darum, dass wir zuerst da sind. Das wird uns einen Vorteil gewähren – in der Schlacht.«

Schlacht? Was für eine Schlacht denn? Julius hatte auf einmal wieder dieses enge, trockene Gefühl im Hals, ähnlich wie früher vor den Einbrüchen. Er schluckte.

»War Fawkes wirklich ein Flohzirkusdirektor?«, fragte er, um sich abzulenken.

Elizabeth nickte. »Einer der besten. Er hatte einen guten Draht zu seinen Flöhen. Wie du.«

»Kein Draht ist wirklich gut«, sagte Julius mit Überzeugung. Er zögerte.

»Wie gut?«, fragte er dann.

Julius war noch nie einem guten Flohzirkusdirektor begegnet. Streng genommen war er überhaupt noch nie anderen Flohzirkusdirektoren begegnet – aber wenn es doch welche gab, dann waren das Pfuscher, Stümper und Ignoranten, die ihre Flöhe ohne jede Finesse ausbeuteten. Eine seltsame Eifersucht stieg in ihm auf. Wer zum Teufel war dieser Fawkes? Was hatte er im Flohzirkusgeschäft verloren?

»Ziemlich gut«, murmelte Elizabeth. »Der beste auf dem Bartholomew Fair. Du hättest das sehen sollen, die Puppenspieler und Händler und Tanzbären und Quacksalber und Gaukler im Fackelschein. Die Menschen so dicht gedrängt, dass kaum ein Stück Tuch zwischen sie gepasst hätte. Deinen Flöhen hätte das gefallen. Es war eine goldene Zeit für Flöhe.

Und dann war da irgendwo dieses … Zelt. Kein richtiges Zelt, eigentlich nur ein paar Tücher, die jemand geschickt so aufgespannt hatte, dass man von außen nichts sehen konnte, und darin Fawkes mit seiner gepuderten Perücke, den Flohzirkus vor den Bauch gespannt, bei Kerzenschein.«

»Bei Kerzenschein?«, fragte Julius entsetzt. Eine seiner wichtigsten Regeln war es, die Flöhe von Feuer fernzuhalten. Das Flackern machte sie waghalsig und melancholisch und ein bisschen verrückt.

»Bei Kerzenschein«, bestätigte Elizabeth. »Er war so jung und so ernst und so gut. Die Leute haben angestanden, obwohl es anderswo eine dreibeinige Maid zu sehen gab – nackt! Und ein Einhorn!«

»Ein echtes Einhorn?«

Elizabeth öffnete ihr Auge einen Spalt. Das Auge sah Julius mitleidig an. »Natürlich nicht. Aber darauf kam es gar nicht an. Er hatte ein kleines Orchester musizierender Flöhe – und jeder spielte ein anderes Instrument. Sie konnten drei verschiedene Melodien spielen.«

»Humbug!« Julius merkte, wie er anfing, Fawkes zu beneiden. Um ein Publikum, das lieber musizierende Flöhe sah als ein Einhorn, echt oder falsch, um Tanzbären und Fackelschein und sogar um das bescheidene Tuchzelt. Am meisten aber natürlich um das Flohorchester selbst. Was für eine *brillante* Idee. Sicher, die Musik musste vermutlich auf eine andere Art erzeugt werden – eine Spieluhr? ein kleiner Leierkasten? –, aber der Anblick all dieser Flöhe mit ihren winzigen Instrumenten … Wer hatte eigentlich die Requisiten geschmiedet – Fawkes selbst? Und wann war das alles gewesen? Sicher vor einiger Zeit. Einer sehr langen Zeit. Länger, als er sich vorstellen konnte. Wie alt war Fawkes denn bloß? Und wie alt war Elizabeth? Julius wollte gar nicht erst anfangen, darüber nachzudenken.

»Eben nicht«, murmelte Elizabeth und schloss ihr Auge wieder. »Er war fortschrittlich, das muss man ihm lassen. Neugierig. Er hat über Tricks und Mechanismen und Illusionen nachgedacht, als alle anderen noch darüber diskutierten, wie viele Engel auf eine Nadelspitze passen. Kein Brimborium, kein Aberglaube, keine Magie – ›das Wunder der Vernunft‹ hat er es genannt. Er hat die Flöhe dann bald aufgegeben und ist als Zauberer aufgetreten, mit Mäusen und Eiern und Spatzen und einem blinden Papagei. Und je mehr er versucht hat, das Publikum zu überzeugen, dass alles nur Geschicklichkeit und Illusion war, wissenschaftlich, erklärbar, ganz und gar geheuer, umso überzeugter waren sie natürlich alle, dass er ein großer schwarzer Zauberer sein musste. Es hat ihn so geärgert. Und dann haben *wir* ihn entdeckt ...«

Wir. Leute wie Elizabeth, angetan mit Hörnern und Fischschwänzen und wer weiß was noch, schemenhaft im Rauch vieler Fackeln. Julius schauderte. Man musste kein Hellseher sein, um zu verstehen, dass das für den vernunftliebenden Fawkes keine erfreuliche Begegnung gewesen sein konnte.

»Wir haben ihn vom Bartholomew Fair vertrieben«, murmelte Elizabeth träumerisch. »Stück für Stück, Trick für Trick, zurück in die City. Wahrscheinlich war das sogar ein Glück für ihn, denn dort wurde er reich und berühmt mit seinen Illusionen. Doch er hat uns nie vergessen. Und dann, eines Nachts, ist er auf den Fair zurückgekommen ...«

»Und?«, fragte Julius. So viel hatte er noch nie aus Elizabeth herausbekommen. Wie war Fawkes vom begabten Flohdompteur und erfolgreichen Schausteller zum nixenentführenden Unhold verkommen? Die Sache begann ihn wirklich zu interessieren, aber Elizabeth lag nur noch reglos auf seinem geliebten Sofa und gab eine mehr als nur passable Schneewittchenfigur ab. So weiß wie Schnee, so rot wie Blut, so schwarz wie Ebenholz. Und wer war er? Einer der sieben Zwerge vermutlich.

Die Schmeißfliege war eigentlich nur auf den Blutstropfen aus, fand sich aber auf einmal Aug in Aug mit drei goldbeflügelten Flöhen. Aug in Aug in Aug in Aug in Aug in Aug, genau genommen, facettengebrochen, tausendfach. Die Flöhe hockten etwas entfernt in einer kleinen Gruppe zusammen und machten einen etwas zwielichtigen Eindruck. Die Schmeißfliege schmeckte vorsichtig die Luft und streifte irritiert ihre Hinterbeine über die Flügel, dann tauchte sie unverdrossen den Rüssel in das bereits deliziös stockende Blut und begann, es aufzulösen und einzusaugen. Gutes Zeug. Hervorragend. Süß und nahrhaft. Berauschend geradezu. So etwas Feines fand man nicht alle Tage.

Die Flöhe beobachteten mit einem gewissen Neid, wie die Fliege sich vollsaugte. Sie selbst konnten mit dem Blutstropfen rein gar nichts anfangen, sie brauchten Blut, das floss, lebte, pochte, wärmte. Blut unter Haut, bewegt von einem fernen, geheimnisvollen Herzschlag. Trotzdem – gut roch es schon, und es war ihnen zuwider zu sehen, wie sich die proletarische Fliege so einfach den Rüssel vollschlug.

Solche Gefühle waren ihnen neu, und sie wussten nicht so recht, wie sie sich nun verhalten sollten. Zuerst einmal verhielten sie sich gar nicht, sondern starrten einfach nur mit schwarzen Nadelspitzenaugen zu der Fliege hinüber.

Dann hielt es Tesla nicht mehr aus.

»Fliege!«, zischelte er.

»Aassauger!«, stimmte Zarathustra ein.

»Flügeltier!«, stichelte Faust.

»Flügel braucht man nur, wenn man nicht gut springen kann!«, höhnte Tesla.

»Oder gar nicht springen«, feixte Faust.

»Flügel sind lächerlich!« Zarathustra streckte zufrieden die Sprungbeine – das fasste es ganz gut zusammen, fand er.

Der Fliege war das alles zu theoretisch. Sie ließ sich normalerweise nicht auf Diskussionen ein, außerdem war sie satt und träge. Voll bis zum Platzen, genau genommen.

»Wir sollten es ihr zeigen!«, sagte Tesla, und wie auf ein Signal hin rückten alle drei Flöhe näher, einen finsteren Glanz in den Augen.

Am einfachsten wäre es gewesen, die Fliege mit überlegenem Sprungvermögen auf ihren Platz zu verweisen, aber daran war mit ihren schweren Goldkostümen natürlich nicht zu denken. Doch dann erinnerten sie sich, wie sie Julius zuletzt beeindruckt hatten: mit Wippen! Die Flöhe wippten los.

Die Fliege zog den Rüssel ein und sah den Flöhen und ihren Goldschwingen eine kleine Weile lang beim Wippen zu. Sie machte sich nicht wirklich Gedanken, das war nicht ihre Art, aber irgendwann wurde ihr die Sache zu dumm. Außerdem war sie satt und matt und fast ein bisschen schwindelig von dem seltsam gehaltvollen Blut. Sie erhob sich mühsam in die Luft, unternahm einen plumpen vierfachen Looping, prallte zweimal gegen die Fensterscheibe und schaffte es im dritten Anlauf, durch das gekippte Fenster ins Freie zu torkeln.

Tesla, Faust und Zarathustra sahen ihr triumphierend nach.

Julius war froh zu sehen, dass die fette grünschimmernde Fliege es von alleine zum Fenster hinaus geschafft hatte. Fliegen machten ihn nervös, und in der Nähe seiner Flöhe wollte er sie schon gar nicht. Sicher konnten die unappetitlichen Brummer Krankheiten übertragen. Das fehlte ihm jetzt gerade noch, irgendeine Epidemie … Wo waren Tesla, Faust und Zarathustra eigentlich? Nicht mehr im Himmel, so viel stand fest.

Julius entdeckte seine drei Artisten auf dem Schreibtisch, neben dem Blutstropfen. Sie wippten. Es sah wirklich frappierend wie eine Verbeugung aus, gleichzeitig aber auch ein bisschen albern. Genau betrachtet sahen die meisten Verbeugungen ein bisschen albern aus. Julius musterte die Flöhe kritisch – noch nie hatten sie von sich aus einfach so ein Kunststück aufgeführt. Und was hatten sie denn dort unten neben dem Blutstropfen verloren? Besonders engelsgleich kamen sie ihm in diesem Moment eigentlich nicht vor.

Was hatte Elizabeth vorhin über Engel erzählt? Dass Leute darüber nachgedacht hatten, wie viele von ihnen wohl auf eine Nadelspitze passten? Nun, das musste doch herauszufinden sein!

Julius rannte hinüber in die Küche und begann, in seinem *KFA* herumzukramen. Kästchen für alles. Da! Eine dicke Stopfnadel! Julius setzte ihr so lange mit einer Nagelfeile zu, bis sich die Oberfläche etwas rau anfühlte, griffig, flohfreundlich. Dann eilte er wieder zurück ins Wohnzimmer, vorbei an der in eine Art Schlafstarre verfallenen Elizabeth.

Julius setzte Tesla, Zarathustra und Faust vorsichtig auf die Nadel, dann stupste er sie freundlich Richtung Nadelspitze. Schon besser! Hier war es, das passende Ende für seine Himmelsnummer!

Meine Damen und Herren, ein uralter Disput, endlich beigelegt dank meiner hochgelehrten Flöhe. Drei! Drei Engel! Meine Damen und Herren, Applaus! Applaus für diese winzigen Philosophen!

Julius äugte kritisch auf die Nadelspitze. Tesla, Zarathustra und Faust saßen eigentlich ganz entspannt da. Faust wippte schon wieder. Ein Floh mehr passte hier sicher noch drauf! Und er wusste auch schon, welcher: Lazarus der Albinofloh!

Julius dachte ernsthaft darüber nach, sich einen neuen Zylinder zu besorgen.

Nebel tanzte auf dem nachmittäglichen Parkett der Themse, einen Walzer vielleicht oder möglicherweise einen faulen Foxtrott. Weiden räkelten sich in den etwas halbherzigen Sonnenstrahlen, feuchte Luft schmiegte sich um die Dinge, die Mauern und Kähne und Straßenlaternen, und weichte sie auf, selbst das Licht schien sich nicht entscheiden, zu können und zerfloss zwischen gelblichem Grau und blauem Rauch.

Alles bewegte sich, sanft, aber stetig, wie ein Schläfer kurz vor dem Aufwachen.

Fast alles.

In der Nähe des Ufers, im Schutze eines rostigen Bootes stand ein Reiher, aquarellgezeichnet, umflossen von Nebel, die Flügel zu einer Glocke geformt.

Stand.

Still.

Er hatte hier seit Beginn der Dämmerung gestanden, und er würde bleiben, bis sich Erfolg einstellte oder bis ihn ein besonders aufdringliches Touristenschiff von seinem Posten vertrieb. Unbeweglich. Verglichen mit ihm schien der behäbige Rhythmus der Wellen geradezu nervös.

Der Mwagdu saß am Ufer, seinerseits reglos, und beobachtete die Szene mit einiger Sympathie. Es war eine gute Art zu jagen, elegant, tückisch und kontemplativ. Genau genommen tat er selbst nichts anderes, nur hatte er es auf größere Happen abgesehen, saftige Jogger, vorzugsweise. Manchmal verschmähte er auch den einen oder anderen übergewichtigen Hund nicht.

Plötzlich geschah etwas Bemerkenswertes: der Schatten des Reihers breitete seine Schwingen aus, löste sich von seinem Urbild und flog über das Wasser dem Ufer zu. Der Reiher selbst stand weiter da, seltsam nackt und verdattert, und formte noch immer seine nun sinnlose Glocke.

Faszinierend. Der Mwagdu sah gebannt zu, wie sich nacheinander auch die Schatten einer Möwe, einer überforderten Stadthummel und einer jungen Platane selbstständig machten. Als sogar sein eigener Schatten das Weite suchte, wurde es ihm unheimlich. Er wollte aufstehen, verschwinden, mit Schatten oder ohne, die Jagd für den Moment vergessen, doch dann spürte er, wie eine Hand sich auf seine Schulter legte und ihn auf seiner Bank festhielt.

Der Mwagdu war klug genug, sich nicht umzudrehen.

»Wie ist die Jagd?«, fragte eine Stimme hinter ihm. Ihr Urheber war so nah, dass der Mwagdu seinen Atem spüren konnte, dennoch klang die Stimme fern, verweht wie vom Gipfel eines Berges oder wie aus einer anderen Zeit.

»Schlecht«, jammerte der Mwagdu. »Die Menschen sind so blass und schlaff geworden. Ein Monster lebt von Brei. Ein Monster lebt von Abfall.« Das war vielleicht ein wenig übertrieben, doch Mitleid konnte jetzt sicher nicht schaden.

»So schlecht, dass ein Monster sich auf billige Händel einlässt? So schlecht, dass es seine Schützlinge an den nächstbesten Scharlatan verhökert?«

Der Mwagdu schluckte und schwieg. Das Gespräch hatte plötzlich eine höchst unerfreuliche Wendung genommen.

»Du hast eines der Eier aus dem Nest genommen, nicht wahr? Du hast es gewärmt und bebrütet. Und dann hast du den Schlüpfling an diesen *Menschling* verkauft, einfach so, in die Welt hinaus, ohne einen einzigen Gedanken daran, was er dort anrichten wird. Ich will gar nicht wissen, für welchen Preis.«

»Ich …«

»Ein Monster hat eine Chance, eine einzige Chance, in seine schleimige kleine Höhle zurückzukriechen. Sage mir die Wahrheit und nur die Wahrheit: wie alt ist der Drache jetzt?«

Der Mwagdu hatte normalerweise kein Problem mit Hitze, ganz im Gegenteil, in der Mitte eines prasselnden Feuers wurde es ihm erst so richtig gemütlich, aber auf einmal, zum ersten Mal in seiner langen Existenz, schwitzte er. Der Mwagdu dachte angestrengt nach.

»Nicht alt. Im ersten Larvenstadium. Nicht älter als fünf Monde.«

Er wartete auf eine Antwort, ein Wort oder einen Schwertstreich, aber nichts passierte. Nach einer Zeit, die ihm wie eine kleine Ewigkeit vorkam, wagte er den Blick über die Schulter.

Nichts.

Nur sein Schatten war zurück, länger und bedrohlicher als zuvor. Der Mwagdu wusste, dass ihn dieser Schatten für den Rest seines langen Monsterlebens beobachten würde.

Der Reiher stand noch immer im flachen Wasser, die Flügel zu einer Glocke geformt.

Der Mwagdu, der nur sehr oberflächlich und sehr vorrübergehend wie ein älterer Herr mit Hund aussah, faltete seine Zeitung zusammen, erhob sich von der Bank und ging erschüttert die Themse entlang, nach Hause.

14. shark bar

»Elizabeth?«, fragte Julius halblaut.

Nichts.

Julius ging auf Zehenspitzen hinüber zu seinem beigefarbenen Sofa, nahm sich ein Herz und berührte die Schlafende an der Schulter. Die Schulter kam ihm überraschend spitz und hart vor. Julius rüttelte vorsichtig.

Nichts. Elizabeth schlief einen wahren Dornröschenschlaf.

Hervorragend. Jetzt oder nie!

Er glitt hinaus in den Flur und zog sich Schuhe und Mantel an. Eigentlich war es inzwischen fast zu warm für einen Mantel, aber Julius brauchte ihn – zum Kragenhochschlagen. Er steckte Schlüssel, Geldbeutel und Telefon in die Manteltaschen, dann schlich er zurück zu seinem Schreibtisch. Nicht ohne die Flöhe! Julius schnappte sich den Flohpalast. Sehr leise öffnete er die Wohnungstüre, schlüpfte hinaus, und sehr leise zog er die Türe wieder hinter sich ins Schloss.

Draußen dämmerte es bereits, auf eine besonders charmante rosige Art, doch Julius hatte keinen Sinn für den jungen, aber schon selbstbewussten Frühling. Ein paar Häuser weiter stand jemand an einen Baum gelehnt. Als Julius in seine Richtung blickte, gab der Typ ihm das Auge-Zeichen: wir beobachten dich! Einer von Finger-Freds Leuten vermutlich. Bevor er sichs versah, gab Julius das Zeichen zurück. Er hatte jetzt andere Sorgen. Sollten sie ihn doch beobachten! Sie würden bald ihr blaues Wunder erleben!

Dann, erschrocken von seiner eigenen Courage, flüchtete Julius die Straße hinunter. Als er sich endlich umdrehte, war der Mann verschwunden. Julius merkte, dass er zitterte. Was hatte ihn nur gerade geritten? Mit diesen Typen war nicht zu spaßen!

Er brauchte Luft. Und er brauchte Hilfe.

Noch vor einer Woche war er ein erfolgreicher und halbwegs anständiger Juwelier und Flohzirkusmeister gewesen, und jetzt provozierte er Gangster, die sein Haus beschatteten, und war in eine Fehde zwischen einer gehörnten Frau und einem dubiosen, vermutlich hunderte von Jahren alten Schausteller verwickelt. Da stimmte doch irgendetwas nicht!

Julius eilte in einem paranoiden Zickzackkurs durch die Straßen, er fuhr zwei Stationen U-Bahn und eine Station Bus, dann setzte er sich in einen amerikanischen Coffeeshop. Eigentlich hatte er nicht besonders viel für Kaffee übrig, aber umgeben von glücklichem Touristengeschnatter, dezenter Klimpermusik und prosaischen Pappbechern fühlte er sich seltsam sicher und klar. Niemand hier hatte Hörner, Fischschuppen oder Schlangenhaare, niemand plante Rachefeldzüge und Nixenentführungen. Großartig! Wenn er je in die beschauliche Welt der Pappbecher zurückwollte, musste er handeln. Jetzt!

Für jedes Problem gibt es eine Lösung, hatte der Großvater immer gesagt. Sicher, die Lösungen des Großvaters hatten meistens aus zwielichtigen Abmachungen in Hinterzimmern bestanden, aber im Prinzip hatte er doch Recht gehabt. Julius brauchte Rat. Expertenrat! Vielleicht würde sogar ein Freund genügen, jemand, der ihm einfach zuhörte, mit einem frischen unvoreingenommenen Blick an die Sache heranging und vielleicht noch nebenbei eine warme Suppe kochte. Aber wer?

Julius hatte Freunde, natürlich, aber es waren nicht die richtigen Freunde. Man konnte abends mit ihnen ein Bier trinken oder einen Film ansehen, den Goldpreis und Steuerlöcher diskutieren, Restauranttipps austauschen oder auf lange, wohlgeformte Frauenbeine starren. Doch Julius war sich sicher: bei Fischschwänzen hörte die Freundschaft auf.

Odette vielleicht? Der Gedanke überraschte ihn. Streng genommen war Odette eine Kundin und damit tabu, doch irgendetwas an ihr zog ihn an, vielleicht die Art, wie sie zugleich skeptisch und offen gewesen war, wie sie gewusst hatte, was sie wollte, ihre entschlossene Art, das Haar zurückzuwerfen.

Julius sah sich vor der Tür eines zweifellos luxuriösen Stadthauses stehen. Odette öffnete, überrascht, aber nicht unerfreut. Wieder ein Küsschen auf die Wange. Parfum. Ein langer Flur, ein langer Blick, ein Cognac. Dann saß er auf einem antiken Samtsofa, Odette neben sich, Unglauben, Neugier und Übermut in ihren Katzenaugen. Einen Moment lang sonnte sich Julius in weiblichem Verständnis und Mitgefühl, dann tauchte im Hintergrund schemenhaft der Verlobte auf, weniger verständnisvoll, und die Szene wurde dunkler. Julius schob den Gedanken beiseite. Jetzt war kaum der Zeitpunkt für amouröse Verwicklungen.

Wer kam sonst in Frage?

Da war Pete, der ihn nach dem Zwischenfall am Kanal in warme Wolldecken gewickelt hatte und der sich offensichtlich ein bisschen mit Nixen auskannte, aber Julius hatte längst entlang des Kanals nach ihm und dem Pitbull gesucht. Nichts. Sogar das Boot war verschwunden. Pete und Bullseye konnte er vergessen.

Was blieb? Wer blieb?

Green!

Green war sicher kein Freund und vermutlich auch kein Experte, aber er hatte Julius zugehört, und er *hatte* ihm geholfen, Fawkes' Namen herauszufinden. Streng genommen hatte Green ihm das ganze Schlamassel hier erst eingebrockt!

Julius rührte halbherzig in seinem erkaltenden Kaffee herum. Wieder zurück zu den veralteten Illustrierten und abgewetzten Stühlen in Greens Büro? Irgendwie hatte er sich seine Rettung anders vorgestellt, glamouröser, angenehmer. Er blinzelte irritiert in den Raum. Dabei geschah etwas Seltsames: Statt der Pappbecher sah Julius auf einmal überall Milchschalen, halbvoll, halbleer, Milchschalen jeder Form und Farbe, und er sah Rose, eine allem Anschein nach anständige ältere Dame, die wie selbstverständlich Schale um Schale mit Milch füllte, um damit Gottwerweißwas zu füttern.

Julius schauderte. Mit diesen Dingen wollte er nichts zu tun haben!

Er würde zu Green gehen, zusammen mit ihm irgendeinen halbwegs vernünftigen Plan aushecken, die Nixe zurück ins Wasser schleppen und Elizabeth ihre Schlacht alleine schlagen lassen. Genau so würde es gehen! Julius sprang auf, warf seinen Pappbecher samt Kaffee in den Abfall und ging entschlossen hinaus auf die Straße.

Die Tür zum Wartezimmer stand ein Stück weit offen, und Julius äugte ohne viel Optimismus durch den Spalt ins Halbdunkel. Etwas schien anders als beim letzten Mal.

Er trat ein und blickte sich schockiert um.

Der Wasserspender war leer, die Algenfauna traurig und braun. Auf dem Teppich trocknete eine ansehnliche Wasserlache. Ein defekter Wasserhahn? Wohl kaum. Auch einer der Stühle war kaputt, mehr als kaputt eigentlich, geradezu platt, als wäre ein Panzer darübergerollt. Plastikfurnier löste sich von billigem Sperrholz; schiefe, scharfe Holzsplitter ragten drohend auf und erinnerten Julius unangenehm an einen Rachen voller ungepflegter Zähne.

Instinktiv legte er schützend eine Hand auf den Flohpalast.

Die Bürotür war geschlossen, aber der schwache Schein einer Schreibtischlampe kämpfte sich mühevoll durch das Milchglas. An der Tür klebte eine handgeschriebene Notiz:

BITTE IGNORIEREN SIE DEN LEGUAN!!!

Was in aller Welt hatte das denn zu bedeuten? Julius streckte die Hand nach der Türklinke aus, dann zögerte er. Das Herz schlug ihm plötzlich bis zum Hals. Etwas stimmte nicht. Wieso war es so dunkel? Was, wenn da drin etwas wirklich Unerfreuliches auf ihn wartete, Green erschossen am Schreibtisch vielleicht, oder sonst jemand, wie in einem dieser schwarz-weißen Krimifilme?

Seine Hand drückte fast gegen seinen Willen die Klinke hinunter, und Julius äugte besorgt in Greens Büro. Keine Leiche, immerhin, das konnte er selbst im Schein der Schreibtischlampe feststellen, aber sonst ließ sich über den Zustand des Büros nicht viel Gutes sagen. Schreibtisch und Fußboden waren mit kleinen weißen Schnipseln übersät, der Schreibtischstuhl lag auf dem Rücken wie ein totes Tier, Aktenschrank und Schubladen standen offen. Jemand hatte Aktenordner herausgezogen und mehr oder minder systematisch auf dem Fußboden verteilt.

Julius starrte einige Augenblicke stumm in den Raum, dann drehte er sich um und ging zurück ins Wartezimmer. Green war nicht hier, und wenn er wiederkam, würde er vermutlich ganz andere Sorgen haben als Nixenentführungen.

Gerade als Julius Greens Detektei wieder verlassen wollte, bewegte sich ganz von alleine der Türknauf. Draußen nieste jemand. Nur dank des rigorosen Trainings des Großvaters schaffte es Julius, rechtzeitig hinter die sich öffnende Eingangstür zu gleiten, dann stand er mit klopfendem Herzen im Schatten.

»Ich habe alles durchsucht«, sagte ein Mann, fast beleidigt. »Glaub mir, da ist nichts.« Er nieste.

»Sicher doch«, sagte eine zweite Stimme herablassend. »Ich möchte mir nur selbst ein Bild machen, das ist alles.«

Zwei Männer traten ins Wartezimmer. Einer von ihnen hatte Haare, der andere nicht, beide trugen trotz der milden Frühlingstemperaturen feine Handschuhe. Einbrecher! Julius hatte das seltsame Bedürfnis, hinter der Türe hervorzutreten und laut »Buh!« zu rufen. Glücklicherweise beherrschte er sich und hörte stattdessen seinem Herzen weiter beim Klopfen zu.

Der Glatzköpfige blickte auf den zerstörten Stuhl hinunter. »Was soll das denn?«

»Das war so«, sagte der andere und nieste. »Wir sind wohl nicht die Einzigen, die nicht gut auf Black zu sprechen sind!«

Black? Wer war denn Black?

Die beiden Männer traten ins Büro hinüber. Einen Moment lang herrschte Schweigen. Julius sah, wie sich der Glatzköpfige bückte.

»Hm«, sagte er. »Und das sind seine Fälle?«

»Ich meine, das ist schon irgendwie gruselig«, sagte der Haarige. »Du weißt schon, Black war einer unserer Besten, und auf einmal dreht er durch und sucht nach *Leguanen*? Und *Nixen*?« Er nieste wieder.

»Das ist genau der Punkt«, sagte der Glatzköpfige und ließ den Ordner wieder achtlos zu Boden gleiten. »Ich glaube, er ist noch immer einer der Besten, und durchgedreht ist er auch nicht wirklich. Und das alles hier« – er stupste den Ordner verächtlich mit der Fußspitze – »ist einfach nur eine schlaue Fassade. Ich habe ihn doch am Bahnhof gesehen, kaltschnäuzig wie eh und je und wieder mit seiner blöden Tasche. Wenn du mich fragst, war er zu einem Job unterwegs, das ist es, was *ich* glaube.«

Der andere nieste zweifelnd.

»Hör endlich mit dem blöden Niesen auf!«

»Ich kann nicht. Stauballergie. Und Pollen. Im Frühling ist es ganz schlimm. Du meinst also …«

Der Glatzköpfige unterbrach ihn. »Genau. Er hat uns einfach alle an der Nase herumgeführt und sich selbstständig gemacht. Er hat das alles geplant, shit, vielleicht ist *er* ja sogar der Verräter!«

»Er war aber richtig lange im Krankenhaus«, gab der Mann mit Haaren zu bedenken und nieste wieder.

Der Kahle machte eine wegwerfende Handbewegung.

»Wer's glaubt. Erinnerst du dich noch an das ganze Geld, das bei der Übergabe verschwunden ist? Fuck, wenn der Boss nicht so viel Respekt vor ihm gehabt hätte, hätten wir ihn damals schon …«

Julius hatte genug gehört. Er nutzte einen Moment, in dem ihm beide Männer den Rücken zudrehten, und glitt hinter der Tür hervor, hinaus, eilte in bester Einbrechermanier lautlos den Flur entlang, stürzte die Treppe hinunter und rannte Hals über Kopf aus dem Bürohaus.

Erst ein paar Straßen weiter hörte Julius mit dem Rennen wieder auf und atmete tief durch. Was in aller Welt war das denn gewesen?

Und wo war er jetzt?

Allein.

Allein im Dunkeln.

Julius sah sich panisch um und entdeckte in einiger Entfernung ein Schild mit grüner Leuchtschrift. Er fühlte sich von dem Licht angezogen, seltsam hilflos wie eine Motte. Nach ein paar Schritten konnte er auch die Buchstaben erkennen:

shark bar

stand da in einer altmodischen Schreibschrift. Das dazugehörige Haus sah eigentlich wie ein ganz gewöhnliches Wohnhaus aus, aber die Treppe zum Souterrain war mit einem schon ein wenig strapazierten roten Teppich ausgelegt, und links und rechts der Tür brannten Kerzen.

Shark bar. Warum nicht? Genau genommen konnte der Tag eigentlich nur noch besser werden. Julius ging die roten Stufen hinunter, klingelte und versuchte harmlos und nonchalant zugleich in das verspiegelte kleine Türfenster zu blicken.

Ein untersetzter Asiate öffnete ihm. Julius nickte ihm zu und trat ein.

Die Bar war fast leer, kein Wunder so früh am Abend, brachte es aber fertig, gleichzeitig cool und gemütlich auszusehen. Und ausgesprochen dunkel. Ein breiter Typ hing unbeweglich am Tresen, Geschäftsmann, dem Anzug nach zu urteilen, ein Mann und eine Frau saßen schweigend in einem der Separees, in einer Ecke unterhielten sich zwei Männer mit gedämpfter Stimme. Leises Lachen perlte aus dem Hinterzimmer. Gläser voller volatiler Flüssigkeiten fingen und brachen das Licht wie Edelsteine.

Julius fühlte sich sofort wohl. Er setzte sich an die Bar, zwei Stühle von dem regungslosen Geschäftsmann entfernt, und stellte den Flohpalast vorsichtig neben sich auf dem Tresen ab.

»Was darf's denn sein?«

Der Bartender hatte wirklich etwas Haifischhaftes, nicht so sehr im Aussehen als in der Glätte und Ökonomie seiner Bewegungen.

»Egal«, sagte Julius.

Er sah apathisch zu, wie der Bartender mit schwimmend schnellen Handbewegungen etwas Goldfarbenes, zweifellos Hochpreisiges zusammenmixte. Dann saß auf einmal ein gedrungenes Glas vor ihm auf dem Tresen.

Julius nippte. Und nippte noch einmal.

Nicht schlecht, eigentlich. Gar nicht schlecht. Rauch und

Wärme, tropische Trägheit, Windstille. Melancholische Süße und darunter ein gefährliches Kitzeln, wie von Salz.

Julius hob anerkennend die Augenbrauen. »Was ist das denn?«

Der Bartender glitt näher. »Der Shark Pool, Sir. Spezialität des Hauses. Feinster Talisker mit Sweet Vermouth, Cherry Brandy und einer Prise Salz. Meiner persönlichen Ansicht nach müsste eigentlich auch noch ein Tropfen Blut hinein.«

Der Barmann zeigte seine Zähne – aber es war nicht wirklich ein Lächeln.

Julius nickte zustimmend. Blut. Seinen Flöhen würde das gefallen.

Jemand rief aus dem verlockenden Halbdunkel des Hinterzimmers, und der Barmann floss hinter dem Tresen hervor, hinüber zu seinen Kunden.

Julius trieb noch einige Minuten glücklich durch seinen Cocktail, schmeckte Nuancen, träumte von Flohzirkusvorstellungen an fernen Stränden und beobachtete mit einer gewissen Distanziertheit, wie sich in seinem Kopf langsam eine samtige Schwere breitmachte.

Dann, plötzlich, unwillkommen, tauchte die Nixe wieder in seinen Gedanken auf. Sie winkte und streckte die Hände nach ihm aus, und einen Moment lang war Julius versucht zurückzuwinken. Stattdessen griff er wieder nach seinem Glas und nahm einen weiteren Schluck.

Green konnte er abschreiben, so viel stand fest. Was nun?

Streng genommen war Green ja nicht der Einzige gewesen, der ihm geholfen hatte. Da hatte es doch auch noch diesen Therapeuten gegeben. Alisdair Aulin? Alisdair Aulisch? Genau, Aulisch! Vielleicht arbeitete Aulisch ja öfter mit Green zusammen? Vielleicht würde er wissen, was zu tun war! Dann erinnerte sich Julius wieder an Aulischs komische Vergessenstherapie. Selbst wenn der Therapeut Green regelmäßig bei seinen Ermittlungen half, würde er sich an rein gar nichts davon erinnern können. Julius starrte vorwurfsvoll in sein Glas – das mochte feinster Talisker sein, aber was Julius daraus hervorgefischt hatte, war einfach nur eine ganz gewöhnliche Schnapsidee.

Andererseits…

Andererseits – vielleicht war Vergessen ja jetzt genau das Richtige! Er würde Aulisch einfach darum bitten, die vergangene Woche aus seinem Kopf herauszupendeln, die Flussfrau, die Nacht am Kreuzweg, Elizabeth, die bleich und blutig über seine Schulter starrte. Sicher, er würde dann noch immer Nixenringe produzieren, aber vermutlich würde er einfach denken, dass sie seine eigenen Kreationen waren. Außerdem verkauften sich die Dinger gut! Er würde weiterhin mit seinen Flöhen auftreten und sich nie wieder um Fawkes und Thistle und Hunch und das ganze andere Gelichter Sorgen machen müssen. Und wenn er das nächste Mal Elizabeths spitze Hörnchen in seinem Fenster auftauchen sah, würde er ganz einfach wie jeder andere normale Mensch schreiend davonlaufen!

Julius wurde warm und gemütlich zumute. Sein Kopf schwamm. Würde er wohl zu der komischen kleinen Praxis zurückfinden? Stand Aulisch im Telefonbuch? Wie lange hatte er wohl Sprechstunde?

»Was, wenn du das Falsche vergisst?«

Julius blickte auf. Der Geschäftsmann neben ihm hing noch immer zusammengesackt über seinem Drink. Julius warf ihm einen bösen Blick zu. Was ging ihn die Sache schon an?

»Was soll das denn sein, das Falsche?«, fragte Julius gereizt und etwas zu laut.

»Der Sprung!«

Dann sackte der Mann noch weiter nach vorne, sein Kopf sank auf den Tresen, und das breite Gesicht drehte sich in Julius' Richtung. Der Mann hatte die Augen fest geschlossen und schnarchte leise, aber vernehmlich vor sich hin.

Julius erschrak. Führte er jetzt schon Selbstgespräche?

»Hallo?«, fragte er vorsichtig.

Hallo.

Endlich verstand Julius. Eine Stimme in seinem Kopf hatte gesprochen, aber es war nicht seine eigene Stimme – zum Glück nicht. Julius hob den Flohpalast in die Höhe und hielt völlig unsinnig das Ohr gegen das Holz.

Ohne Sprung ist man dumm!

Julius öffnete den Deckel und spähte in den Flohpalast. Ganz oben auf dem dunklen Filzfetzen, der als einziger Einrichtungsgegenstand das Innere des Palastes schmückte, saß ein winziger heller Punkt, so weiß, dass er fast zu glühen schien. Lazarus! Lazarus der Albinofloh!

»Lazarus?«, fragte Julius laut und ungläubig. Die anderen Gäste der Bar sahen mitleidig zu ihm herüber.

Dunkelsprung antwortete der Floh. *Lazarus Dunkelsprung.*

Vielleicht bildete Julius es sich ja nur ein, aber es war ihm, als würde Lazarus eine winzige, aber formvollendete Verbeugung ausführen. Julius neigte seinerseits den Kopf.

Birdwell. Julius Birdwell.

Den Formalitäten war damit wohl Genüge getan, und Lazarus Dunkelsprung kroch ohne ein weiteres Wort zurück unter den Filzfetzen. Julius klappte den Deckel des Flohpalastes zu und versuchte vergeblich, darüber nachzudenken, was Dunkelsprung gesagt hatte.

Dann blickte er auf.

Sein Glas war leer.

Auf dem Barhocker direkt neben ihm saß Elizabeth.

Julius zuckte zusammen.

»Ich … ich …«

»Schon gut«, sagte Elizabeth versöhnlich. »Irgendwann musstest du es ja versuchen. Das ist menschlich. Hauptsache ist, dass du zurückgekehrt bist.«

Streng genommen war Julius ja gar nicht zurückgekehrt, aber er hielt es nicht für klug, das jetzt anzusprechen.

»Noch einen Drink?«, fragte Elizabeth.

Julius schüttelte trotzig den Kopf.

Elizabeth lehnte sich zu dem schlafenden Geschäftsmann hinüber, griff nach seinem Glas und trank es in einem Zug leer. Dann wandte sie sich wieder Julius zu.

»Ich will dir etwas zeigen«, sagte sie.

Sie legte sich eine Hand auf den Schenkel und begann, ihren langen schwarzen Rock hochzuraffen, Stück für Stück für Stück, bis eine weiße Wade zu erkennen war.

Komischer Schuh dachte Julius zuerst, doch dann sah er, dass es überhaupt kein Schuh war, sondern ein Huf, umgeben von feinem weißem Haar.

Elizabeth hatte einen Huf! Mindestens einen.

Julius überwand seine Überraschung und nickte. Er verstand, was sie ihm damit sagen wollte, zumindest ungefähr. »Ich bin schneller als du«, aber auch »Ich mache dir nichts vor« und ein bisschen »Es ist okay, einen Huf zu haben«.

»Okay«, sagte Julius tapfer.

Elizabeth lächelte ihm zu.

»Du gehst jetzt besser zu Bett«, sagte sie. »Und ich habe ein Rendezvous zur Mitternacht.«

»Es ist doch noch nicht spät«, protestierte Julius. Er hatte im Stillen auf einen zweiten Shark Pool gehofft.

Doch als sie aus der Bar traten und gemeinsam den roten Teppich hinaufschritten, erwartete sie draußen ein voll ausgewachsener Nachthimmel. Julius glaubte sogar, hinter dem gelben Stadtlicht Sterne erkennen zu können.

»Wünsch mir Glück«, sagte Elizabeth.

»Glück«, sagte Julius, und er meinte es auch. Manchmal half es nichts wegzulaufen, sogar seine Flöhe hatten das begriffen. Manchmal musste man einfach springen, hinein ins Ungewisse. Es war eine radikale Erkenntnis. Er seufzte melancholisch.

»Danke«, sagte Elizabeth und lächelte wieder. Man konnte über sie sagen, was man wollte, aber lächeln konnte sie, von einem Ohr bis zum anderen wie eine Katze. »Oh, und nimm bitte das hier mit nach Hause.«

Elizabeth drückte ihm eine Art hölzerne Truhe mit Tragegriff in die Hand. Sie erinnerte ein bisschen an den Flohpalast, war aber deutlich größer. Die Truhe sah alt aus und trug sich erstaunlich leicht.

»Was ist das denn?«, fragte Julius.

Elizabeth zwinkerte ihm zu.

»Oh das – das ist Plan B.«

15. Auf dem Sprung

Der rote Lastwagen röchelte noch einmal kurz auf, dann gab er im Straßengraben den Geist auf. Rose seufzte und kletterte hinter dem Lenkrad hervor. Es war ein Wunder, dass sie es überhaupt so weit geschafft hatten, ohne Brille, Straßenkarten und Führerschein. Mehr Glück als Verstand, aber wenn man es mit *ihnen* zu tun hatte, war das natürlich nichts Ungewöhnliches.

Rose glitt aus dem Führerhäuschen und war sofort froh um ihre Gummistiefel. Frühlingshafte Regengüsse hatten den Straßengraben in einen kleinen Teich verwandelt, und amouröse Frösche quakten im Mondlicht nach Partnern.

Einen Moment lang fühlte sie sich schwindelig und konfus im Kopf, wie manchmal nach dem Aufstehen in letzter Zeit, aber dann fasste sie sich. Für solche Altweiberprobleme hatte sie jetzt keine Zeit. Rose sah sich um: vor ihr nur die mondbeleckte Dunkelheit der Felder, aber zu ihrer Linken war angestrahlt eine wohlbekannte Silhouette zu erkennen: der alte Kirchturm! Ihr Glück hatte gehalten!

Sie watete um das Auto herum, öffnete den Riegel zum

Laderaum und ging los, ohne sich umzudrehen. Wenn dir das dunkle Volk folgt, dreh dich nicht um! Bauernregel, zugegeben, aber zweifellos sinnvoll. Sie hörte hinter sich ein Rascheln, ein Gleiten. Gut! Rose folgte einem schmalen Pfad entlang der Hecken, fast unsichtbar im Mondschatten, mehr in ihrer Erinnerung gezeichnet als wirklich vor ihr auf dem Boden, aber er war da. Über das Feld der Browns – ob es wohl noch immer den Browns gehörte? – und dann beim alten Markstein hinein in die Hecken, wo das Wild einen schlanken Hohlweg geschaffen hatte. Früher war sie einfach zwischen den Büschen hindurchgeschlüpft, selbst kaum mehr als ein Reh – heute hatte sie die Heckenschere. Es dauerte etwas länger, aber schließlich passierten sie den Igelpfuhl, und ein tieferes, dunkleres Schweigen verriet ihr, dass sie nun am Waldrand waren. Rose verließ den Heckenweg und trat hinaus ins Freie. Alte, vertraute Bäume grüßten sie, kaum verändert vom Fluss der Zeit, nur ein wenig weiser vielleicht, die Blutbuche, die Eibe, die krumme Linde. Und noch etwas anderes streckte vorsichtig die Fühler nach ihr aus, weniger freundlich, misstrauisch, prüfend. Rose holte eilig die Schwanenfeder aus ihrer Handtasche hervor und steckte sie sich hinters Ohr. Sie konnte spüren, wie sich die tastenden Fühler zurückzogen.

Ohne sich umzudrehen, umrundete sie den Teich und schritt den Hang hinauf, durch ein Labyrinth aus Schatten und Mondlicht, auf das Haus zu.

Die Nacht umzingelte Julius von allen Seiten, mondhell, drückend und scheinbar endlos. Er starrte an die Decke. Nach der abendlichen Fütterung fühlte er sich erschöpft, verwirrt und irgendwie ausgesaugt und konnte nicht einschlafen. Die übermütigen Trinklieder seiner alkoholisierten Flöhe machten die Sache natürlich nicht leichter.

Schnell
schnell
spring ins Fell
weg vom Hell
weg vom Hell

Shakespeare war es keiner, so viel stand fest. Julius wälzte sich auf die Seite, der Wand zu, und zog die Decke über den Kopf.

Blut
riecht gut
und
Blut
tut gut
sauge
sauge
sauge
Blut

Dieses Lied schien besonders beliebt zu sein. Die Flöhe wurden seiner nicht müde und wiederholten es endlos, vierunddreißigstimmig, mit besonderer Betonung auf *Blut* und enthusiastischen und erstaunlich melodischen Sauggeräuschen zur Untermalung. Da half es gar nichts, dass Julius sich die Ohren zuhielt, kamen die Stimmen doch nicht von draußen, sondern von drinnen. Sie waren bei ihm, unter der Bettdecke, in seinem Kopf. Einen panischen Moment lang war es Julius, als wären die Flöhe entkommen und in sein Bett eingefallen, als wäre es sein Blut, das sie gerade saugten.

Er fuhr hoch und knipste das Licht an.

Nein, der Flohpalast stand noch immer unversehrt und wohlverschlossen drüben auf seinem Schreibtisch, und selbst Julius' geübtes Juweliersauge konnte im Bett keine dunklen springenden Punkte entdecken. Julius' Herz klopfte. Er überlegte einen Moment lang, den Flohpalast hinaus auf den Flur zu tragen, doch dann knipste er das Licht wieder aus und lag da, die Augen offen, hellwach im Dunkeln.

Hellwach, das war genau der Punkt. Der springende Punkt, sozusagen. Menschen waren am wachsten, wenn es hell war, und für die Flöhe war es natürlich umgekehrt. Sie waren dunkelwach, und weil gerade nichts Interessantes passierte, vertrieben sie sich ihre Zeit eben mit Gesängen. Dagegen war eigentlich nichts einzuwenden. Ganz im Gegenteil. Wenn Julius sich bei den Flöhen Respekt verschaffen wollte, musste er zeigen, dass er auf ihrer Seite war. Der dunklen Seite, der singenden Seite, nicht auf der lichtanknipsenden, hygienesprayenden Menschenseite.

»Blut tut gut …«, begann er zu summen, zögerlich zuerst, schüchtern, halblaut in seinem Kopf.

Blut
schmeckt
gut
antworteten die Flöhe im Chor.

So ging es schon besser. Besser, weil die Stimme in seinem Kopf nun seine eigene Stimme war, und eigentlich war die Melodie sogar ganz schön. Simpel, aber schön.

»Sauge, sauge, sauge Blut …«

Getragen von Flohhymnen glitt Julius hinüber in einen Sog warmer Träume.

Julius lag mit geschlossenen Augen in der Badewanne und entspannte sich. Warmes Wasser umgluckste ihn. Schaum knisterte. Ein Wasserhahn tropfte. Ohne die Augen zu öffnen, tastete Julius nach dem Hahn, um ihn abzustellen, aber seine Hand griff ins Leere. Plötzlich beunruhigt, öffnete er die Augen und erschrak. Er war zwar in einer Badewanne, aber es war nicht *seine* Badewanne. Der Wasserhahn war an der falschen Stelle, die Kacheln hatten die falsche Farbe.

Er saß in einer wildfremden Badewanne – und er war nicht allein!

An seinem Fußende plätscherte und blubberte es, dann tauchte auf einmal die Nixe auf. Sie zwinkerte ihm zu, dann fing sie an, sich mit schäumendem Shampoo die Haare zu waschen. Der kleine Oktopusarm half ihr dabei.

Sie begann zu summen. Sie hatte die schönste Stimme, die Julius je gehört hatte. Schließlich reichte die Nixe Julius das Shampoo.

Julius schüttelte den Kopf.

»Das ist ein Traum, stimmt's?«, fragte er.

Die Nixe zuckte mit den Achseln. »Wie man es nimmt. Für dich vielleicht. Für mich – nicht so sehr. Aber die Frage ist doch eine ganz andere.«

Sie blickte Julius erwartungsvoll an.

»Was ist denn die Frage?«, sagte er gehorsam.

Die Nixe beugte sich zu ihm vor.

»Die Frage ist, was unter der Oberfläche ist«, flüsterte sie ihm ins Ohr.

Julius blickte hinunter in die Wanne. Die Wasseroberfläche war schwarz und glatt wie ein Spiegel, und alles, was er darin sehen konnte, war sein eigenes erschrockenes Gesicht. Er begriff, dass er tatsächlich keine Ahnung hatte, was unter der Oberfläche war, aber *etwas* war da.

Etwas bewegte sich.

Er konnte es spüren.

»Wach auf!«

Die Bettdecke war weg, das Licht an.

»Sauge, sauge«, brummte Julius im Halbschlaf, dann blinzelte er widerwillig zwischen seinen Fingern hindurch.

Elizabeth, mitten im Raum, in einer Art langem Mantel. Wer sonst?

»Aufgestanden!«, verkündete sie fröhlich.

»Weg vom Hell!«, murmelte Julius rebellisch und machte die Augen wieder fest zu.

Natürlich half ihm das gar nichts. Elizabeth riss einfach das Fenster auf, und schon bald war es zu kalt, um sich schlafend zu stellen.

Julius setzte sich in seinem Bett auf und rieb die Augen. Was war hier los? Wie spät es wohl war? Der Wecker auf seinem Nachttisch zeigte 03:33, aber das durfte einfach nicht wahr sein.

Elizabeth wirbelte durch den Raum und warf achtlos Dinge in eine schwarze Reisetasche.

»Ich habe schon für dich gepackt.«

»Gepackt?«, wiederholte Julius verständnislos.

»Brauchst du das?« Elizabeth hielt einen kleinen grünen Kaktus hoch, zögerte einen Moment, packte den Kaktus in die Tasche. Dann griff sie nach Julius' antiker Spieluhr.

»Moment!«

Die Spieluhr war eines seiner liebsten Dinge, ein kleines Wunder aus Silber, Gold und Perlmutt, klein wie eine Tabakdose, aber voller Detail und Anmut. Wenn man sie öffnete, drehten sich winzige Pferde und Elefanten im Reigen zu silberner Musik. Julius hatte ein Vermögen dafür bezahlt, zu viel wahrscheinlich, aber es war eine so wohlgeordnete kleine Welt, ein so perfektes Stück Handwerkskunst. Und sie war *empfindlich*.

»Stell das wieder hin!«

Julius wollte aufstehen, aber sein Kopf drehte sich selbst wie ein außer Kontrolle geratenes Jahrmarktkarussell, und er musste sich wieder auf die Bettkante setzen. Verdammter Shark Pool!

»Du brauchst es also nicht?«, fragte Elizabeth.

»Nein! Ja! Lass es stehen!«

Elizabeth stellte die Reisetasche ab und blickte etwas ratlos zu ihm hinüber.

»Was brauchst du *denn*?«

»Ich… ich brauche einen Moment«, murmelte Julius, erleichtert, dass Elizabeth die Spieluhr in Ruhe ließ.

Julius flüchtete ins Badezimmer und schloss die Tür hinter sich ab. Er wankte zum Waschbecken und spritzte sich kaltes Wasser ins Gesicht, dann betrachtete er sein übernächtigtes Spiegelbild bei dem vergeblichen Versuch, frisch und entschlossen auszusehen.

Seine Kleidung von gestern hing noch über dem Badewannenrand – nicht ideal, aber auf alle Fälle besser als die ausgebeulte alte Pyjamahose. Er schlüpfte in Jeans und Hemd und zog vorsichtshalber auch den Mantel wieder an.

Zähneputzen?

Elizabeth rüttelte draußen an der Tür.

»Was machst du da drin denn so lange? Der Moment ist vorbei! Wir müssen gehen! Willst du nun deine Nixe retten oder nicht?«

»Sie ist nicht *meine* Nixe!«

Elizabeth rüttelte wie eine Besessene.

Julius warf einen wehmütigen Blick auf Zahnbürste, Deo, Haargel und Aftershave, dann öffnete er die Türe.

»Fertig!«, heuchelte er.

Elizabeth wartete schon im Flur, Plan B in der Hand. »Na endlich! Nimm, was du brauchst! Wir gehen *jetzt*!«

Julius sah sich gehetzt um. Es war wie eine dieser Persönlichkeitstest-Fragen: Ihr Haus brennt, und Sie können nur eine einzige Sache retten. Was retten Sie? Julius' Blick glitt durch die Wohnung, über all seine schönen, geschmackvollen, liebevoll ausgewählten Dinge. Die kleine Bronzeskulptur am Fenster. Die asiatische Jadeschnitzerei. Das brandneue Apple-Notebook, der allerletzte Schrei. Ein Montblanc-Füller, den er sich gewünscht hatte, seitdem er zwölf war, gekauft von seinem ersten eigenen Geld, nicht ergaunert oder geklaut. Was davon *brauchte* er?

Ohne zu zögern, schritt Julius hinüber zum Schreibtisch und griff sich den Flohpalast.

»Okay!«

Es war nicht wirklich okay, aber es war immerhin besser als gar nichts. Julius ließ sich von Elizabeth Richtung Eingang schieben und versuchte, dabei Lichter zu löschen und Fenster zu schließen. An der Haustür drehte er sich um und blickte zurück: seine Wohnung, vertraut, wohlgeordnet und irgendwie auch ein wenig traurig. Was, wenn er nicht zu ihr zurückkehrte? Von draußen drückte sich Chaos dunkel gegen die Fensterscheiben.

Julius seufzte und löschte das letzte Licht.

»Was ist los?«, fragte er ohne viel Hoffnung. »Wohin fahren wir?«

Als sie ins Freie traten, wurde ihm klar, dass er besser daran getan hätte, »Womit fahren wir?« zu fragen.

Direkt vor dem Haus, im absoluten Halteverbot stand ein feuriger schwarzer Porsche und glänzte unheilvoll.

»Steig ein!«, befahl Elizabeth.

»Ich kann nicht Auto fahren«, sagte Julius mit einer gewissen Erleichterung.

»Was gibt es da schon groß zu können?« Elizabeth stellte Plan B vorsichtig auf den Rücksitz, dann wollte sie ihm den Flohpalast abnehmen, doch Julius hielt ihn mit beiden Händen umklammert und ließ nicht los.

Elizabeth bugsierte Julius samt Flohpalast auf den Beifahrersitz und nahm selbst am Steuer Platz.

Der Porsche grollte wie ein gereiztes Raubtier, Räder kreischten, und die nächtliche Welt dort draußen duckte sich weg.

Julius verbrachte die ersten zehn Minuten der Fahrt die Augen fest geschlossen, die Hände gottesanbeterinnenhaft vor der

Brust gefaltet. Als er dann immer noch lebte, wurde er etwas mutiger und wagte ab und zu einen kurzen Blick nach draußen, wo sich das verschlafene London in Sicherheit brachte. Farben und Formen verschwammen vor den Fenstern, aber ab und zu konnte Julius haarsträubende Details erkennen. Elizabeth ignorierte rote Ampeln, fuhr Einbahnstraßen die falsche Richtung entlang, sauste durch Fußgängerzonen und über Bahnübergänge – und alles in einer höllischen Geschwindigkeit. Zum Glück war es noch so früh, die Straßen fast menschenleer, sonst hätten sie diesen Fahrstil keine fünf Minuten überlebt.

Die Flöhe waren noch nie in einem Auto unterwegs gewesen, schon gar nicht in einem Porsche, und Julius fühlte ihre Unruhe und tausend tastende Flohgedanken.

Waswohinwarumwozu?

Keine Sorgen dachte Julius mit falschem Optimismus. *Es ist nur ein Sprung. Ein großer Sprung.*

Er hoffte, dass er Recht hatte. Julius spürte ehrfürchtiges Schweigen im Flohpalast, während die Flöhe drinnen die Größe des Sprungs bestaunten.

Und dann musste er wohl eingeschlafen sein.

Julius und die Nixe saßen auf einem Dachboden und spielten Schach. Julius hockte mit überkreuzten Beinen auf dem Boden, die Nixe hatte sich der Länge nach hindrapiert und flappte neckisch mit dem Fischschwanz.

Julius sah nicht hin. Er musste irgendwie seine Dame retten!

Die Nixe begann, seine Figuren vom Spielbrett zu pflücken, den König, die Türme, die Läufer und Bauern.

»He!«, sagte Julius, »das ist gegen die Regeln!«

»Es gibt keine Regeln«, sagte die Nixe lächelnd. Ihr Haar war hell wie Licht, ihre Augen tief und grün.

Sie hatte alle Figuren bis auf den schwarzen Springer vom Spielbrett entfernt und blickte ihn erwartungsvoll an.

»Du bist am Zug!«

Julius starrte hinunter auf das schwarz weiße Schachfeld. Der Springer! Julius musste etwas mit dem dunklen Springer unternehmen!

Als er wieder erwachte, schien die Sonne. Der Porsche hüpfte in großen Sprüngen die Autobahn entlang. *Noch ein Traum* dachte Julius. *Autos springen nicht. Gott sei Dank nur ein Traum.* Zweifellos hatte er in letzter Zeit viel zu viel über Sprünge und andere Flohangelegenheiten nachgedacht. Erst als draußen am Autobahnrand ein McDonald's-Zeichen vorbeizog, wurde ihm klar, dass es doch kein Traum sein konnte. In Träumen gab es keine Werbung, nicht wahr? Jedenfalls noch nicht.

»Irgendetwas stimmt nicht«, sagte Elizabeth neben ihm. »Ich glaube, er mag nicht mehr.«

Julius äugte hinüber ins Cockpit. Auf einmal war er hellwach.

»Kein Benzin mehr!«

Elizabeth warf ihm einen verständnislosen Blick zu.

»Du musst ihn füttern«, erklärte Julius. »Da! Fahr da raus!«

Wieder hing ein McDonald's-Zeichen über der Fahrbahn, verheißungsvoll wie der Stern zu Bethlehem, und daneben gab es eine Ausfahrt. Raststätte. Wie gerufen.

Mit Hilfe von Julius' Anweisungen schafften sie es hüpfend, holpernd und stotternd gerade noch bis zu der Tankstelle, dann gab der Porsche schaudernd den Geist auf.

Julius legte den Kopf in den Nacken und atmete tief durch. Überlebt! Wer hätte das noch vor ein paar Stunden gedacht?

Er öffnete seinen Sicherheitsgurt und umfasste mit beiden Händen den Flohpalast. Drinnen herrschte aufgekratzte Stimmung. Die Flöhe waren noch immer wach und voller Enthusiasmus für die großen Sprünge, die sie alle in letzter Zeit gemacht hatten.

»Und jetzt?«, fragte Elizabeth. »Was frisst er?«

Julius war beileibe kein Experte in Sachen Tanken, aber gemeinsam schafften sie es irgendwie, die richtige Zapfsäule zu identifizieren, den Tankrüssel in die dafür vorgesehene Öffnung zu bugsieren und den Porsche wieder volllaufen zu lassen. Julius kramte in seinen Manteltaschen nach der Kreditkarte, dann machte er sich auf den Weg hinüber zur Raststätte. Wäre doch gelacht, wenn er nicht auf eigene Faust herausfinden könnte, wo sie hier gelandet waren!

Er kehrte mit zwei Schinkensandwichs, zwei Milchkaffee und einer Tafel Schokolade zurück.

»Frühstück!«, verkündete er. »Und vielleicht können wir uns einen Moment lang darüber unterhalten, was wir hier in Yorkshire machen?«

Elizabeth schnupperte misstrauisch an ihrem Kaffee.

»Ist da etwa Milch drin?« Einen Moment lang sah sie ihn feindselig an, mehr als nur feindselig, eigentlich: misstrauisch, dann kippte sie den Becher ohne viel Zeremonie auf dem Boden aus. »He!«, sagte Julius.

Julius beschloss, sich von Elizabeth nicht den jungen Tag vermiesen zu lassen. Er nippte genüsslich an seinem Kaffee – Tankstellengebräu, aber nach der nächtlichen Höllenfahrt schmeckte es hervorragend. Julius fühlte sich überraschend gut, lebendig und irgendwie – sprungbereit. Vielleicht hatte sich die gute Laune seiner Flöhe ja auf ihn übertragen? Das wäre nicht das Schlechteste!

Aus den Augenwinkeln sah er, wie Elizabeth auch ihr Sandwich in den Abfall warf und sich dann, in einem unbeobachteten Moment, *sein* Sandwich griff und in Windeseile verdrückte. Was sollte das denn?

Julius wollte sich beschweren, doch stattdessen holte er die Schokolade aus der Manteltasche und stellte die Frage, die ihn wirklich interessierte.

»Was suchen wir hier?«

Elizabeth hörte mit dem Kauen auf.

»Rose natürlich«, sagte sie mit vollem Mund.

»In *Yorkshire*?«

Elizabeth nickte und schluckte den letzten Bissen von Julius' Sandwich hinunter. »Sie ist hier aufgewachsen, und nun ist sie zurückgekehrt, um die anderen vor Fawkes zu verstecken. Und es ist ein perfektes Versteck.«

Das Tor hatte eindeutig schon bessere Zeiten gesehen, trotzdem war es auf eine seltsame Art schön. Verliebter Efeu klammerte sich an rankendes Schmiedeeisen, Rost blühte über schwarzen Streben, eiserne Rosen und echte Schnecken saßen einträchtig nebeneinander auf den massiven Scharnieren.

Hinter dem Tor musste einst eine stattliche Auffahrt gewesen sein, doch heute führte nur noch ein schmaler Pfad durch das Grün. Wicken und Winden, Zaubernuss und Feldahorn, Anemonen, wilde Birken und Jungtannen streckten sich optimistisch nach dem Licht.

Einst hatte wohl der Name des Anwesens auf einem schmiedeeisernen Banner über dem Tor geprangt, doch die meisten Buchstaben waren schon vor langer Zeit herausgefallen, und jetzt stand da nur noch END.

Julius schluckte. Das Ende von was? Ein gutes Omen war das ja nicht.

»Sicher, dass es hier ist?«

»Sehr sicher!«

Julius rüttelte prüfend an einem der Torflügel. »Sollte kein Problem sein, da reinzukommen!«

Elizabeth nickte. »Viele Wege führen hinein, aber nur ein einziger führt wieder hinaus.«

»Welcher denn?«

Elizabeth lächelte spitzzähnig, dann drückte sie auf den glänzenden, seltsam neu wirkenden Klingelknopf.

»He«, sagte Julius. »Was soll …«

Doch Elizabeth war nicht mehr neben ihm, der Porsche röhrte auf, und Julius stand auf einmal alleine vor dem grünen verwunschenen Tor zum Ende.

Im nächsten Moment war ein hohes, seltsam ausdauerndes Quietschen zu hören, dann öffneten sich die Flügel des Tors mit einem schauerlichen rostigen Kreischen, fast einem Schrei.

16. *Das blaue Wunder*

Rose saß in einem Lehnsessel am Fenster, die Augen halb geschlossen, und beobachte Staub und Sonnenlicht bei ihren Spielen. War sie wirklich zurück? Und warum fühlte es sich so wenig wie »zurück« an? Was hatte sie denn erwartet? An *ihnen* mochte die Zeit spurlos vorübergehen, aber sie …?

Rose strich sich eine Strähne aus der Stirn und zog zum ersten Mal seit langer Zeit einen Schmollmund.

Es fühlte sich seltsam an mit den dritten Zähnen.

Ihr tat es noch immer ein wenig leid um den Fleurop-Menschen und seltsamerweise auch um die Schnittrosen, aber das war Schnee von gestern, nicht wahr? Die Weathervane würde ihn längst aus der Besenkammer befreit haben, und wahrscheinlich hatte er inzwischen schon wieder einen neuen Lastwagen. Dafür waren Versicherungen ja schließlich da, oder? Sie bereute nichts, nicht den Autodiebstal und nicht die wilde Fahrt in den Norden – nur vielleicht, dass sie damit so lange gewartet hatte.

Rose drehte den Kopf weg vom Sonnenlicht und betrachtete etwas ungnädig ihre Hand, die wie ein faules, schlaffes Tier auf der Armlehne des Sessels ruhte. War das wirklich ihre Hand, so fleckig und runzelig und dicklich um die Knöchel?

Sie fühlte sich wieder wie eine Zwölfjährige – hatte sich

vielleicht ihr ganzes Leben lang wie eine Zwölfjährige gefühlt, versteckt, verkleidet, verwickelt in ein endloses, kompliziertes Erwachsenenspiel. Doch damit war jetzt Schluss! Sie war zu alt, um sich noch etwas vorzumachen! Rose hatte aufgehört, ihre Pillen zu schlucken, und war jetzt einfach und überraschend sie selbst, ein bisschen wie ein junges Insekt, das sich endlich aus seinem Kokon herausgewagt hatte, reichlich spät, aber entschlossen.

Das Haus half ihr dabei.

Es sah noch genauso aus wie früher, ein bisschen mehr Staub vielleicht, die Farben der Tapeten, Vorhänge und Sofas verwaschen, ausgebleicht von Jahrzehnten im Sonnenlicht. Sie mochten Sonne, nicht wahr? Oh, wie sie alle die Sonne mochten!

Rose würde nie den Tag vergessen, an dem sie zum ersten Mal über die Schwelle getreten war, an der Hand ihres Vaters, scheu wie ein Tier. Ihr Vater hatte irgendeinen Kaminabzug repariert, und Rose war in einem der Empfangszimmer zurückgeblieben, auf einem Teppich groß wie ein Ozean und ebenso blau und trügerisch. Sie hatte sich immer wieder um sich selbst gedreht, in bester Tanzbärenmanier, unfähig, den Raum zu fassen, zu verstehen. So viele Dinge! So viel Platz! Wer in aller Welt brauchte so viel Platz?

Dort hatte Emily sie entdeckt. Emily, so bleich, so hübsch, so zart wie eine Puppe aus teuerstem Porzellan, so *zuhause* zwischen all dem Glanz und Duft. Emily hatte Rose an der Hand genommen und angefangen, ihr die Dinge zu erklären. Jedes Ding, selbst das fremdländischste, hatte einen Namen und einen Sinn, und Emily kannte sie alle. Als der Vater zurückkehrte, bis zu den Ellenbogen schwarz vom Ruß, waren sie schon beste Freundinnen gewesen, unzertrennlich, für immer, und Rose hatte seine schmutzige Hand nicht mehr halten wollen.

Rose seufzte und strich das vergilbte Zierdeckchen auf der Sessellehne glatt.

Es war natürlich nicht für immer gewesen. Was war schon für immer?

Emily hatte von Anfang an ein bisschen die Prinzessin gespielt, die feine Dame, die Herrin über Haus und Dinge, während Rose gerade einmal fünf Paar Socken besaß.

Doch es war Rose gewesen, die später den Mann unten am Teich entdeckt hatte, nicht wahr? Den Mann mit rotem Haar und Fuchsschwanz, der zwischen weißen Anemonen ruhte und sich sonnte. Als er Rose sah, hatte er gelächelt und einen Finger an die Lippen gelegt. Rose hatte ihn verstanden, alles verstanden, in ihrem ganzen Leben hatte sie nie wieder etwas so gut verstanden wie diese Geste. Die Einladung, das Geheimnis und dahinter, wie ein rankender Teppich aus Grün, die verwirrende Vielfalt des Lebens.

Am nächsten Tag hatte sie Emily bei der Hand genommen, frühmorgens im ersten Licht, und zum Teich hinuntergeführt.

Es war eine wilde, freie, ausgelassene Zeit gewesen. Spiele und Jagden mit ihren neuen Freunden aus dem Wald, Tänze, umweht von Mücken und Florfliegen und fliegendem Haar, Brombeeren und Glühwürmchen und Wunder im Halblicht, doch dann und wann hatte es Aufgaben gegeben, nicht wahr? Kleine Dinge, scheinbar harmlos. Öffne diese Tür, verstecke jenen Schlüssel, wirf einen Apfel über den Zaun. All diese Dinge hatten Folgen gehabt, und nicht alle Folgen waren ganz so harmlos gewesen. Rose hatte damals verstanden, warum man sich manchmal nicht umdrehen durfte, aber Emily in ihrer arroganten, violettäugigen Naivität …

Oh, Emily!

Plötzlich bauschten sich die Vorhänge. Ein Wind brachte den Duft von Rosen und verrottendem Laub. Dann war ein Klopfen zu vernehmen, leise Schritte, näher und näher, ein Zupfen, ein Stupsen, ein zartes, gehauchtes Kichern.

Rose blickte auf und sah sie alle erwartungsvoll im Türrahmen stehen, kunstvoll arrangiert wie für ein bizarres Familienfoto. Sie stand seufzend auf und schlurfte hinunter in die Küche, um die Milch aus dem Kühlschrank zu holen.

Julius stand eine Weile lang nur mit klopfendem Herzen da und hoffte heimlich darauf, dass das Tor sich einfach wieder schließen würde. Aber das Tor blieb offen und wartete mit der blinden Geduld einer fleischfressenden Pflanze auf ihn.

Spring!

Die Flöhe drinnen im Palast wurden langsam ungeduldig. Sie wussten natürlich nicht so genau, worum es ging, aber sie spürten sein Zögern, und sie missbilligten es. Dunkel und hell, warm und kalt! Es ging darum, den Sprung zu wagen, so viel war klar – und warum auch nicht? Flöhe wagten den Sprung immer, egal wohin, egal wie weit. So war das Leben nun einmal – voller großer, eleganter, tollkühner Sprünge ins Unbekannte!

Da durfte man als Flohzirkusdirektor wohl nicht zurückbleiben.

Julius blickte noch einmal die Landstraße hinunter, wo kein Porsche mehr zu sehen war, dann schritt er mit geheuchelter Entschlossenheit vorwärts, den Flohpalast fest gegen die Brust gepresst.

Der Pfad führte ihn auf gewundenen Wegen durchs Unterholz, hin und her, unschlüssig, achtlos und scheinbar ohne Ziel. Rings herum lauerte das Grün, schön, aber trügerisch. Julius musste sofort an all die Märchen denken, in denen man auf keinen Fall vom Weg abkommen durfte. Und wenn schon! Julius hatte nicht vor, vom Weg abzukommen. Weiter!

Hinter ihm, in der Ferne, war wieder ein hohes Quietschen zu hören, dann der metallische Schrei des sich schließenden Tores. Vielleicht war das hier ja doch eher so etwas wie *Jurassic Park*?

Julius schluckte.

Er glaubte zu fühlen, dass es nicht nur die Brombeerranken waren, die da nach seiner Kleidung griffen, sondern auch kleine Hände, Fühler, Greifarme. Er ging schneller. Nur weg aus diesem aufdringlichen Miniaturdschungel! Sonnenstrahlen stachen nach ihm, Waldmotten flatterten auf.

Beinahe hätte er die Frau auf dem Weg einfach umgerannt.

Sie stand mit dem Rücken zu ihm, ganz in Weiß, das bleiche Haar bis zur Hüfte, und schien sich in einem der Sonnenstrahlen zu baden.

Julius erschrak, bremste aber gerade noch rechtzeitig und räusperte sich.

»Rose?«

Die Frau zuckte nicht einmal zusammen, aber sie streckte sich wie jemand, der gerade aufgewacht ist, dann drehte sie sich langsam zu Julius um.

Julius wich überrascht einen Schritt zurück. Rose hatte ein seltsames Gesicht, jung und alt zugleich. Alt die Haut, fleckig, trocken, übersät von einem Mosaik feiner Fältchen, jung das Gesicht darunter, glatt, klar und wunderbar schön. Am jüngsten waren die Augen, schelmisch und funkelnd, in einem schier unglaublichen Violettton. Kurz: sie sah genauso aus wie jemand, der Lastwagen kidnappte und seine Wohnung mit Milchschalen vollstellte.

»Hallo«, murmelte Julius etwas lahm.

Rose trat näher und musterte ihn kritisch von unten.

»Du bist nicht der Milchmann!«, sagte sie vorwurfsvoll.

Das war nicht zu leugnen.

Julius hatte sich auf dem Weg durch das Unterholz eine Art Plan zurechtgelegt, keine Lüge, mehr eine selektive Version der Wahrheit, doch als er Roses kindliches Lächeln sah, entschied er sich für eine andere Strategie.

»Ich bin der Flohzirkusdirektor«, sagte er wahrheitsgemäß. »Und das« – er hielt Rose den Flohpalast vor die Nase – »sind meine Flöhe.«

Julius tippte sich an seinen imaginären Zylinder.

Rose guckte neugierig.

»Kann ich die mal sehen?«

Julius schüttelte den Kopf. »Madame, in dieser kleinen Kiste residieren die vierunddreißig besten und gefragtesten Floharfisten der Welt. Ohne vorherige Terminvereinbarung ist da leider nichts zu machen.«

Geschmeicheltes Schweigen aus dem Flohpalast.

Rose schmollte.

»Andererseits ... Andererseits ist für heute Nachmittag tatsächlich ein Auftritt vorgesehen.« Julius machte eine kleine Verbeugung. »Sie wollen nicht zufällig eine Privatvorstellung sehen?«

Rose klatschte aufgeregt in die Hände und hüpfte erstaunlich agil auf und ab.

»Oh, bitte! Natürlich will ich eine Vorstellung sehen! Wir wollen *alle* eine Vorstellung sehen! Oh, komm! Komm mit!«

Sie packte Julius am Ärmel und zog ihn hinein ins Unterholz, weg vom Pfad. Julius tat sein Bestes, Spinnennetzen und den darin residierenden Spinnen auszuweichen, trotzdem fühlte er sich nach kürzester Zeit wie ein naturkundliches Exponat, übersät von Blättern und Kletten. Überall saßen umtriebige grüne Blattwanzen, und auf seiner Schulter wanderte zu allem Überfluss auch noch ein dicker schwarzer Käfer herum – Julius hatte nicht einmal die Zeit, ihn wegzubürsten.

Das Haus musste irgendwo im Dickicht auf der Lauer gelegen haben, denn es stand ganz plötzlich und ohne Warnung vor ihnen, mitten im Wald, eine stattliche Villa mit hohen Fenstern, einer Veranda und weißen Säulen, von denen der Putz bröckelte.

Auf der Veranda stand, die Hände in den Hosentaschen, eine Frau.

Rose ließ Julius' Hand fallen. Einen Moment lang sah sie ertappt aus, dann sprudelte sie los.

»Rose, das ist ein Flohzirkusdirektor, kannst du dir das vorstellen? Er hat die besten Flohartisten der Welt! Ist das nicht wunderbar? Und er wird für uns eine Privatvorstellung geben.«

Rose? Noch eine? Die Frau auf der Veranda sah sehr respektabel aus, eine gutaussehende ältere Dame mit eleganter Kurzhaarfrisur und vernünftiger, aber geschmackvoller Kleidung. Hinter ihrem Ohr klemmte eine lange weiße Feder.

Sie warf Julius einen vorwurfsvollen Blick zu.

»Flohzirkus?«

Julius schnippte endlich den schwarzen Käfer von seiner Schulter und deutete eine Verbeugung an.

»Oh, bitte Rose, lass es uns ansehen, es wird so ein Spaß sein!«, bettelte die zweite, die weiße Rose.

Die strenge Rose auf der Veranda schnaufte, fast spöttisch, dann kam sie die Treppe herunter und schüttelte betont kräftig und etwas herausfordernd Julius' Hand.

»Ich bin Rose Dawn«, sagte sie, »und das ist Emily.«

Emily?

»Julius Birdwell«, sagte Julius Birdwell.

Rose nickte reserviert.

Emily machte einen Knicks.

Julius verteilte nach allen Seiten Handküsse und verbeugte sich in allerbester Flohzirkusdirektorenmanier.

Wenig später saß er auf einem filigranen Chippendalestuhl, umzingelt von Teetassen, und manövrierte vorsichtig einen Muffin auf seinem Teller hin und her. Der Flohpalast hatte seinen eigenen Platz auf dem Stuhl neben ihm gefunden, und ihm gegenüber saßen Rose und Emily. Emily aß mit allen Fingern, kaute mit Enthusiasmus und plapperte mit vollem Mund.

»Sie haben mich heute allein gelassen, zum ersten Mal, sonst lassen sie mich nie ohne Nana. Und dann ist Rose gekommen, ist das nicht ein Glück, ausgerechnet heute? Nana hätte Rose bestimmt nicht hereingelassen. Rose darf mich nicht besuchen, weißt du, weil sie denken, dass sie ein schlechter Einfluss ist, dabei ist es umgekehrt, der schlechte Einfluss bin nämlich ich!«

Emily beugte sich zu Julius hinüber, flüsterte mit vollem Mund und krümelte dabei auf die Tischdecke. »Rose ist nicht wirklich so alt, weißt du? Es ist nur ein Spiel!« Sie grinste.

Julius guckte zweifelnd zu Rose hinüber. Sie aß nicht und ließ ihn nicht aus den Augen.

»Flohzirkusdirektor«, sagte sie schließlich. »Ein ungewöhnlicher Beruf. Wie kommt man denn zu so was?«

Julius entschloss sich, endlich seinen Muffin zu attackieren. Je mehr er kaute, desto weniger konnte ihn die neue Rose mit den eisigen blauen Augen ausfragen.

»Familientradition«, murmelte er zwischen zwei Bissen.

»Und Sie haben da drin wirklich Flöhe? Wie außergewöhnlich! Was fressen die denn so?«

»Mich«, sagte Julius schlicht. »Flöhe trinken Blut, und ich bin nun mal ihr Zirkusdirektor. Sie leben sozusagen von mir, und ich lebe von ihnen, wie man in Flohzirkuskreisen sagt.«

Blut schmeckt gut tönte es zustimmend aus dem Flohpalast.

»Blut tut gut …«, summte Julius reflexartig mit, dann hielt er inne und senkte schuldbewusst die Kuchengabel. Rose sah ihn mit schmalen Augen an.

»Interessant. Und was bringt Sie hierher ins tiefste Yorkshire? Ich fürchte, die Leute hier haben nicht besonders viel für Parasiten übrig.«

»Ich habe viel für Parasiten übrig«, widersprach Emily.

Julius spießte vorsichtig ein weiteres Stück Muffin auf seine Kuchengabel.

»Ich … ich war mit einer Freundin unterwegs. Und dann hat sie mich einfach aus dem Auto gescheucht und sich davongemacht.« Er schob sich schnell mehr Muffin in den Mund, bevor er zu viel sagen konnte.

»Mit einem Auto?«, fragte Emily aufgeregt. »Tatsächlich? Was für einem Auto? Wir hatten früher einen Benz! Wann ist denn die Vorstellung?«

»In einer halben Stunde«, improvisierte Julius.

Rose machte noch immer diese schmalen kalten Augen. Es war klar, dass sie Julius kein Wort glaubte.

Emily sprang plötzlich vom Tisch auf. »In einer halben Stunde schon. Oh, meine Güte, ich muss mich noch umziehen! Was zieh ich bloß an? Das blaue Kleid? Was meinst du, Rose, ich glaube, es ist Zeit für das blaue Kleid!«

Ohne eine Antwort abzuwarten, stürzte Emily zur Tür hinaus. Schuhe klapperten eine Treppe hinauf. Eine Tür schlug zu.

Stille.

Eine unangenehme Stille.

Rose griff nach ihrer Kuchengabel.

»Nun, Mr. Birdwell. Was wollen Sie wirklich hier?«

»Ich …«, sagte Julius, doch Rose unterbrach ihn.

»Ich kann mir denken, was Sie sich gedacht haben: eine verwirrte alte Dame, ganz allein in ihrem Haus mit all diesen Kunstgegenständen. Nichts einfacher, als mit einer kleinen Kiste und dieser lächerlichen Flohgeschichte hier aufzukreuzen und abzuräumen, nicht wahr? Aber Sie haben sich getäuscht! Sie haben sich gründlich getäuscht! Emily ist nicht allein, und wenn Sie nicht sofort verschwinden, werden Sie hier Ihr blaues Wunder erleben!«

Julius spürte, wie eine Welle der Empörung aus dem Flohpalast schwappte und sich mit seiner eigenen gekränkten Direktorenehre vermischte.

»Aber natürlich habe ich Flöhe!«, rief er entrüstet. Er sprang von seinem Stuhl, riss den Flohpalast auf und hielt ihn Rose unter die Nase.

»Da! Vierunddreißig Stück! Der weiße heißt Lazarus!«

Alle vierunddreißig Flöhe hatten sich eindrucksvoll auf dem Filzstück positioniert und warfen sich stolz in die Brust.

Rose ließ die Kuchengabel sinken und äugte skeptisch in die Kiste.

»Ich sehe nichts«, sagte sie dann. »Ich habe meine Brille zuhause vergessen. Auf diese Entfernung sehe ich gar nichts!«

Julius klappte den Deckel wütend wieder zu. »Nur weil Sie etwas nicht sehen können, heißt das noch lange nicht, dass es nicht da ist!«

Seltsamerweise schien das zu Rose durchzudringen. Sie überlegte einen Augenblick, dann nickte sie widerwillig.

»Nun gut. Emily wäre auch so enttäuscht, wenn … Aber wenn Sie irgendwas mitgehen lassen, auch nur das kleinste … und das wird besser eine erstklassige Vorstellung, nicht nur einfach irgendein Humbug!«

»Madam«, sagte Julius, »darauf können Sie sich …«

Über ihnen, im ersten Stock, war ein lautes Krachen zu hören, dann ein dumpfer Schlag. Jemand kreischte, vermutlich Emily.

»Oh, Emily«, seufzte Rose, stand auf und eilte aus dem Raum, die Treppe hinauf, ohne Julius eines weiteren Blickes zu würdigen.

Julius blieb allein mit seinem halbgegessenen Muffin zurück.

Nicht allein! flüsterte es aus dem Flohpalast.

Nein?

Julius sah sich um.

Kalt!

Er stand auf und ging mit dem Flohpalast Richtung Fenster, wo der Wald sich neugierig gegen die Scheiben drückte.

Kälter!

Zwei Türen führten aus dem Zimmer, die, durch die Rose und Emily verschwunden waren – und eine zweite.

Warm.

Julius öffnete die zweite Türe. Sie führte in einen großen ovalen Raum, eine Art Bibliothek. Die Wände waren mit Plastikfolie verhangen, doch durch die Folie schimmerten ledergebundene Buchrücken mit goldener Schrift, Bücher und Bücher und Bücher, hoch bis zur Decke. In der Mitte des Raumes stand ein Globus, ebenfalls in Plastik gehüllt, und erinnerte frappierend an eine überdimensionale, wohlverpackte Supermarktfrucht. Ein Teppich lehnte aufgerollt in einer Ecke, der Boden war mit dickem Staub bedeckt – und durch diesen Staub liefen unzählige feine, vielgestaltige Spuren. Ratten? Rehe? Füchse? Kinder? Die Spuren führten zu einer weiteren Tür am anderen Ende des Raumes.

Noch wärmer!

Julius schritt durch die Bibliothek, öffnete zögernd die zweite Türe und fand sich in einem Raum mit puderblauen Tapisserien wieder, in dem sich eine etwas andere Teegesellschaft um eine lange Tafel versammelt hatte.

Warm wie Blut! tönten die Flöhe triumphierend, doch Julius hörte nicht mehr zu, sondern stand einfach nur da und starrte.

Er wollte wegrennen – und konnte es nicht. Selbst seine Erfahrungen mit Elizabeth und der Flussfrau hatten ihn auf diesen Anblick nicht vorbereitet.

Eine schlanke elegante Dame aus durchscheinendem blondem Alabaster saß am Kopf der Tafel und war gerade dabei, Milch aus einer Kanne in erwartungsvoll ausgestreckte Teetassen zu gießen. Ihre Haut glänzte feucht, und auf ihrem nackten Kopf waren unzählige bunte Schnecken unterwegs. Selbst Augenbrauen, Wimpern und Fingernägel schienen aus winzigen Schnecken gemacht.

Neben ihr saß etwas unsäglich Haariges, doch die Hand, die da aus dem Vorhang aus Haar hervorragte und eine Teetasse hielt, war glatt und weiß und zierlich wie die eines Kindes. Ein gehörnter Mann im Pyjama erinnerte Julius entfernt an Elizabeth, nur stimmte etwas mit seinen Augen nicht – Wolfsaugen? –, und es war eindeutig ein Rehgeweih, das da aus den braunen Locken spross. Am anderen Ende der Teetafel, mit dem Rücken zu Julius, saß ein rothaariger Herr im Frack, den buschigen Fuchsschwanz nonchalant über die Armlehne drapiert. Der Fuchsschwanz zuckte.

Leute wie Bäume. Leute wie Blumen. Leute mit Schuppen und Schwingen und Greifkiefern, die Klauen, Fühler und Tentakel zivilisiert um ihre Teetassen gerankt. Alle hielten vollkommen still, und alle starrten Julius erschrocken und ein wenig ertappt an.

Schweigen.

Von den Wandbehängen blickten blauäugige, ausgebleichte Göttinnen der Jagd auf Julius herab, und selbst in ihren geknüpften Stoffaugen schien ein missbilligender Ausdruck zu liegen.

Ein chinesischer Herr im Samtmantel hatte gerade einen seiner langen Insektenfühler benutzt, um damit den Tee umzurühren, hielt aber nun in der Bewegung inne, spreizte die durchsichtigen Zikadenflügel und begann melodisch und vorwurfsvoll zu zirpen.

Das Zirpen füllte den Raum wie ein sehr fremdes, leise drohendes Lied, und langsam schlug die allgemeine Überraschung in so etwas wie Feindseligkeit um.

Ein kleines, stupsnasiges Mädchen mit kurzem grauem Mäusehaar und runden rosigen Mausohren drehte sich zu Julius um. Es hätte niedlich aussehen sollen, aber es war nicht niedlich. Das Mäusekind zischte und zeigte dabei lange, gelbe Schneidezähne. Hungrige, uralte Nageraugen blickten Julius feindselig an.

Julius wich einen Schritt zurück und umklammerte hilfesuchend den Flohpalast.

Eine kleine weiße Hand legte sich von hinten auf seinen Arm, und Julius hätte vor Schreck fast die Flöhe fallen lassen. Er fuhr herum.

Emily! Sie trug nun ein seidiges blassblaues Kleid und eine blaue Schleife im Haar und strahlte in die Runde.

»Das ist Whiskerwick« – sie deutete auf das scheußliche

Mauswesen. »Und das sind Mr. Fox, Quanasch, Stickle, Fuzz, Honeytrap, Nebe, Hazelhush, Tusker. Und das« – sie nahm Julius' Hand – »ist Julius Birdwell, der berühmte Flohzirkusdirektor. Er wird heute für uns alle eine Vorstellung geben!«

Julius spürte, wie sich drinnen im Flohpalast vierunddreißig Flöhe würdevoll verbeugten.

17. Labyrinth

Thistle lief schweigend, seltsam geduckt; den Blick gesenkt, die spitze Nase im Wind; ganz ohne Augen für die zahllosen Wunder dieser neuen alten Welt. Von hinten betrachtet hatte ihr Gang etwas Hundshaftes.

Hunch folgte in respektvollem Abstand, leise summend. Ab und zu griff er sich einen Snack vom Wegesrand, Blüten und Nester, einen hölzernen Wegweiser und einmal ein unvorsichtiges Eichhorn. Sie waren schon zwei Tage und zwei Nächte auf Greens Spur unterwegs, unermüdlich, ohne Rast und ohne Milch.

Hunch machte sich nicht besonders viel daraus. Er genoss Wetter und Wind und die abwechslungsreichen Landschaften, die sie durchquerten. Sie waren zuerst durch Stadt gelaufen, übertrieben viel Stadt seiner Meinung nach, doch irgendwann nachts ließen die Häuser endlich von ihnen ab, und Hunch konnte zum ersten Mal Erde riechen und das Flüstern der Blätter hören. Thistle folgte einem Pfad aus Metall durch Wiesen und Gehölze und Felder von jungem Korn. Ab und zu rauschten eiserne Drachen vorbei, immer nur entlang des Metallpfades, nirgends sonst. Es war einfach, ihnen aus dem Weg zu gehen. Tausende von Lichtern glommen in der Nacht wie eine Plage von Glühwürmchen und färbten den Himmel gelb. Hunch hielt nach dem bleichen Mond Ausschau, fand ihn auch und grüßte, doch die Sterne hielten sich verborgen. Weiter ging es, in Morgendämmerung und Mittagshitze, über Landstraßen und durch Städte und Dörfer, durch junge Wälder und über betagte Berge. Überall brummte und summte es. Enten dümpelten im Wasser, Schwalben und Hummeln hingen in der Luft, Automobile tollten über Hügel. Nach mehr als hundert Jahren in einer fensterlosen Kammer hatte diese Welt erfreulich viel zu bieten.

Ganz plötzlich blieb Thistle stehen und drehte sich um. Hunch ließ schnell die Überreste des Eichhorns in der Tasche seines Trench verschwinden und versuchte, schneidig auszusehen.

Thistle deutete mit ihrer spitzfingrigen Hand in den Staub der Landstraße, der sie gerade folgten.

»Hier hört die Spur auf!«

»Hier?« Hunch blickte sich um. Rechts grasten ein paar appetitliche Schafe im Sonnenschein, links wuchsen Hecken, über ihnen klebten ein paar faule weiße Wolken am Himmel. Nicht weit entfernt stand eine kleine Gruppe von Ulmen in Tratschlaune. Die Landstraße schlängelte sich an ihnen vorbei, einen Hang hinauf, auf ein Wäldchen zu.

Von Green keine Spur.

»Wo isssst er denn?«, quiekte Hunch nervös. Thistle war eine der besten Fährtenfolgerinnen, die er kannte, vielleicht nicht ganz so gut wie Thorn, aber fast. Wenn sie sagte, dass eine Spur aufhörte, konnte das nur eins bedeuten: der, dem die Spur gehörte, musste in unmittelbarer Nähe sein.

»Ich weiß nicht, wo er ist«, fauchte Thistle gereizt. »Er ist nicht gegangen. Er ist nicht geflogen. Und geritten ist er auch nicht!«

»Vielleicht hat er ssssich eingegraben, wie, wie … wie ein Maulwurf!«

Hunch schaufelte probehalber ein paar Handvoll Erde von

der Landstraße und hatte schon bald ein stattliches Loch erzeugt. Die Arbeit machte ihm Spaß.

»Lass das! Er kann nicht weit sein. Ich kann *riechen*, dass er nicht weit ist!« Thistle schloss die Augen und sog mit ihren schmalen Nasenschlitzen die Luft ein.

Hunch sah sich erneut um. Die dicken Schafe und dürren Hecken gaben kaum genügend Deckung ab, und auch die Ulmen waren zu luftig und zerstreut für ein ordentliches Versteck.

»Wenn ich mich versssstecken wollte, würde ich dorthin gehen«, sagte er und deutete auf das Wäldchen. Dann bereute er es. Der Wald war erfahrungsgemäß voller Bäume, und Hunch war nicht besonders gut auf Bäume zu sprechen. Und umgekehrt.

Doch Thistle nickte, und so folgten sie der Landstraße bis hinauf zum Waldrand.

Dort versperrte ihnen ein schmiedeeisernes Tor den Weg.

»Da rein?« Hunch verzog das Gesicht. Wie die meisten seiner Art hatte er nicht besonders viel für Eisen übrig, trotzdem sah das Tor eigentlich ganz hübsch aus, voller Ranken und Rosen und Schnörkel. Darüber stand etwas geschrieben, aber Hunch, der Buchstaben für eine neumodische und einigermaßen unnötige Erfindung hielt, machte sich darum keine Gedanken. An der Seite gab es einen freundlich glänzenden Bronzeknopf.

Hunch drückte neugierig.

Ein Kreischen ertönte, und das Tor schwang langsam auf, scheinbar unter Schmerzen.

Julius Birdwell merkte, dass er trotz der eher klammen Temperaturen im blauen Zimmer zu schwitzen begonnen hatte. Er warf einen letzten prüfenden Blick in den Flohpalast, bog Drähte zurecht und wischte echten und eingebildeten Staub von schimmernden goldenen Oberflächen. Seine Flöhe standen schon alle in ihren Kostümen und Apparaturen bereit, konzentriert und gelassen. Julius war stolz auf sie.

Er holte tief Luft, öffnete die Tür und trat hinüber in die Bibliothek.

Jemand hatte die Plastikfolien von den Regalen und dem Globus entfernt und einen samtigen dunkelblauen Teppich auf dem staubigen Fußboden ausgerollt. Auf dem Teppich saß sein Publikum, komplett mit Hörnern und Haaren und Klauen und Schnecken und Fühlern und Schwingen und Schweifen. Alle schnatterten wild durcheinander, in einer Sprache, die Julius noch nie gehört hatte, einer Melodie aus fein modulierten Klick-, Zisch- und Fauchtönen. Waren das alles Wesen, die Rose vor Fawkes gerettet hatte? So viele? Aber wenn man genauer hinsah, konnte man erkennen, dass es so etwas wie zwei Fraktionen gab: Links saß eine kleine Gruppe, misstrauisch und gedrängt, kleinlaut, fast stumm – Mr. Fox, die Schneckenfrau, der Grillenmann und eine Art Vogelmädchen mit scharfen schwarzen Klauen und wilden Augen. Aber die Mehrzahl der Wesen war deutlich entspannter. Man stupste und schubste, kaute und kicherte. Es waren die Wesen, mit denen Emily befreundet war – sie mussten hier schon seit langer Zeit leben. Etwas seitlich des Teppichs saß sein menschliches Publikum auf einem zierlichen Sofa, Emily mit vor Aufregung glühenden Wangen, Rose kalt und misstrauisch.

Julius erwog einen Moment, den Flohpalast einfach wieder zuzuklappen und wegzurennen. Stattdessen trat er an den niedrigen Ebenholztisch, auf dem die Vorstellung stattfinden sollte, und verbeugte sich zaghaft. Wenn er jetzt wenigstens seinen Zylinder gehabt hätte!

Emily applaudierte enthusiastisch. Sonst klatschte niemand. Augen, Nüstern, Fühler und Fuchsohren waren mit spöttischer Aufmerksamkeit auf Julius gerichtet.

Jemand in der letzten Reihe warf einen Pfirsichkern.

Es war das Beste, was Julius hätte passieren können. In so gut wie jeder Vorstellung warf irgendein Einfaltspinsel irgendetwas. Es erinnerte ihn daran, was er hier vor sich hatte: ein *Publikum*, nichts weiter, und mit Publikum kannte er, Julius Birdwell, sich aus wie kein Zweiter.

Er breitete die Arme aus, und wie jedes Mal fiel die Angst, alle Angst, einfach von ihm ab.

»Meine Damen und Herren und, äh, Kinder, willkommen im besten Flohzirkus der Welt. Dies hier sind keine einfachen Katzenflöhe, sondern weitgereiste, welterfahrene Artisten ersten Rangs. Cleopatra ist auf einem Krokodil bis zu den Quellen des Nil gereist, Marie Antoinette war jahrelang bei einer französischen Kurtisane in der Lehre, Tesla hier hat das Blut von drei Nobelpreisträgern getrunken. Sie alle sind mit geheimem Wissen von ihren Fahrten zurückgekehrt, das sie nun zur Erbauung von Ihnen, geehrtes Publikum, zur Schau stellen werden! Applaus, meine Damen und Herren, Applaus für Zarathustra, der bei den Weisen des Orients die Kunst der Selbstlevitation erlernt hat!«

Wieder klatschte nur Emily.

Julius holte Zarathustra aus dem Flohpalast und setzte ihn vorsichtig neben einer winzigen goldenen Kugel aus federleichtem Pappmaché ab. Die meisten Zirkusflöhe können einen Ball kicken, solange der Ball nur leicht genug ist, doch Zarathustras Kunststück bestand darin, zu kicken und sich dann im letzten Moment an der Kugel festzuhalten und wie Münchhausen auf ihr durch die Luft zu reiten. Das Publikum sah davon meist nur eine kleine Goldkugel, die scheinbar aus eigener Kraft auf dem Tisch herumhüpfte, trotzdem war Julius besonders stolz auf diese Nummer und natürlich auf Zarathustra, der sich am Ende der Demonstration formvollendet verbeugte.

Diesmal war Emily mit ihrem Applaus nicht mehr ganz allein, auch von dem blauen Teppich klang das eine oder andere zögerliche Klatschen, Gurren und Flattern.

Es folgten Madame P's schwindelerregender Drahtseilakt auf einem Damenhaar (Emilys), das atemberaubende Säbelduell zwischen Oberon und Faust, das Karussell der Wunder, ein Wagenrennen mit Spartacus, Lear und Marie Antoinette und dann der unvergleichliche Juwelenraub: Vierzehn Flöhe unter der Führung von Lazarus Dunkelsprung zogen auf einem speziell konstruierten Goldwägelchen mühelos einen Diamanten von 7 Karat über den Tisch.

Donnernder Applaus, vermischt mit Zirpen und Klicken und dem einen oder anderen spitzen Vogelschrei.

Julius merkte, wie ihm die Vorstellung Spaß zu machen begann. Diese Zuschauer schienen sehr viel bessere Augen zu haben als das sonst so übliche menschliche Publikum. Keine Feinheit, kein Detail, keine kleine Ironie entging ihrem Blick. Endlich, zum ersten Mal, wusste jemand die vollendete Kunstfertigkeit seiner Flohattraktionen zu schätzen, und unter der ungewohnten Aufmerksamkeit liefen die Flöhe zu Hochform auf.

Der Ast traf Hunch mitten ins Gesicht, mit einem Klatschen feuchter Blätter und so etwas wie einem knackenden Kichern. Hunch grunzte und wollte sich den unverschämten Ast greifen, um ihn auszureißen, stolperte aber im gleichen Moment über eine Wurzel.

Er schlug der Länge nach hin, nicht zum ersten Mal.

Thistle drehte sich verärgert zu ihm um.

»Geht das nicht etwas leiser?«

»Sssie war's«, fistelte Hunch und deutete wütend auf die alte Esche, die sich nun natürlich von ihrer unschuldigsten Seite zeigte.

Thistle seufzte. »Geh einfach weiter – und leg dich nicht mit jedem Baum am Weg an!«

Hunch rappelte sich wieder auf.

»Wasss heisssst hier anlegen«, zischte er empört. »Ssssie haben angefangen!«

Das stimmte natürlich nicht ganz. Hunch hatte nicht widerstehen können und anfangs den einen oder anderen Tritt an frech aufragende Baumstämme ausgeteilt. Doch inzwischen hatten die Bäume die Überhand gewonnen.

Thistle stach ihn mit einem ihrer spitzen Finger in die Brust. Es tat weh. Nicht zum ersten Mal wünschte sich Hunch, dass Thorn noch hier wäre, ruhig und kalt und souverän.

»Geh … einfach … weiter!«

Hunch wedelte beschwichtigend mit seinen Händchen. Natürlich hatte Thistle Recht. Sie quälten sich schon seit Ewigkeiten den schmalen Pfad entlang, viel zu lange für so ein kleines Wäldchen. Etwas stimmte hier nicht. Die Stimmung war schlecht.

Thistle ließ von ihm ab, schloss die Augen und lauschte.

»Denkst du auch, was ich denke?«

»Ich weissss nicht«, antwortete Hunch wahrheitsgemäß.

»Labyrinth«, flüsterte Thistle.

Hunch wusste sofort, dass sie Recht hatte.

Tesla, Zarathustra, Cleopatra, Faust und der blendend weiße Lazarus saßen engelsgleich auf der Stopfnadelspitze und glänzten. Es sah schön aus. Julius hielt die Nadel hoch über seinen Kopf und konnte sich ein kleines Lächeln nicht verkneifen.

»Fünf Engel auf einer Nadelspitze, meine Damen und Herren! Ein Weltrekord in Sachen Engelsakrobatik, hier für Sie live und nur in diesem Flohzirkus. Meine Damen und Herren, dies ist das Ende der Vorstellung, und wenn es Ihnen gefallen hat, zeigen Sie es meinen Artisten bitte mit einem riesengroßen Applaus!«

Der Applaus konnte sich tatsächlich hören lassen. Julius pflückte seine fünf Engel wieder von der Nadel und setzte sie zu den anderen Flöhen auf den Ebenholztisch zur großen Schlussparade. Er war blendender Laune – es war eine erstklassige Vorstellung gewesen, glamourös und reibungslos, mit hervorragendem Timing und intelligentem Publikum. Makellos. Ein echter Höhepunkt der Flohzirkuskunst.

Julius verbeugte sich wieder und wieder, dann hob er die Hände und hörte lächelnd zu, wie der Applaus langsam im dunkelblauen Teppich versickerte und nach und nach einem gespannten Schweigen Platz machte.

»Meine Damen und Herren, wie nach jeder Vorstellung möchte ich Ihnen auch heute Gelegenheit geben, mir und meinen Artisten, äh … Fragen zu stellen!«

Julius zögerte. War das wirklich so eine gute Idee gewesen? Zu spät – eine kleine weiße Hand schoss hoch – die des ganz besonders haarigen Wesens. Fluff? Fuzz?

»Ja, bitte? Der, äh … Herr in der zweiten Reihe.«

»Hast du manchmal das Gefühl, dass hinter der nächsten Tür etwas Schreckliches auf dich lauert?«, fragte das Wesen hoffnungsvoll.

Julius schwieg ertappt.

»Dachte ich es mir doch!« Das Wesen senkte zufrieden die Hand.

Eine Art dorniger Strauch mit Beinen regte sich. Er hatte nicht wirklich eine Hand zum Heben, rankte aber blitzschnell einen kleinen Trieb in die Höhe.

»Ja?«, fragte Julius unsicher.

»Das ist sehr originell, finde ich«, sagte der Strauch und zitterte ausdrucksvoll mit den Ästen. »Warum haben Sie sich entschlossen, in Ihrer Vorstellung auf Magie grundsätzlich zu verzichten?«

»Ich, äh … die Flöhe mögen keine Magie, glaube ich.«

Respektvolles Murmeln aus dem Zuschauerraum.

Sehr langsam hob sich der feucht glänzende Alabasterarm der Schneckenfrau.

»Ich möchte gerne die Flöhe etwas fragen«, sagte sie, ihre Stimme ein melodisches, müheloses Gleiten über Glas.

»Mit dem größten Vergnügen«, sagte Julius, erleichtert, von dem schwierigen Magie-Thema wegzukommen. »Stellen Sie bitte einfach Ihre Frage, ich übersetze.« Zum ersten Mal in seiner Flohzirkuskarriere würde das wirklich so funktionieren.

Die Schneckenfrau schien einen Moment lang nachzudenken, dann nickte sie, fast unmerklich. Sie erhob sich, schimmernd und fließend, und glitt langsam auf den Ebenholztisch zu. Julius war überrascht zu sehen, wie hochgewachsen sie war, wie leuchtend und schön, trotz der Schnecken, die überall herumkrochen und Schleimspuren hinterließen. Sogar die Schnecken waren gutaussehend.

Vor dem Tischchen ging die Dame in die Hocke und fuhr zwei durchscheinende Schneckenfühler auf ihrer Stirn aus. Die Fühler tasteten blind Richtung Flohpalast, während die Dame eine Reihe von Saug- und Klicklauten von sich gab.

»Seid ihr frei?«, sagte sie dann zu Julius gewandt. Ihre Augen hielten ihn fest wie Saugnäpfe. Ihre Augen hatten die Farbe von Frühlingsregen.

Die Flöhe ließen sich mit ihrer Antwort Zeit. Sie kamen alle an den Rand des Tisches, rieben die Beine und steckten die Köpfe zusammen.

Frei zu saugen, frei zu springen, frei zu träumen, frei zu singen antworteten sie schließlich im Chor.

Julius übersetzte mit einiger Erleichterung.

Thistle und Hunch waren stehen geblieben. Den Bäumen schien dies nicht zu gefallen, sie rückten bedrohlich von allen Seiten näher, aber Thistle beachtete sie nicht. Sie summte und zischte, warf Kiesel in die Luft und zeichnete Runen in den lehmigen Boden des Waldweges. Sie flüsterte und schmeichelte, bluffte und drohte.

Hunch sah ihr hoffnungsvoll zu.

Ein Labyrinth konnte man nicht so einfach durchlaufen, egal wie lange man lief oder wie schnell.

Ein Labyrinth musste überlistet werden.

Saug, saug

Sauge Blut

Blut tut gut, und Blut schmeckt gut!

Die Flöhe mochten Julius. Keiner schmeckte so gut wie er, nach Wärme, Dunkelheit und ganz großen Sprüngen, keiner behandelte sie mit mehr Respekt, niemand sonst kannte all ihre Namen. Ganz besonders mochten sie Julius' Herz, das unermüdlich und zuverlässig Blut in ihre Richtung pumpte. Zweifellos hatte Julius ein gutes Herz – manchmal ein wenig zaghaft vielleicht, aber warm.

Mit jedem Blutstropfen saugten sie ein wenig mehr von Julius in sich auf, und mit jedem Speicheltropfen gaben sie ein wenig mehr ihrer eigenen kleinen dunklen und blutrünstigen Natur an ihn ab.

Sie streichelten Julius' Haut zärtlich mit den Vorderbeinen, küssten ihn mit ihren dolchscharfen Stechborsten – und saugten und saugten und saugten.

Julius saß auf dem Sofa in der Bibliothek, endlich allein, und sah seinen Flöhen mit so etwas wie Neid bei der Fütterung zu – gerne hätte er auch einfach so selbstvergessen mitgesaugt.

Sauge, sauge summte er leise, aber es wollte ihm diesmal nicht so recht von der Zunge. Stattdessen hockte er höchst unflohhaft herum und fürchtete sich. Wer oder was waren diese ganzen Kreaturen? Während der Vorstellung hatte er sich darum keine Sorgen gemacht – Publikum war Publikum –, aber nun, im Nachhinein, lief es ihm beim Gedanken an die ganzen

Fühler und Haare und Flügel und Ranken und Zähne kalt den Rücken herab. Waren das die Verbündeten, auf die sie es abgesehen hatten? Das konnte ja heiter werden! Und was jetzt? Wo zum Teufel blieb Elizabeth?

Die Flöhe tranken länger als sonst, wie es Julius schien. Endlich waren sie fertig und sonderten zufrieden Blut durch ihre Hinterteile ab. Julius packte sie zurück in den Flohpalast. Deckel zu. Das wäre geschafft!

Ihm war schwindelig zumute und seltsam leicht im Kopf. Er wankte hinüber zum Fenster und riss es auf. Luft! Licht! Doch das Licht war viel zu hell für ihn. Alles drehte sich.

Etwas kleines Rundes traf ihn seitlich am Kopf.

Julius bückte sich und fand eine betagte Kastanie, die gerade zu keimen begonnen hatte.

»He!«, rief es von unten. »Steh nicht einfach so herum! Hilf mir!«

Julius beugte sich aus dem Fenster und guckte. Dort unten, im Schatten eines Fliederstrauches, kauerte eine dunkle Gestalt.

Elizabeth! Noch nie hatte sich Julius so gefreut, sie zu sehen. Im Vergleich mit den meisten Hausbewohnern hier sah Elizabeth mit ihren zierlichen Ziegenhörnchen geradezu zivilisiert aus.

»Du bist blass!«, sagte sie.

Elizabeth musste gerade reden. Sie sah fürchterlich aus, das Gesicht schmutzig, die schwarze Kleidung zerrissen, das Haar wirr und voller Blätter. Julius wollte ihr gerne helfen, wirklich, ihm war nur so schwindelig. Und das Licht war so hell.

»Kannst du nicht einfach so …?« Mit Julius' Fenstern im dritten Stock hatte Elizabeth doch nie Probleme gehabt!

»Wenn ich könnte, wäre ich längst dort oben. Du … du musst mich einladen. Dreimal. Schnell, bevor es zurückkommt!«

»Was denn?«

»Das Labyrinth natürlich! Stell dich nicht so an!«

»Komm rein«, sagte Julius, ohne nachzudenken. »Komm rein! Komm …« Er brach ab.

»Was ist?«, fauchte Elizabeth.

»Nein!«, sagte Julius. »So nicht!«

Es war das erste Mal, dass er Elizabeth überrascht sah.

»Warum?« Julius blinzelte hilflos ins Licht. »Warum hast du mich vorhin einfach so stehen lassen? Du … du schickst mich hier rein, ohne ein Wort, ganz ohne Warnung, mit diesen ganzen …« Auf einmal war er den Tränen nahe. »Und jetzt soll ich wieder …«

»Es hat funktioniert, oder? Und das hier wird auch funktionieren, wenn du nur endlich …« Elizabeth sah sich gehetzt um.

»Es hat funktioniert, weil ich ein guter Flohzirkusdirektor bin. Ich bin *beliebt*! Wir haben eine tolle Vorstellung gegeben!«

Elizabeth lachte leise. »Und zweifellos möchtest du diese gelungene Vorstellung gerne morgen wiederholen. Und übermorgen und überübermorgen, bis an den Rest deines Lebens. Glaubst du, sie lassen dich so einfach wieder gehen?«

»Ich …«

»Ich habe dich vorgeschickt, weil es so besser ist«, sagte Elizabeth sanft. »Sie sind nicht besonders gut auf mich zu sprechen, weißt du? Wenn wir gemeinsam aufgetaucht wären, hätten sie uns einen ganz anderen Empfang bereitet. Komm schon!« Sie schnurrte. »Lass mich rein!«

Julius gab auf. Er schloss die Augen und legte die Hände auf den Fensterrahmen.

»Komm rein«, murmelte er zum dritten Mal.

Als er die Augen wieder öffnete, war der Platz unter dem Fliederstrauch leer.

»Elizabeth?!« Plötzlich hatte Julius schreckliche Angst, sie verloren zu haben. »*Elizabeth!*«

Etwas raschelte im Gebüsch, dann sah er Elizabeth, die auf allen vieren auf das Haus zukroch und dabei Plan B vor sich herschob, scheinbar mit großer Mühe. Eine Ranke hatte sich um ihren Knöchel gewickelt und versuchte, sie zurück ins Gesträuch zu ziehen.

Sie blickte zu ihm hinauf, die Augen blank und konzentriert.

»Hilf mir!«

Julius taumelte zurück in die Bibliothek, auf der Suche nach einem Seil oder Kabel oder sonst etwas Nützlichem. Schließlich fiel sein Blick auf eine dicke Vorhangkordel mit Quaste. Das musste genügen! Julius stolperte zurück zum Fenster.

»Na endlich! Schnell, lass es herunter!« Elizabeth hatte sich trotz der Ranke ein schönes Stück Richtung Haus vorangearbeitet.

Julius warf die Kordel.

Elizabeths schwarzes Haar richtete sich auf wie eine Schlange und verwob sich mit der Kordel zu einem stabil aussehenden Zopf.

»Zieh!«

Julius zog mit aller Kraft. Zuerst spürte er einen starken Widerstand, dann flog Elizabeth plötzlich in hohem Bogen aufwärts, hinein ins Zimmer. Sie war viel leichter, als er gedacht hätte.

Sie landeten alle auf dem blauen Teppich, Elizabeth, Julius und Plan B. Elizabeth mühte sich damit ab, die Kordel wieder aus ihrem Haar zu befreien, und so war Julius der Erste, der sich wieder aufrappelte. Direkt vor ihm auf dem Boden stand Plan B.

Die Truhe war aufgesprungen! Julius sah, dass der Deckel von innen mit Blattgold ausgekleidet war. Darauf stand in altmodischer Schrift ein Name.

CHRISTOPHER PINCHBECK

Pinchbeck? Wer oder was war Pinchbeck? War er *in* der Kiste?

Auf einmal lag Elizabeths bleiche Hand auf der Truhe. Der Deckel schlug zu. Julius hörte, wie sich ein komplizierter Schließmechanismus in Gang setzte, und guckte neugierig.

Elizabeth schüttelte den Kopf.

»Vergiss es! Es ist noch zu früh!«

»Zu früh für was? Wer ist Pinchbeck? Was ist da eigentlich drin?«

Elizabeth lächelte leise. »Ein Köder«, murmelte sie träumerisch. »Eine Falle. Fawkes hat zwei Träume, musst du wissen, nur zwei. Der erste ist ein Drache, sein eigener Drache, verstehst du, sein Hausdrache, der ihm aus der Hand frisst und Kerzen für ihn anzündet.« Elizabeth lachte spöttisch. »Ich muss dir wohl nicht erzählen, wie realistisch das ist. Der zweite Traum hingegen … der zweite ist hier drinnen in dieser Truhe, und mit etwas Glück können wir …«

Sie brach ab. In der Tür zur Bibliothek stand auf einmal Mr. Fox, die Zähne gebleckt, den Schweif gesträubt, den Blick starr auf Elizabeth gerichtet.

Dann passierten Dinge.

18. Die Schlacht der Bücher

Elizabeth stieß einen hohen, spitzen Ton aus, halb Überraschungslaut, halb Kampfruf, und floss wie eine Schlange über den blauen Teppich auf Fox zu. Dann stand sie plötzlich wieder still, keine zwei Schritte von dem Fuchsmann entfernt, und verzog den Mund. Von der Seite aus gesehen war es fast ein Lächeln.

Ein Geräusch war zu hören, sacht wie Wind im Schilf,

Schwanenflug, Mond auf Wasser. Elizabeth flüsterte, keine Worte, eher eine Melodie aus Regentropfen. Julius spürte, dass er ruhig wurde, glatt, gut und gelassen wie ein windloser Teich, wie ein Stein.

Auch Fox' Augen wurden starr und glasig, doch dann, als Julius längst ein Stein war, ein polierter, glücklicher Kiesel, schwer und da und vollkommen reglos, riss Fox sich plötzlich los und stürzte mit wehendem Fuchsschwanz aus dem Raum.

»Shit!«, fauchte Elizabeth.

Sie drehte sich zu Julius um, ihre Bewegungen weich wie Wasser, die Augen voll von einem dunklen Feuer, das Julius noch nie gesehen hatte, nicht einmal in den teuersten Edelsteinen.

»Schließ die Tür da hinten! Und leg den Feuerhaken über die Schwelle!«

Julius hörte wieder auf, ein Stein zu sein, nicht ohne ein gewisses Bedauern, und rannte nach dem Feuerhaken.

Irgendwo im Haus waren hohe, kläffende Laute zu hören, dann Stille, dann das Lied einer Grille, durchdringend, metallisch und drohend.

Ein Schlachtlied.

Julius schloss mit zitternden Händen die Tür zum blauen Zimmer ab und legte wie geheißen den eisernen Schürhaken über die Schwelle.

»Komm hierher!«

Elizabeth stand breitbeinig auf dem Sofa, der zweiten Tür zugewandt. Plötzlich hatte sie einen kleinen Dolch in der Hand, krumm und scharf, geschwungen wie der Dorn einer Rose.

Jetzt waren im Haus Schritte zu hören, Trappeln und Huschen und Flüstern, Flattern und Knacken und schrille, kurze, panische Vogelschreie.

Sie kamen!

»Soll ich die andere Türe auch …« Eine quecksilberne Panik

durchkroch Julius und machte seine Stimme spinnenfaden-dünn. Das stetige Schlachtlied der Grille nagte mit tausend geschäftigen Insektenkiefern an seinen Nerven.

»Keine Zeit! Unter das Sofa! Plan B, der Flohpalast und du!« Elizabeth nahm ihre Augen keinen Moment von der Tür.

Julius blieb nicht viel anderes übrig, als zu tun, was sie sagte. Zwischen den zierlichen Beinen der Chaiselongue, flach auf dem Bauch, eine Wange in den staubigen Teppich gepresst, konnte er beobachten, wie sich die Tür zum Teezimmer langsam und knarrend öffnete, zögerlich, erst ein Stückchen, dann weiter. Zuerst sah er nur Füße, klein, spitz, hufartig, lang, feucht, nackt und alabasterfarben oder gebogen, vogelhaft, krallenbewehrt, in Socken und Schuppen und Stiefeln und Gamaschen und glänzenden Lackschuhen.

Dann geschah eine ganze Weile lang gar nichts. Es war still in der Bibliothek, so still, dass Julius das Ticken der Holzwürmer unter dem Teppich hören konnte. Selbst das Grillenlied war verstummt.

Julius wurde neugierig und robbte etwas nach vorne. Nun erkannte er auch Hände, Klauen und Tentakel, bewaffnet mit Kuchengabeln, Dessertmessern, Cocktailspießen und sogar einem morgensternartigen Teeei. Er wälzte sich noch ein wenig hin und her, bis endlich auch die Gesichter in seinem Blickfeld waren: der orientalische Grillenmann, die Schneckenfrau, das Vogelmädchen und Mr. Fox, bleich, zitternd, hasserfüllt. Dahinter ragten weitere Äste, Hörner, Flügel und andere Extremitäten auf – jemand in den hinteren Reihen hielt sogar einen stacheligen Binsenbesen.

Es waren so viele! Was konnte Elizabeth allein schon gegen all diese Wesen ausrichten, Dolch oder nicht? Julius schluckte. So hatte er sich das Ende ihrer Abenteuer nicht vorgestellt! Warum waren all diese Kreaturen nur so schlecht auf Elizabeth zu sprechen – sie wollte sich doch mit ihnen verbünden! Was nun? Julius beschloss, im Notfall den Flohpalast zu öffnen und seine Flöhe in die Freiheit zu entlassen. Sie hatten Besseres verdient, als langsam in einer Kiste zu verenden, wenn er nicht mehr ihr Flohzirkusdirektor sein konnte.

Die Chaiselongue knarzte – Elizabeth oben auf dem Sofa musste irgendeine Bewegung gemacht haben. Die Wesen wichen erschrocken zurück, besannen sich dann und drängten zischelnd wieder in die Türe. Sie hatten zweifellos Angst vor Elizabeth. Mr. Fox war so bleich, dass er fast grün aussah, die Augen des Vogelmädchens glänzten blank und starr, und die Schneckenfrau war ganz mit feinem weißem Schaum bedeckt. Trotzdem hielten sie alle weiter tapfer ihre Kuchengabeln.

Mr. Fox sagte etwas, Klicken und Fauchen. Seine Stimme war rau.

»Wer will schon im Frühling sterben«, antwortete Elizabeth von oben herab, fast heiter.

Die Grille zirpte empört.

»Das sehe ich anders«, entgegnete Elizabeth. »Wenn ihr nicht in die Wunderkammer zurückwollt, bin ich eure einzige Chance!«

Nun fauchten, zischten und klackten einige Wesen gleichzeitig. Es klang wie ein Bienenvolk, das sich langsam in Rage summt.

Elizabeth wartete, bis sie alle fertig waren.

»Was soll denn das für ein Trick sein?«, fragte sie dann. »Wollt ihr nicht wenigstens hören, was ich zu sagen habe?«

Es entspann sich ein seltsam einseitiges Gespräch. Die Wesen klickten und fauchten wortreich, Elizabeth antwortete kurz und klar in Worten, die Julius verstehen konnte. Zuerst dachte er, dass sie sich um seinetwillen an die Menschensprache hielt, doch nach und nach wurde ihm klar, dass es eine Art war, die Wesen zu bannen, zu zähmen, in Schach zu halten.

Während über ihm eine wilde, nur halb verstandene Diskussion tobte, entdeckte Julius unten auf dem Teppich auf einmal Bewegung. Langsam und entschlossen, schwarz und braun und alabasterfarben, mit Fühlern und Häusern und viel Geschleim bewegte sich ein Ring von Schnecken auf die Chaiselongue zu.

Julius wurde unruhig. Sah Elizabeth die Schnecken? Sollte er sie warnen? Und was konnten ein paar Schnecken schon ausrichten? Er beschloss, ruhig zu bleiben, trotzdem sah er das Vorrücken der Schneckenfront mit Unbehagen.

»Ich sage es zum letzten Mal«, rief Elizabeth über ihm. »Ich komme nicht von Fawkes.«

Mr. Fox lachte leise und bitter. »Er hat dich nicht freigelassen«, sagte er in einem singenden, fremdländischen Akzent. »Er hätte dich nie freigelassen. Er muss dich geschickt haben. Von wem könntest du sonst kommen, wenn nicht von Fawkes?« Die Tatsache, dass er sich nicht mehr der singenden Fauchsprache bediente, war wohl so etwas wie ein Erfolg für Elizabeth.

»Ich habe mich selbst geschickt«, sagte sie stolz. »Ich habe mich selbst freigelassen. Und ich werde euch auch freilassen, wirklich freilassen, wenn ihr mich nur lasst.«

Die Schneckenfrau schüttelte den Kopf. »Niemand kann sich selbst freilassen.«

»Ich schon«, sagte Elizabeth leise. »Ich habe mich in zwei Teile zerbrochen und bin aus seiner Fessel geschlüpft. Ich bin halb und halb die Treppen hinuntergerollt, viele Treppen, bis unter die Erde, und dort, unter dem Moos, wo die Asseln kriechen, bin ich langsam wieder zusammengewachsen. Und jetzt bin ich ganz, und ich bin hier.« Zum ersten Mal war ihre Stimme nicht mehr ruhig.

»Aber warum?«, zirpte der Grillerich. »Du warst sein Liebling, du warst sein Schatz, du warst sein schärfster Dolch, du warst sein Seidenhandschuh, sein Jadezicklein und sein Milchkätzchen. Du warst das Juwel an seinem Finger. Du warst die Waffe in seiner Hand.«

»Er hat mir ein Horn abgeschnitten«, sagte Elizabeth mit vor Wut zitternder Stimme. »Er hat mich gebannt und mir ein Horn abgeschnitten. Er hat mein Horn an irgendeinen Quacksalber verkauft, für Geld, für wertloses Menschengeld. Niemand schneidet mir ungestraft ein Horn ab!«

Ein Raunen ging durch die Wesen, aber es klang nicht mehr so feindselig. Elizabeths grüne Mütze landete neben Julius auf dem Boden.

»Seht ihr?«, flüsterte sie. »Seht ihr, wie klein es ist? Aber es wird wieder wachsen und groß werden, und Fawkes wird dann Asche sein und Staub.«

Ein Schaudern ging durch die Menge, ein Flüstern und Summen und Zirpen. Kuchengabeln klirrten zu Boden, und die Wesen begannen, durch die Tür in die Bibliothek zu strömen, nicht mehr in feindlicher Absicht, nur neugierig, schockiert.

Allein das Vogelmädchen blieb in der Tür stehen, ihr Obstmesser umklammernd. »Es ist ein Trick!«, rief sie verzweifelt. »Traut ihr nicht! Wie könnt ihr ihr trauen? Es muss irgendein Trick sein!«

Keine der Kreaturen beachtete sie.

Elizabeth sprang vom Sofa und ließ sich von den Wesen umrunden. Hände, Fühler und Äste tasteten über ihre Kleidung und berührten fast zärtlich das kleinere ihrer beiden Hörner. Alle summten, klickten und fauchten in ihrer seltsamen Singsprache, und Elizabeth antwortete ihnen, ebenfalls fauchend und klickend.

Jemand stupste Julius mit dem Fuß an. Julius blickte auf. Rose, mit ihren vernünftigen Schuhen und leuchtenden blauen Augen, in der Hand eine Kuchengabel.

»An Ihrer Stelle würde ich jetzt gehen«, sagte sie mit einem Blick hinüber zu Elizabeth, die inzwischen fast unter einer lebenden, webenden, singenden Masse aus Wesen verschwunden war. »Das ist nichts für unsereins.«

Geh! Geh! Spring! tönte es zustimmend aus dem Flohpalast.

Julius schluckte und nickte. Er rollte unter der Chaiselongue hervor, machte einen vorsichtigen Bogen um die Schnecken, die sich nun in eine Art Nachhut verwandelt hatten, und folgte Rose, in der einen Hand Plan B, in der anderen den Flohpalast.

Rose ging schnurstracks durch das blaue Zimmer, einen langen dunklen Gang entlang, eine Treppe hinunter in eine überraschend saubere altmodische Küche. Eine Spüle aus weißem Porzellan war in eine steinerne Arbeitsfläche eingelassen, Töpfe und großkarierte Geschirrtücher hingen an Haken, der Wasserhahn tropfte. In einer Ecke schlief friedlich ein riesiger freistehender Herd mit Türen, Hebeln und Knöpfen, wehrhaft und seltsam gemütlich zugleich. Sonnenstrahlen fielen sanft und rötlich durch hohe Fenster auf blanken Steinboden, es roch vertraut nach Butter, Brot und Rauch.

Julius stellte den Flohpalast und Plan B auf dem Küchentisch ab, dann sank er erschöpft auf einen der Stühle. Was für ein Tag! War es etwa schon Abend? War er wirklich erst einen Tag hier?

»Tee?«, fragte Rose.

Julius nickte.

Rose erweckte den schlafenden Herd zum Leben und machte sich an einem bauchigen Kessel zu schaffen. Sie zog eine gläserne Teekanne aus dem Regal, goss auf und streute dunkle, duftige Teeblätter ins Wasser.

»Wo ist Emily?«, fragte Julius. Er merkte auf einmal, dass er am Verhungern war. »Gibt es vielleicht irgendwo noch so einen Muffin?«

»Sie schläft«, sagte Rose. »Sie schläft zu viel.«

Rose fand tatsächlich noch einige Muffins, und wenig später saßen sie einander gegenüber am Küchentisch, zwei dampfende Teetassen und einen Teller mit Gebäck zwischen sich.

»Das war es also«, sagte Rose und rührte nachdenklich in

ihrem Tee herum. »Ich wusste, dass irgendwas nicht stimmte mit Ihrer Flohgeschichte.«

»Mit meiner Flohgeschichte stimmt alles«, sagte Julius mit vollem Mund. »Es war nur nicht die ganze Geschichte.«

Rose seufzte. »Wann ist etwas schon je die ganze Geschichte? Milch?«

Julius schüttelte den Kopf. Irgendwie hatte er genug von Milch.

Rose sah ihn verständnisvoll an.

»Wer ist sie?«, fragte sie dann.

»Elizabeth?« Julius überlegte. »Ich ... ich weiß nicht wirklich. Aber ich weiß, dass sie Fawkes hasst und dass sie mir mit meinen Flöhen geholfen hat. Sie hat einen Plan.« Julius blickte unwillkürlich Richtung Plan B. »Ich glaube, sie hat viele Pläne.«

»Und du? Hast du auch Pläne?«

Julius seufzte. »Eigentlich nicht, aber ich muss eine Nixe befreien.«

Rose faltete vorsichtig die Hände über ihrer Tasse zusammen, um die Wärme des Tees einzufangen. »Ist Fawkes derjenige, der meinen Fox gefangen gehalten hat? Und die anderen?«

Julius nickte. »Er hat noch mehr von ihnen. Auch die Nixe. Er tritt mit ihnen in einer Zaubershow auf.«

Rose schüttelte traurig den Kopf. »Es ist nicht richtig. Er sollte sie besser in Ruhe lassen. *Jeder* sollte sie in Ruhe lassen. Und das hier«, sie hob die Hände Richtung Decke, »das hier ist auch nicht richtig.«

Das hier? dachte Julius, aber dann verstand er.

»Ich habe immer gewusst, dass sie etwas anderes sind«, sagte Rose, während Julius sich hungrig einen zweiten Muffin griff. »Luft statt Erde. Wasser statt Blut. Ein Spiel. Ein Traum. Aber Emily. Emily konnte nicht *unterscheiden*. Sie dachte, sie sind wie wir. Sie ... sie hat angefangen, Geschichten zu erzählen, und die Eltern haben dann natürlich irgendwann den Nervenarzt gerufen. So sagte man damals: Nervenarzt. Sie haben mich alle befragt, die Eltern, die Lehrer, der Arzt. Ich habe einfach gelogen. Ich habe gesagt, dass da nichts ist, dass Emily sich alles nur einbildet. Ich habe die Pillen geschluckt und die Zähne zusammengebissen. Es war der einzige Weg. Irgendwann zu dieser Zeit müssen dann die Anfälle angefangen haben. Wissen Sie, was Lobotomie ist?«

Julius nickte vage. Eine Operation? Irgendwas am Gehirn jedenfalls.

»Sie glaubt, dass sie noch immer vierzehn ist, wissen Sie? Sie lebt einen Tag, und dann vergisst sie ihn. Monate. Jahre. Sie glaubt, dass in drei Tagen ihr Geburtstag ist, ihr fünfzehnter. Irgendwie ist es so traurig, dass sie diesen Geburtstag nie erreichen wird.«

Eine einzelne Träne kroch über Roses weiche Wange. Sie schnäuzte sich in ein Taschentuch und nahm einen Schluck Tee. Dann fuhr sie fort.

»Es hätte schlimmer kommen können, nehme ich an. *Sie* sind ihr treu geblieben. Sie sorgen für Emily. Sie spielen mit ihr. Sie haben alle Spiegel versteckt und dieses Labyrinth herangezogen, das auf sie aufpasst. Das hier ist genau ihre Kragenweite. Und schließlich ist es nur ein Tag für Emily, alles ein einziger Tag. Aber für mich ist das nichts. Nicht mehr. Ich dachte, ich hätte etwas verpasst. Aber wahrscheinlich verpasst man immer irgendetwas.«

Die Küchentür knarzte auf, und Elizabeth trat in den Raum, etwas zerzaust vielleicht, aber offensichtlich guter Laune. Sie nickte Rose freundlich zu.

»Wo ist der Kühlschrank?«, fragte sie heiter.

Rose deutete in eine Ecke. Elizabeth öffnete die Kühlschranktüre und begann, Milchtüten zur Spüle hinüberzutragen. Es mussten mindestens zwanzig sein, aber Elizabeth goss jede Einzelne von ihnen den Abfluss hinunter, dann spülte sie mit klarem Wasser nach.

»Kommt ihr zurück? Kriegsrat!«

Sie zwinkerte, dann war sie schon aus der Küche geeilt, ihre Hufe hart und laut auf den steinernen Stufen.

»Was war das denn?«, fragte Julius. Er hatte gerade seinen dritten Muffin hinter sich und fühlte sich hungrig wie eh und je. Womöglich *noch* hungriger. Es war ein Hunger, den Muffins nicht stillen konnten.

Rose schüttelte den Kopf. »Ich weiß nicht. Die anderen mögen Milch. Es ist das Einzige, was man ihnen anbieten kann. Alles andere müssen sie stehlen – oder jagen.« Ein unbehaglicher Ausdruck huschte über Roses Gesicht. »Milch macht sie träge und – so etwas wie zahm vielleicht. Nicht wirklich zahm, natürlich. Sanft. Ja, genau, sanft. Sie sind ganz versessen darauf.«

»Dann will Elizabeth wohl, dass sie aufhören, sanft zu sein.«

»Sie ist etwas Besonderes, glaube ich.« Rose lächelte. »Ich habe noch nie eines von ihnen gesehen, das so menschenähnlich ist. Aber irgendwie macht sie das umso fremder.« Julius wusste genau, was sie meinte.

»Kriegsrat?«, seufzte er.

»Kriegsrat!«, entgegnete Rose und lächelte.

»Ich habe dafür einen Plan«, erklärte Elizabeth. »Ich habe tausend Pläne. Ich hatte alle Zeit der Welt, um Pläne zu spinnen unter dem Moos.«

Julius war zurück in der Bibliothek, diesmal zur Abwechslung *auf* dem Sofa. Neben ihm saß Rose, und vor ihm, auf dem blauen Teppich, wartete wieder ein Publikum. Nur war es diesmal nicht sein Publikum. Elizabeth marschierte in bester Fabelwesenfeldwebelmanier neben dem Sofa auf und ab. Sie hatte einen Kirschblütenzweig in der Hand und bewegte ihn beim Sprechen wie einen Dirigentenstab.

Die Diskussion drehte sich schon seit geraumer Zeit im Kreis wie eine Katze auf der Jagd nach ihrem Schwanz. Im

Prinzip war man sich einig, dass es eine gute Idee war, Fawkes und seine miesen Machenschaften ein für alle Mal loszuwerden, aber niemand außer Elizabeth wollte wirklich aktiv etwas dazu beitragen. Julius verstand nur die Hälfte und vertrieb sich die Zeit damit, die Schnecken auf dem Kopf der Madame zu zählen, sich Zirkusnummern mit Flöhen, Schnecken und Grillen auszudenken und sich von Rose Klatsch und Tratsch über die vor ihm versammelten Wesen zuflüstern zu lassen. Hazelhush, der Nachtschreck, mochte Honig; Tusker war einmal auf der Spitze eines Stierhorns eingeschlafen, Fuzz war von Rose in flagranti mit einer Vogelscheuche ertappt worden, damals, vor langer Zeit, aber den Gesichtsausdruck würde sie nie vergessen. Nach und nach konnte er sich sogar einige Namen merken.

»Aber warum sollten wir den Feind den Ort der Schlacht entscheiden lassen?«, rief der Grillenmann aufgebracht. »Warum ihn nicht hierherlocken mit einer Technik, die man ›das Reiben der Hinterbeine‹ nennt?«

»Er wird nicht kommen«, sagt Elizabeth. »Nicht so.«

Der Grillerich begann, nachdenklich zu zirpen.

»Das ist Mr. Hongyaqing«, flüsterte Rose Julius ins Ohr. »Er ist sehr interessant – hat als chinesische Kampfzikade angefangen, wissen Sie? Ein echter Champion.«

Angefangen? Was genau meinte sie mit »angefangen«? War Fabelwesen eine Art Ausbildungsberuf?

»Ich denke, wir sollten nichts überstürzen«, sagte die Schneckendame mit Bedacht.

»Ich finde, hundertfünfzig Jahre Bedenkzeit sind durchaus …«, begann Elizabeth.

Das Vogelmädchen, das sich noch immer etwas abseitshielt, stieß einen durchdringenden, spitzen Schrei aus.

»Hunch!«

Einen Wimpernschlag später war der blaue Teppich plötzlich leergefegt, und Julius, Rose und Elizabeth waren allein in der Bibliothek. Sogar die Schnecken hatten sich blitzartig davongemacht. Dieser jähe Aufbruch war das Magischste, was Julius bisher von den Wesen gesehen hatte. Hinter ihnen war ein Krachen zu hören. Julius dreht sich um und sah gerade noch, wie ein riesiger Typ mit Bogarthut durch die Tür brach, über den Feuerhaken stolperte, sich wieder fing und nieste. Julius schluckte. Das war also Hunch!

Hunch bürstete sich Staub von seinem zerfetzten Trenchcoat, dann winkte er dreimal Richtung Tür.

Ein Kirschblütenzweig fiel lautlos zu Boden.

»Thhhorn!«

Elizabeths Anblick schien Hunch in einen Zustand der Euphorie zu versetzen. Er hüpfte überraschend leichtfüßig auf und ab und klatschte entzückt in die winzigen Händchen.

Dann stand er stramm.

Ein kleines Mädchen mit dunklen Locken hatte hinter ihm den Raum betreten. War das Thistle?

»Hallo Schwester«, sagte sie leise.

»Ich bin nicht deine Schwester«, antwortete Elizabeth kalt. »Nicht mehr.«

In diesem Moment entschied sich die Sonne dafür unterzugehen. Plötzlich füllte kaltes bläuliches Abendlicht den Raum.

Thistle blickte an Hunch hinauf. »Da hörst du es. Sie ist nicht mehr unsere Schwester. Sie sagt es selbst.«

»Aber esss isssst Ththorn!«, rief Hunch aufgebracht und wrang verwirrt die kleinen Hände. »Wir ssssolten …«

»Wir ssssollten uns nicht mit Sentimentalitäten aufhalten«, spottete Thistle. »Ich mache es kurz. Dieser traurige Haufen hier interessiert den Professor schon längst nicht mehr. Gebt den Drachen heraus, und euch wird nichts geschehen. Keinem von euch. Nicht einmal ihr.« Sie zeigte mit einem spitzen Finger auf Elizabeth.

Drache? Was für ein Drache denn?

Julius und Rose sahen sich an. Rose zuckte mit den Achseln.

Elizabeth stand da wie vom Donner gerührt. Wenn irgend möglich war sie noch blasser als sonst. »Er … er hat einen Drachen?«, flüsterte sie.

»Hatte. Einen Schlüpfling. Tu nicht so unschuldig, Thorn!«

Elizabeth stieß einen Schrei aus und hatte auf einmal wieder ihren Dolch in der Hand.

Thistles Hände wurden zu dornigen Klauen.

Im nächsten Moment tobte die Schlacht der Bücher.

Thistle und Elizabeth begannen einander zu umkreisen, fließend und flackernd wie Tiger im Dschungel. Hunch stand noch einen Moment lang händeringend da, dann bekam er von Rose einen dicken Atlas über den Kopf gezogen. Das schien den Ausschlag zu geben. Hunch schüttelte sich kurz wie ein sehr nasser und einigermaßen unglücklicher Hund, dann stürzte er sich auf Elizabeth, die kleinen Händchen ausgestreckt.

Elizabeth fauchte ein Wort, und auf einmal sprangen überall Bücher aus den Regalen und stürzten sich papierreich auf Hunch. Hunch schlug sie aus der Luft wie lästige Schmetterlinge, aber ab und zu traf ihn ein beherzter Foliant am Kopf, oder es gelang einer kritischen Ausgabe, nach seiner Hand zu schnappen. Shakespeares gesammelte Werke hängten sich an den Saum seines Trenchcoats und hielten ihn fest.

Überall flog Papier wie Schnee, während sich Thistle und Elizabeth weiter umkreisten. Papier bedeckte den blauen Teppich und das Sofa, Julius und Rose, Plan B und den Flohpalast wie besonders belesener Schnee. Bald reichte die Papierdecke Elizabeth bis über das Knie und Thistle bis zur Hüfte.

Schließlich gelang es Hunch, den gesammelten Shakespeare abzuschütteln. Er sprang nach vorne und erwischte Elizabeth von der Seite. Elizabeth fiel.

»Halte sie fest, Hunch, halte sie fest!«, kreischte Thistle, und Hunch setzte sich gehorsam auf Elizabeth, die sich wand, zischte und spuckte, sich aber nicht befreien konnte. Ihr Messer züngelte nach Hunch, richtete aber nichts aus.

Julius sah sich verzweifelt um. Was tun? Wie helfen?

Thistle flog auf Elizabeth zu, die Klauenhände ausgestreckt.

In diesem Moment tauchte Green aus dem Papiergestöber auf.

Frank Green, Privatdetektiv!

Julius blinzelte. Halluzinierte er? War er etwa schon tot? Wo in aller Welt kam Green so plötzlich her?

Green rammte Hunch von der Seite.

Hunch sagte »Huh?« und fiel von Elizabeth herunter.

Elizabeth bäumte sich auf und kickte Thistle mit einem Huf weg.

Green lächelte kurz.

»Sofa!«, sagte er dann.

Elizabeth nickte.

Im nächsten Augenblick hatten sie sich zu viert hinter der Chaiselongue verschanzt und beobachteten von dort, wie sich Thistle im violetten Abendlicht dreimal um sich selbst drehte, dabei zerriss wie ein Stück Stoff und auf einmal zu dritt war. Drei Thistles und ein Hunch flossen träge durch den bläulich schimmernden Papierschnee auf das Sofa zu wie Haie im flachen Wasser.

Elizabeth hielt ihren Dolch, Green zückte ein kleines, aber sehr böse aussehendes Messer, Rose zog die Schwanenfeder hinter ihrem Ohr hervor. Nur Julius umklammerte weiter sinnlos den Flohpalast. Dann waren die Thistles plötzlich unter ihnen, und die Bibliothek verschwand in einem Wirbel violetter Seiten. Zwischen den Seiten sah Julius, wie sich eine der Thistles auf Rose stürzte. Rose parierte geschickt und überraschend erfolgreich mit der Schwanenfeder. Ein Sturm von Versen wehte vorbei, dahinter erkannte Julius Green, der die zweite Thistle mit dem Messer in Schach hielt, ein wahrer Wirbelwind aus Finten und quecksilberschnellen Attacken. Nie und nimmer hätte Julius gedacht, dass Green so gut mit Messern umgehen konnte.

Die dritte Thistle und Hunch hatten sich Elizabeth vorgenommen. Die Gehörnte schien über das Papier zu tanzen, ihre scharfen Hufe schnellten durch die Luft wie Geschosse, trotzdem stimmte etwas nicht. Julius konnte sehen, dass ihr linker Arm leblos in einem seltsamen Winkel am Körper hing und dass wieder Blut über ihre Stirn rann. Und allmählich, Schlag um Schlag und Tritt um Tritt, wandte sich der Kampf gegen Elizabeth.

Green wurde von Thistle an der Wange erwischt und schrie auf. Rotes Blut tropfte auf Papier.

Rose war auf den Knien, zwischen all den Seiten, auf der Suche nach ihrer Feder.

Sie würden verlieren! Julius schluckte. Bisher hatte er nicht so genau darüber nachgedacht, gar nicht gedacht, genau genommen, aber nun wusste er auf einmal, dass sie verlieren würden.

Niemand schien sich für ihn zu interessieren, und so stieg Julius unbehelligt auf die Chaiselongue, um sich wenigstens noch einmal umzusehen. Das war es also: Tausende von Seiten und ein Ende, sein Ende, nur Augenblicke entfernt. Julius erinnerte sich daran, was er sich und seinen Flöhen versprochen hatte, und öffnete mit Tränen in den Augen den Flohpalast.

Thorn

19. Hummelhimmel

Green lag auf dem Boden, das Gesicht in einen Haufen Papier gedrückt, und musste wieder und wieder an die Hummel denken. Buchstaben tanzten vor seinen Augen, formten Worte und verschwammen: Fächer, wasserscheu, einstweilen, Lavendel, zugeknöpft.

Green hatte die Hummel erst gestern kennengelernt, auf der Reise über Land mit dem Legulas. Nun, »kennengelernt« war vielleicht zu viel gesagt.Vielleicht aber auch nicht. Sie hatten im Schatten eines schönen Feldahorns Rast gemacht, und Green hatte die Schnecke auf ein Büschel Löwenzahn losgelassen und das Legulas mit Marshmallows gefüttert, nicht ohne ein wenig schlechtes Gewissen. Eine gesunde Ernährung war das ja nicht gerade, weich und zuckrig, praktisch vitaminfrei. Trotzdem schien das Legulas zu gedeihen. Es war schon ein bisschen gewachsen und deutlich weniger plump. Der Körper hatte begonnen, sich in die Länge zu strecken, der Schwanz war kräftig und muskulös geworden, nur die Flügelchen hingen noch immer schlaff und nutzlos am Körper. Es fühlte sich wärmer an als früher. Green hatte angefangen, Löwenzahn in den Marschmallows zu verstecken, um den Speiseplan des Legulas etwas aufzubessern.

Dabei hatte er die Hummel entdeckt. Sie saß auf einer der Löwenzahnblumen und flog einfach nicht weg, selbst als Green die Blume pflückte.

Green hatte sich den Löwenzahn vor die Nase gehalten und das reglose Insekt aus nächster Nähe betrachtet. Tot, kein Zweifel. Trotzdem hatte die Hummel schön ausgesehen, ge lassen und zufrieden. Sie hatte sich einen guten Ort gesucht, den richtigen Ort, und das Sterben war ihr leichtgefallen. Green hatte sein Notizbuch hervorgeholt, nach Worten gesucht, keine gefunden und schließlich etwas frustriert *Hummelhimmel* hineingeschrieben.

Ähnlich wie die Hummel hatte Green in der Bibliothek auf einmal das Gefühl, endlich am richtigen Ort zu sein und auf der richtigen Seite, der Seite der Unwahrscheinlichen, Ungesehenen und Phantastischen. Legulas' Seite, Elizabeths Seite. Doch anders als die Hummel hatte er noch lange nicht aufgegeben und tastete unter dem Papier weiter nach seinem Messer. Da! Greens Hand fand den glatten warmen Stahlgriff, umfloss ihn und verschmolz. Dann spannte er sich an wie eine Feder, während Tritte und Stiche auf ihn herabhagelten, und wartete auf seine Chance.

Die Chance kam in Form einer kleinen Pause, einer plötzlichen, unverhofften Windstille. Green äugte zwischen Papier hindurch nach oben. Seine Gegnerin hatte von ihm abgelassen und kratzte ihren Arm, dann ihren Nacken, dann ihre Schulter.

Green überlegte keine Sekunde. Er schnellte zwischen den Seiten hervor nach oben und zeichnete mit dem Messer eine scharfe, schmale, tödliche Linie auf Thistles Kehle.

Thistle stutzte, schauderte, erhob dann wieder die Dornenhände, um erneut auf Green loszugehen. Dabei zerbröckelte sie schlicht und überraschend in einen Haufen leichter, flockig-fettiger Aschefetzen. Die Aschefetzen wirbelten noch einen Moment wütend durch die Luft, dann drifteten sie auseinander.

Kein besonders befriedigendes Ergebnis, eigentlich. Green hatte wenigstens ein bisschen Blut erwartet, aber weg war weg. Er sah sich um.

Unweit von ihm kroch eine alte Lady auf allen Vieren tastend durch den Papierschnee. Über ihr, stichbereit, stand eine zweite Thistle. Julius Birdwell stand reglos und einigermaßen überflüssig auf dem Sofa und hielt mit melancholischem Gesichtsausdruck eine leere Kiste hoch. Elizabeth lag nahe dem Fenster auf dem Boden. Hunch kniete auf ihren Armen, und die dritte Thistle hockte auf ihrer Brust wie ein Incubus.

Doch auch die beiden verbleibenden Thistles schienen Probleme zu haben, schnitten Gesichter, kratzten und schlugen sich mit ihren Dornenfingern. Hunch hatte begonnen, sich mit seinen kleinen Händen selbst in die Rippen zu boxen.

Green dachte nicht nach. Denken wurde überschätzt, gerade in Situationen wie dieser. Er stürzte sich von hinten auf Hunch und zeichnete mit dem Messer wieder die feine tödliche Linie. Hunch schien davon nicht sonderlich beeindruckt, doch immerhin ließ er Elizabeth los und versuchte, sich Green vom Rücken zu ziehen.

Das letzte Tageslicht sickerte aus dem Raum, aufgesaugt von zu viel Papier.

In diesem Moment schnellte Elizabeth hoch wie eine Schlange und grub ihren Dorn tief in Thistles Herz. Schwarzes Blut schoss hervor und Tausende von Insekten stiegen mit einem tragischen Zischen aus Thistles dunklen Locken auf. Auch die kleine schwarze Schlange machte sich davon.

Thistle riss die Augen weit auf.

»Schwester?«

Sie fiel rückwärts.

Hunch, der es endlich geschafft hatte, Green loszuwerden, sprang hinzu und fing sie auf. Dann rannte er einfach zum geschlossenen Fenster hinaus, den kleinen Körper fest gegen die Brust gepresst, hinein in die junge Nacht.

Einen Moment herrschte absolute Stille, bis jemand am anderen Ende des Raumes »Hah!« sagte.

Die alte Lady hatte endlich ihre Feder wiedergefunden und sie der dritten Thistle ins Auge gestochen. Ascheflocken tanzten schattenhaft, und die Lady richtete sich mühsam auf.

Sie steckte sich die lädierte Schwanenfeder zurück hinters

Ohr, bürstete Asche von ihrer Kleidung und brachte es fertig, dabei ausgesprochen würdevoll auszusehen, trotz Rußflecken im Gesicht und der Wunde, die ihre linke Augenbraue in zwei Teile schnitt.

»Die Feder ist stärker als das Schwert«, sagte sie und lächelte.

Genau genommen war gar kein richtiges Schwert im Spiel gewesen, trotzdem lächelte Green zurück.

»Hier sieht es fürchterlich aus!«, murmelte Julius Birdwell oben auf dem Sofa.

»Schlaf!«, flüsterte Elizabeths Stimme aus dem Papier hervor.

Es war keine Frage.

Es war keine Bitte.

Es war ein Befehl.

Jemand berührte Green sanft an der Schulter.

Er fuhr hoch.

Sonne fiel durch hohe Fenster auf erschreckend viel Papier. Ein paar Fliegen jagten sich durch den Raum, draußen vor einem zerbrochenen Fenster sangen Vögel.

Direkt vor ihm stand ein Mädchen in einem blauen Kleid, nein, eine alte Frau, nein, ein Mädchen. Sie starrte erschrocken auf ihn herab. Green wollte eine beruhigende Geste mit der Hand machen und merkte dabei, dass die Hand noch immer das Messer hielt. Er ließ die Klinge schnell in der Jackentasche verschwinden, lächelte und setzte sich ächzend auf. Sein Nacken schmerzte, sein Kopf dröhnte, er fühlte sich verkatert wie lange nicht mehr, aber die Kratzer und Schnittwunden auf seinen Armen waren verschwunden. Da waren doch Schnittwunden gewesen, nicht wahr? Drei Thistles, ein Hunch und viele Seiten. Nur die Seiten waren noch da.

Das alte Mädchen musterte ihn misstrauisch.

»Du bist nicht der Milchmann«, sagte sie dann. Es klang wie ein Vorwurf.

»Ich bin Green«, sagte Green.

»Ich bin Emily.«

Green guckte genauer hin. Das also war Emily, zart und vertrocknet wie eine gepresste Blume! Irgendwie hatte er sie sich genau so vorgestellt.

Emily rieb sich verschlafen die Augen.

»Was ist hier passiert? Und wer seid ihr alle?«

Ihr alle? Green sah sich um. Neben ihm auf dem Sofa schlief Julius Birdwell, beide Arme zärtlich um eine kleine schwarze Kiste geschlungen. Die alte Lady war gerade dabei aufzuwachen und starrte mit verständnislosen, leuchtend blauen Augen auf das Meer von Papier. Green kannte diese Augen von einem Foto und einer Zeichnung. Rose? Natürlich! Warum hatte er sie nicht gleich erkannt? Roses Haare waren noch zerzauster als auf dem Bild, ihr Gesicht rußig, doch von dem bösen Schnitt durch ihre Braue sah man nur noch einen feinen blassen Strich, längst verheilt.

Und dort drüben, unweit von Green entfernt, lag Elizabeth, bleich und vollkommen, ohne einen einzigen Kratzer am Leib.

Green schüttelte den Kopf, um die Benommenheit zu vertreiben. Wie lange hatten sie denn geschlafen?

»Emily!«

Emily drehte sich zu Rose um.

»Rose? Bist du das? Rose, du siehst so alt aus!« Panik zitterte in ihrer Stimme mit.

Rose stand vorsichtig auf und seufzte. »Es ist nur ein Spiel, Emily. Ein Zauber. Es ist nicht echt.«

»Ach so!« Emilys Gesicht hellte sich wieder auf. »War das auch ein Spiel?« Sie deutete auf die verwüstete Bibliothek.

»Ja«, seufzte Rose. »Und wir haben gewonnen!«

Emily wanderte hinüber zu Julius Birdwell und stupste ihn mit ausgestrecktem Zeigefinger in die Rippen. Birdwell fuhr hoch.

»Du bist nicht der Milchmann«, sagte Emily.

»Nein«, sagte Birdwell. »Ich bin …« Sein Blick fiel auf die leere schwarze Kiste in seinen Händen. »Ich bin einfach nur Julius Birdwell, glaube ich.«

Er sah traurig aus, aber Emily schien das nicht zu bemerken. Sie nickte zufrieden.

»Wollen wir jetzt frühstücken?«

»Ich finde, Frühstück ist eine ausgezeichnete Idee!« Elizabeth stand am Fenster, hoch und aufrecht, beide Arme am richtigen Fleck. Sie zog sich eine grüne Mütze über die Hörner und lächelte das schönste Lächeln, das Green je gesehen hatte.

»Frühstück, hurra!« Emily hüpfte wie ein ältlicher Gummiball auf Elizabeth zu.

»Du bist ein neues Fröschlein, nicht wahr?«

Elizabeth lachte lautlos, so wie eine Lärche lachen würde oder ein Reh.

Sie zitterte vor Lachen.

Trotzdem war die Stimmung beim Frühstück unten in der Küche eher gedrückt. Alle saßen schweigend da und löffelten wässrigen Porridge mit braunem Zucker, später briet Rose in einer großen Pfanne Spiegeleier. Elizabeth aß gar nichts, Julius stocherte melancholisch in seinem Haferbrei herum, Rose eilte in stummer Geschäftigkeit zwischen Herd und Küchentisch hin und her. Nur Emily schmatzte zufrieden.

Die Milch war alle, und so gab es schwarzen Tee und schwarzen Kaffee.

Green betrachtete nachdenklich seine Hände und Unterarme, die noch gestern Abend voller tiefer, klaffender Schnitte gewesen waren. Jetzt sah man nur noch dünne weiße Linien, fein wie Spinnweben.

»Wie lange haben wir denn geschlafen?«, fragte er schüchtern in seine Teetasse hinein. Sie waren sich noch nicht richtig vorgestellt worden, gar nicht, genau genommen, und Julius

Birdwell, der etwas dagegen hätte unternehmen können, starrte nur schwermütig in seinen Porridge.

»Nicht sehr lange«, sagte Elizabeth und blickte mit ihren dunklen Augen direkt zu Green hinüber. »Nur sehr tief.«

Green nickte und konnte fühlen, wie er sinnlos errötete.

In diesem Moment sprang Julius Birdwell von seinem Platz auf, schlug erstaunlich schneidig die Hacken zusammen und erhob seine Teetasse.

»Ein Toast!«, rief er aus. »Ein Toast auf die gefallenen Flöhe, die mit ihrem selbstlosen Einsatz die Schlacht für uns entschieden haben. Wir werden niemals ... Dunkelsprung!!!«

Birdwell kippte plötzlich vorneüber, verschüttete seinen Tee und äugte mit einem seligen Grinsen in die kleine schwarze Kiste.

»Tesla!«, rief er, »Zarathustra, Faust, Madame P.! Sieh nur, Elizabeth – sie sind zurück!«

Elizabeth lachte wieder, kein Rehlachen diesmal, eher ein Menschenlachen.

»Das war ein kluger Schachzug mit dem Flohpalast!«, sagte sie anerkennend. »Ich hätte nicht gedacht, dass sie schon so weit sind.«

»Ich auch nicht«, gab Julius Birdwell zu.

»Einer für alle und alle für einen, was?«, fragte Elizabeth lächelnd.

»Genau«, antwortete Birdwell. »Vor allem alle für einen«, fügte er dann etwas verlegen hinzu.

Sein Lächeln verschwand. »Zwei fehlen!«

Also tranken sie alle mit ernsten Gesichtern einen Toast auf Freud und Phantomas, die nicht aus der Schlacht zurückgekehrt waren. Green hatte eine ungefähre Vorstellung davon, wer Freud war. Ein Mann mit Bart und Couch, Schutzpatron aller Therapeuten. Aber wer war Phantomas? Und wieso passten sie beide in Birdwells kleine Kiste? Green war plötzlich eifersüchtig auf Birdwell, der die ganze Zeit nur dumm herumgestanden und trotzdem irgendwie irgendwo einen klugen Schachzug hinbekommen hatte.

»Ich bin Green«, sagte er laut, vielleicht zu laut. »Könnte mir vielleicht irgendjemand sagen, was hier los ist?«

Elizabeth blickte wieder augendunkel zu ihm herüber.

»Green? *Frank* Green?«, fragte sie. »Der berühmte Detektiv? Aber natürlich!«

Nach einem langen, verwirrenden Gespräch über vielen Tassen Tee und jeder Menge Spiegeleiern konnte er Birdwell, der noch immer dämlich grinsend über seiner Kiste hockte und etwas von großen Sprüngen faselte, ein wenig besser verstehen. Green tastete in seiner Tasche nach seinem Notizbuch, holte es hervor und begann zu schreiben.

Julius Birdwell bildet sich seine Flöhe nicht nur ein.

Rose hat den Laster gestohlen, um irgendwelche Wesen hierherzubringen, auf der Flucht vor Fawkes. Wo sind die Wesen jetzt?

Green hielt verblüfft im Schreiben inne. Der Fall war so gut wie gelöst – fast nebenbei! Nur schade, dass Thistle und Hunch das nun nicht mehr zu schätzen wissen würden!

Thistle und Hunch waren in Wirklichkeit gar nicht hinter Rose her, sondern hinter den flüchtigen Wesen. Vor allem einem Drachen.

Aber niemand will einen Drachen gesehen haben. Bildet sich Fawkes den Drachen nur ein?

Elizabeth ist hinter Fawkes her.

Julius ist hinter einer Nixe her.

Die Nixe ist bei Fawkes.

Wer ist Fawkes?

UND WO IST DAS LEGULAS????

»Thhhisssle! Thhhissssle!«

Hunch rüttelte mit seinen kleinen Händen an Thistles Körper, der in seiner knochigen Reglosigkeit etwas Totervogelhaftes hatte.

Toter. Vogel. Haft.

Haft.

Vogel.

Tot.

Toter.

Am totesten.

Hunch hielt inne. Thistle würde nicht wieder aufstehen, nicht jetzt und auch nicht später, und ihn mit ihren spitzen Fingern stechen, und Befehle erteilen würde sie schon gar nicht.

Hunch ließ die Hände sinken und richtete sich zu seiner vollen Größe auf. Die Sonne verzog sich vorsichtshalber hinter einen Hügel, und selbst die Schatten der Bäume schienen vor ihm zurückzuweichen.

Zum ersten Mal seit 250 Jahren war er frei. Vogelfrei. Ausgesetzt. Ungebunden. Herrenlos.

Hunch rückte seinen Hut zurecht, wickelte den zerrissenen Trenchcoat um seinen großen Körper, holte die Überreste des Eichhorns wieder aus seiner Tasche und lief los, summend und mampfend, hinter der Sonne her.

20. Der Kuss der Schneckenfrau

Green suchte in Schränken und unter Stühlen, hinter Vorhängen, in Schubladen und großen Standvasen. Er guckte hinter Wandbehänge und Bilder und sogar unter Teppiche, obwohl es da ja eigentlich zu flach für das Legulas war. Er wühlte sich durch das Papier in der Bibliothek und durchsuchte die Speisekammer.

Er suchte auf dem Dachboden, wo Haselmäuse nisteten und ein haariges Wesen vor ihm hinter einen zerbrochenen Spiegel flüchtete.

Er suchte im Keller. Asseln huschten unter staubige Weinflaschen, und Green bekam einen Niesanfall.

Er suchte in Badewannen. Er suchte unter Spülen.

Er suchte in einem Raum voller aufgespießter Schmetterlinge. Er suchte in Schränken mit schillernden Kleidern und fand dort eine ungehaltene staubige Mottenfrau.

Einmal rannte er fast in eine Art beweglichen Strauch hinein. Der Strauch eilte mit wehenden Blättern davon.

Green rief Kamine hinauf.

Er äugte Lichtschächte hinunter.

Er lauschte in stillen, längst verlassenen Schlafzimmern nach leisen, vertrauten Schnarchgeräuschen.

Nichts.

Schließlich ließ er sich irgendwo in einen staubvergrauten Sessel fallen und versuchte, sich daran zu erinnern, wo er das Legulas zuletzt gesehen hatte. Nach der Aufregung der letzten Nacht waren seine Erinnerungen verschwommen. Das passierte öfter. Affektive Löschung nannte man das.

Er öffnete sein Notizbuch und las als letzten Eintrag von gestern *Honigzeit*.

Honigzeit?

Eine vage Erinnerung regte sich. Was genau war gestern alles passiert? Die Schlacht der Bücher natürlich – aber vorher?

Er war der Adresse auf Roses Briefumschlag gefolgt, von London nach Leeds, von Leeds nach Garsdale, so viel war sicher. In Garsdale hatten sie zu dritt in einem billigen B&B übernachtet, Green, das Legulas und die Schnecke, am nächsten Tag ging es dann in einem Bus voller wanderfreudiger Touristen weiter. Die Landschaft hatte sich vor ihnen geöffnet wie eine Blume, grün und blau, weit und wild. So viel Landschaft hatte Green in seinem ganzen Leben noch nicht gesehen, und etwas in ihm wollte einfach dort hinaus, ein Punkt zwischen Schafen und Grün werden und verschwinden.

Seine Begleiter waren da nicht so leicht zu beeindrucken. Das Legulas hatte in Greens Reisetasche geschlafen, die Schnecke war hungrig auf seiner Tweedjacke herumgekrochen, so lange, bis Green wieder aus dem Bus ausgestiegen war und im »Black Dragon« einen grünen Salat ohne Dressing bestellt hatte. Dabei hatte er den Wirt über Orte mit *End* im Namen ausgefragt, mehr oder weniger geschickt.

»Sie müssen *das Haus* meinen«, hatte der Wirt gesagt. »Das Haus von Miss Lovelace. Eden End. Traurige Geschichte.«

Der Wirt hatte den Kopf geschüttelt, tragisch mit den Augen gerollt und Green die betrübliche Geschichte von der alten Miss Lovelace aufs Auge gedrückt. Das arme Kind war frühzeitig verrückt geworden – kein Wunder bei den Eltern – und hatte im Laufe der Behandlung dann auch noch ihr Gedächtnis verloren. Ein bezauberndes Geschöpf war sie gewesen, wenn man dem Dorfklatsch glauben durfte, aber was half das schon? Total durchgedreht, keine einzige Tasse mehr im Schrank! Jetzt lebte sie dort ganz alleine, nur der Himmel wusste, wie sie überhaupt zurechtkam. Man erzählte sich da Geschichten – keine zehn Pferde würden ihn … Das Haus war bestimmt verwahrlost, man wollte sich das gar nicht richtig ausmalen. Schönes Anwesen früher. Einmal die Woche brachte der Händler Lebensmittel und anderen Bedarf ans Tor und nahm die Einkaufsliste für das nächste Mal entgegen. Seit Jahren hatte sie kaum jemand zu Gesicht bekommen. Es hieß, sie badete in Milch, um sich ihre Schönheit zu bewahren.

Kurz und gut, das Ganze klang vielversprechend. Green ließ sich beschreiben, wo genau Eden End lag, und fand heraus, dass die alte Miss Lovelace mit Vornamen Emily hieß.

Beinahe wäre die Schnecke dann mit dem Salat in die Küche

zurückgegangen, doch im letzten Moment hatte sie Green vor den Augen des entsetzten Wirtes doch noch zwischen den Blättern hervorgefischt und dafür einen Discount und ein Bier aufs Haus bekommen.

Dann waren sie wieder losgezogen, das auf einmal äußerst muntere Legulas voran. Es ging eine Landstraße entlang, vorbei an Schafen, Hecken und Bäumen. Die Sonne schien. Es war schön. Bald guckte Green nicht mehr nach Orientierungspunkten und Wegweisern, sondern war vollkommen damit beschäftigt, mit dem Legulas Schritt zu halten. Es schien genau zu wissen, wo es hinwollte.

Als ein Wäldchen in Sicht gekommen war, hatte das Legulas plötzlich begonnen, aufgeregt mit den schlaffen Flügelchen zu flattern, und dabei bisher ungehörte Quiektöne von sich gegeben – und dann waren sie beide auf einmal *im* Wald gewesen, ganz unvermittelt, plötzlich, ohne wirklich hineingegangen zu sein. Wie … wie teleportiert, vielleicht? Hier wurde die Erinnerung langsam lückenhaft.

Bäume hatten Äste und Blätter nach dem Legulas ausgestreckt, um es zu kraulen und zu tätscheln. Green bekam freundschaftliche Knüffe ab. Dann hatte ihnen die Vegetation mit Zweigfingern und Wurzeln fürsorglich den Weg zum Haus gewiesen. War es da schon Abend? Wahrscheinlich. Die Zeit hatte sich seltsam verhalten, zäh wie Honig, klebrig und süß. Sie umschloss einen und hielt einen fest wie ein Bernsteininsekt. Green hatte träge und zufrieden dabei zugesehen, wie die Schatten unter den Bäumen grau und blau und violett geworden waren und dunkler und schließlich schwarz, während sich das Legulas von den Bäumen verwöhnen ließ. Das war, als er *Honigzeit* in sein Notizbuch geschrieben hatte.

Dann hatte Green einen Schrei gehört, Lärm, dann Stille. Etwas an diesem Schrei hatte ihn getroffen wie ein Pfeil oder ein besonders gekonnt geworfenes Messer, scharf und schnell, fast unmerklich, nicht wirklich ins Herz, eher in die Magengrube – ein unerfreulicher Ort für Verletzungen aller Art. Er hatte sich mühsam aus der anhänglichen Zeit befreit und war auf das Haus zugerannt, langsam, wie in Zeitlupe. Die Tür stand offen. Hinein! Hindurch! Green hetzte Korridore entlang und riss Türen auf, ein schreckliches Gefühl der Dringlichkeit in der Magengrube. Und er war tatsächlich gerade noch rechtzeitig gekommen, um Elizabeth vor Thistle und Hunch zu retten!

Green klappte sein Notizbuch zu.

Vielleicht war das Legulas ja gar nicht im Haus! Vielleicht war es noch draußen im Wald!

Green sprang aus seinem Sessel, stürzte die Treppe hinunter, zur Haustür hinaus.

Grün.

Der Wald schmiegte sich wie eine selbstbewusste Katze an das Haus, fordernd, aber unabhängig und ein bisschen kratzig. Seitlich öffnete sich ein schmaler Pfad, vermutlich Richtung Tor. Aber sie waren nicht den Pfad entlanggekommen, nicht wahr? Green sah sich um und erkannte eine würdevolle alte Hainbuche mit ausladenden Ästen. Er erinnerte sich daran, wie diese Äste gestern nach seiner Jacke gegriffen hatten, als er auf das Haus zustürzte.

Er trat näher und lauschte in den unnatürlich stillen Wald hinein.

Etwas entfernt war ein Geräusch zu hören, ein Flüstern, ein Atmen, nein: endlich ein Schnarchen! Green umrundete den knorrigen Stamm der Hainbuche und trat zögernd in den Wald hinein. Ein Schritt, noch einer – die Bäume verhielten sich ruhig. Green folgte den Schnarchgeräuschen durch einen lichten, mückendurchtanzten Frühlingswald, einen Hang hinunter bis zu einem Teich.

Der Teich! Der Teich auf dem alten Foto! Hier hatte alles angefangen, und nun … Green folgte unbeirrt dem vertrauten Schnarchen des Legulas und fand schließlich in einer kleinen

Lichtung am Ufer seine Reisetasche, umstanden von verliebten Bäumen. Heraus ragte ein felliger grüner Schwanz und schnarchte. Das Legulas musste schon wieder gewachsen sein und passte nun kaum noch in die Tasche.

Er wollte sich gerade bücken, als ihn ein zweites Geräusch innehalten ließ.

Ein Knacken, ein Knistern.

Ein kalktrockener Kuss.

Green blickte sich um. Seine Hand wanderte wie von selbst in die Jackentasche und umfloss dort die kalte, glatte Fischform seines Messers. Der Wald stand still und stramm, doch im Teich konnte Green auf einmal eine Bewegung erkennen. Elizabeth? Genau genommen nur ihr Spiegelbild, schräg und zitternd und verkehrt.

Green sah nach oben. Über ihm, im Geäst einer Eiche, kauerte Elizabeth bei einem Vogelnest und saugte Eier aus. Sie hatte ihn schon gesehen, war in der Bewegung eingefroren wie ein riesiges Eichhorn und starrte mit dunklen Augen auf ihn herab.

Green überraschte sich selbst damit, dass er eine kleine Verbeugung andeutete.

Elizabeth, die oben auf dem Ast schlecht knicksen konnte, wischte sich mit dem Handrücken Eigelb vom Mund und lächelte.

Green merkte, dass er wieder rot wurde. Er drehte sich zum Gehen, aber gerade in diesem Augenblick gab Elizabeth einen Laut von sich, nicht wirklich ein Wort, eher ein kehliges Schnurren.

Sie streckte ihren langen weißen Arm aus und reichte Green von oben ein Ei.

Das Ei war klein wie sein Daumennagel und von blassblauer, fast violetter Farbe, übersät mit winzigen schwarzen Sprenkeln. Es wog fast nichts, trotzdem fühlte es sich irgendwie schwer an. Wichtig. Vollkommen.

Green wusste nicht so recht, wie er das Ei angehen sollte. War das nicht seltsam? Fast schon ein halbes Leben hinter sich und keine Ahnung, wie man ohne Pfanne oder Kochwasser mit einem Ei fertigwurde. Vermutlich brauchte man dafür sehr spitze Zähne. Green versuchte, mit dem Fingernagel ein Loch hineinzudrücken. Das Ei zersprang wie Porzellan.

Elizabeth ließ sich fallen und stand auf einmal neben ihm. Green leckte sich verlegen die Finger.

»Das ist besser als Pfanneneier, nicht wahr?«, fragte Elizabeth.

Green nickte. Viel besser. Wild und warm und salzig – und pfeffrig wie ein Kuss.

»Ich kann die anderen Eier nicht essen, weißt du?«

Wieder nickte Green. Er wusste es und wusste es nicht. Es war seltsam. In dem Moment, in dem sie etwas sagte, wusste er es, hatte es immer gewusst.

»Wir müssen unsere Nahrung selbst finden. Finden oder töten oder stehlen. Wir können sie uns nicht einfach so servieren lassen wie die Menschen.«

Sie strich sich eine blauschwarze Strähne aus der Stirn. Sie trug keine Mütze, und ihre vollkommenen spitzen Hörnchen glänzten im Sonnenlicht.

»Wild«, murmelte Green, ohne genau zu wissen, warum.

»Wild, genau. Wild bedeutet, dass man sich nichts schenken lässt. Manchmal vergessen wir«, erklärte Elizabeth. »Und wenn wir vergessen, gibt es immer Probleme.«

»Was ist mit der Milch?«, fragte Green. Er dachte an die vielen Schüsseln in Roses Wohnung. Die Schüsseln waren doch serviert gewesen, nicht wahr, für Leute wie Elizabeth?

»Oh, die Milch ist bereits gestohlen. Sie ist eigentlich für die Kälbchen und Zicklein da, meinst du nicht? Und wenn sie schon einmal gestohlen wurde, können wir sie nicht wieder stehlen. Wenn uns jemand Milch hinstellt, dürfen wir sie trinken, sonst nicht. Und sie schmeckt wunderbar. Aber sie ist nicht wirklich gut für uns. Gehen wir?«

Green wollte nicht gehen, nirgendwohin. Hier und jetzt war vollkommen. Trotzdem bückte er sich gehorsam nach seiner Reisetasche. Die Tasche war jetzt zu, der kleine grüne Fellschwanz verschwunden, aber das beachtliche Gewicht verriet Green, dass sich das Legulas noch immer im Inneren aufhielt.

Plötzlich lag eine Hand auf seinem Revers, federleicht, brennend heiß.

Elizabeth hatte ihren Arm nach ihm ausgestreckt und blickte ihn mit samtigen Augen an.

»Ich weiß, was Ihr gestern für mich getan habt. Ich werde nicht vergessen. Ich danke Euch, Green.«

Green wollte ihr sagen, dass sie ihm nicht zu danken brauchte, dass es einfach so passiert war, dass er gar keine Wahl gehabt hatte, aber er brachte keinen Ton heraus, sondern starrte nur verwirrt auf die schlanke weiße Hand, die vertrauensvoll auf seinem Revers ruhte.

»Wieso sind sie so ruhig?«, fragte er schließlich mit rauer Stimme.

»Die Bäume?« Elizabeth verstand sofort, was er meinte. »Ich bin mir nicht sicher. Labyrinthe sind launisch. Ich glaube, dieses hier interessiert sich vor allem für Leute, die versuchen, *in* das Haus zu kommen, nicht heraus. Aber wir sollten unser Glück nicht zu lange auf die Probe stellen.«

Sie hakte sich auf eine altmodische Art bei Green ein, und Green ließ sich von ihr sanft, aber bestimmt auf das Haus zusteuern.

Trotz der verwirrend leichten, verwirrend warmen Hand auf seinem Arm schaffte es Green unterwegs, über eine seltsame Sache nachzudenken. Sie hatte gesagt, dass ihre Leute sich ihr Essen selbst suchen mussten, doch das Legulas hatte kein Problem damit, sich nach Strich und Faden füttern zu lassen. Und das bedeutete … Fast wäre er stehen geblieben und hätte *Es ist keines von ihnen!* in sein Notizbuch geschrieben. Er hatte zuletzt angenommen, dass das Legulas einfach ein weiteres der entkommenen Wesen war, das man irgendwie in Roses Wohnung vergessen hatte, aber das konnte so nicht stimmen. Wer oder was war das Legulas denn dann?

Sie betraten das Haus durch eine Seitentür, spazierten Hand in Hand einen Gang entlang und gelangten endlich in ein Zimmer, in dem staubige Kronleuchter mit Hilfe des Sonnenlichts Regenbogenmuster auf das Parkett zeichneten. Wo waren die anderen, Rose, Julius und Emily? Vermutlich noch in der Küche, beschäftigt mit Bergen von schmutzigem Geschirr, während sich Green nach dem Frühstück sofort auf die Suche nach dem Legulas gemacht hatte. Sein schlechtes Gewissen regte sich kurz, doch eigentlich hatte er Besseres zu tun, als sich um Geschirr zu sorgen. Elizabeth ließ seine Hand los und wanderte hinüber zu einem Sessel am Fenster, setzte sich, schloss die Augen und drehte ihr Gesicht der Sonne zu. Man konnte förmlich sehen, wie sie das Licht in sich aufsaugte. Photosynthese geradezu.

Neben ihr war noch ein zweiter Sessel frei. Green nahm seinen ganzen Mut zusammen, ging hinüber, stellte die Tasche mit dem Legulas ab und setzte sich. Der Sessel knarrte, aber Elizabeth schien sich davon nicht stören zu lassen. Dann saß Green einfach da und atmete. Es war ein schöner Moment, noch besser als der mit der Hummel. Friedlich. Vollkommen. Voller halbgedachter Wahrheiten. Staub tanzte, und Schatten kräuselten sich unter den Möbeln vom Licht weg, es roch nach altem Holz, vertrockneten Blumen und nach noch etwas, Pfeffer und Efeu und Sonne auf Haut.

Green schloss ebenfalls die Augen und genoss die Stille. So eine Stille hatte er schon seit Jahren nicht mehr gespürt – vielleicht noch nie. Es war nicht die Ruhe vor dem Sturm, auch keine Flaute oder Windstille, eher ein Moment des Innehaltens, in dem man den Mühlen des Schicksals beim Mahlen zuhören konnte. Er hatte tatsächlich Elizabeth gefunden und gerettet! Wie seltsam! Und jetzt? Was nun?

Tausend Wege führten von hier weg, nicht nur der eine verwachsene, den man draußen im Park sehen konnte. Nach all dem, was Green gestern von den kapriziösen Bäumen des Labyrinths mitbekommen hatte, war der Weg da draußen vermutlich der einzige, der *nicht* wegführte.

Green konnte zurück in sein Büro gehen und weiter nach Leguanen fahnden. Er konnte einen Nervenzusammenbruch bekommen und sich wieder einliefern lassen. Er konnte einfach wegfahren, mit dem Geld in der Tasche ein Auto kaufen oder ein kleines Haus in Schottland oder einen schicken Anzug oder alles zusammen. Er konnte mit dem Legulas auf Weltreise gehen. Er konnte seinen ganzen Mut zusammennehmen und herausfinden, was es mit Samuel Black auf sich hatte. Und natürlich konnte er einfach hier neben Elizabeth bleiben und ihr helfen, mit diesem Fawkes fertigzuwerden.

Der bloße Gedanke an all diese Möglichkeiten erschütterte ihn. Kein Wunder, dass die meisten Leute Tag für Tag denselben ausgetretenen Pfaden folgten, sich in ihre Büros und Werkstätten und Kanzleien und Praxen quälten und notfalls in Therapie gingen, nur um nicht ständig über dieses Knäuel von Möglichkeiten nachdenken zu müssen.

Green holte sein Notizbuch hervor und schrieb los.

Thistle und Hunch sind weg. Ist Fawkes weiter gefährlich?
Ist Samuel Black gefährlich?
Wer ist Nick?
Ist Elizabeth gefährlich?
Ist es schlimm, wenn etwas gefährlich ist?

Er erwischte sich dabei, wie er wieder an seinem Stift kaute. Es waren alles die falschen Fragen. Es ging nicht wirklich darum, ob etwas gefährlich war. Was war richtig? Was war echt?

Er blickte auf und sah, dass Elizabeth ihn schweigend von

der Seite beobachtete, das Gesicht sphinxenhaft, das leiseste aller Lächeln auf den Lippen.

»Was steht denn in dem Buch?«, fragte sie.

»Die Zukunft«, sagte Green, ohne zu zögern.

»Die steht in deinem Buch?«

»Sie steht drin, weil ich sie hineinschreibe.«

Elizabeth nickte und schwieg.

Green räusperte sich. »Kann ich … kann ich etwas fragen? Was … machen wir hier? Ich meine … wirklich.«

»Wir sitzen«, sagte Elizabeth und lächelte.

»Nein«, sagte Green. »Nicht wirklich.«

»Wir … wir verändern uns, nehme ich an. Ich bin hierhergekommen, weil ich dachte, dass mir die anderen helfen könnten. Diejenigen, die Fawkes entkommen sind, und auch die, die die ganze Zeit lang hier gelebt haben. Ich dachte, es wäre besser, nicht so allein zu sein. Aber sie haben zu viel Milch getrunken, und jetzt sind sie zu nichts zu gebrauchen. Sie wollen sich nur verstecken, das ist alles. Sie denken nicht wie ich – niemand denkt wie ich, niemand hat wie ich ein Horn verloren. Es war ein Fehler hierherzukommen.«

»Kein Fehler!«, wollte Green sagen. Wie konnte es denn ein Fehler sein, dass sie beide hier in diesem Zimmer saßen und sich unterhielten? Ein Wunder vielleicht, aber sicher kein Fehler. Doch dann schwieg er. Was Elizabeth da sagte, war vielleicht die Wahrheit, aber die *ganze* Wahrheit war es nicht. Er konnte es spüren.

»Und jetzt?«

»Ich werde zurück in die Stadt fahren und es anders versuchen«, fuhr Elizabeth fort. »Mit Julius und den Flöhen vielleicht, so wie ich es zuerst geplant hatte. Fawkes ist geschwächt, er muss geschwächt sein, ohne Thistle und Hunch …« Ihre Stimme verlor sich zwischen Möbeln und Vorhängen.

War das ihr Plan gewesen? Fawkes zu schwächen, indem sie Thistle und Hunch ausschaltete?

»Dieser Mann, Fawkes … hat er es verdient?«, fragte Green. Es kam ihm so vor, als hätte er diese Frage schon viel zu oft gestellt, früher, in einem anderen Leben. Die Antwort war immer die gleiche.

»Ja! Oh ja!«

Elizabeths Augen waren kalte schwarze Steine.

Green wollte ihr sagen, dass sie nicht allein war. Er würde ihr helfen und denken wie sie, und wenn er nicht wie sie denken konnte, würde er eben gar nicht denken. Doch vielleicht war auch das nicht die ganze Wahrheit. Er schwieg einen Hauch zu lang, und der Augenblick verstrich.

Auf einmal wurde die Stille von einem zufriedenen Schmatzen unterbrochen.

Das Legulas war aufgewacht und hatte in der Tasche anscheinend etwas Fressbares gefunden. Bei der Nahrungsquelle konnte es sich eigentlich nur um Geld oder Greens Unterwäsche handeln, also fischte er das Leguanwesen schnell aus der Tasche. Tatsächlich! Es kaute zufrieden auf einem feuchten Bündel Geldscheine herum. Green setzte sich das Legulas hastig auf den Schoß und versuchte, ihm das Geldbündel wieder wegzunehmen.

Das Legulas knurrte possierlich.

»Was beim Pan …?«

Elizabeth war aufgesprungen. In ihrem Gesicht lag auf einmal so ein erschrockener, feindseliger Ausdruck, dass Green schützend eine Hand auf das Legulas legte.

»Was ist?«, fragte er. »Stimmt etwas nicht?«

»Ich … ich bin mir nicht sicher«, sagte Elizabeth mit zitternder Stimme. »Ich habe noch nie einen gesehen. Aber … aber … ich glaube … das ist ein Drache …«

Elizabeth war aufgestanden und schnurstracks zur Tür hinausgegangen. Hinausgetaumelt, genau genommen, wie auf der

Flucht. Green spürte ihre Abwesenheit wie einen kalten Hauch. Er fröstelte. Irgendwo tickte eine einsame Wanduhr.

Green kraulte gedankenverloren das Legulas, um es über den Verlust des Geldbündels hinwegzutrösten, und vor allem auch, um einfach irgendetwas kraulen zu können. Vielleicht hatte sie es ja nicht böse gemeint? Vielleicht war sie nur allergisch? Ein Drache? Und wenn schon? Was in aller Welt war denn so schlimm an Drachen?

Das Legulas war schnell versöhnt und begann, Green freundschaftlich die Hand zu lecken. Es war wirklich gewachsen, der Schädel breiter, die Schnauze länglicher, sogar die Punkte auf der Zunge waren größer als zuvor. Wie groß es wohl werden würde? Groß wie ein Flusspferd? Größer? Er wusste nicht besonders viel über Drachen. Sie spuckten Feuer, konnten fliegen und entführten gelegentlich Jungfrauen – keine Verhaltensweisen, die Green je an dem Legulas beobachtet hatte. Aber vielleicht war es ja einfach noch zu jung dafür.

Als Green das Legulas beruhigt hatte – oder das Legulas Green, so genau ließ sich das nicht unterscheiden, begann auf einmal die Schnecke, Probleme zu machen. Green entdeckte sie zuerst auf seinem Unterschenkel und steckte sie zurück in die Tasche. Die Schnecke schien aufgeregt – so aufgeregt, wie man als Schnecke eben sein konnte. Egal wie oft Green sie zurück in ihr Häuschen stupste, jedes Mal machte sie sich wieder auf und davon, Greens Hosenbein hinunter, Richtung Fußboden, erstaunlich fix. Wo sie wohl hinwollte? Schließlich ließ ihr Green ihren Willen und beobachtete, wie sie über den Parkettboden eilig der Türe zuschneckte.

Aha.

Green stand auf, pflückte das Weichtier vom Parkett, öffnete die Tür – und hätte sie um ein Haar gleich wieder zugeworfen. Im angrenzenden Zimmer stand eine schillernde, schneckenbesetzte Gestalt und streckte sehnsüchtig die Hände nach ihm aus.

Oder vielleicht gar nicht wirklich nach *ihm*.

Sobald sich Green von seinem Schrecken erholt hatte, setzte er seine Schnecke auf die glatte, feuchte, fordernd ausgestreckte Handfläche und trat vorsichtig einen Schritt zurück.

Es folgte eine Szene überschäumender Wiedersehensfreude, bei der die durchscheinende Dame fast ganz unter feinem weißem Schneckenschaum verschwand.

Green sah mit einer gewissen Wehmut zu, wie die anderen Schnecken ihre verloren geglaubte Schwester begrüßten. Die Dame musste eine der Flüchtigen in Roses Wohnung gewesen sein, ja, so hing es zusammen! Er hatte doch gewusst, dass die Schnecke ein Indiz gewesen war! Aber nun war der Fall gelöst oder zumindest vorbei, und es schien sinnlos, unnötig weiter an Beweismaterial festzuhalten, vor allem, wenn das Beweismaterial ständig Salat vertilgte. Sie hatte es bei ihm gut gehabt, trotz gelegentlicher Meinungsverschiedenheiten, und Green bemerkte mit so etwas wie Stolz, dass sie jetzt sogar ein wenig größer und glänzender war als ihre Schneckenkollegen.

Green lächelte gerührt. Im nächsten Moment hielt er vor Schreck den Atem an, denn die schleimige Schneckenfrau hatte auf einmal beide Arme um ihn geschlungen und drückte ihm einen weichen, kalten, ausgesprochen nassen Kuss auf den Mund. Green schnappte entsetzt nach Luft, aber die Dame ließ nicht so einfach von ihm ab, sondern beugte sich noch weiter vor, um ihm mit regennasser Stimme etwas ins Ohr zu raunen, süß und vertraulich, wie ein Geschenk.

»Gehe schnell! Sieh selbst!«

Sehen? Was denn? Als sich Green endlich aus ihrer feuchten Umarmung gewunden hatte, griff die Schneckenfrau noch einmal nach seinem Ärmel und blickte ihn eindringlich mit ihren schönen regennassen Augen an.

»Dies ist kein Märchen!«

Green riss sich los und rannte mit seiner Reisetasche und dem Legulas aus dem Zimmer.

21. Drachenblut

Als Green wieder aus dem Haus trat, regnete es. Gräser tropften, Blätter glänzten, und jeder Tropfen auf seinem Gesicht war wie ein erneuter Kuss der Schneckenfrau. Green hatte es bis vor die Hainbuche geschafft, das Legulas mehr schlecht als recht wieder in der Reisetasche verstaut, als sie zu dritt auf ihn zukamen, eine kleine, aber entschlossene Phalanx, rechts Birdwell mit seiner Flohkiste, links Rose mit scharfen blauen Augen und in der Mitte Elizabeth.

Green stellte die Reisetasche ab, um beide Hände frei zu haben, und wartete. *Gehe schnell* hatte die Schneckenfrau gesagt (sie musste gerade reden, die Schnecke!), aber nicht warum und wohin. Sicher, er konnte einfach losrennen und Rose abhängen und wahrscheinlich auch Birdwell. Aber irgendetwas sagte Green, dass er nie und nimmer Elizabeth abhängen würde, schon gar nicht mit dem schweren, unhandlichen Legulas im Schlepptau, schon gar nicht in diesem zähen, eigenwilligen Bernsteinwald. Und er würde das Legulas nicht im Stich lassen. So viel stand fest.

»Hallo«, sagte er unschlüssig. »Keine Sorge. Wir wollten gerade gehen.«

Rose spannte einen geblümten Regenschirm auf.

Elizabeth nahm ihre Augen keinen Augenblick von dem Legulas, das wieder aus Greens Tasche ragte. Green spürte, wie seine Hand wie von selbst in die Jacke zu seinem Messer wanderte. Doch dann lächelte die Gehörnte plötzlich, ein wahres Cheshire-Katzen-Grinsen.

»Wir gehen alle«, sagte sie fröhlich und zog sich wieder ihre grüne Mütze über. »Komm doch einfach mit!«

»Ich? Alle? Ich dachte …« Waren Drachen doch nicht so unbeliebt, wie er angenommen hatte? Oder war das hier nur irgendeine Art von Trick?

»Jaja«, sagte Rose ungeduldig. »Wir dachten alle. Aber, ehrlich gesagt, ich kann mir einfach nicht jeden Tag anhören, wie alt ich aussehe, und wenn ich jetzt mit ihnen durch den Wald tanze, tut mir die Hüfte weh. Und das ständige Gebettel nach Milch macht mich wahnsinnig. Emily wird mich nicht vermissen. Morgen wird sie vergessen haben, dass ich je hier war. Außerdem nehme ich an, dass das hier noch nützlich sein könnte.«

Sie zog die Feder hinter ihrem Ohr hervor und hielt sie Green unter die Nase. Die Feder hatte schon bessere Zeiten gesehen, jetzt war sie zerzaust und voller rostrot getrockneter Blutflecken.

Green guckte unschlüssig. *Vergiss die Feder nicht!* hatte Rose geschrieben. Was genau hatte es mit der Feder auf sich? Nun, jetzt konnte er einfach fragen.

»Na und?« Green hatte gelernt, dass vage, schwammige Fragen manchmal die besten waren.

»Es sieht aus wie eine Feder, stimmt's?«, sagte Rose.

Das ließ sich nicht leugnen. Green nickte.

»Aber eigentlich ist es ein Schlüssel!« Rose grinste ihn etwas undamenhaft an. »Wenn man die Feder trägt, lässt einen das Labyrinth in Ruhe, und man muss sich nicht tagelang…« Sie hielt inne und musterte Green mit plötzlichem Misstrauen. »Wie haben *Sie* es eigentlich so schnell hierhergeschafft?«

Ein Labyrinth also! Warum nicht? Green dachte zurück an die klebrige, aufdringliche Zeit im Wald und daran, wie die Bäume das Legulas verhätschelt hatten, und guckte hinunter auf die grünfelligen Extremitäten, die da aus seiner Tasche ragten. »Das Labyrinth mochte es, nehme ich an… Sehr sogar. Die Bäume, äh… sie haben uns einfach den Weg gezeigt.«

Green wagte gar nicht daran zu denken, wie viele Therapiestunden er brauchen würde, um über das Bild von animiert gestikulierenden Ästen und tätschelnden Blätterhänden hinwegzukommen.

Elizabeth grinste. »Die alte Freundschaft zwischen Drachen

und Labyrinthen. Wenn Fawkes nicht wäre, könnten wir ihn einfach hierlassen.«

»Nein«, sagte Green entschieden.

»Das ist also der Drache«, sagte Birdwell und stupste den felligen Schwanz neugierig mit dem Finger. Im Regen hatte das grüne Fell des Legulas zu dampfen begonnen.

»Ein Teil von ihm«, sagte Green, dann, nach einem Moment des Nachdenkens: »Es ist mir zugelaufen. Es ist ein guter Drache.« Er stellte sich schützend über die Reisetasche und versperrte Julius die Sicht.

Elizabeth legte wieder ihre Hand auf Greens Arm. Noch vor einer Stunde hätte ihn das bezaubert und verwirrt, aber nun beäugte er ihre schlanken Finger beinahe mit Misstrauen. Was hatte sie mit dem Legulas vor?

Elizabeth lachte ihr bitteres Menschenlachen. »Oh, wir wollen ihm nichts tun«, sagte sie. »Baal und Pan, wir *können* ihm wahrscheinlich gar nichts tun. Aber wir müssen ihn verstecken. Wenn Fawkes ihn findet ...« Sie brach ab, und Green füllte das Schweigen mit schrecklichen Bildern von eingesperrten, untererernährten, misshandelten Jungdrachen.

»Du musst verstehen«, sagte Elizabeth leise und vertraulich, so als dürften nicht einmal die Bäume ringsum ihre Worte hören. »Ich habe etwas, so etwas wie einen Köder für Fawkes, einen sehr speziellen Köder. Plan B. Aber wenn Fawkes den Drachen zurückbekommt, hat er vielleicht keinen Appetit mehr auf meinen Köder. Deswegen bin ich vorhin so erschrocken. Er *muss* Appetit haben. Fawkes *darf* den Drachen nicht finden!«

Green tauchte widerwillig aus ihren dunklen Augen auf und nickte. So weit, so gut. Traute er ihr? Nicht wirklich, nicht mehr – was auch immer zwischen ihnen vorgegangen war, als sie ihm vorhin das Ei geschenkt hatte, war nun einer seltsamen, einstudierten Schläue gewichen. Trotzdem glaubt er nicht, dass sie ihn einfach so direkt anlügen würde. Konnte sie überhaupt lügen? Irgendwo hatte er gelesen, dass magische Wesen nicht lügen dürfen, aber wahrscheinlich war das Unsinn. Streng genommen durften Menschen auch nicht lügen, aber wenn man sich die Welt heute so ansah …

Sie musterten sich einen Moment lang, prüfend und vielleicht mit leisem Bedauern.

»*Spring ins Fell!*«, rief Birdwell plötzlich mit überraschendem Elan. »Passen wir denn alle in den Porsche?«

»Der Porsche, äh, schläft«, sagte Elizabeth. »Sehr tief. Unter einem Baum.«

Green glaubte zu sehen, wie so etwas wie Erleichterung über Birdwells Züge huschte.

»Warum nehmen wir nicht einfach alle den Zug?«, fragte er.

Später, als sie alle die Landstraße entlanggingen, drehte sich Green noch einmal zu Eden End um. Ein Happy End war es wahrscheinlich nicht, aber auch nicht gerade ein tragisches Ende. Green vermutete, dass es gar kein Ende war. Er sah Blätterhände, die ihnen, oder wohl eher dem Legulas, aus dem Grün nachwinkten, drehte sich entschlossen um und folgte den anderen, die Straße hinunter.

Emily saß auf der Veranda, ließ die Beine baumeln und sah dem Regen beim Tropfen zu.

Tropftropftropf.

Jedes Mal, wenn ihre Füße das Holz unter ihr berührten, gab es ein Klonk.

Klonkklonkklonk.

Tropftropftropf.

Sie wünschte sich, dass ihre Eltern zurückkommen würden oder der Milchmann oder wenigstens Rose, obwohl mit Rose vorhin eigentlich nicht besonders viel anzufangen gewesen war.

War das wirklich Rose gewesen, so alt und ernst?

Wahrscheinlich nicht. Rose war schließlich erst im letzten Jahr nach London gezogen, ohne irgendjemandem die Wahrheit zu sagen, ohne sich groß um Emily zu scheren. Aber sie hatte ihr vergeben und ihr eine Feder geschickt, damit Rose jederzeit zurückkehren konnte.

Vielleicht würde sie ja schon bald hier sein, zu ihrem Geburtstag zum Beispiel, und ihr eine Haarspange schenken.

Nur noch fünf Tage. In fünf Tagen war ihr Geburtstag.

Jemand glitt neben sie auf die Veranda und ließ ebenfalls die Beine baumeln.

Klonkklonkklong.

Tropftropftropf.

Bampf.

Jedes Mal, wenn der buschige Fuchsschwanz gegen das Holz schlug, gab es ein saftiges Bampf.

»Sie kommen nicht wieder«, sagte Mr. Fox mit einer gewissen Genugtuung. »Wir sind frei.«

»Frei«, wiederholte Emily. »Frei!«

Es klang leer.

Sie erinnerte sich noch an die Besucher, die schöne Frau in Schwarz, den Mann mit dem Messer und den anderen, den nervösen Mann mit der Kiste, trotzdem war es so, als könnte sie sie nur wie durch Nebel sehen, weich, undeutlich, schon verschwommen.

»Irgendetwas stimmt nicht mit mir«, sagte sie leise. »Irgendwas, aber ich weiß nicht, was. Es ist, als würden die ganze Zeit Dinge hinter meinem Rücken passieren, immer nur dann, wenn ich nicht hinsehe. Solange ich hinsehe, passiert nie etwas. Und ich glaube, ich habe irgendetwas Wichtiges vergessen.«

»Ach was!«, rief Mr. Fox. »Warum denn so melancholisch, Mistress Emily? Lasst uns ein Spiel spielen!«

»Ein neues Spiel?«, fragte Emily begierig.

»Es gibt keine neuen Spiele«, sagte der Fuchs. »Nur gut gespielte.«

Glücklicherweise hatte Green am Schalter daran gedacht, Sitzplätze in der ersten Klasse zu reservieren, und so konnten sie sich alle in einem leeren Abteil ausbreiten. Draußen auf dem Bahnsteig eilten Leute vorbei, jung und alt, mit Kindern und Hunden, Koffern, Kuchen und Fahrrädern, aber bisher hatte sich noch niemand zu ihnen ins Abteil getraut. Kein Wunder, dachte Green. Elizabeth blickte ständig nervös zum Fenster hinaus und warf den Passanten böse Blicke zu, Rose trug noch immer stolz ihre blutgetränkte Schwanenfeder hinter dem Ohr, und das Legulas schnarchte laut und unerklärlich unter dem Sitz hervor. Birdwell, der sich ständig über das grelle Tageslicht beklagte, hatte in einem Spielzeugladen am Bahnhof eine knallrote Kindersonnenbrille gefunden, hockte nun in der dunkelsten Ecke und flüsterte halblaut in seinen Flohkasten hinein. Da konnte Green unauffällig aussehen, solange er wollte, gegen diese Gesellschaft kam er einfach nicht an.

Green rutschte unbehaglich auf seinem Sitz herum. Wann fuhr der verdammte Zug denn endlich los? Er sah, wie die Leute draußen ihm seltsame Blicke zuwarfen, und begann zu schwitzen. Er *brauchte* seine Unauffälligkeit! Unauffälligkeit war das erste Gebot von … nun, von was eigentlich? Er war es jedenfalls nicht gewohnt, Teil eines Teams zu sein, schon gar nicht *so* eines Teams. Er arbeitete lieber allein. Seine letzte Zusammenarbeit war eine Katastrophe …

Die Tür des Wagens glitt auf, und eine Frau mit Regenschirm und dezentem Oberlippenbart schnaufte herein. Sie blieb einen Moment lang stehen, öffnete und schloss den Mund wie ein Fisch, dann plumpste sie einfach ungefragt in den freien Sitz neben Rose, Green direkt gegenüber. Sie kam ihm sofort verdächtig vor – welcher normale Mensch würde sich schon einfach so zu ihnen setzen, wenn der ganze Wagen frei war? Vielleicht war sie aber auch nur in Tratschlaune und wollte Unterhaltung? Da war sie bei ihnen aber an die Falschen geraten!

»Was für ein Wetter!«, ächzte die Frau und faltete umständlich ihren Regenschirm zusammen. »Und das soll bis Mittwoch so bleiben!«

»Hmm!«, grunzte Green. Wenn ihn seine Detektivkarriere etwas gelehrt hatte, dann war es, wie man mit unverbindlichen Geräuschen ein Gespräch bestritt.

Er schob die schnarchende Tasche mit dem Legulas tiefer unter den Sitz und sah sich nervös um. Elizabeths Kopf sank plötzlich auf seine Schulter. Sie hatte die Augen geschlossen und tat so, als würde sie schlafen, um die Schnarchlaute des Jungdrachen zu verbergen. Rose hatte auf einmal ein Mobiltelefon in der Hand und begann, möglichst laut verschiedene Klingeltöne auszuprobieren, Birdwell stimmte halblaut ein Lied an, in dem es um Blut ging.

Green seufzte. Sie waren eine Art Team, keine Frage, wenn auch kein besonders kompetentes.

Nichts von dem Lärm schien die Bärtige sonderlich zu beeindrucken.

»Ein guter Tag für eine Zugfahrt, jedenfalls. Man sitzt im Trockenen und sieht die Welt. Und man trifft immer irgendjemand Interessanten, nicht wahr?«

Green schwieg und gab sich Mühe, so uninteressant wie möglich auszusehen. Es half nichts.

»Wo geht es denn heute hin?«

Green brummelte etwas, das »London«, »Liverpool« oder sogar »Leeds« hätte heißen können.

Die Frau mit dem Bart wandte ihre Aufmerksamkeit unverdrossen Elizabeth zu. »Ist das Ihre Freundin? Sie ist sehr müde, nicht wahr?«

War Elizabeth seine Freundin oder auch nur überhaupt eine Freundin? Green wusste es nicht.

Laut sagte er »ja«, ohne zu wissen, ob er damit die Freundschaft oder die Müdigkeit meinte – oder gar nichts.

»Sie arbeitet sicher zu viel. Es ist eine Zumutung, wie viel die jungen Leute heutzutage arbeiten müssen. Die Alten sagen immer, die Jugend ist faul, aber was mein Neffe so alles …«

Die Frau kramte ein kariertes Tuch aus ihrer Handtasche hervor und schnäuzte sich unelegant. »Hach, der verdammte Frühling!«

Draußen war ein Pfiff zu hören. Endlich!

Der Zug ruckelte und röchelte, dann rollte er gemächlich los.

»Emm«, murmelte Green und dachte dabei nach. Elizabeth arbeitete zweifellos eine Menge, aber an was genau arbeitete sie? Eine einfache Rachegeschichte? Auch wenn Green normalerweise eher mit zerkratzten Autos oder Facebook-Verleumdungen zu tun hatte, wusste er: Rache war selten einfach. Und ging es ihr wirklich nur um das Horn?

Die Mitfahrerin ihm gegenüber war endlich mit dem Schnäuzen fertig und lächelte Green rotnasig an. »Bei uns war das anders. Wir haben gearbeitet, ja, aber wir haben uns auch amüsiert. Vielleicht sollten Sie mit Ihrer Freundin mal wieder tanzen gehen!«

Green stellte sich vor, wie Elizabeth in einer Disco aussehen würde, fließend und flackernd im Schein bunter Lichter. Sie würde dort gut hinpassen, sehr viel besser als in einen Zug. Es gab nicht wirklich richtig und falsch, sondern immer nur richtig und falsch *für etwas*. Green hätte jetzt gerne sein Notizbuch hervorgeholt, um sich das aufzuschreiben, aber er wollte der lästigen Bartdame so wenig Angriffsfläche wie möglich bieten.

Vielleicht sollte er sich auch schlafend stellen, um die Dicke endlich loszuwerden? Green schloss also einen Moment die Augen und lauschte auf das beharrliche Stampfen des Zuges und auf Elizabeths Atem, leicht und schnell wie der eines Tieres. Ob ihr Herz wohl auch so schnell schlug? Green spitzte die Ohren, aber er hörte kein Herz.

Etwas zupfte ihn am Ärmel.

Er riss die Augen auf, und seine Hand schnellte reflexartig zu der Tasche mit dem Messer, aber es war nur wieder die Bärtige. Sie rollte ihre Augen hinüber zu Julius, der selbstvergessen mit den Flöhen in der Kiste kommunizierte, dann zurück zu Green, dann wieder zu Julius.

»Ich glaube, Sie sollten ein Auge auf diesen jungen Mann da haben«, flüsterte sie. »Mit dem stimmt etwas nicht…«

Birdwell verhielt sich tatsächlich auffällig. Damals in Greens Büro hatte er eigentlich nur ein wenig verschreckt gewirkt, ein junger Mann in Schwierigkeiten, aber jetzt… das ganze Flüstern und Singen und die alberne Sonnenbrille? Birdwell, der ihm früher eher ein wenig ätherisch vorgekommen war, schien nun von einer wilden, nervösen Energie erfüllt. Kein Zweifel, irgendetwas Seltsames ging hier vor – aber was?

»Hmpf!« Allmählich hatte Green sein Repertoire an sinnfreien Grunzlauten erschöpft.

Die Frau guckte ihn säuerlich an und gab endlich auf. Sie holte eine Zeitung hervor und begann zu lesen.

Drinnen im warmen Dunkel des Flohpalasts hatten die verbleibenden 32 Flöhe einen Kreis gebildet und waren damit beschäftigt, Julius Birdwell zu hypnotisieren.

Licht! Licht! Licht! summten sie.

Licht war normalerweise kein beliebtes Thema bei ihnen, aber in diesem besonderen Fall war es wichtig für den Plan, einen kühnen, sprunghaften, glorreichen Plan.

Mehr Licht! zirpte Tesla.

Spring ins Hell! versuchte es Cleopatra. Aber da waren sie bei Julius an der falschen Adresse. Er hatte schon zu viel von ihrem

Flohsaft abbekommen, um sich noch groß für Licht begeistern zu können. Sie spürten, wie er unruhig wurde, sich weiter in seine dunkle Ecke zurückzog und schützend eine Hand auf den Flohpalast legte. Normalerweise hätte dieses Verhalten ihre Zustimmung gefunden, aber nicht heute. Sie fühlten sich tollkühn und sprungbereit und versuchten, Julius mit allen Mitteln dazu zu bewegen, den Palastdeckel zu öffnen.

Denn dort draußen wartete etwas Wunderbares auf sie: ein Wirt, nein, der Wirt aller Wirte, appetitlicher und verlockender als alle anderen zusammen. Nie hatten sie süßeren Blutduft gewittert, nie einen stärkeren, geheimnisvolleren Herzschlag gehört. Es würde ein Gelage werden, ein wahres Festmahl, ein Höhepunkt ihrer Flohkarriere. Nichts konnte sie davon abhalten, Licht oder nicht, außer natürlich der verdammte Deckel.

Diese Ungeduld war eine neue Erfahrung für die Flöhe, aufregend und frustrierend zugleich.

Früher waren sie einfach nur gesprungen, wenn es sich so ergeben hatte, aber nun konnten sie ihre Sprünge auch denken, planen, wünschen. Gedankensprünge. Es war eine wunderbare Sache und vervielfachte die Freude am Sprung tausendfach. Dummerweise vervielfachte es auch den Ärger über jeden Nicht-Sprung.

Wenn Julius nur endlich den Deckel aufgemacht hätte! Die Flöhe, wild entschlossen, versuchten es wieder:

Licht! Licht! Licht!
Licht schreckt uns nicht!

Green tat so, als würde er aus dem Fenster sehen, um die Bärtige nicht durch Blicke zu erneuten Unterhaltungsversuchen zu provozieren. Wassertropfen jagten sich über die Glasscheibe, verschmolzen, formten zusammen Inseln und Flüsse und trennten sich schließlich wieder, auf der Suche nach neuen Gefährten. Hinter den Wassertropfen schwebte schemenhaft

Greens Spiegelbild, blass, aber sichtbar. Er musterte sich zum ersten Mal seit langem mit so etwas wie Interesse. Elizabeth und Birdwell und selbst Rose sahen alle irgendwie *aus*, klar und scharf gezeichnet, unverkennbar, aber er, Green? Natürlich hatte er eine ungefähre Vorstellung von seinem Äußeren – eher groß, eher kräftig, dunkle Haare, Schuhgröße 43 –, aber nicht wirklich ein klares Bild. Doch jetzt sah er genauer hin. Ausgeprägtes Kinn, schmaler Mund, einige harte Linien um die Augen. Green war überrascht davon, wie *eckig* er aussah – von innen kam er sich irgendwie runder vor.

Irgendwann ertappte er sich dann dabei, dass er wirklich aus dem Fenster blickte, wo Felder, Bäume, Häuser und regennasse Industrieanlagen in schöner Monotonie vorbeizogen. Die Welt! Irgendwie erschien sie Green heute blasser als sonst, unwirklich, flach und fern wie ein Film. Die winkenden Bäume und verspielten Schnecken von Eden End waren ihm echter vorgekommen. Vielleicht war die Welt da draußen ja so etwas wie ein Betrug?

Green überlegte gerade, ob er es riskieren konnte, diese neue Erkenntnis in seinem Notizbuch festzuhalten, als Julius Birdwell plötzlich mit einem beachtlichen Satz aus seinem Sitz hervorsprang, »Spring ins Hell!« rief, sich die Sonnenbrille von der Nase riss und die Flohkiste aufklappte. Alle starrten ihn an, sogar Elizabeth, die für einen Moment das Schnarchen vergaß. Julius blinzelte mit geröteten Augen verwirrt ins Licht, dann schrak er wieder in seine Ecke zurück.

Im nächsten Moment war im Zug die Hölle los.

Das Legulas, das eben noch friedlich geschlafen hatte, fuhr auf einmal unter der Bank hervor wie ein grüner felliger Blitz, wälzte und drehte sich auf dem Fußboden, zischte und fauchte. So schlechter Laune hatte Green es noch nie erlebt. Er wollte gerade nach seinem Haustier greifen, als der Jungdrache anfing, aufgeregt kleine bläuliche Flämmen hervorzurülpsen, erst schüchtern, dann immer selbstbewusster. Endlich gelangen ihm hübsche zielgerichtete Flammen von grünem Feuer. Zu jedem anderen Zeitpunkt wäre Green stolz auf ihn gewesen.

»Baal und Pan!«, flüsterte Elizabeth.

»Holy Shit!«, sagte Rose. Solche Derbheiten hätte ihr Green gar nicht zugetraut.

Das Legulas drehte den Kopf und schickte sich eine wohlgeformte Armada blaugrüner Flammen den grünbefellten Rücken hinunter. Die kleinen Flügelchen flatterten aufgeregt. Es wurde heiß im Abteil.

»Meine Flöhe!«, brüllte Julius. »Er versengt meine Flöhe!«

Er wollte sich auf den Drachen stürzen, aber Green warf sich schützend dazwischen.

Roses geblümter Regenschirm fing Feuer.

Green gelang es, das tobende Legulas am Schwanz zu packen und auf seinen Schoß zu zerren, und verbrannte sich dabei die Hand.

»In die Kiste!«, donnerte Julius überraschend autoritär. »Alle! Sofort!«

Der Kistendeckel fiel zu, das Legulas nieste eine letzte kleine Flamme hervor, dann saß es einfach nur aufgeregt hechelnd auf Greens Schoß.

In der plötzlichen Stille war ein dumpfer Plumps zu hören, als die bärtige Dame ohnmächtig von ihrem Sitz kippte.

Sie blickten sich ratlos an.

»Vielleicht sollten wir sie umlegen?«, sagte Elizabeth leise.

»Ermorden?«, hauchte Rose entsetzt.

»Nein«, sagte Elizabeth kühl. »Einfach nur umlegen. In einen anderen Wagen. Wenn sie hier aufwacht, gibt es Ärger.«

Die Gehörnte hatte Recht. Wenn die bärtige Dame wieder zu sich kam, musste sie irgendwo sein, wo sie nicht mit ihren wurstigen Fingern auf das Legulas zeigen konnte.

Der Feueralarm heulte los. Elizabeth sprang auf.

»Schnell!«

Green setzte das noch immer schwer atmende Legulas neben

sich auf den Sitz, packte die Frau unter den Achseln und zog. Rose und Elizabeth sprangen zu Hilfe, griffen sich je ein Bein und schoben. Mit vereinten Kräften schafften sie es, die Dicke bis an das Ende des Wagens zu schleifen.

»Wohin?« Elizabeth blickte sich nach allen Seiten um, die Augen weit und blank wie Rehaugen.

»Toilette!«, rief Rose und zeigte auf eine Tür. Glücklicherweise war gerade nicht besetzt. Sie setzten die Bärtige also an der dafür vorgesehenen Stelle ab, schlossen die Tür und hasteten zurück auf ihre Plätze.

Am anderen Ende des Wagens war bereits ein Schaffner zu sehen, der mit scharfen Schritten den Zug entlanggeeilt kam und prüfende Blicke nach links und rechts warf.

Julius hörte auf, in seine Kiste hinein zu schimpfen, Green spannte den zurückgelassenen Schirm der Dame auf, um das Legulas dahinter zu verbergen. Rose kramte wieder ihr Mobiltelefon hervor und begann, animiert mit einer imaginären Freundin in Knightsbridge zu telefonieren, Elizabeth glitt neben Green und legte schnarchbereit ihren Kopf auf seine Schulter.

Der Schaffner blieb direkt vor ihnen stehen und schnüffelte.

»Hier riecht es nach Rauch!«, stellte er fest.

Das war untertrieben – ein dicker schwarzer Dunst hing in der Luft, und Legulas' erste Feuerspeiversuche hatten auf den Sitzen und dem Fußboden münzgroße kockelnde Flecke hinterlassen. Green setzte sich breitbeinig hin, um so viele wie möglich von ihnen zu verdecken.

»Ich, äh … es ist meine Schuld«, stotterte Julius plötzlich los. »Ich dachte mir, nur eine einzige Zigarette, nur eine. Ich bin süchtig, ich brauche das Zeug. Sehen Sie doch! Sehen Sie, wie ich zittere?«

Was für ein geschickter Lügner dieser Birdwell doch war! Er sah wirklich schlecht aus, blass und fahrig, mit blutunterlaufenen Augen und hohlen Wangen!

»In allen Zügen herrscht Rauchverbot!«

Der Schaffner ließ sich nicht so einfach beeindrucken und brummte Julius eine saftige Geldstrafe auf. Das geschah ihm recht, fand Green – seine Flöhe einfach so auf arglose Jungdrachen loszulassen!

Der Anblick von Julius' Kreditkarte besänftigte den Mann sichtlich. »Ankunft in Leeds in zwanzig Minuten«, brummelte er. »Der Anschlusszug nach London fährt von Gleis 12!« Er wünschte ihnen sogar noch eine angenehme Weiterfahrt.

Drachenblut, Drachenblut,
Drachenblut tut immer gut!

Drinnen im Flohpalast herrschte Hochstimmung.

Die Flöhe sprangen trunken durch die Kiste, prallten von den samtgekleideten Wänden, kicherten und hüpften weiter. Sie fühlten sich satt und trunken wie nie zuvor, geradezu unverwundbar. Drachenfeuer war über ihre kleinen Flohkörper hinweggefegt, und es hatte ihnen so gut wie gar nichts ausgemacht! Nun, heiß war es schon gewesen, und sie waren froh, erst einmal wieder in ihrer Kiste zu sein, doch bald würden sie wieder losziehen, weiter springen, tiefer stechen, tausend herzklopfende Abenteuer erleben!

Nur Lazarus Dunkelsprung, der Albinofloh, hielt sich von der allgemeinen Ausgelassenheit fern, rieb nachdenklich sein erstes Beinpaar aneinander und schwieg. Er hatte mehr Drachenblut abbekommen als alle anderen Flöhe zusammen, und es hatte ihn in eine gewisse Unruhe versetzt. Dunkelsprung verspürte einen nie gekannten Hunger, eine Neugier auf die Welt jenseits der Kiste, die ganze Welt, Licht und Schatten, hoch und tief, heiß und kalt.

Die kleingeistigen Flohkomplotte der anderen kamen ihm plötzlich unbefriedigend vor – er, Lazarus, wollte höher hinaus.

Lazarus Dunkelsprung fasste einen Entschluss, setzte sich in die Ecke und begann zu wachsen.

22. Verpuppt!

Die Ankunft in Leeds stellte die Reisenden vor ein neues Problem: Das Legulas hatte es selbst in der großen Aufregung geschafft weiterzuwachsen und passte nun beim besten Willen nicht mehr in die Reisetasche. Sie versuchten zuerst, es in Greens Jackett zu wickeln, dann in Roses Kamelhaarjacke. Zwecklos, irgendein Körperteil ragte immer hervor, meistens der Schwanz, und Elizabeth weigerte sich standhaft, ihnen Plan B zum Drachentransport zur Verfügung zu stellen.

Dann machte sich auf einmal wider Erwarten Julius Birdwell nützlich. Er stellte endlich seine Flohkiste ab und faltete aus der zurückgelassenen Zeitung der bärtigen Lady überaus schnell und geschickt eine Art Papierpanzer für das Legulas. Es sah jetzt zwar noch immer wie ein Drache aus – eigentlich sogar noch mehr als zuvor -, aber eben nur wie ein harmloser Papierdrache, und Green konnte ihn sich einfach unter den Arm klemmen.

Sie machten sich auf die Suche nach Gleis 12, voran Elizabeth, dahinter Rose und Julius, der wieder seine rote Sonnenbrille trug, den Kragen hochgeschlagen hatte und lichtscheu aus der Wäsche guckte. Ganz zuletzt kamen Green und das papierverzierte Legulas.

Green betrachtete beim Gehen nachdenklich Birdwells honigblonden Hinterkopf. Bisher hatte er von Julius und seinen Flöhen nicht allzu viel gehalten, aber wie schnell der Flohdompteur dem kleinen Drachen ein passendes Kostüm geformt hatte – das hatte ihn wider Willen beeindruckt. Es bedeutete, dass Julius sich das Legulas sehr genau angesehen haben musste – dass er sich vielleicht *alles* sehr genau ansah, Formen, Farben, Oberflächen, statt nur wie Green immer darüber nachzugrübeln, was sich wohl *hinter* den Dingen verbarg. Manchmal verbarg sich ja vielleicht gar nichts. Manchmal war vielleicht gerade die Oberfläche wichtig!

Natürlich traute Green Julius deshalb noch nicht so einfach über den Weg. Er hatte sich stark verändert, seit Green ihn zum ersten Mal in seinem Büro gesehen hatte. Wieso war er Elizabeth in der Schlacht gegen Thistle und Hunch nicht richtig beiseitegestanden? Was genau war dran an dieser Nixengeschichte? Und wieso verhielt er sich so ... so – lichtscheu?

Doch erst einmal hatte er andere Sorgen – sie waren alle damit beschäftigt, das noch immer rapide wachsende und überaus aktive Legulas zuerst im Zug, dann auf dem Bahnhof in London und schließlich in der U-Bahn versteckt zu halten.

Es stellte sich heraus, dass Julius Birdwell nicht nur Flohbändiger, sondern auch Juwelier war – mit einem kleinen Atelier nur zwei Stationen von Kings Cross entfernt. Sie beschlossen, sich bis dorthin durchzuschlagen, das Legulas, das inzwischen seinen Papierpanzer zu sprengen drohte, mehr schlecht als recht im Schlepptau. In der U-Bahn wurde Green dreimal angesprochen und gefragt, wo er das papiergepanzerte Legulas denn gekauft habe. Er sagte zweimal Harrods und einmal Liberty. Den Rest des Weges verbrachte er damit, Gott und der Welt zu misstrauen. Wieso guckte der Typ ihnen gegenüber so komisch? Hatte er die Frau mit dem roten Rock nicht schon am Bahnhof gesehen? Und wer war diese verdächtige Alte, die sie die ganze Zeit lang *nicht* anguckte?

Und noch jemandem traute Green auf einmal kein bisschen mehr: sich selbst. Seitdem das Legulas nicht mehr in die Reisetasche passte, verdeckte nichts mehr den Blick auf die anderen

Dinge, die sich dort so herumtrieben: die Messer, das ganze Geld und vor allem Samuel Black. Wer war dieser Black? Was hatte er in Greens Tasche verloren? Green umklammerte mit beiden Händen das Legulas und blickte starr geradeaus. Er wollte nicht wirklich Antworten auf diese Fragen. Er wollte noch nicht einmal sein Notizbuch aufschlagen und zu weit zurückblättern ...

Birdwells Atelier lag in einer kleinen, aber nicht unfeinen Seitenstraße. Sie schleppten das Legulas verlegen grinsend am Pförtner vorbei, hinauf in den zweiten Stock.

Birdwell schloss auf.

Green setzte das Legulas ab und sah sich um.

Zwei Räume, einer groß und glänzend und dann noch ein Nebenraum, alles ein bisschen wie sein Büro und doch vollkommen anders. Im Hauptraum gab es einen kleinen Empfangsbereich mit Glastisch, Designmagazinen und einem einschüchternd teuer aussehenden Wildledersofa. Kein Wasserspender, stellte Green mit einer gewissen Genugtuung fest. Mitten im Raum stand eine Art gläserner Tresen, daneben Vitrinen mit goldenem Glitzerzeug und an der gegenüberliegenden Wand eine große weiße Arbeitsfläche mit allerhand Werkzeugen und Apparaturen. Der Nebenraum schien vollgestopft mit all den nützlichen und wichtigen Dingen, die in der aufgeräumten Leere des Verkaufsraums keinen Platz gefunden hatten. Ein kleiner unordentlicher Schreibtisch, eine Kochnische, ein Kühlschrank. Wasserkocher. Telefon.

Julius Birdwell stolperte schimpfend ins Zimmer und begann, Jalousien herunterzulassen und Vorhänge zuzuziehen. Im Halblicht sah das Atelier dann auf einmal unerfreulich wie ein Sanatorium aus.

»Kommt endlich rein! Kommt! Na kommt schon!«, sagte Birdwell. Elizabeth glitt lautlos über die Schwelle.

Rose dagegen blieb draußen im Treppenhaus stehen und schüttelte entschlossen den Kopf.

»Ich gehe nach Hause«, sagte sie. »Ich habe meinen Teil getan. Sie sind in Sicherheit, nicht wahr, Mr. Fox und die anderen? Und das hier …« – sie warf einen Blick in den Raum – »ich bin einfach zu alt für so was.«

Green folgte ihrem Blick und verstand gleich, was sie meinte.

Elizabeth hatte sich sofort auf dem Sofa ausgestreckt, ihre Ebenholzhörner in scharfem Kontrast zu dem hellen Leder, Julius hielt seinen Flöhen in der Kiste eine Standpauke, und das Legulas schnüffelte interessiert an den Glasvitrinen und warf dabei aus Versehen einen Plexiglasstuhl um.

Einen Moment lang war sich selbst Green nicht sicher, ob das wirklich die richtige Gesellschaft für ihn war.

»Ich … ich muss mich um meine Zimmerpflanzen kümmern«, sagte Rose mit fester Stimme. »Und außerdem – manchmal sind Dinge einfach vorbei. Viel Glück!«

Sie drückte Birdwell ihre zerzauste Feder in die Hand, klopfte Green ermutigend auf die Schulter und eilte die Treppen hinunter, erstaunlich behände.

Julius Birdwell blickte ihr mit so was wie Neid nach.

»Hunger«, murmelte er. »Ich habe solchen Hunger.«

»Na endlich!«, rief Elizabeth vom Sofa.

Birdwell ging hinüber ins Nebenzimmer, wählte eine Nummer und bestellte zwei große Familienpizzen mit Käse, Pilzen, Salami und Oliven.

Es war ein seltsam leises Mahl, das sie da im Halbdunkel um den großen Glastresen versammelt einnahmen. Green fand es zuerst etwas unangemessen, sich mit anderen Leuten Familienpizzen zu teilen, aber dann langte er doch ordentlich zu.

Elizabeth stibitzte nicht allzu heimlich Pizzastücke von Greens Teller.

Das Legulas bettelte.

Nur Julius, der sich als Erster beschwert hatte, schob sein Pizzastück unentschlossen auf dem Teller hin und her.

»Doch keinen Hunger?«, fragte Green und drehte sich zu Birdwell um, um Elizabeth die Gelegenheit zu geben, weitere Pizzastücke zu mopsen. Es gefiel ihm, dass sie etwas von seinem Teller aß.

»Doch«, sagte Julius. »Ich habe schon Appetit. Sehr. Nur … nur eben nicht auf Pizza. Ich … ich weiß nicht wirklich, auf was.«

Elizabeth ging hinüber zum Fenster und beobachtete durch eine Ritze der Jalousie den Sonnenuntergang, der rötlich und ein wenig drohend in einer Lücke zwischen zwei Häusern stattfand.

»Abendrot, Schlechtwetter droht«, murmelte Julius.

Sie schwiegen.

Green kraulte das Legulas.

»Ich glaube, es ist Zeit für Plan B«, sagte Elizabeth in die Stille hinein.

Isaac Fawkes sitzt in einem Kaffeehaus, nippt geistesabwesend an einem Cappuccino und sucht in altersschwachen Folianten nach Diagrammen. Da! Hier steht es! Wenn das, was ihm der Mwagdu erzählt hat, stimmt, kann es nicht mehr lange dauern. Bei guter Ernährung – und für junge Drachen ist so gut wie jede Ernährung eine gute Ernährung – steht die erste Metamorphose kurz bevor!

Das bedeutet, dass die Camouflage des Schlüpflings langsam nachlassen dürfte und er nun auch für das unvorbereitete Menschenauge sichtbar ist. Ohne Zweifel wird der Drache bald irgendwo auftauchen, in der Zeitung, im Fernsehen oder gar auf YouTube. Er muss nur weiter die Augen offen halten.

Fawkes klappt seufzend seinen Folianten zu und blickt sich nach der Serviererin um. Nicht zum ersten Mal wünscht er sich, dass Thistle und Hunch zurückkehren würden oder sogar Lizzy, ja, vor allem Lizzy, die Schlange. Aber da sieht es natürlich schlecht aus.

Aus heiterem Himmel segelt plötzlich ein kleines rotes Flugzeug von der Kaffehausdecke und schickt sich an, in seinem Cappuccino notzulanden. Fawkes kann gerade noch den Folianten in Sicherheit bringen, dann schwappt Kaffee über den Tisch. Tasse und Flugzeug landen einträchtig auf dem Boden. Die Tasse zerschellt. Leute gucken.

Fawkes macht eine wegwerfende Handbewegung – halb so wild, kein Problem! – und beugt sich zu dem Unfallverursacher hinunter. Ein kleines rotes Flugzeug aus bemaltem Blech, nichts weiter als ein Kinderspielzeug. Durch den Absturz ist es übel mitgenommen worden. Ein Flügel ist ab, der Propeller zerbrochen, das Heck verbeult.

Einige Tische weiter entdeckt Fawkes das dazugehörige Kind. Er winkt die kleine feuchtäugige Kreatur mit einer Handbewegung näher, dann hebt er sorgfältig alle Teile auf, jede Schraube, jedes kleine Rädchen.

Er breitet alles säuberlich auf den Tisch aus, dort, wo der Cappuccino nicht hingeschwappt ist, und hält dramatisch die ringglitzernden Hände darüber.

Ein Fingerwackeln, ein Lächeln, ein geflüstertes Wort.

Als er die Hände wegzieht, ist das kleine Flugzeug wieder heil, mehr noch, der Propeller dreht sich sogar.

Fawkes zwinkert dem Kind zu.

»Aerodynamik«, sagt er. »Darauf kommt es an. Jetzt *kann* es fliegen.«

Der Einbruch der Dunkelheit schien einen höchst heilsamen Einfluss auf Julius Birdwell zu haben. Er zog sich endlich die lächerliche rote Sonnenbrille von der Nase und warf sie mit einem Ausdruck des Befremdens in den Abfall, dann verschwand er im Nebenzimmer und kehrte kurz darauf in frischgebügeltem weißem Hemd, eleganter, weiter Hose und weißen Leinenschuhen zurück, glatt, frisch und glänzend wie ein Aal. Er warf die Pizzakartons in den Abfall, dann setzte er sich neben Green an den Arbeitstisch und schenkte bernsteinfarbene Flüssigkeit in Gläser. Green roch alten Cognac und übertrieben frisches Aftershave.

Birdwell tätschelte dem Legulas unbeholfen den Kopf.

»Das ist also ein Drache, ja?«

»Anscheinend«, sagte Green. Er fühlte sich unrasiert.

»Was frisst er denn so?«

Elizabeth lachte leise.

»Alles Mögliche.« Green probierte einen Schluck. Nicht wirklich sein Fall. Er war froh, als ihm Elizabeth das Glas aus der Hand schnappte und in einem Zug leerte.

»Tatsächlich?« Birdwell hatte auf einmal einen bröseligen Keks in der Hand und schwenkte ihn provozierend vor der Schnauze des Legulas hin und her.

»Aus!«, sagte Green, der nicht wollte, dass das Legulas von Fremden Futter annahm, und tatsächlich: Der kleine Drache schnupperte nur kurz, verlor dann das Interesse und produzierte eine beachtliche Stichflamme.

Birdwell guckte zuerst schockiert, dann neugierig.

»Ich frage mich, ob man damit wohl Gold schmelzen könnte«, sagte er träumerisch. »Stellt euch vor – in Drachenfeuer geschmiedeter Schmuck! Dafür gibt es bestimmt einen Markt.«

»Soweit ich weiß, kann er so gut wie alles schmelzen«, sagte Elizabeth.

Das Legulas rülpste.

Birdwell schenkte sich nach.

Green hielt es auf einmal vor Ärger kaum aus und wusste selbst nicht, warum. Sie *verstanden* das Legulas nicht, keiner von ihnen! Er nahm den kleinen Drachen wortlos hoch und schleifte ihn hinüber zum Sofa. Dort setzte er ihn sich mit einiger Mühe auf den Schoß. Das Legulas war inzwischen so hoch wie ein Dobermann und mindestens zweimal so lang und hing hinten und vorneüber, die Schnauze auf dem Sofa, den Schwanz auf dem Boden zusammengerollt. Trotzdem schien es sich über den Platz auf Greens Schoß zu freuen und leckte ihm mit einer mittlerweile beachtlich langen Zunge feucht über das Gesicht. Früher oder später würde er ihm solche Späße abgewöhnen müssen.

»Sitz!«, sagte er halbherzig. »Platz! Aus!«

Inzwischen hatte Elizabeth die große Kiste hervorgeholt, die sie die ganze Zeit mit sich herumgeschleppt hatte, und trug sie hinüber zum Glastresen. Dann stand die Truhe einfach da, matt und seltsam vollkommen, und schluckte das Licht.

»Plan B!«, rief Julius Birdwell aufgeregt. »Endlich! Ladys und Gentlemen, treten Sie näher! Lassen Sie sich diese Chance nicht entgehen!« Er ging zum Tresen hinüber, den Cognac in der Hand.

Elizabeth zündete eine Kerze an.

Green wälzte sich das Legulas vom Schoß und schlenderte ebenfalls zum Tresen, halb schmollend, die Hände in den Hosentaschen.

Dann standen sie alle um den Tisch herum und starrten auf Plan B.

Elizabeths Hände strichen sachkundig über das Holz, klopften, drückten und prüften. Dann eine Abfolge schneller, wohlplatzierter Schläge mit der Handkante.

Die Truhe sprang auf.

Drinnen war so etwas wie ein aufwendig gewebter metallischer Stoff zu erkennen.

Das Legulas rannte quiekend und grummelnd vorbei.

Elizabeth griff in die Truhe, hob das metallische Gewebe heraus und faltete es auf. Eine Haut! Das Ding war so etwas wie eine Haut aus Metall, komplett mit einem ernsten, aber nicht unfreundlichen Gesicht und zwei Augen aus blauer Fayence.

Elizabeth begann, fachmännisch Fäden zu ziehen, Hebel zu drehen, Knöpfe zu drücken. Es hatte einen erstaunlichen Effekt – plötzlich schien sich die Haut mit Leben zu füllen, wölbte und bauschte sich, und in kürzester Zeit stand da ein lebensgroßer Messingmann. Nun, vielleicht ein wenig unterdurchschnittlich groß. Er reichte Green gerade einmal bis zur Brust.

Wieder rumorte das Legulas durch den Raum.

»Ist das Christopher Pinchbeck?«, flüsterte Julius Birdwell.

»Nein.« Elizabeth lachte leise. »Das ist sein Meisterwerk.«

»Wer … wer ist dann Pinchbeck?«

Elizabeth trat einen Schritt zurück, verschränkte die Arme und musterte den Messingmann.

»Christopher Pinchbeck ist … Christopher Pinchbeck *war* Fawkes' Freund, ein Jugendfreund seit Schulzeiten, er war aber auch der beste Uhrmacher seiner Zeit. Als Fawkes anfing, auf Jahrmärkten aufzutreten, half ihm Pinchbeck. Er baute wundervolle Automaten, die die Menschen in Staunen versetzten. Mechanische Vögel. Künstliche Insekten. Einen silbernen Baum, der vor den Augen der Zuschauer wuchs und Früchte trug. Automaten waren damals sehr beliebt. Und dann, eines Tages, kam Fawkes zu Pinchbeck und bat ihn um einen künstlichen Menschen. Einen Automatenmann, der so leicht war, dass er von Flöhen bewegt werden konnte.«

»Von Flöhen?«, rief Julius Birdwell.

»Sie verloren sich dann aus den Augen. Pinchbeck erfand ein Art Falschgold, und Fawkes … nun, er entdeckte *uns* und brauchte keine Automaten mehr. Trotzdem hörte Pinchbeck nie auf, an dem Messingmann zu arbeiten. Er brauchte viele Jahre. Pinchbeck sponn feinere und feinere Fäden, er zeichnete Pläne, er legierte neue Metalle, und dann …« Sie klopfte dem Messingmann auf die Schulter. »Er heißt Hieronymus.«

Birdwell stellte sein Glas ab und umkreiste den Automaten, einen fiebrigen Glanz in den Augen.

»Tatsächlich!«, rief er. »Unglaublich! Da, da und da!«

Er zog an einem winzigen Draht am Hals – der Kopf drehte sich mit einer bestürzend natürlichen Bewegung zur Seite. Blaue Porzellanaugen blickten Green ironisch an.

Birdwell zupfte an der Schulter – Hieronymus hob einen Arm.

Er berührte die Hüfte – Hieronymus streckte ein Bein aus.

»Mein Gott«, rief Julius. »Das ist phantastisch! Er wiegt wirklich so gut wie nichts.«

Das Legulas huschte vorbei, Goldschmuck im Maul.

»Und was ist nun der Plan?« Green kam sich wie ein Spielverderber vor. »Das ist ein Wunder, aber kein Plan.«

Elizabeth blickte mit einem undeutbaren Ausdruck in den Augen zu ihm hinüber. Auf einmal sah sie sehr alt aus.

»Fawkes weiß, dass er existiert«, sagte sie leise. »Oder zumindest existierte – aber er hat ihn nie gesehen. Zu der Zeit, als Pinchbeck den Automaten vollendet hatte, war Fawkes schon viel zu tief in seine Machenschaften mit … mit *uns* verstrickt. Pinchbeck schickte sofort eine Nachricht zu seinem alten Freund, aber die Nachricht wurde abgefangen.« Elizabeth lächelte kalt. »Jemand anderes machte sich auf den Weg, den Automatenmann abzuholen. Jemand anderes stahl ihn aus der Werkstatt und verschwand in der Nacht. Kurz darauf zerstörte ein Feuer alle Baupläne. Fawkes tobte, aber es gelang ihm nie herauszufinden, was mit dem Automaten passiert war.«

»Und der Plan?« Green ließ nicht locker.

»Fawkes will diesen Automaten. Er ist sein Herzenswunsch. Genau wie der Drache.«

»Das Legulas bekommt er nicht«, sagte Green entschieden.

»Genau.« Elizabeth nickte. »Umso wichtiger wird es für ihn sein, wenigstens den Automaten zu besitzen. Wenn er Hieronymus wiederfindet … Er wird überglücklich sein. Er wird ihn sofort in seine Wohnung holen und hüten wie einen Schatz.«

»Und dann?«

»Dann schicken wir die Flöhe durch das Schlüsselloch.« Elizabeth deutete mit ihrem Zeigefinger Richtung Flohpalast. »Sie können den Automaten bedienen, und dann öffnet Hieronymus für uns die Tür! Es ist eine Tür, die man nicht knacken kann.«

Elizabeth blickte mit einem fiebrigen Glanz in den Augen vom einen zum anderen.

Es war eine Art Plan, keine Frage.

»Und das geht?«, fragte Green.

»Oh, die Umstände des Fundes müssen sehr überzeugend sein, damit Isaac nicht misstrauisch wird. Er ist ein sehr misstrauischer Mann. Aber im Prinzip geht es.«

Isaac. Sie hatte *Isaac* gesagt.

»Hey!«, rief Julius Birdwell plötzlich. »Was soll das?«

Das Legulas hielt einen Moment lang ertappt inne, doch dann fuhr es fort, mit der Zunge Schmuckstücke aus einer Glasvitrine zu pflücken und damit auf dem Boden einen kleinen Haufen zu bilden.

Mit der Zunge.

Aus der Vitrine.

Die Zunge des Legulas glitt durch das Glas, als wäre es gar nicht da.

»Was macht es da?«, fragte Julius schrill.

»Wie macht er das?«, fragte Elizabeth.

Als das Legulas einen ansehnlichen kleinen Goldberg angehäuft hatte, nahm es den Schmuck ins Maul und schleppte ihn mit zufriedenen kleinen Schnaufgeräuschen hinüber ins Nebenzimmer, nicht einfach durch die Türe – das wäre ein Umweg gewesen –, sondern direkt durch die Wand.

Die Wand gab nicht nach, sie bröckelte nicht und stürzte nicht ein, aber sie ließ den Jungdrachen durch. Einfach so.

Green rannte hinüber und riss die Tür zum Nebenzimmer auf. Dort saß das Legulas, vollkommen unversehrt, und baute sich mit Hilfe von viel Gold und einer weißlichen schaumigen Substanz zwischen Kühlschrank und Schreibtisch eine Art Nest.

»Meine Winterkollektion!«, stöhnte Julius Birdwell. Er wollte eine halbgeschmolzene Brosche aus dem Schaum fischen, wurde aber von dem Legulas mit einer wohlgezielten kleinen Stichflamme davon abgehalten.

»Ich glaube, er verpuppt sich«, sagte Elizabeth.

»Na großartig!« Birdwell warf die Hände hoch. »Einfach großartig!«

Das Legulas stellte drohend seine Flügelchen auf und grummelte ihn an, dann begann es, aus einer Drüse am Kinn Schaum abzusondern und damit die Wand seines Nests zu formen. Ab und an arbeitete es das eine oder andere Schmuckstück ein. Als es mit der Form zufrieden war, ließ es kleine grüne Flammen über das Gebilde züngeln, die Gold und Schaum zu einer glatten, seltsam seidigen Oberfläche verschmolzen. Kein Zweifel: das Legulas verpuppte sich – und keiner von ihnen konnte auch nur das Geringste dagegen unternehmen.

Green notierte *Verpuppt!* in seinem Notizbuch.

»Wenigstens ist er hier sicher«, sagte Elizabeth. »Hier findet Fawkes ihn nie!«

Der private Empfang der Royal Society ist in vollem Gang. Seidene Kleidersäume flüstern über Parkett und satten rostroten Teppich, Lachen perlt in Gläsern, die Damen essen zu wenig und die Herren zu viel. Gewichtige Worte wälzen sich selbstgefällig durch die Räume.

Doch das Motto der Gesellschaft lautet anders: *Nullius in verba.*

Verlass Dich nicht auf Worte.

Glaube keinem.

Sieh selbst.

Experimentiere!

Zwischen all den Wahrheitsrittern zieht Professor Fawkes seine Kreise, Fliege und Smoking, Ringe an den Fingern, und mustert spöttisch die Porträts verflossener Wissenschaftler an den Wänden. Goldene Rahmen. Dunkles Öl. Er hat viele von ihnen gekannt, und jetzt hängen sie hier an der Wand, und er ist immer noch da.

Fawkes seufzt, ein wenig schwermütig. Er hat keinem geglaubt und selbst gesehen, und wo hat ihn das hingeführt? Sicher nicht in den Schoß der Wissenschaften! Was bleibt ihm jetzt anderes übrig, als sich auf Worte zu verlassen? Schließlich sind es Worte, die seine Eleven bändigen. Geheime Worte, vor langer Zeit gelernt, die richtigen Worte. Worte sind alles, was ihn noch zusammenhält.

Trotzdem kommt er seit über zweihundertzwanzig Jahren zu den Zusammenkünften der Gesellschaft, warum, das weiß er selbst kaum. Eigentlich müsste ihn die Gegenwart der ganzen echten Professoren verdrießen, doch sie tut es nicht. Sie beruhigt ihn. Wie groß die Welt geworden ist – und wie klein sie trotzdem bleibt! Fawkes verschränkt die Hände hinter dem Rücken und streicht durch die Menge. Unbekannt. Ungenannt. Und das ist gut so.

Doch heute spricht ihn jemand an. Noch dazu von hinten. Höchst ungehörig.

»Sie sind sicher auch schrecklich wichtig, nicht wahr?«

Fawkes dreht sich um.

Die Dame ist rothaarig und ein bisschen betrunken und blickt ihn herausfordernd an. Ein Flammenkopf wie sie sollte eigentlich kein Rot tragen, trotzdem sieht sie in ihrem karmesinfarbenen Kleid überraschend gut aus.

»Haben Sie Ihre Verlobte auch einfach irgendwo stehengelassen, damit sie Sie nicht blamiert?«

Mehr als nur ein bisschen betrunken also. Sie ist blass wie ein Geist. Lippenstift klebt an ihrem Sektglas, ihre Augen spielen mit Braun und Kupfer, ohne sich so recht entscheiden zu können. Fuchsfarben. Sie erinnert Fawkes an die japanische Fuchsfrau mit den neun Schwänzen, die ihm vor einigen Jahrzehnten entwischt ist. Kitsune. Wenn er ihr Verlobter wäre, würde er sie zwischen die Schulterblätter küssen und Kitsune nennen.

»Ich gebe zu, ich blamiere mich lieber selbst.« Er lächelt und nimmt ihr vorsichtig das leere Sektglas aus der Hand. »Etwas Wasser vielleicht?«

Sie winkt ungeduldig ab. »Wasser? Wer trinkt denn heutzutage noch Wasser?«

»Oh, heutzutage *können* wir Wasser trinken. Früher hingegen … Die ganzen Keime, die Krankheiten – Alkohol war einfach das gesündere Getränk. Glauben Sie mir: reines Wasser ist der wahre Luxus.«

Er ist noch näher getreten. Sie blickt ihn mit ihren Fuchsaugen an und kichert plötzlich los. »Ich sage es Ihnen besser gleich: Sie verschwenden hier Ihre Zeit. Ich habe keinen Forschungsauftrag und doziere nicht, und für den Nobelpreis hat mich auch noch niemand nominiert. Ich bin einfach nur ich.« Sie streckt ihm seltsam hilflos die Hand hin.

»Odette Rothfield.«

»Isaac Fawkes. Enchanté.«

Fawkes, der trotz der Jahrhunderte in zweifelhafter Gesellschaft nicht vergessen hat, was sich gehört, nimmt die Hand der Rothaarigen mit einer angemessenen Verbeugung entgegen und haucht einen Handkuss. Doch dann muss er mitten im Hauchen fast husten. Von Odettes zartem Ringfinger starren ihn plötzlich zwei wohlbekannte smaragdgrüne Augen an, in feinster Miniatur, vorwurfsvoll, unverkennbar.

Fawkes fängt sich schnell, vollendet den Handkuss und steuert Odette vorsichtig auf die Terrasse zu, von der aus man einen bezaubernden Blick auf den St James's Park hat. »Mademoiselle, Sie müssen mir ein Geheimnis verraten. Wo in aller Welt findet man heute noch so erlesenen Schmuck?«

23. Phönix in die Asche

Green saß auf einem von Birdwells hässlichen, aber überraschend bequemen Stühlen und starrte fassungslos auf das seidige Gebilde, das nun den Platz zwischen Kühlschrank und Schreibtisch einnahm. Er hatte hier die ganze Nacht gesessen, während das Legulas die Schaumwände seines Kokons höher und höher zog, sich schließlich hineinsetzte und die Öffnung zuspeichelte. Irgendjemand musste ja da sein, fand er, und ihm bei seiner einsamen Arbeit ab und zu den Rücken tätscheln.

Dann hatte es so etwas wie einen Blitz gegeben, einen Blitz von innen, blendend heiß, und dabei nach Erdbeeren gerochen. Erdbeeren mit Sahne. Seitdem war es still. Green bereute, das Legulas nie mit Erdbeeren gefüttert zu haben.

Er musste wieder und wieder an eine Geschichte aus der Therapie denken, die Geschichte vom Phönix aus der Asche. Der Phönix verbrannte sich selbst, und was wie das Ende aussah, stellte sich dann doch als ein neuer Anfang heraus – eine dieser aufmunternden Fabeln, die man erzählt bekam, wenn es einem schlecht ging. Green war nie wirklich darauf hereingefallen. Wenn man nämlich genau nachdachte, war der Anfang dann auch wieder so eine Art Ende, weil der neue Phönix natürlich früher oder später zum Wiederholungstäter wurde. *Der Anfang ist der Anfang vom Ende* war die Moral, die Green persönlich aus der Geschichte gezogen hatte. Worüber niemand nachzudenken schien, war, wie sich der Phönix selbst bei der ganzen Sache fühlte. Hatte er Angst? Tat es ihm weh? Wollte er sich überhaupt verändern? Green holte sein Notizbuch hervor und schrieb nach reiflicher Überlegung *Phönix in die Asche* hinein.

Streng genommen gab es hier natürlich gar keine Asche. Nur diesen komischen Kokon.

Der Kokon des Legulas sah so aus wie Dinge, die man in Kunstgalerien fand, glatt, hell, sperrig und vage sinnlos, und

Green musste zugeben, dass er verdammt gut in Birdwells Atelier passte. Die Sache ärgerte ihn. Wenn das Legulas sich wenigstens in seinem Büro verpuppt hätte, das wäre noch erträglicher gewesen, aber hier bei diesem Birdwell, der sich bei jeder Gelegenheit heimlich grüne Drachenhaare von der Hose bürstete, die ganze Nacht seinem Gold nachgejammert hatte und der nun in der Morgendämmerung irgendwo ein Hundeverbotsschild aufgetrieben hatte und es schimpfend an seine Ateliertüre nagelte.

Birdwell hatte das Vertrauen des Legulas einfach nicht verdient!

Green legte ein Ohr an die poröse, leicht klebrige Kokonhaut, in der heimlichen Hoffnung, vielleicht ein Schnarchen zu hören.

Nichts.

Er stellte sich vor, wie sich sein Haustier dort drinnen allmählich auflöste, zu einer komischen, amorphen Suppe wurde, Drachensuppe, um sich dann in Weißderkuckuckwas zu verwandeln. Es war nicht gerecht. Green hatte alles an dem Legulas gemocht, alles, selbst das ständige Schnarchen und Wachsen und die Gefräßigkeit, und jetzt würde es sich da drin einfach so verändern. Wozu denn bloß?

Green wollte nicht länger darüber nachdenken, stand auf und ging hinüber in den Verkaufsraum. Graues Morgenlicht zwängte sich durch die Ritzen der Vorhänge und zeichnete sinnlose Muster auf den Fußboden. Elizabeth tigerte vor dem Glastresen auf und ab, fließend, unermüdlich, wie ein Tier im Käfig, und Julius Birdwell saß an seiner Werkbank und blätterte wild in einigen schwarz gebundenen Büchern herum.

Als Green den Raum betrat, blickte Birdwell kurz von seinen Büchern auf, die Wangen hohl, die Haare wild. Zum ersten Mal fand ihn Green gutaussehend.

»Wenn wir jetzt nicht bald die verdammte Nixe befreien, bin ich total ruiniert.«

Green antwortete nicht. Er brauchte Luft. Er brauchte irgendetwas Vertrautes. Ohne ein Wort zu sagen, durchquerte er den Raum, vorbei an den leergeleckten Vitrinen, vorbei an Flohpalast und Hieronymus, der nun wieder säuberlich zusammengefaltet in seiner Truhe lag, hin zur Tür.

Plötzlich war Elizabeth neben ihm, schneller als ein Gedanke, und hielt ihn mit ihrer zarten weißen Hand am Ärmel fest.

»Wohin gehst du?«

»Zurück in mein Büro«, sagte Green.

»Gehe nicht!« In ihrer Stimme lag fast etwas Flehentliches.

»Ich muss«, sagte Green und löste sanft ihre Hand von seinem Ärmel. »Ich komme wieder.«

Dann war er schon im Treppenhaus und eilte die Stufen hinunter, immer zwei oder drei auf einmal. Seine Schritte hallten. Er konnte noch hören, wie oben die Tür aufgerissen wurde und Birdwell ihm irgendetwas nachrief, Kenner oder Penner oder Männer oder so. Green war sich nicht sicher, und es interessierte ihn auch nicht weiter.

Hinunter.

Hinaus.

Luft.

Green merkte, dass er sein Jackett vergessen hatte, stopfte die Hände in die Hosentaschen und stapfte durch den seltsam kühlen Frühlingsmorgen auf sein Büro zu.

Erst in der U-Bahn, eingepfercht mit einer ganzen Wagenladung blasser, verschlafener Angestellter, fiel ihm ein, dass er auch seine Reisetasche in Birdwells Atelier gelassen hatte. Und wenn schon! Green hatte genug von den Messern und den falschen Kreditkarten und dem ganzen Geld. Wozu weiter Samuel Black mit sich herumschleppen, wenn er mit ihm rein gar nichts zu tun haben wollte?

Elizabeth flog die Treppen hinunter, drei, fünf, sieben Stufen auf einmal, ihr Huf zu laut auf dem Steinboden.

Am Pförtner vorbei. Er sah sie gar nicht. Pförtner sahen sie nie.

Sie trat aus der Haustüre und witterte. Julius hatte ihr von den zwielichtigen Gestalten in Greens Büro erzählt. Sie musste ihn warnen! Dann war ihr plötzlich, als hätte sie jemand in eiskaltes Wasser getaucht. Nur jahrhundertelange Disziplin hielt sie davon ab, aufzuheulen wie eine Banshee.

Stattdessen hielt Elizabeth sich am Türrahmen fest und schnappte nach Luft, ein Fisch auf dem Trockenen.

Dort, etwas entfernt auf der gegenüberliegenden Straßenseite, die Hände in den Hosentaschen, einen modernen Hut auf dem Kopf, stand Fawkes und beobachtete Julius' Atelier.

Elizabeth tauchte zurück in den Hauseingang.

Hatte er sie gesehen? Noch nicht! Gut so!

Ihre Hand wanderte zu ihrem Dolch, zog sich dann wieder zurück. Zwecklos. Isaac ging nie ohne Schutz aus dem Haus. Ein Amulett, ein Spruch, ein diskreter Fluch. Elizabeth konnte selbst aus der Entfernung spüren, wie etwas sie warnte, abstieß.

Alles war verloren, alles ... Isaac hatte sie gefunden, er wusste Bescheid, über Hieronymus, den Drachen, alle ...

Aber auch das konnte so nicht stimmen. Wenn Isaac gewusst hätte, dass seine beiden Herzenswünsche nur ein paar Schritte von ihm entfernt waren, hätte er hier nicht so einfach nur herumgestanden, oh nein, nicht Isaac.

Er wusste *etwas*, aber nicht das.

Er würde es herausfinden, zweifellos, Isaac fand immer alles heraus, und niemand auf der Welt konnte etwas dagegen tun.

Die Frage war nur, *wie* er es herausfand.

Elizabeth fasste einen Entschluss, holte noch einmal tief Luft wie vor einem langen Tauchgang und glitt aus der Tür, über die Straße, auf Fawkes zu.

In den wenigen Tagen seiner Abwesenheit schien sich das Bürogebäude verändert zu haben. Feine labyrinthische Risse zogen sich durch den Putz im Vestibül, Kabel machten sich selbstständig, im Treppenhaus hatte jemand einen Penis und zwei Brüste einigermaßen zusammenhanglos an die Wand gemalt.

Wahrscheinlich war es aber vor allem Green, der sich verändert hatte.

Er wusste, dass sein Bürohaus schäbig war, mehr noch, er mochte die Schäbigkeit. Kein Pförtner, kein Glas, kein Wildleder. Hier konnte man sich auf das Wesentliche konzentrieren oder zumindest darauf herauszufinden, was das Wesentliche war. Doch als er jetzt die Stufen hinaufstieg und die Flure entlanglief, wo sich Linoleum und Beton ohne viel Zeremonie voneinander verabschiedeten, konnte er nicht anders, als sich zu wünschen, dass es doch irgendwie anders wäre. Grüner. Lebendiger. Felliger.

PRIVATDETEKTEI GREEN
BITTE TRETEN SIE EIN!
KLOPFEN ZWECKLOS!

Green hatte sein Büro erreicht und sperrte gedankenverloren die Türe auf.

Moment mal! Hatte er etwa auf der Flucht vor Thistle und Hunch daran gedacht, die Türe hinter sich abzuschließen? Unwahrscheinlich. Wer also …

Zwei Männer standen im Wartezimmer und blickten ihn mit offener Neugier an.

Green kannte einen der beiden: Nick. Nick vom Bahnhof. Nick ohne Haare, der es sogar noch hier, in dem verwüsteten Büro, eine schlanke Pistole auf Green gerichtet, fertigbrachte, unauffällig auszusehen. *Aal-Nick.*

Auch der zweite Mann kam ihm bekannt vor. Groß, untersetzt, zu schick angezogen. Fitnessstudiomuskeln. Seine

Linke ließ zu wünschen übrig, so viel wusste Green. Einer dieser hirnlosen Brutalotypen. William? Wilcox? Wilson? Green hatte keine Angst vor ihm. Und vor Nick? Das war schon eine ganz andere Frage.

»Komm rein!«, sagte Nick. »Wenn man vom Teufel spricht…«

»Tür zu!«, ergänzte Wilson.

Green trat gehorsam ein und ließ die Tür hinter sich ins Schloss fallen.

Jetzt hatte auch Wilson eine Pistole in der Hand.

»Hände hoch! Einen Schritt nach vorne! Noch einen Schritt! Stopp!«

Sie ließen Green durch das Wartezimmer gehen, hinüber ins Büro, folgten ihm dann in einigem Abstand und schlossen die Bürotür. Für Leute, die Pistolen auf einen Unbewaffneten richteten, waren die beiden ganz schön vorsichtig.

»Setz dich doch, Sam!« Die Nase von Nicks Pistole nickte kurz hinüber zum Schreibtischstuhl, dann zeigte sie wieder auf Green. Wie es hier aussah! Überall Akten. Er würde Tage brauchen, das wieder halbwegs in Ordnung zu bringen.

Green setzte sich.

»Hast du das Tape?« Das war an Wilson gerichtet, und Wilson produzierte prompt eine Rolle schwarzes Klebeband. Nicks Pistole zeigte wieder stur auf Green. Nicht auf seinen Kopf. Auf sein Herz.

»Jetzt die Hände hinter den Rücken! Mach keine Geschichten, Sam!«

Wenn Green jetzt noch seine Jacke mit dem Messer gehabt hätte, hätte er vielleicht wirklich die eine oder andere Geschichte probiert, so aber hielt er still, während ihn Wilson mit mehr Enthusiasmus als Sachkenntnis an den Schreibtischstuhl fesselte.

»Das müsste genügen«, sagte Wilson, als Green halb unter schwarzem Klebeband verschwunden war.

Die beiden Männer entspannten sich sichtlich.

»Habe dir doch gesagt, dass er zurückkommt!«

»Hätte ich nicht gedacht.« Nick ließ die Pistole sinken und schlenderte kopfschüttelnd zu Green hinüber. »Ich kann es immer noch nicht wirklich glauben. Hatten wir fünftausend gesagt?«

Wilsons Grinsen wurde breiter. »Sechstausend!«

Nick schüttelte traurig den Kopf. »Hey, Sam! Wegen dir habe ich gerade sechstausend Pfund verloren. Was sagst du dazu?«

Er schlug Green mit der flachen Hand ins Gesicht, fast beiläufig. Es tat weh, aber das war nicht das Problem. Das Problem war, dass Green nun irgendwie herausfinden musste, wer genau diese Leute waren und was sie von ihm wollten.

»Nein, habe ich gesagt«, fuhr Nick fort, so als ob nichts geschehen wäre. »Nicht Sam, der ist ein Vollprofi. Den sehen wir nie wieder. Und jetzt das!«

Wieder ein Schlag, diesmal etwas sanfter. Entweder war es um Nicks Kondition überaus schlecht bestellt, oder er teilte sich seine Kräfte ein.

»Ich hatte immer Respekt vor dir. Und seit ich die Sache mit den Fiorinis im rechten Licht sehe, habe ich womöglich sogar noch mehr Respekt. Und jetzt das! Was soll ich davon denn halten, Sam?«

Geschwätzig, das war schon immer Nicks Problem gewesen. Hörte sich einfach zu gerne beim Reden zu. Ein klassischer Fernsehgangster. Green blinzelte. Woher wusste er all diese Dinge über Nick?

»Ist doch egal«, sagte Wilson. »Hauptsache, wir haben ihn. Vielleicht kann *er* uns ja sagen, wo das Geld hin ist, dann können wir endlich mit der blöden Sucherei aufhören.«

Nick warf ihm einen säuerlichen Blick zu, dann beugte er sich zu Green hinunter und flüsterte.

»Du hast eine Menge Leute eine Menge Geld gekostet.« Seit Atem roch, und nicht nach Erdbeeren wie der des Legulas kurz vor der Verpuppung. Wenigstens musste Green sich jetzt nicht um das Legulas sorgen. Das Legulas schlief sicher in seinem Kokon, weit weg in Birdwells Atelier. Jetzt war er froh, dass es sich nicht hier im Büro verpuppt hatte. Er hätte gerne *Das Legulas ist weiser, als es aussieht* in sein Notizbuch geschrieben, aber das ging jetzt natürlich nicht.

Nick richtete sich wieder auf, ging hinüber zum Fenster und blickte hinaus. Es war eine Machtdemonstration, Green einfach so den Rücken zuzudrehen, und es kostete Nick sichtliche Überwindung.

»Durchsuch seine Taschen«, sagte er, ohne sich umzudrehen.

Wilson machte sich an die Arbeit, fand Greens Notizbuch und blätterte darin herum.

Das regte Green wirklich auf. Er spürte, wie er rot im Gesicht wurde, und lehnte sich probehalber gegen seine Fesseln. Nichts zu machen.

»Hummelhimmel«, las Wilson. »Honigzeit. Phönix in der Asche. Mann, vielleicht spinnt er ja doch, Nick!«

»Sicher irgendein Code«, sagte Nick geringschätzig. »Keine Sorge, das kriegen wir schon noch aus ihm raus. Eines nach dem anderen.«

Green fasste den Entschluss, sich von den beiden nicht unterkriegen zu lassen. Es ging ums Prinzip. Wenn man sich immer von Schlägertypen mit Pistolen einschüchtern ließ, kam man am Ende in Teufels Küche. *Und wenn man sich nie von ihnen einschüchtern lässt, ist man irgendwann selbst einer* flüsterte eine Stimme in seinem Kopf. Green hörte nicht hin. Jetzt musste er erst einmal Nicks Tiraden und seinen schlechten Atem über sich ergehen lassen.

Aal-Nick war schon in vollem Gang.

»… dachte ich mir schon bald: und was, wenn zu dem Zeitpunkt die Fiorinis das Geld noch gar nicht hatten? Was, wenn die Übergabe gar nicht stattfand? Aber der Boss wollte davon nichts hören, schon gar nicht, nachdem er von der Explosion gehört hatte. Sam ist mein Mann, hat er gesagt, und damit Schluss! Verdammt, der Boss hat dir Blumen ins Krankenhaus geschickt!«

Nick trat wütend gegen Greens Knie.

Eifersüchtig? Eifersüchtig! Unglaublich: Nick stand über Green, der mit schwarzem Klebeband an seinen eigenen Schreibtischstuhl gefesselt war, und *beneidete* ihn. Green erinnerte sich plötzlich daran, dass er ja ein Detektiv war, und begann, heimlich in seinem Kopf Detektivarbeit zu leisten. Es war gar nicht so leicht ohne sein Notizbuch. Sam und Nick hatten also irgendwann für den gleichen Boss gearbeitet – vermutlich nicht gerade als Fleurop-Boten, sondern als Gangster mit Messern und Pistolen. Dann hatte es irgendwo eine Explosion gegeben, Geld war verschwunden, und Sam war im Krankenhaus gelandet. Das Ganze sagte ihm gar nichts.

»... auch als du dann nachher so komisch warst. Lasst Sam in Ruhe, hat er gesagt, der hat jetzt andere Sorgen. Er war ein guter Mann. Und weißt du was? Wir haben dich tatsächlich in Ruhe gelassen ...«

Irrten sich Nick und Wilson, wenn sie ihn für Samuel Black hielten – oder war er tatsächlich Samuel Black? Das war die entscheidende Frage! War die ganze Sache einfach nur eine Verwechslung? Wie ähnlich konnten sich zwei Leute sehen? Andererseits war da das ganz Geld in der Reisetasche, die Kreditkarten und der Ausweis ...

Green war vor einer verschlossenen Türe in seinem Kopf angekommen.

Eintritt verboten! stand da.

»Und dann habe ich dich letzte Woche am Bahnhof gesehen, ganz der Alte, mit deiner Tasche, unterwegs zu einem Job. Von wegen andere Sorgen! Du hast uns alle an der Nase herumgeführt, du Schwein, und ich werde ...«

Nick hielt plötzlich inne und lauschte.

Die Eingangstür fiel ins Schloss.

Zögernde Schritte im Wartezimmer.

Dann klopfte jemand höflich an die Bürotür.

Green drehte den Kopf. Durch das Milchglas konnte er verschwommen eine grüne Mütze erkennen.

»Nein!«, wollte er rufen. »Nein, Elizabeth, nicht! Renn! Renn, so schnell du kannst!«

Green war sich sicher, dass Elizabeth sehr schnell rennen konnte. Schneller als ein Hund. Schneller als ein Reh. Vielleicht sogar schneller als eine Pistolenkugel. Aber Elizabeth rannte nicht. Sie öffnete die Tür und steckte ihren bemützten Kopf ins Zimmer.

Zwei Pistolen blickten sie kaltschnäuzig an.

Blut tut gut, und Blut schmeckt gut summte Julius Birdwell grimmig, während er den Boden fegte, die Illustrierten ordnete und die Glasvitrinen mit Tüchern verhängte. Es fühlte sich einfach zu seltsam an, die ganze Zeit in die leeren Schmuckauslagen zu starren – so als würde man in einen Spiegel blicken und sich darin nicht wiederfinden.

Julius trug den Besen zurück ins Nebenzimmer und hängte nach reiflicher Überlegung eine karierte Tischdecke über den Kokon des Legulas. Es half nicht viel. Er setzte sich erschöpft auf einen Stuhl und lehnte seine Stirn gegen die Wand. Die Wand war angenehm kühl. In seinem Kopf dagegen fühlte sich alles warm und leicht und unerfreulich wattig an – wann hatte er eigentlich das letzte Mal etwas Richtiges gegessen? Spiegeleier und Porridge! Vor Ewigkeiten!

Julius schleppte sich hinüber zum Kühlschrank, stellte fest, dass die Tür dank des Kokons nun nicht mehr aufging, und lachte leise. Wäre ja auch zu schön gewesen! Dann eben gleich an die Arbeit. Er musste seine Vitrinen so schnell wie möglich wieder mit Schmuck füllen! Aber zuvor sollte die Nixe aus seinem Kopf!

Wie hell es schon wieder war! Dabei schien draußen noch nicht einmal die Sonne. Wo war noch gleich … Julius fischte die rote Sonnenbrille aus dem Papierkorb und setzte sie auf. Schon besser. Was hatte ihn gestern Abend nur geritten, sie so einfach wegzuwerfen?

Elizabeth war einfach aus dem Haus gelaufen, sobald er ihr von den Männern in Greens Büro erzählt hatte, und hatte ihn mit diesem komischen Kokon allein gelassen. Die Flöhe schliefen noch, gesättigt von den Exzessen des vergangenen Tages, und so hing es wieder mal an Julius, irgendetwas Vernünftiges zu tun.

Julius sah sich noch einmal prüfend nach allen Seiten um, dann schlich er auf Zehenspitzen hinüber zu Plan B. Eigentlich war es jetzt Plan A! Er klappte den Deckel auf. Christoper Pinchbeck! Julius hätte ihn gerne kennengelernt und ihm seine Flöhe vorgestellt. Er hob Hieronymus respektvoll aus der Truhe – federleicht! – und trug ihn hinüber zu seiner Werkbank. Mal sehen. Es dauerte eine Weile, bis Julius all die feinen Schräubchen und Mechanismen verstanden hatte, aber schließlich stand der Messingmann aufrecht vor ihm und blickte beinahe ein wenig herablassend zu Julius herauf.

»Warte nur ab!«, sagte er laut und trotzig und öffnete den Flohpalast.

Einige Stunden später legte Julius erschöpft den Kopf in die Hände. Bemannt mit seinen Flöhen konnte Hieronymus nun auf einem Bein stehen, sich mit der Hand an die Stirn fassen und seinen Kopf um 180 Grad drehen, aber gehen und Türen öffnen konnte er nicht. Hieronymus hatte Arme und Beine, aber er hatte kein Hirn. Eindeutig ein Konstruktionsfehler.

Julius seufzte tief.

Hieronymus fasste sich an die Stirn.

Es war zum Verrücktwerden! Julius starrte finster durch

seine Finger. Sein Blick blieb an Fawkes' Plakat hängen, das er sich nach Odettes E-Mail ausgedruckt und auf die Tafel über seiner Arbeitsbank gepinnt hatte. Wie nur konnte ein einziger Mensch – größenwahnsinniger Zauberer oder nicht – so viel Unordnung in seinem Leben anrichten? Dabei wusste Fawkes wahrscheinlich noch nicht einmal, dass Julius überhaupt existierte. Julius hatte nie wirklich etwas gegen Fawkes gehabt, nicht persönlich, er wollte nur die ganze Nixenaffäre hinter sich bringen – aber langsam wurde er wütend.

Er musterte feindselig das Plakat, als ihn auf einmal etwas stutzten ließ. Augenblick! Julius ließ die Hände sinken und guckte genauer hin. Elizabeth hatte gesagt, dass Fawkes nur zwei Leidenschaften hatte, den Drachen und den Automaten, aber Julius verstand auf einmal mit dem Instinkt eines erfahrenen Juweliers, dass der Schausteller noch eine dritte Obsession hatte: Steine. Edle Steine. Diamanten, Saphire und Rubine, die seine Finger umarmten und Licht von seinen Händen tropfen ließen, schwer und mächtig und ein bisschen theatralisch.

Julius setzte sich auf. Er kommandierte seine Flöhe zurück in den Flohpalast, ließ Hieronymus einfach stehen und stürzte hinüber zum Tresor. Hoffentlich war noch genügend Gold da, hoffentlich war noch genügend … ja! Das müsste reichen! Er griff sich das Gold, machte einen weiten Bogen um den Kokon des Legulas, setzte sich wieder an die Arbeitsbank und begann zu zeichnen. *Keine Nixe bitte, alles nur keine Nixe!* flüsterte er beschwörend, aber diesmal schien ihn die Flussfrau in seinem Kopf in Ruhe zu lassen. Vielleicht wusste sie ja, dass das hier für einen guten Zweck war – oder einen bösen Zweck, je nachdem. Julius entwarf eine quadratische, leicht gewölbte Form mit multiplen Fassungen. Opulent, aber männlich. Solide, aber fein, ähnlich wie die Ringe, die Fawkes auf dem Plakat trug – nur um einiges besser.

Dann machte er sich an die Arbeit. Er hobelte und feilte,

goss und zentrifugierte, formte und polierte. Fertig! Das Licht floss weiterhin unwillkommen durch die Fenster, die Zeit schien stillzustehen.

Er ging wieder ins Nebenzimmer und öffnete nach kurzem Zögern den zweiten Tresor.

Schlechte Laune schlug ihm entgegen. Julius wählte einen rauchgrauen, fein geschliffenen Diamanten von exquisiter Bosheit, sieben kleinere, hartgesottene Brillanten und drei Rubine, allesamt skrupellose Gesellen, und begann, sie in die Fassungen zu setzen.

Das Ergebnis war atemberaubend – es war zweifellos eines der schönsten und zugleich einschüchterndsten Schmuckstücke, die Julius je gesehen hatte. Einen Moment lang war er selbst versucht, sich den Ring an den Finger zu stecken, doch dann beherrschte er sich. Diesem Juwel würde Fawkes nicht widerstehen können! Er hob den Ring vorsichtig mit einer Kneifzange hoch und legte ihn in die Truhe, dann faltete er Hieronymus wieder zusammen und packte ihn weg. Gerade als er den Truhendeckel zuklappte, klingelte im Nebenzimmer das Telefon.

Julius ging hinüber und hob ab.

»Hallo! Hallo? Julius? Julius Birdwell?«, fragte eine atemlose Stimme. »Ist das richtig? Ah, Gott sei Dank! Hier ist Odette …«

24. *Cherchez la femme!*

»Hoho!«, feixte Nick. »Das ist ja alles noch viel romantischer, als ich es mir vorgestellt hatte! *Cherchez la femme!* Habe ich dir nicht die ganze Zeit gesagt, Wilson, *cherchez la femme*?«

Er hatte natürlich nichts dergleichen gesagt, und Wilson blickte ihn dementsprechend verdutzt an.

Nick packte Elizabeth an ihrem schmalen Handgelenk und zerrte sie ins Zimmer.

Green rüttelte an seinen Fesseln. Er brüllte etwas und wusste selbst nicht, was.

Nick legte von hinten einen Arm um Elizabeths Hals und hielt ihr lächelnd seine Pistole an die Schläfe.

Green wurde auf einmal sehr still – er fühlte sich wie ein Schwimmtier, aus dem langsam und systematisch die Luft herausgepresst wird. Sein Herz raste. Die Zeit stand still.

Nick schnüffelte an Elizabeths rabenschwarzem Haar.

»Er hat Geschmack, findest du nicht?«, sagte er zu Wilson.

Wilson grinste breit. »Ein bisschen dürr vielleicht.«

Nick wischte sich abrupt das Lächeln vom Gesicht und blickte Green kalt an.

»Okay, Sam, Schluss mit dem Zirkus. Hier ist der Deal: Ich zähle jetzt bis zehn, und wenn du uns bis dahin nicht verrätst, wie du den Boss übers Ohr gehauen hast, kannst du deine Freundin von der Wand putzen. Verstanden? Fangen wir an. Eins.«

»Ich …«, sagte Green.

»Zwei.«

Green blickte wild um sich. Er wusste nicht, wie er den Boss übers Ohr gehauen hatte. Er kannte den Boss überhaupt nicht!

»Drei.«

»Vier.«

Green warf sich mit aller Kraft gegen die wohlverschlossene Tür in seinem Gedächtnis, und schließlich – endlich – sprang sie auf.

Samuel Black trat heraus.

»Fünf.«

Samuel Black sah genauso aus wie Green, aber er bewegte sich anders. Berechnend. Fließend. Gefährlich.

»Hallo, Green«, sagte Samuel Black und bürstete sich einen unsichtbaren Fussel vom eleganten Jackett.

»Sechs.«

Green wollte weglaufen oder die Tür einfach wieder zuwerfen, aber das ging nicht. Samuel Black wusste, was es mit dem Geld und dem Boss auf sich hatte, und Green musste es irgendwie aus ihm herausbekommen.

»Darf ich?«, fragte Black ironisch.

Green nickte mit zusammengebissenen Zähnen, und Black trat über die Schwelle und streckte sich.

»Ah!«, sagte er zufrieden. »Schon besser.«

»Sieben.«

»Wie …?« Green wollte ihn nach dem Boss fragen und stellte fest, dass er das gar nicht zu tun brauchte. Er wusste es längst, wusste alles, wusste viel zu viel.

Er erinnerte sich, wie er Drogen transportiert und Geschäftsmänner erpresst hatte. Er erinnerte sich an Türsteher, die bei seinem Anblick in kalten Schweiß ausbrachen. Er erinnerte sich an Blut, das auf weiße Kacheln tropfte.

Schreckliche Dinge.

Nur den Boss hatte er wirklich nicht übers Ohr gehauen. Kurz vor der Übergabe hatte er so ein komisches Gefühl gehabt, warnend, nagend, kalt in seinem Nacken. Er hatte das Geld also in seine Reisetasche gepackt und war mit leeren Händen zu der Übergabe gegangen. Nicht ganz koscher, aber Samuel Black hatte gelernt, seinem Instinkt zu vertrauen. Sein Instinkt war so ziemlich das Einzige, dem er vertraute. Seinem Instinkt und dem Boss. Und es war tatsächlich eine Falle gewesen. Wer hatte die Bombe …? Sicher nicht die Fiorinis. Die Fiorinis hatte es selbst böse erwischt. Die Quaysiders? Jonathan Pech? Hatten sie einen Verräter in ihrem Lager, oder hatte einer der Fiorinis ihren Treffpunkt verkauft?

Im Krankenhaus hatte er dann irgendwann gemerkt, dass ihn diese Fragen auf einmal herzlich wenig interessierten – er konnte von Glück reden, dass er überhaupt noch lebte und sich Fragen stellen konnte. So ganz allein mit sich selbst, unbeweglich in einem Krankenhausbett, umgeben von fiependen Maschinen, war ihm zum ersten Mal aufgefallen, was für ein unbeliebter Typ dieser Black doch eigentlich war. Kalt und hart und irgendwie auch dumm. Er wollte ihn loswerden.

»Acht.«

Zugegeben, Samuel Black war loyal. Er hatte die Tasche gleich zu dem Boss zurückbringen wollen, aber Green ließ das nicht zu. Wenn er die Tasche zurückgebracht hätte, hätte er wieder Samuel Black werden müssen, und das wollte er auf keinen Fall.

Als er endlich aus der Reha kam, hatte er den ganzen Black einfach zu dem Geld in die Tasche gepackt, Karten, Ausweis, alles, und war zu Aulischs Vergessenspraxis gegangen.

Aber Samuel Black wollte sich nicht so einfach vergessen lassen, nicht wahr? Samuel Black rüttelte täglich an der Tür seines Gefängnisses und brachte Greens Gedanken aus dem Konzept, da half auch die beste Therapie nichts.

»Neun.«

Green blinzelte. Nick und Wilson blickten ihn gespannt an.

Halt bloß die Klappe! zischte ihm Black zu. *Glaubst du wirklich, dass er sie einfach so gehen lässt? Glaubst du, ich würde sie gehen lassen? Wenn du jetzt einfach dichthältst, haben wir vielleicht noch eine Chance!*

Aber Green war nicht mehr ganz dicht. Und er wollte keine Chance. Green wollte Elizabeth.

Er öffnete den Mund, um alles zu erklären, aber in diesem Moment passierte etwas Seltsames.

Elizabeth zwinkerte ihm verschwörerisch zu.

Green machte den Mund wieder zu und wartete ab.

Brav! sagte Samuel Black in seinem Kopf.

Halt endlich die Klappe, du Idiot! dachte Green.

»Zehn.«

Green hielt den Atem an. Warum hatte Elizabeth gezwinkert? Vielleicht verstand sie einfach nicht wirklich, wie gefährlich so eine Pistole sein konnte? Sie wusste ja noch nicht einmal, was ein Staubsauger war!

»Tja«, sagte Nick mit geheucheltem Bedauern und blickte triumphierend zu Green herüber. Green verstand, dass Samuel Black Recht gehabt hatte. Nick wollte Elizabeth wehtun – Geständnis oder nicht.

Elizabeth legte den Kopf in den Nacken und flüsterte Nick etwas ins Ohr.

Nick stutzte.

Im nächsten Augenblick war Elizabeth unter Nicks Pistole weggetaucht und biss ihn mit ihren vielen nadelspitzen Zähnen in die Hand. Die Pistole fiel zu Boden. Nick brüllte. Elizabeth schlüpfte zwischen seinen Beinen hindurch, dann war sie hinter ihm und fauchte Wilson über Nicks Schulter hinweg an.

Green begann zu lachen. Er konnte nicht anders. Sie war so schnell! Viel zu schnell für Nick und seinesgleichen!

Wilson feuerte den ersten Schuss.

»Bist du verrück, du Idiot!«, brüllte Nick. »Willst du mich umbringen?«

Wilson glotzte ihn mit starren, glasigen Augen an. »Sie hat eine Schlangenzunge! Nick, sie hat eine Schlangenzunge!«, kreischte er und feuerte wieder.

Elizabeth trat Nick von hinten in die Fersen, und Nick kippte weg. Sie grinste Wilson spitzzähnig an.

Wilson feuerte und verfehlte Elizabeth zum dritten Mal. Der Mann war wirklich ein miserabler Schütze.

Dann stand er einfach nur da, zu zittrig für einen weiteren Schuss. Irgendwie konnte Green ihn sogar verstehen. Elizabeths blitzschnelle, fließende Bewegungen hatten etwas zutiefst Unnatürliches. Und sie *hatte* eine Schlangenzunge, schwarz und lang, glänzend und gespalten. Warum war ihm das vorher noch nie aufgefallen?

Elizabeth tat etwas, das mit den Gesetzen der Schwerkraft vollkommen unvereinbar war, dann kauerte sie auf einmal kopfüber an der Decke. Einen Moment lang hatte selbst Green das Bedürfnis, schreiend davonzulaufen, doch dann entspannte er sich. Mit den Gesetzen der Schwerkraft war es offensichtlich so wie mit allen anderen Gesetzen eben auch: es gab immer ein paar, die sich nicht daran hielten. Kein Grund, deswegen den Kopf zu verlieren.

Nick und Wilson waren da anscheinend anderer Meinung. Wilson gab einen winselnden Laut von sich, ließ die Pistole fallen und rannte aus dem Zimmer. Nick warf noch einen wilden, unfokussierten Blick zu Green hinüber, dann humpelte er, so schnell es ging, hinter seinem Partner her.

Und noch jemand war auf der Flucht: Samuel Black.

Seine blasierte Art war wie weggeweht. *Hau ab!* hörte ihn Green in seinem Kopf zischeln. *Hau bloß ab, Mann!* Aber natürlich war Green noch immer an seinen Stuhl gefesselt und konnte nicht abhauen, außerdem hatte er längst beschlossen, sich nicht mehr von Samuel Black und seinesgleichen herumkommandieren zu lassen. Wenn Black abhauen wollte, sollte er das gefälligst alleine tun! Und tatsächlich: Schritt für Schritt trat Black den Rückzug an. Endlich war er wieder in dem kleinen Zimmer in Greens Kopf und knallte die Türe hinter sich zu. Green glaubte sogar zu hören, wie von innen ein Riegel vorgeschoben wurde.

Er hatte das gute Gefühl, dass er Samuel Black nun eine ganze Weile lang nicht zu Gesicht bekommen würde.

»Komische Leute«, sagte Elizabeth und ließ sich von der Decke fallen, dann stand sie dicht vor Green, die Hände an den Hüften, und blickte fragend auf ihn herab.

Green suchte nach Worten. Wo waren all die verdammten Worte, wenn man sie einmal wirklich brauchte?

Er merkte, dass er wieder rot wurde.

»Ich muss hier aufräumen«, murmelte er schließlich, nicht besonders originell. »Ich …«

Er hielt inne.

Elizabeth saß plötzlich auf seinem Schoß, leicht und nah und angenehm kühl. Ihr Haar fiel über sein Gesicht. Es roch nach Wind und wildem Efeu.

»Du hattest wirklich Angst um mich, nicht wahr?«

Elizabeth schlang ihre Arme um seinen Hals und blickte ihm tief in die Augen, so tief, dass selbst Samuel Black in seinem fest verschlossenen Zimmerchen zu zittern begann, dann tanzte auf einmal die schwarze Schlangenzunge über Greens Gesicht, hinter seine Ohren, in sein Haar, kitzelnd, neckend, forschend, fordernd.

Es hätte widerwärtig sein sollen, aber es war … aufregend.

Green schnappte nach Luft. Er wollte sie in seine Arme nehmen und näher ziehen, noch näher, aber natürlich ging das nicht, weil seine Hände noch immer hinter seinem Rücken an den Stuhl gefesselt waren.

Sie lächelte leise.

Dann war die schwarze Zunge auf einmal in seinem Mund, glatt und kräftig, und ihre Lippen waren auf seinen Lippen, süß, scharf, bitter, zart wie das wilde Vogelei. Es war das Beste, das Allerbeste, was je in seinem Leben passiert war, und natürlich war es viel zu schnell vorbei.

Elizabeth hielt inne, so als hätte sie einen fernen Ruf gehört. Im nächsten Moment war sie von seinem Schoß geglitten und rückte sich ihre Mütze zurecht.

»Vergib mir«, flüsterte sie, dann richtete sie sich auf und war schon aus dem Zimmer.

Green blinzelte sich langsam in die Realität zurück.

Ihr vergeben? Was denn nur? Und wo war sie hin? Warum ließ sie ihn hier so gefesselt …? Dann merkte Green, dass er etwas in der Hand hielt. Er konnte nicht sehen, was es war, aber er konnte es fühlen, glatt und scharf und gebogen wie ein Dorn. Ein Dolch! Elizabeths kleiner Dolch! Sie hatte ihm ihren Dolch dagelassen!

Aber sie brauchte den Dolch doch!

Green machte sich an die Arbeit und säbelte sich systematisch aus seiner Klebebandvermummung. Es dauerte eine ganze Weile – Wilson schien ausnahmsweise einmal gute Arbeit geleistet zu haben. Endlich hatte er es doch geschafft und zupfte sich die letzten Klebebandreste vom Hemd. Dann begann er, Ordner aufzuheben und auf dem Schreibtisch zu stapeln. Dies war sein Leben, Greens Leben, und er musste es irgendwie in Ordnung bringen! Zuerst arbeitete er zügig und optimistisch, doch dann kamen ihm Zweifel. Sicher gab es jetzt wichtigere Dinge zu tun! Green musste Elizabeth finden! Das Legulas bewachen! Fawkes überlisten!

Er war schon im Treppenhaus, als ihn die Realität mit voller Wucht traf: *Er* war Samuel Black! *Er* hatte all diese miesen Dinge getan! Er! Von wegen Detektiv! Er war ein ganz gemeiner Verbrecher! Green wurde übel. Elizabeth hatte ihm tief in die Augen geblickt, dort Samuel Black gesehen und ihn sitzengelassen. Green konnte es ihr nicht verübeln. Aber nein, das konnte so nicht stimmen, schließlich hatte sie ihn *nachher* noch geküsst, oder etwa nicht? Green wurde schwindelig, er musste sich draußen an die Hauswand lehnen. Sein Kopf drehte sich, er fühlte sich elend und allein.

Instinktiv schlug er den Weg zu Aulischs Vergessenspraxis ein.

Isaac Fawkes sitzt am Steuer eines schwarzen Lastwagens und lächelt leise. Neben ihm sitzt Elizabeth Thorn und lächelt zurück.

ALISDAIR AULISCH

GEDÄCHTNISTHERAPIE

ALLE ANDEREN KÖNNEN SIE VERGESSEN!

Green starrte unschlüssig auf das Klingelschild. Hier war er also, endlich, aber zum ersten Mal verspürte er beim Anblick der Praxis keine Erleichterung. Ein Stockwerk höher gab es ein Alzheimer-Zentrum – Green hatte das schon immer ironisch gefunden. Dort oben rangen Leute um ihr Gedächtnis, während unten Aulisch fröhlich Erinnerungen aus seinen Patienten herauspendelte. War das richtig?

Ach was! Hauptsache, es half!

Greens Finger schwebte über dem Klingelklopf. Eine Frau drängte sich an ihm vorbei in den Hausflur. War sie auf dem Weg zu den Alzheimer-Leuten? Was hätte sie gesagt, wenn sie gewusst hätte, was Green mit seinem Gedächtnis vorhatte?

Andererseits ging das die alte Schachtel rein gar nichts an. Sie hatte schließlich auch keinen eiskalten Killer in sich sitzen!

Doch Green zögerte noch immer. Wer konnte sagen, wie viel Aulisch schon aus ihm herausgependelt hatte? Vielleicht hatte Green früher schon andere Haustiere gehabt, andere Fälle gelöst, andere Wunder erlebt, und jetzt: nichts, weg, alles leergefegt. Es war doch sein Leben, sein Gedächtnis, sein Drache – und sein Kuss!

Beim Gedanken an das Legulas wurde Green plötzlich kalt. Er durfte nicht vergessen, nicht diesmal, nicht den kleinen Drachen und nicht Rose Dawn und nicht einmal Thistle und Hunch und Julius Birdwell und schon gar nicht Elizabeth. Vor allem nicht Elizabeth!

Er ließ die Hand sinken und wandte sich zum Gehen. Manche Dinge gehörten zu einem, und man durfte sie nicht so einfach abschütteln, ob es nun wehtat oder nicht. Mit Black musste er irgendwie anders fertigwerden. Green erkannte auf einmal, dass die ganze Vergesserei sowieso eher so etwas wie Blacks Ansatz war.

Ausschalten! Kaltmachen! Schlaf mit den Fischen!

Mit diesen Methoden war jetzt Schluss!

Vergangenheit und Zukunft waren wie zwei Punkte, zwischen denen eine Brücke gespannt war. Wenn einer fehlte, stürzte man ab. Trotzdem gab es wahrscheinlich so etwas wie eine Reihenfolge. Green hielt kurz an und notierte *Die Vergangenheit läuft nicht davon!* in seinem Notizbuch, dann eilte er los, zurück zu Birdwells Atelier, bereit, den Kampf mit Fawkes aufzunehmen.

Ein scharfer, warmer Wind wehte durch die Straßen und wirbelte Staub und Bonbonpapier den Gehsteig entlang. Green hielt den Blick gesenkt. Nur deshalb bemerkte er den Mann mit dem Umzugskarton erst im allerletzten Moment und wäre fast mit ihm zusammengestoßen.

Der Mann fluchte, ein fauchendes, klickendes Geräusch.

Green murmelte eine Entschuldigung.

Der Mann legte feindselig seine Rehohren an.

Green riss überrascht die Augen auf, plötzlich hellwach. Er war schon vor Birds Ateliergebäude angekommen, und dieser Typ …

»Wer sind Sie?«, rief er. »Was machen Sie hier?«

Der Mann blickte sich schnell nach allen Seiten um – außer ihnen beiden war das Stück Straße um Birdwells Atelier völlig ausgestorben.

»Vergiss!«, befahl der Mann mit gebieterischer Stimme.

Green konnte fühlen, wie etwas an seinem Gedächtnis zupfte.

»Keine Chance«, krächzte er. Dieser Typ war doch eindeutig … Was hatte er hier, direkt vor dem Gebäude, verloren? Und was war in der Umzugskiste?

»Was ist da drin?« Green trat näher.

Der Mann packte die Kiste und rannte. Er rannte wie der Wind.

Green hetzte mit einem unguten Gefühl in der Magengrube die Treppen zu Julius' Atelier hinauf und hämmerte an die Tür. Niemand öffnete.

Dann kam Julius die Treppen heraufgeeilt, bleicher und wirrer, als Green ihn je gesehen hatte. Er trug schon wieder die komische Sonnenbrille, und er war allein. Vollkommen allein.

»Mach auf«, sagte Green. »Schnell!«

Birdwell fummelte mit drei Schlüsseln herum und trat als Erster durch die Tür.

Dann blieb er wie angewurzelt stehen.

»Weg!«, flüsterte er. »Weg! Sie sind alle weg!«

Green drängte sich an ihm vorbei und sah sofort, was er meinte: das Atelier war leer. Kein Hieronymus, kein Flohpalast, keine Elizabeth, kein Kokon und kein Legulas!

Nichts.

Nur auf dem Glastresen lag etwas, was vorher noch nicht da gewesen war: zwei Streifen Papier und ein Paar feine weiße Handschuhe.

Zwei Tickets.

DIE GRÖSSTE SHOW DER WELT.
KOMMEN SIE! SEHEN SIE SELBST!
INVITATION ONLY!

»Meine Flöhe!«, kreischte Julius Birdwell im Hintergrund. »Alle meine Flöhe. Er hat meine Flöhe! Fawkes! Ich weiß, dass es Fawkes war!«

Einen Moment lang fühlte sich Green, als würde ihm der Boden unter den Füßen weggezogen, dann holte er sein Notizbuch hervor und schrieb *Cherchez la femme!* hinein.

Fawkes

25. Floh im Ohr

Der Deckel des Flohpalastes öffnete sich langsam, und weiches Licht fiel auf dunklen Samt. Die Flöhe versammelten sich auf ihrem Filzlappen und prüften die Luft. Leider kein Drache, diesmal. Auch nicht Julius. Älter, stärker, verborgener. Weniger zappelig. Der Herzschlag verhalten, der Atem abwartend. Ein Mensch, stark und gespannt wie ein Floh vor dem Sprung. Er kam näher, so nah, dass sein Gesicht fast das Licht verdeckte.

Wie freundlich von ihm.

Wie interessant.

Die Flöhe streckten forschend ihre Flohgedanken nach dem neuen Menschen aus, aber sie bekamen keine Antwort.

Stattdessen waren auf einmal zwei fleischige Finger in ihre Richtung unterwegs, griffen sich Faust und verschwanden.

Der Deckel fiel zu, und in der wiedergewonnenen Dunkelheit hatten die Flöhe Zeit und Muße, sich so ihre Gedanken zu machen.

Warum hatten die Finger Faust ausgewählt? War es eine Strafe oder eine Auszeichnung, so von oben gegriffen zu werden? Bequem konnte es kaum sein, eingequetscht zwischen monströsem Fleisch, andererseits ergab sich so vielleicht die Gelegenheit zum Stich. Und kein Floh scheute die Enge, die Nähe und die Hitze des Gefechts. Ihre Körper waren für den Nahkampf wie geschaffen, flach und glatt, glänzend und stark.

Sie hatten gerade angefangen, Faust um seine Himmelfahrt zu beneiden, als der Deckel erneut aufging und die Finger Faust zurückbrachten, sich Tesla griffen und verschwanden.

Deckel zu.

Die Flöhe umringten Faust. Er hatte sich in seiner kurzen Abwesenheit verändert, trug nun ein Halsband aus feinstem Golddraht und kam ihnen ein wenig eingebildet vor. Vielleicht war er auch nur benommen. Einer nach dem anderen betasteten sie das Gold. So glatt, so fein, noch warm von Menschenhand, noch duftig vom Hautkontakt. Bei ihrer Arbeit mit Julius hatten die Flöhe gelernt, den Glanz des Goldes zu schätzen. Gold und edle Steine waren dazu gemacht, die überlegene Stärke und Schönheit des Flohkörpers herauszustellen, so viel schien sicher.

Als sich der Deckel zum dritten Mal öffnete, drängten sich die Flöhe den Fingern entgegen. Doch diesmal kehrte kein hochdekorierter Tesla zu ihnen zurück. Das Gesicht schwebte eine ganze Weile über ihnen wie eine dunkle Wolke, schließlich griffen sich die Finger Zarathustra und verschwanden.

Die anderen wussten nicht so recht, was sie davon halten sollten. Geschmückt zurückzukehren war zweifellos erstrebenswert, aber gar nicht zurückzukehren – das konnte Gutes oder Schlechtes bedeuten, je nachdem. Vielleicht hatte es Tesla geschafft, in einer Kleiderfalte des Menschen eine dunkle warme Mahlzeit aufzuspüren – vielleicht aber auch nicht.

Lazarus Dunkelsprung hockte als einziger Floh in einer Ecke, halb unter dem Filzlappen verborgen, und hielt sich bedeckt. Er war mittlerweile vom vielen Wachsen doppelt so groß wie die anderen Flöhe und damit ein leichtes Opfer für die tastenden Finger. Und Lazarus *sah* auf einmal Dinge, die die anderen Flöhe scheinbar nicht sahen. Er sah, wie der Golddraht um Fausts Hals ihn aus der Balance brachte und ein wenig schief sitzen ließ. Große Sprünge waren so wohl nicht zu machen. Als einziger Floh verstand Dunkelsprung, dass das Gold dazu da war, große Sprünge zu verhindern. Und vorhin, als sich der Deckel öffnete, hatte er noch etwas gesehen: Die bewegten Felder von Licht und Dunkel über ihm waren zusammengeflossen und verschmolzen, und Lazarus hatte plötzlich verstanden, was ein Mensch war: mehr als nur Fleisch und Blut. Ein Wesen aus Licht und Schatten, voller Ecken und Winkel, komplizierter, als es auf den ersten Blick den Anschein hatte. Lazarus hatte nach oben gestarrt und einen Moment lang wirklich ein Gesicht gesehen, Augen, Nase, Mund, und er hatte es verstanden: der Mund, schmal und konzentriert, zwei strenge Falten entlang der Wangen, die Augen scharf und amüsiert. Ein freigiebiger Flohgönner sah anders aus!

Im Flohpalast hatten sich inzwischen zwei Parteien gebildet, eine für die Finger und eine gegen die Finger, mit einem noch immer etwas verdatterten goldenen Faust in der Mitte. Man schwieg sich böse an oder rief Schimpfworte wie »Flügeltier« oder »Schwachstich«.

Lazarus Dunkelsprung hatte genug von dem Theater. Welchen Sinn hatte es schon, auf Finger von oben zu warten? Ein Floh musste sein Schicksal selbst in die Sprungbeine nehmen! Er kletterte den Filz hinauf bis zum Rand des Deckels. Ein Hauch kühler Luft flüsterte durch den Spalt. Dunkelsprung presste die Beine gegen den Deckel und strengte sich an. Und wirklich: der Spalt wurde breiter. Fast hätte er vor Überraschung wieder mit dem Pressen aufgehört, doch dann besann er sich und zwängte sich durch die Ritze, glatt, kompakt und weiß, nach draußen. Wie stark er durch das viele Wachsen geworden war!

Unweit von ihm entfernt saß Fawkes bei einem scharfen Licht, machte sich an Zarathustra zu schaffen und summte ein Lied. Dunkelsprung duckte sich zurück in die Schatten und witterte. Irgendwo brannte ein Feuer. Weiter entfernt atmeten andere Wesen in der Dunkelheit.

Lazarus Dunkelsprung streckte die Beine und tat, was jeder gute Floh tut: Er machte sich auf die Suche nach einem Körper.

Julius' Augen wanderten ruhelos zwischen Werkbank, Verkaufstresen, leeren Vitrinen und Wildledersofa hin und her. Kein Gold. Kein Plan B. Kein Flohpalast. Kein Gold. Kein Plan. Kein Flohpalast. Vor allem kein Flohpalast.

Werkbank, Tresen, Wildledersofa.

Kein Gold.

Kein Plan.

Nichts.

Nur Green war wieder da. Was konnte er mit Green schon groß anfangen? Wie hatte das denn alles so schnell passieren können, er war doch nur ganz kurz …

Fawkes! Es war alles von Anfang an ein Trick gewesen, und Julius war einfach zu müde und hungrig und durstig gewesen, um die Sache zu durchschauen. Aber damit war jetzt Schluss! Julius fühlte sich von dunkler Energie durchströmt. Ärger, Wut, alte Angst und Hilflosigkeit ballten sich in seinem Kopf zu einem erbosten kleinen Tornado zusammen, wirbelten herum und verpufften. Zurück blieb eine kalte Entschlossenheit. Fawkes würde herausfinden, was passierte, wenn man sich zwischen ihn und seine Flöhe stellte!

Seine Flöhe! Julius seufzte. Wahrscheinlich war Fawkes gerade dabei, ihnen das Musizieren beizubringen, und ließ sie in einem Orchester auftreten. Einem Orchester! Dachten sie noch zurück an Julius und seine simplen Flohattraktionen? Vermutlich hatten sie längst Besseres zu tun!

Julius stand auf. Er würde mehr als nur Entschlossenheit brauchen, um die Nixe zu befreien und seine Flöhe zurückzuerobern! Julius brauchte einen Plan, aber erst einmal brauchte er – Tee.

Er ging hinüber in die Küche. Der leere Platz vor dem Kühlschrank, wo vor kurzen noch der Drachenkokon gewesen war, starrte ihn anklagend an. Julius füllte frisches Wasser in den Kessel, wählte einen leichten, erfrischenden Oolong-Tee aus und braute los. Fawkes war kein einfacher Dieb, er war vor allem ein Showman. Ihm ging es nicht nur um Dinge, sondern auch darum, was er mit ihnen in den Köpfen der Leute anstellen konnte – was er in Julius' Kopf anstellen konnte. Wenn Julius es mit ihm aufnehmen wollte, musste er es irgendwie schaffen, den Spieß umzudrehen und sich in Fawkes' Kopf hineinzuschleichen.

Der Tee war fertig – bloß nicht zu lange ziehen lassen –, und Julius balancierte ein Tablett mit Kanne und zwei Tassen in den leergeräuberten Verkaufsraum hinüber, wo Green auf dem Sofa saß wie ein beachtliches Häufchen Elend.

Julius setzte sich neben ihn und schenkte ein. Der Tee dampfte. Heiße weiße Schwaden entstiegen der Tasse, und sogar in diesem Moment musste sich Julius eingestehen, dass es schön aussah.

»Zucker?«

Green sah ihn noch nicht einmal an. Natürlich gehörte in Oolong kein Zucker, aber Julius traute dem Detektiv, der immer in demselben braunen Tweed-Jackett herumlief, derartige Barbarismen durchaus zu.

Er stellte wortlos eine Tasse vor Green ab. Zu heiß. Julius faltete die Hände um seine eigene Teetasse und saugte die Wärme und den feinen weißen Dampf in sich auf. *Sauge, sauge!* Durst! Warum hatte er nur die ganze Zeit solchen *Durst*? Und warum kam ihm der Tee, sein Tee, feinster Oolong, auf einmal so unbefriedigend vor?

»Warum?«, sagte Green auf einmal. Nichts weiter. Nur »Warum?«.

Julius schluckte. Es war alles seine Schuld, natürlich, das wusste er selbst, er war auf den ältesten Trick der Welt hereingefallen, und jetzt …

Draußen warfen sich Fraktionen warmer und kalter Luft streitsüchtig gegeneinander, Winde wehten, Wolken blähten sich auf. Julius konnte spüren, wie sich der Luftdruck veränderte. Komisch – seit wann interessierte er sich denn für den

Luftdruck? Doch auf einmal fiel ihm das Atmen leichter. Die Sonne hatte aufgehört, sich so aufdringlich durch die Lamellen seiner Jalousien zu zwängen. Regen trommelte gegen die Fensterscheiben, Dunkelheit schwappte durch das Atelier, und so etwas wie vager Optimismus wagte sich zurück in Julius' Innenleben.

»Wo sind sie hin?«, murmelte Green. »Warum sind wir noch hier?«

Julius überlegte. Manchmal war »Warum?« nicht die richtige Frage. Manchmal kam man mit »Wie?« sehr viel weiter.

Er nahm einen Schluck Tee, genoss die Wärme und ärgerte sich über den wässrigen Geschmack.

»Es hat mit ihr zu tun«, sagte er dann. »Es muss mit ihr zu tun haben!«

»Wem? Elizabeth?« Green hatte sein Notizbuch geöffnet und starrte hilflos hinein.

»Odette!«, seufzte Julius.

»*Odette?*«

»Genau, Odette.« Julius rieb sich die Schläfen, wie um irgendwie eine zündende Idee in sein Gehirn zu massieren.

Odette hatte ihn angerufen und gesagt, dass sie ihn sofort sprechen musste. Es sei wichtig. Und es hatte wirklich wichtig geklungen, fast ein wenig hysterisch, aber bei diesen verwöhnten Schnepfen war natürlich immer alles wichtig, jede Lunchverabredung, jeder Friseurtermin. Doch Julius hatte ihr zugehört und sich daran erinnert, wie sie ihm die Wange geküsst und wie gut sie dabei gerochen hatte. Das Wasser lief ihm im Mund zusammen bei der Erinnerung an ihren Geruch. Komisch eigentlich.

Green räusperte sich, und Julius fand den Faden wieder.

Er war voll auf die Sache hereingefallen, das ließ sich gar nicht leugnen. Er wollte sie treffen, natürlich, aber nicht in seinem Atelier, wo das einzige Ausstellungsstück momentan ein ästhetisch zweifelhafter Drachenkokon mit Erdbeeraroma war. Odette hatte ein Café vorgeschlagen, gleich um die Ecke. Wirklich gar nicht weit, nur ein paar Minuten Fußweg. Was konnte in ein paar Minuten schon Schlimmes passieren?

»Du hast das Legulas also einfach allein gelassen?«, stöhnte Green. »Wo war Elizabeth?«

»Weg«, sagte Julius. »Ich habe ihr von den Typen in deinem Büro erzählt, und dann ist sie aus dem Haus gelaufen. Ich glaube, sie wollte dich warnen. Hat sie dich gewarnt?«

»Sozusagen«, sagte Green und guckte traurig. »Und sie ist nicht zurückgekommen, die ganze Zeit über?«

Julius schüttelte stumm den Kopf.

»Sie hat ihren Dolch nicht mehr«, sagte Green leise, wie zu sich selbst. »Warum ist sie nicht zurückgekommen?« Er blickte auf die leere Seite seines Notizbuches, dann hinüber zu Julius. »Was ist in dem Café denn passiert?«

»Gar nichts.« Julius hatte im Café gesessen und auf Odette gewartet, aber Odette war nie aufgekreuzt, nicht wahr? Julius hatte gewartet und gewartet, und immer wenn er vom Warten die Nase voll gehabt hatte, hatte er doch noch ein bisschen weitergewartet, nur noch fünf Minuten, nur zur Sicherheit. Als er dann endlich in sein Atelier zurückkehrte, waren sie alle weg.

Alle. Weg. Tesla, Zarathustra, Faust, Cleopatra, Dunkelsprung. Alle.

»Und das Legulas!«

Julius saugte an seinem Teedampf und starrte Green beschwörend an. »Du musst etwas unternehmen! Frag mich etwas! Du bist ein Detektiv!«

Green blickte zur Seite. »Nicht mehr«, murmelte er.

»Was heißt hier ›Nicht mehr‹!«, rief Julius empört. Green hatte sich die ganze Zeit so praktisch und nützlich verhalten, und jetzt, wo er endlich gebraucht wurde, gab er plötzlich klein bei! »Mit dem Detektiv-Sein hört man doch nicht so einfach auf! Sieh mich an: kein einziger Floh weit und breit, aber ich bin trotzdem ein Flohzirkusdirektor! Na komm schon: frage mich etwas!«

Green guckte ihn einen Moment lang zweifelnd an, dann nickte er und zückte seinen Stift.

»Warum … was … wie … wie lange hast du denn auf diese Odette gewartet?«

»Ich weiß nicht genau«, sagte Julius. »Vielleicht eine Stunde?«

»Eine Stunde!« Green ließ entsetzt den Stift sinken.

Julius zuckte mit den Achseln. »Mir hat es auch keinen Spaß gemacht! Es war so laut und hell.«

Green stand auf und begann, im Raum auf und ab zu gehen.

»Ich bin ein Detektiv«, murmelte er wieder und wieder. »Ich bin ein Detektiv.«

Schließlich blieb er vor Julius stehen und runzelte zögerlich die Brauen.

»Wir sollten den Pförtner befragen!«, verkündete er und kritzelte etwas in sein Buch. »Und das Café – ist das hier in der Straße? Kann es sein, dass du von dem Café aus irgendetwas gesehen hast?«

»An der Ecke. Aber ehrlich gesagt – ich … ich habe nicht viel aus dem Fenster geguckt, es ist heute so grell draußen.«

»Grell?« Green musterte ihn vorwurfsvoll. »Und auf dem Weg dorthin? Und auf dem Weg zurück?«

Der Weg zurück … Richtig, auf dem Weg zurück war etwas gewesen. Julius hatte sich von einem Markisenschatten zum nächsten geduckt, als auf einmal ein besonders großer Schatten auf ihn gefallen war, so groß und so dunkel, dass er es gewagt hatte, kurz aufzublicken.

Ein Laster war die Straße entlanggekommen, ein großer schwarzer Lastwagen, fast zu breit für die schmale Straße. Ungewöhnlich. Eigentlich durften hier gar keine Laster fahren!

»Ganz schwarz? Gar keine Aufschrift?« Die Sache schien Green zu interessieren.

Rabenschwarz, von oben bis unten. Der Laster hatte Julius

an irgendetwas erinnert – aber an was? Im nächsten Moment wusste er es und hätte vor Überraschung beinahe seine Teetasse fallen lassen: Flohpalast! Der Lastwagen war ihm irgendwie vorgekommen wie ein riesiger Flohpalast!

»Und er war wirklich ganz schwarz? Kein Zeichen, nichts?«

Doch, jetzt wo Green es sagte: Über dem Führerhäuschen hatte irgendetwas gestanden, ein einziges Wort. Julius hatte nur nicht wirklich darauf geachtet.

»Was für ein Wort?«

Irgendetwas wie … irgendetwas mit … Auf einmal, blitzartig, sah Julius das Wort wieder vor sich wie in die Luft geschrieben.

»Magic«, sagte er leise. »MAGIC in Großbuchstaben.«

Green setzte sich wieder und sagte einen Moment lang gar nichts.

»Und das Führerhäuschen? Hast du irgendjemanden im Führerhäuschen gesehen?«

Julius schüttelte den Kopf. »Die Scheiben waren verdunkelt.«

»Fawkes«, sagte Green leise.

»Natürlich war es Fawkes!«, rief Julius. »Wir wissen doch schon längst, dass es Fawkes war! Wer denn sonst?«

»Ja, wer sonst?«, murmelte Green. »Jedenfalls können wir anfangen, nach einem schwarzen Lastwagen zu suchen, das ist doch immerhin etwas. Ich gehe jetzt runter zum Pförtner.«

Er stand auf und ging entschlossen zur Tür.

Sobald Green weg war, drängte sich die Stille von allen Seiten an Julius heran wie eine aufdringliche Katze.

So still. Zu still.

Julius vermisste die Stimmen seiner Flöhe, ihre treffenden Bemerkungen, ihre weisen Ratschläge, ihre fröhlichen Flohlieder.

»*Blut tut gut*«, summte er probehalber in die Stille hinein, aber ohne einen Flohchor im Hintergrund wollte sich einfach keine so rechte Stimmung einstellen.

Er stand auf, ging hinüber zu seiner Werkbank und schaltete das Radio ein. Klavierklänge klimperten durch die Stille, und einige Augenblicke später erkannte Julius die Melodie: der Flohwalzer, ausgerechnet! Der Flohwalzer war so ziemlich das Letzte, was er gerade hören wollte!

Er fummelte an dem Programmknopf herum. Nach ein paar Versuchen landete er bei einem Orchesterstück, aber auch das klang unbefriedigend klein und dünn und zu weit weg.

Ein kleines Orchester! Julius verspürte einen Stich. Und dann noch einen Stich beim Gedanken an Stiche.

Er schaltete das Radio wieder aus, ging hinüber zum Verkaufstresen und starrte auf die Dinge, die Fawkes ihnen zurückgelassen hatte. Handschuhe? Wieso denn Handschuhe?

Julius hob einen Handschuh hoch und ließ sich die feine weiße Seide durch die Finger gleiten. Wer solche Handschuhe trug, konnte sich die Finger nicht schmutzig machen. Gehörten sie Fawkes? Hatte er sie abgelegt? Waren sie eine Warnung, ein Zeichen dafür, dass Fawkes nun keine Probleme mehr damit hatte, sich die Finger schmutzig zu machen? Doch dafür sah die Seide ein bisschen zu neu und zu unbescholten aus.

Julius streifte sich probehalber einen Handschuh über. Wie angegossen! Waren die Handschuhe also für ihn bestimmt? Was wusste Fawkes denn über Julius? Julius blickte sich um. Der Verkaufsraum mit seiner professionellen Glätte verriet so gut wie nichts über ihn, aber drüben im Nebenzimmer hatte Julius Zeitungsausschnitte von seinen Flohzirkusauftritten an die Wand gepinnt. Dort war er zu sehen, schwarz auf weiß, mit Zylinder und elegantem Frack, den Flohpalast stolz in den Händen. Zum ersten Mal fiel ihm die Ähnlichkeit zwischen diesem Bild und Fawkes' Plakat auf – aber auch die Unterschiede: Fawkes zeigte Muskeln, Julius trug Zylinder, Fawkes hatte die Arme erhoben, Julius hielt den Flohpalast vor sich hin wie einen Schrein.

Fawkes wusste, dass er ein Flohzirkusdirektor war! Auf einmal war Julius sich sicher, dass die Handschuhe etwas damit zu tun haben mussten. Er zog sich auch den zweiten Handschuh über und betrachtete sich prüfend in der spiegelnden Glasscheibe seines Verkaufstresens.

Nicht schlecht! Elegant! Diese Handschuhe hätten hervorragend zu Julius' Zylinder gepasst! Julius hob die Hände zu einer fawkesschen Beschwörungsgeste, und auf einmal verstand er:

Fehdehandschuhe! Eine Herausforderung! Eine Herausforderung, die sich an ihn als Zirkusdirektor richtete. Fawkes hatte ihnen die Tickets dagelassen, um anzugeben!

Er ließ die Hände wieder sinken und streckte die Finger. Fawkes würde bald merken, dass er sich nicht so einfach von einem Typen mit nackten Armen an die Wand spielen ließ!

Es klingelte.

Julius streifte sich hastig die Handschuhe von den Fingern und eilte zur Tür. War Fawkes zurückgekommen? Was wollte er denn jetzt noch von ihm?

Doch als Julius besorgt durch den Türspion äugte, stand draußen nur Green, vom Guckglas froschartig verzerrt, mit breitem Gesicht und lächerlich kurzen Beinen, ein Gnom in Kristall. Green war von der Befragung des Pförtners zurück. Endlich! Julius riss die Tür auf und ließ den Detektiv zurück ins Atelier.

»Und?«

»Er schläft«, sagte Green aufgebracht. »Er schläft, und ich kann ihn nicht wecken!« Er begann, wieder im Raum auf und ab zu laufen.

»Da!«, sagte Julius. »Das *beweist*, dass es Fawkes war. Ein normaler Einbrecher könnte das nicht so einfach, jemanden schlafen machen. Aber diese Wesen, die für Fawkes arbeiten, *die* können das.«

Green nickte.

»Genau wie Elizabeth«, sagte Julius nachdenklich. »Elizabeth konnte es auch.«

Green antwortete nicht, sondern tat so, als würde er etwas in sein Notizbuch schreiben, aber Julius konnte sehen, dass er nur Kreise malte.

Plötzlich schlug sich Green gegen die Stirn.

»*Cherchez la femme*, das ist es! Sie hat angerufen, nicht wahr? Diese Odette hat angerufen? Ich wusste doch, dass ich irgendetwas übersehen hatte! Wie hängt Odette mit Fawkes zusammen? *Das* ist es, was wir herausfinden müssen! Ist das das Telefon?«

Green drängte sich an Julius vorbei zum Schreibtisch und begann, Telefontasten zu drücken. Eine Nummer erschien auf dem Display. Green notierte sie sich und hielt ihm den Zettel triumphierend unter die Nase.

»Da, das ist die Nummer, von der aus sie angerufen hat. Festnetz. Damit können wir die Adresse …«

»Oh, ich weiß, wo sie wohnt«, sagte Julius. »Sie ist in meiner Kundendatei.«

Dunkelsprung sprang. In riesigen Sätzen, von Dunkelheit zu Dunkelheit, höher und weiter, als je ein Floh vor ihm gesprungen war. Und er *sah* auch weiter als andere Flöhe, nicht nur wie früher Licht und Schatten, sondern Formen. Farben.

Dinge.

Unter den Schrank. Über den Stuhl. In hohem Bogen. Durchs Schlüsselloch. Den Gang entlang. Sprunghaft. Unbedacht. Ohne Halt.

Durch den Türspalt.

Dunkelsprung hielt inne und prüfte die Luft. Vor ihm lag ein Wesen auf blankem Steinboden, zusammengerollt, die eigene Schwanzspitze im Maul wie einen Trost. Die Haut glatt, feucht und kühl. Es war nicht warm, wie Menschen warm waren, aber es war auch nicht so kalt wie die Dinge.

Salamander.

Dunkelsprung sprang näher und stach.

Große Hitze unter lauer Haut.

Der Salamander wachte nicht auf, aber er seufzte im Traum und drehte sich auf den Rücken, sein bunter Bauch wie eine Landkarte aus Lava. Noch immer hielt er seine Schwanzspitze im Maul wie einen Trost.

Dunkelsprung sprang weiter, zu einer anderen Tür.

Kein Steinboden hier. Kacheln. Licht, das durch blindes Glas fiel, und darin die Nixe. Unter Wasser, träumend zwischen Algen, aber eine Hand ruhte auf dem Rande der Badewanne, erstaunlich heiß.

Dunkelsprung sprang und stach.

Die Nixe explodierte aus der Wanne. Mit ihr eine Armee von Wassertropfen, zehnmal größer als jeder Floh, selbst Dunkelsprung. Lichtes Haar. Messerscharfe Zähne, dazwischen ein Zischen.

Dunkelsprung schmeckte ihr nach. Die Nixe war eine Bluttrinkerin, genau wie er selbst, wild und gefährlich. Blut und Milch. Respektvoll zog sich Dunkelsprung vom Wannenrand zurück. Durch die Luft, höher als alle Tropfen. Zur Tür hinaus.

Weiter.

Endlich saß Lazarus Dunkelsprung träge draußen auf dem Teppich, größer und weiser als zuvor, erfüllt vom Leben vieler Wunderwesen. Nur einer war übrig, dessen Blut er noch nicht probiert hatte. Dunkelsprung witterte, dann machte er sich auf den Weg zurück zu Fawkes' Studierstube, wo der Professor bei einem Licht saß und goldene Halsbänder verteilte.

Doch als Dunkelsprung behäbig wieder durch das Schlüsselloch kroch, war Fawkes schon mit etwas anderem beschäftigt. Der Flohpalast stand nun wieder verschlossen und unbeachtet am Rande des Tisches. Stattdessen nahm eine viel größere Truhe den zentralen Platz im Licht ein. Der Deckel stand offen, und Fawkes beugte sich darüber. Er gab ein seltsames Geräusch von sich, halb Seufzen, halb Stöhnen, einen kleinen, sanften, sentimentalen Laut.

Dunkelsprung hüpfte neugierig näher. Zum ersten Mal in seinem Leben wollte er etwas nicht nur wittern, sondern *sehen*. Doch halt, Fawkes war kein Träumer wie die anderen Wesen hier, kein Schläfer und Milchtrinker, er war der Besitzer greifender Finger und harter, entschlossener Augen. Lazarus dachte einen Moment lang nach, dann landete er mit einem gezielten Sprung in Fawkes' Ohr. Hier, an der Mündung der warmen, gemütlichen Ohrhöhle konnte er den Fingern unentdeckt bei ihrer Arbeit zusehen.

Die Finger strichen zärtlich und ein wenig wehmütig über die goldene Schrift im Deckel der Truhe, dann machten sie sich daran, das Truheninnere zu erforschen. Sie fanden Hieronymus den Messingmann und falteten ihn fachkundig auf, beinahe scheu.

»Ach«, sagte Fawkes, als der Automat endlich vor ihm stand. »Ach Pinchy!« Die Finger schwebten hinüber zu Fawkes' Augen und kamen feucht zurück.

Dann waren sie wieder zurück in der Truhe, und Fawkes sagte zum dritten Mal »Ach!«, aber diesmal klang es anders. Erstaunt. Erfreut.

Als die Finger diesmal wieder auftauchten, hielten sie Feuer. Farben. Tausendfach gebrochenes Licht tanzte über Fawkes' Gesicht und fand seinen Weg bis hin zu Dunkelsprung. Die Finger hielten den Ring eine ganze Weile, drehten ihn, betasteten und streichelten ihn.

»Oh!«, sagte Fawkes leise und ehrfürchtig, dann saß der Ring auf einmal auf einem der Finger. Fawkes hatte seinem eigenen Finger ein Halsband verpasst, und Dunkelsprung konnte sehen, wie ihn der Ring beschwerte, einengte, aus der Balance brachte. Große Sprünge waren so wohl nicht zu machen.

Eine Tür knarzte, und Fawkes legte schnell seine andere Hand über den Ring, wie um ihn zu verbergen.

»Ah, Lizzy, mein Zicklein. Du bist zurück.«

Ein Schatten fiel über Fawkes, bis tief hinein in sein Ohr.

»Ja, Professor.«

26. Stichprobe

Der Löwe hielt einen Ring im Maul und blickte Julius und Green mit der strengen Würde eines Butlers an. Launceston Place. Eine feine Adresse.

Green streckte unerschrocken die Hand aus, griff sich den Ring und klopfte. Irgendwo im Inneren des Hauses ertönte ein metallischer Gong.

Ferne Schritte. Julius blinzelte.

»Nimm endlich die blöde Brille ab«, sagte Green. »Mit so einer Brille würde ich dich auch nicht ins Haus lassen.«

Julius wusste, dass Green Recht hatte, trotzdem kostete es ihn fast unmenschliche Überwindung, sich die lächerliche rote Sonnenbrille von der Nase zu ziehen und sie in der Manteltasche verschwinden zu lassen.

Weißglühendes Licht versengte seine Augen.

Die Tür vor ihm öffnete sich zögerlich, erst einen Spalt.

Zwischen seinen Wimpern hindurch konnte Julius mit Mühe eine schlanke Gestalt erkennen, grüne Bluse und Jeans. Dann überwältigte ihn das Licht, und er musste seine Augen zukneifen.

»Oh«, sagte sie nur und dann noch einmal: »Oh!«

Julius erkannte die Stimme sofort, rauchig und weich, aber auch ein wenig kratzig, eine Katzenpfotenstimme. Und er erkannte den Geruch, appetitanregend, lebendig, sahnig. Julius stellte fest, dass er seine Augen überraschend wenig brauchte.

»Mein Name ist ...«, begann Green, aber Julius unterbrach ihn.

»Das ist Green. Dürfen wir?«

Wenn er auch nur eine Sekunde länger hier draußen im Licht schmorte, würde er sicher ohnmächtig werden, oder schlimmer, sich die rote Sonnenbrille wieder aufsetzen, oder am allerschlimmsten, Odette zur Seite schubsen und sich irgendwo am dunklen Ende ihres Flurs auf dem Boden zusammenrollen.

»Ich … äh«, ihre Stimme flatterte. Ein Zögern, nur einen winzigen Moment lang, aber er kam Julius wie eine kleine Ewigkeit vor. »Ja, natürlich. Kommen Sie bitte herein.«

Odette trat zur Seite, und Julius rannte an ihr vorbei ins rettende Halbdunkel des Flurs. Er hörte kaum, wie Green an der Türe Entschuldigungen und Erklärungen murmelte, so erleichtert war er, dem Licht da draußen entkommen zu sein. Probehalber öffnete er erst ein Auge, dann das zweite. Ja, so ging es!

»Hier hinein, bitte!« Odette führte sie in eines der Zimmer. Flüsternde Teppiche. Selbstbewusste Sessel, dunkle, distinguierte Hölzer, und am allerbesten: samtene, halbgeschlossene Vorhänge, die das Tageslicht in Schach hielten. Julius seufzte vor Erleichterung laut auf. Hier ließ es sich ein Weilchen aushalten!

»Setzen Sie sich doch!« Odette deutete ein wenig hilflos auf die vielen Sessel, kleine gepolsterte Inseln im Teppichmeer. Sie selbst setzte sich aber nicht, sondern hing weiter in der Tür wie eine Schwebefliege, scheinbar reglos, bis man genauer hinsah. Ihre Augen huschten scheu zwischen Julius und Green hin und her.

»Tee?«

»Danke, ich …«, begann Green, doch Julius schüttelte ungehalten den Kopf. *Spring ins Fell!* Er kam gleich zur Sache. »Wir … ich habe mich gefragt, warum Sie mich vorhin sehen wollten. Und natürlich, warum Sie dann nicht zu unserer Verabredung gekommen sind. Ich … ist alles in Ordnung?«

»Oh, *das!*« Odette lachte plötzlich. Erleichtert? Alarmiert? Vielleicht auch nur verlegen. »Es tut mir so leid, dass ich nicht gekommen bin, das ist natürlich vollkommen unverzeihlich. Ich kann mir vorstellen, wie beschäftigt Sie jetzt sein müssen.«

»Können Sie?« Was genau wusste Odette denn von seinen Geschäften?

»Aber natürlich! Ich habe all meinen Freundinnen von Ihrem außergewöhnlichen Schmuck erzählt. Ich wette, Sie können sich vor Aufträgen kaum retten!«

Odette setzte sich auf den Sessel Julius gegenüber und lehnte sich vor, so dass Julius im Ausschnitt ihrer Bluse teure Spitze und cremiges Fleisch erkennen konnte.

Schwindel ergriff ihn.

»Und warum wollten *Sie* Julius sprechen?«, fragte Green mit gezücktem Notizbuch.

»Ach, eigentlich nur wegen des Rings«, sagte Odette und spreizte demonstrativ die Finger. Die verflixte Nixe funkelte Julius mit spöttischen Smaragdaugen an. »Eine Kleinigkeit, wirklich. Aber er hat ihm so gut gefallen, dass ich etwas für ihn in Auftrag geben wollte. Manschettenknöpfe oder so.«

Der Ring! Julius beugte sich auch ein wenig vor und atmete Odette ein. Den Ring hatte er vollkommen vergessen! Sie blickten sich über den Abgrund zwischen den Sesseln hinweg an, zwischen ihnen die Wasserfrau. Julius kam es so vor, als zwinkere ihm die Nixe aufmunternd zu.

Odette war rot geworden.

Blut tut gut!

»In Auftrag? Für wen?«, fragte Green aus dem Abseits des dritten Sessels.

»Oh, Isaac.«

»Isaac *Fawkes?*«

»Genau.« Odette blickte ein wenig irritiert zu Green hinüber.

Die Bewegung löste den locker gesteckten Knoten in ihrem Haar. Eine Welle delikaten Dufts wusch über Julius.

Er wollte sie trinken! Er wollte sie trinken wie Wein!

Sauge! Sauge!

»Und warum sind Sie dann nicht zu der Verabredung gekommen?«, fragte Green wie aus weiter Ferne.

»Ich … ich war verhindert. Es tut mir wirklich leid!« Ihre Augen blitzten.

Log sie? Wenn sie log, dann log sie *gerne*!

Julius schloss die Augen und roch Odettes glühende Haut, und auf einmal verstand er.

Verliebt, dachte er. Sie ist in Fawkes *verliebt*! Das war seine Idee! Er hat sie gebeten, diesen Termin zu machen, um mich wegzulocken! Deshalb ist sie nicht gekommen. Und in der Zwischenzeit hat er mein Atelier ausgeräumt!

Ihr Puls! Mit geschlossenen Augen konnte Julius ihren Puls spüren, schnell und jubilierend, nur eine Armlänge entfernt.

Dann sprang er, blind, in hohem Bogen, sprang durstig auf ihren makellos weißen Hals zu.

Danach saßen sie wieder alle auf Sesseln, Julius in einer Ecke, zitternd vor Scham und Frust, Odette mit wirrem Haar, hysterisch schluchzend, so weit wie möglich von Julius entfernt.

Zwischen den beiden Green.

Green telefonierte mit Aulisch.

»Eine etwas heikle Situation«, hörte Julius ihn sagen. »Nein, nichts wirklich Schlimmes, aber wir könnten Ihre Hilfe brauchen.«

Nichts wirklich Schlimmes? Julius blickte böse zu Green hinüber. Er hatte einen Menschen *angefallen*, schlimmer noch, er hatte eine *Kundin* angefallen. Und am allerschlimmsten: es war ihm noch nicht einmal geglückt, und er hatte immer noch diesen rasenden Durst. Was in aller Welt konnte denn noch schlimmer sein?

Endlich legte Green auf.

»Er kommt«, sagte er und lächelte ermutigend in Odettes Richtung. »Nur ein paar Minuten. Ein Glück, dass ich immer so ein guter Kunde war.«

»Ein paar Minuten!«, fauchte Odette. »Wenn Sie glauben, dass ich ein paar Minuten lang mit diesem Wahnsinnigen in einem Zimmer …«

»Oh, wir machen jetzt einfach das Beste aus der Situation«, sagte Green gemütlich. Dann ging er hinüber zu Odette und begann, jedes letzte verfügbare bisschen an Information über Fawkes aus ihr herauszuschütteln.

Später saßen sie zu zweit auf einer Parkbank und sahen Hunden beim Spielen zu, Green mit einem Sandwich, Julius wieder mit Sonnenbrille.

Einige Schritte entfernt stritten sich unbeholfene Tauben, knopfäugige Enten und glatte Krähen um altes Brot. Selbst aus der Entfernung konnte Julius die Wärme der kleinen Vogelkörper spüren.

»Ich wollte ihr Blut trinken!«, flüsterte er erschüttert. »Ich wollte wirklich ihr Blut trinken.«

»Ich weiß.«

»Ich hätte sie in den Hals gebissen! Oh mein Gott, wenn du nicht so schnell gewesen wärst, hätte ich sie wirklich in den Hals gebissen. Wie *konnte* ich nur?«

»Keine Sorge.« Green biss mit gutem Appetit in sein Sandwich. »Die Sache ist schon vergessen, glaub mir. Aulisch kann noch ganz andere Sachen aus den Leuten herauspendeln.«

»Und weißt du, was das Schlimmste ist? Ich möchte sie *noch immer* in den Hals beißen.«

»So was kommt vor.« Green klopfte ihm verständnisvoll auf die Schulter, und Julius hatte auf einmal Tränen in den Augen.

»Nein, so was kommt *nicht* vor, nicht bei mir! So etwas darf nicht vorkommen!«

»Wir haben alle unsere dunklen Seiten«, sagte Green beschwichtigend. »Das Wichtigste ist, dass man richtig mit ihnen umgeht.«

»Wie kann ich denn mit so was *umgehen*? Ich weiß noch nicht einmal, wieso! Ich hatte nur plötzlich solchen *Durst*. Ich habe noch immer Durst! Meine Güte, ich habe sogar Durst auf *dich*!«

Julius rückte vorsichtshalber etwas weiter von Green ab.

Der Detektiv war mit seinem Sandwich fertig, lehnte sich zurück und streckte die Beine aus. »Ich glaube, es hat mit deinen Flöhen zu tun. Du wirst ihnen ähnlicher, daran ist überhaupt nicht zu zweifeln. Das war ein beachtlicher Sprung, den du da vorhin hingelegt hast!«

»Wirklich?« Auf einmal fühlte sich Julius etwas besser.

»Wirklich.«

»Ich will meinen Flöhen nicht ähnlicher werden! Ich will sie zurück!«

»Sie kennt ihn erst einen Tag«, sagte Green kopfschüttelnd. »Und trotzdem total verschossen. Dieser Fawkes muss ein verdammt charmanter Typ sein. Komisch, Elizabeth hat nie gesagt, dass er charmant ist.«

»Er denkt, seine Show ist besser als meine«, sagte Julius. »Aber da irrt er sich.«

»Wir bekommen sie zurück«, sagte Green nach einer Weile. »Alle. Wir besorgen dir jetzt erst einmal eine Blutkonserve – ich kenne da jemanden – und eine anständige Sonnenbrille, und morgen gehen wir zu dieser Vorstellung und holen sie uns alle zurück!«

»Was, wenn es eine Falle ist?«, fragte Julius.

»Oh, es ist ganz sicher eine Falle«, sagte Green aufgeräumt. »Die Frage ist: für wen?«

Isaac Fawkes hat einen aufreibenden Tag hinter sich. Die Milch war ranzig geworden, das Müsli alle, der Rasierapparat kaputt. Er hatte sich beim Workout einen Muskel gezerrt und würde nun auf sein abendliches Jogging entlang der Themse verzichten müssen. Seine Eleven waren launisch und aufsässig gewesen, die Nachbarn unter ihm hatten laute, hässliche Musik gehört. Odette war nicht ans Telefon gegangen. Ein Floh war entkommen, bevor er ihm einen Golddraht hatte anlegen können. Nichts war ihm gelungen, nicht einmal das Spiegelei, das er sich zum Luncheon gebraten und verbrannt hatte. Das Dach war undicht, die Heizung funktionierte nicht, und zu allem Überfluss war ihm vorhin auch noch »Die hohe Kunst der Drachenbrut« auf den Kopf gefallen.

Und jetzt das: Die Flöhe ziehen nicht. Sie sitzen nur verstockt in ihren goldenen Geschirren auf dem Automaten herum und glotzen ihn blöde an. Fawkes, der sich nunmehr seit Jahrhunderten mit der Bändigung von allerlei Wunderwesen beschäftigt, ist überrascht, dass simple Flöhe so eine Herausforderung sein können.

Zuckerbrot und Peitsche! Damit klappt es jedes Mal! Zuckerbrot und Peitsche!

Fawkes hat die Flöhe bereits gefüttert und erfolglos versucht, ihnen mit einer Kerzenflamme zu drohen, doch sie scheinen nicht allzu hungrig und ungewöhnlich unerschrocken. Was jetzt? Was noch? Was in aller Welt kann sich so ein kompakter kleiner Blutsauger schon groß wünschen? Was würde *er* sich wünschen, wenn er ein Floh wäre?

Flügel!

Das ist es! Wenn Fawkes ein Floh wäre, hätte er von dem ewigen Kriechen und Hüpfen schon längst den Stechrüssel voll!

Fawkes beugt sich also vor, krempelt gedankenverloren die Ärmel hoch und verspricht den Flöhen Flügel, delikate, wunderschöne Gebilde, die sie durch den Äther zu den saftigsten

Mahlzeiten tragen würden. Genau genommen sind Flügel ihr gutes Recht, wissen sie das eigentlich? Vor langer Zeit, als die Welt noch jung war, hatten alle Flöhe Flügel besessen! Erst später waren die Flügel abhandengekommen, weil sie sie nicht mehr benutzt hatten. Fawkes ist ein großer Anhänger dieser neumodischen Evolutionstheorie.

Genau wie die Magie, denkt er auf einmal. Einst haben auch die Menschen Magie besessen, genau wie die Salamander und Dryaden und Faune und das ganze Gelichter. Doch dann ist der Verstand hinzugekommen, ein glänzendes, scharfes neues Werkzeug, und sie sind die Magie losgeworden, weil sie sie nicht mehr gebraucht haben. Mit gutem Grund, zweifellos mit gutem Grund, aber …

Aber wenn heute ein Mensch die Magie für sich zurückerobert, kann er alles erreichen, alles, was er will, all das hier …

Fawkes breitet die Arme aus, eine theatralische Bühnengeste, die sein mit Schätzen und Wundern gefülltes Studierzimmer und genau genommen die ganze weite Welt mit einschließt.

Die Steine seines neuen Rings blitzen übermütig.

Neben dem Kamin löst sich ein Stück Putz von der Wand.

Die Flöhe verstanden nicht alles, was Fawkes da so faselte, aber dass er sie als Flügeltiere verunglimpft hatte, verstanden sie dann doch.

Flügel! Wer wollte denn heutzutage noch Flügel? Flügel, die schwerfällig und verwundbar machten, am Sprung hinderten und obendrein auch noch ihre perfekten braunen Flohkörper verunstalten würden. Was erfrechte sich der Fingermann! Wenn er dachte, dass er sie mit derart billigen Tricks zu Höchstleistungen anspornen konnte, hatte er sich gewaltig gestochen! Mittlerweile war ihre Begeisterung für die goldenen Halsbänder deutlich abgeflaut, und auch kulinarisch hatte sich Fawkes als Enttäuschung herausgestellt. Nach dem wunderbar gehaltvollen Drachenblut schmeckten seine Säfte eine wenig öde, abgestanden und, nun ja, alt. Fawkes hatte die Stichprobe nicht bestanden. Wenn der Wirt dachte, dass sie sich auf Dauer mit derart fader Kost begnügen würden, hatte er die Rechnung ohne sie gemacht!

Kurz und gut: die Flöhe hatten genug von Fawkes. Sie würden einfach so lange herumhocken, bis der neue Mensch sie in Ruhe ließ und sie zu ihrem wilden, würdevollen, intellektuell anspruchsvollem Flohleben mit Julius zurückkehren konnten.

Bis dahin hieß es einfach durchhalten. Schließlich hatten sie alle in Drachenfeuer gebadet – Fawkes' funzelige Kerze schreckte sie nicht.

Plötzlich fiel ein willkommener Schatten auf die Flöhe, und Fawkes hörte mit seinen lächerlichen Höhenflügeleien auf.

»Professor? Alles ist bereit für die Vorstellung!«

Fawkes wandte sich mit spürbarer Erleichterung von den Flöhen ab.

»Ah, Lizzy, hervorragend. Wenigstens etwas funktioniert hier. Möchtest du etwas Milch, mein Kätzchen? So wie früher?«

Die Frau schwieg. Fawkes stand auf und kehrte bald darauf mit einem Glas Milch zurück. »Ganz frisch gekauft, du kannst dir nicht vorstellen, was heute so alles … Komm, setz dich auf meinen Schoß und trink deine Milch, Lizzy.«

»Danke, Professor.«

Die Gehörnte setzte sich gehorsam auf Fawkes' Schoß und leckte mit einer langen Schlangenzunge die Milch aus dem Glas. Dann stand sie wieder auf, machte einen kleinen schlaksigen Knicks und schritt schweigend aus dem Zimmer, ohne die Flöhe oder Hieronymus auch nur eines einzigen Blickes zu würdigen.

Nur Lazarus Dunkelsprung, der in hohem Bogen unterwegs war, konnte sehen, wie sich Elizabeth draußen auf dem Flur einen Finger in den Mund steckte und unbarmherzig jeden letzten Tropfen Milch wieder aus sich herauswürgte.

Green tappte unschlüssig mit dem Finger auf die zwei Eintrittskarten zu Fawkes' Zauberschau, wie um sie auf dem Tisch festzunageln. Alles schwamm, alles floss, alles verpuppte sich. Er hätte gerne irgendetwas irgendwo festgenagelt.

»Ich denke, wir gehen einfach hin und improvisieren«, sagte er schließlich. »Es ist unsere beste Chance, nahe an Fawkes heranzukommen, du weißt schon, jetzt ohne die Flöhe. Wir könnten natürlich versuchen, ihm bei Odette eine Falle zu stellen, aber wer weiß, wie lange wir da warten müssten. Ehrlich gesagt bin ich mir gar nicht sicher, ob er überhaupt zu ihr zurückkommen wird. Und es gibt noch andere Komplikationen.«

Green warf einen strengen Blick hinüber zu Julius, der zufrieden an seiner Blutkonserve nuckelte und ab und an verstohlene Blicke hinunter auf den spiegelnden Glastisch warf, um heimlich seine neue Sonnenbrille zu bewundern. Armani. Die schwärzeste und eleganteste Sonnenbrille weit und breit.

Er machte sich Sorgen um den Flohdompteur. Julius kam ihm launisch und sprunghaft vor und verbrachte eindeutig zu viel Zeit mit Flohlyrik und blutrünstigen Gesängen. Wenn er sich nicht bald selbst ein bisschen domptierte, war es um ihre Mission schlecht bestellt.

Green guckte zum hundertsten Mal auf seine Armbanduhr. Noch immer ein paar Stunden bis zum Beginn der Vorstellung. Über ein Tag war inzwischen vergangen, seit Fawkes sich mit ihren Freunden davongemacht hatte. Wie lange würde es dauern, bis das Legulas schlüpfte? Normalerweise tat der kleine Drache immer alles im Eiltempo. Green wollte dabei sein, wenn er schlüpfte, so viel war klar. Und Elizabeth? Nicht auszudenken, was sie gerade durchmachte!

Er blickte auf und sah, dass er Julius' Aufmerksamkeit schon wieder verloren hatte. Birdwell blickte hinunter auf sein Spiegelbild im Glastisch und probierte Bühnengesten aus: die Arme ausgebreitet; die Hände dämonisch erhoben; eine Hand zur Präsentation ausgerollt, elegant wie eine Rankepflanze, schließlich beide Hände vor der Brust aneinandergelegt in Dankbarkeit für einen lautlosen, aber zweifellos tosenden Applaus. Jetzt verbeugte er sich sogar.

Green seufzte. Julius' neue Flohbedürfnisse waren schwierig genug, aber jetzt schien Birdwell auch noch von einer Art Bühnenduell mit Fawkes zu träumen. War das wirklich der Verbündete, an dessen Seite er es mit einem gefährlichen Zauberer aufnehmen wollte?

Er holte sein Notizbuch zu Hilfe und schrieb.

Julius' blöder Ring hat uns verraten.

Dann, nach kurzem Zögern:

Hat Elizabeth uns auch verraten?

Er glaubte nicht, dass Fawkes oder seine Leute einfach so an Elizabeth vorbei das Atelier hätte plündern können, Dolch oder nicht. Nicht ohne einen Kampf. Und nach einem Kampf – Green dachte an die verwüstete Bibliothek von Eden End –, nach einem Kampf hätte es in Birdwells Atelier vermutlich anders ausgesehen. Nein, kein Zweifel, Elizabeth hatte Fawkes einfach machen lassen, und vielleicht hatte sie ihm sogar geholfen.

Wie in aller Welt war es denn dazu gekommen – die Gehörnte war doch so entschlossen gewesen! Und sie hatte einen Plan gehabt, Plan B. Irgendetwas musste passiert sein, etwas, das sie dazu bewogen hatte, ihre Pläne zu ändern. Odettes Ring? Odettes Ring konnte Fawkes ganz unabhängig von seiner Suche nach dem Legulas zu Julius geführt haben. Elizabeth hatte ihn entdeckt, gerade noch rechtzeitig, und ihre Pläne geändert: Der Messingmann und das Legulas und sogar die Flöhe waren nun so eine Art Versöhnungsgeschenk, etwas, das selbst den misstrauischen Fawkes davon überzeugen würde, dass sie nun wieder auf seiner Seite war. Hatte sie es geschafft? Glaubte er ihr? Und *war* sie etwa wieder auf seiner Seite? »Verzeih mir!«, hatte sie vorhin zu Green gesagt – doch was gab es denn zu verzeihen, wenn nicht die Tatsache, dass sie wieder zu Fawkes übergelaufen war? Dennoch, vielleicht – ein winziges Fetzchen Hoffnung –, vielleicht war alles ja nur ein Trick …

»Green?« Julius war mit seiner Blutkonserve fertig und zupfte ihn vorsichtig am Arm.

Green klappte schnell sein Notizbuch zu und blickte auf.

»Green, wir sollten uns langsam auf die Vorstellung vorbereiten.«

»Ich bin bereit!«, knurrte Green.

»Wir müssen uns noch umziehen.«

Umziehen?

»Ich habe natürlich meinen Frack, aber was machen wir mit dir?«

»Was? Frack?« Jetzt hatte Julius endgültig den Verstand verloren!

»Black Tie!« Julius zeigte beharrlich auf die Tickets. »Dresscode! Da steht es!«

Typisch Birdwell, sich jetzt mit solchen Nebensächlichkeiten aufzuhalten!

»Ich glaube, ich habe irgendwo in meiner Tasche noch eine Krawatte«, murmelte Green.

»Ja, aber du hast kein *Hemd*!«

»Ich brauche kein Hemd!« Green wurde allmählich ungehalten. Wie konnte Bird sich in so einer Situation um seine Garderobe sorgen?

»Was, wenn doch? Was, wenn sie dich nicht *reinlassen*? Dann verpassen wir unsere beste Chance, nur weil du dich nicht anziehen kannst. Kommt gar nicht in Frage! Wir gehen einkaufen!«

Wenig später standen die beiden nebeneinander bei einem Herrenausstatter und musterten sich im Spiegel, Julius hoch und dünn, Green breit und kräftig. Julius makellos im schwarzen Frack, Green passabel im grauen Anzug mit grüner Krawatte.

»Na?«

»Nicht schlecht«, gab Green zu.

»Nur wir beide, was?«, sagte Julius.

»Nur wir beide«, bestätigte Green.

Das ist kein Märchen! Plötzlich verstand Green, was die Schneckenfrau ihm damit hatte sagen wollen. Im Märchen wurde einem von allen Seiten geholfen. Feen und weiße Zauberer und hilfreiche Wesen tauchten aus der Versenkung auf und lösten alle Probleme. Im wahren Leben hingegen halfen einem höchstens Verkäufer und Herrenausstatter, und die wollten für ihre Dienste entlohnt werden. Man musste die Dinge selbst in die Hand nehmen, Wunderwesen oder nicht!

Green überprüfte den Inhalt seiner neuen Jackentaschen: Notizbuch und Stift. Geld. Pflaster. Rechts sein Messer. Links Elizabeths gebogener Dorn.

»Bereit?«, fragte Green.

»Ich brauche nur noch einen Zylinder!«, sagte Julius und federte mit den Beinen.

27. Große Sprünge

Das Licht ging aus. Erwartungsvolles Raunen erfüllte das Theater. Green rutschte nervös auf seinem samtgepolsterten Sitz hin und her. So ganz im Dunkeln zu sitzen, auf Plätzen, die Fawkes ihnen zugewiesen hatte, behagte ihm gar nicht. Wie einfach konnte jetzt jemand von hinten kommen und mit dem Messer die tödliche rote Linie auf seinen Hals zeichnen! Wenn es gut gemacht war, würden die Leute das wahrscheinlich erst viel später bemerken. Auf einmal schien es keine so gute Idee mehr, einfach einmal probehalber in Fawkes' Falle zu tappen. Green blickte sich misstrauisch nach allen Seiten um und sah rein gar nichts.

»Alles in Ordnung?«, hörte er Julius' Stimme neben sich.

»Weiß nicht. Es ist so dunkel.«

»Ja, großartig, nicht wahr?«

Green seufzte. Ironischerweise wäre es beinahe Birdwell gewesen, den sie nicht in die Vorstellung gelassen hätten, trotz Frack und Zylinder, oder genauer gesagt: wegen des Zylinders. Birdwell hatte sich Roses blutige Feder an den Hut gesteckt, trug auch abends weiter beharrlich Sonnenbrille und ähnelte alles in allem eher einer Voodoo-Gottheit als einem Theaterbesucher. Trotzdem, Green hatte Julius schließlich dazu überredet, den Zylinder abzunehmen, wenigstens im Zuschauerraum, und jetzt saßen sie.

Sie saßen fest.

»Ich habe ein komisches Gefühl«, gab er zu.

»Ich auch«, flüsterte Julius. »Durst.«

»Schon wieder?« Green hatte Julius vor der Vorstellung systematisch mit Blutkonserven abgefüllt.

»Keine Sorge, ich habe es im Griff.«

»Pssst!«, zischelte jemand vor ihnen.

Julius zischte furchteinflößend zurück, dann war Ruhe im Saal.

Die Bühne tauchte langsam aus der Dunkelheit auf, gemächlich und mystisch, ein bisschen wie ein Walfischrücken. Darauf ein kleiner, aber kräftiger Mann. Roter Mantel, orientalischer Hut, einen einzigen wild funkelnden Ring am Finger.

»Ha!«, sagte Julius leise. »Das ist mein Ring. Der wird sich wundern!«

Das war Fawkes? Green hatte ihn sich größer vorgestellt, älter, markanter, *weiser* irgendwie. Die Ähnlichkeit mit dem Plakat war unverkennbar, aber während das Bild Falten und Schatten betonte, hatte Fawkes' Gesicht im richtigen Leben etwas Glattes, wie ein geschliffener Kiesel am Strand oder ein abgegriffener Türknauf. Dunkle Haare. Dunkle, kluge Augen. Gar nicht alt. Gar nicht verstaubt. Fawkes war da, hier und jetzt, ganz und gar. Darin, genau darin bestand der Zauber, verstand Green auf einmal, und dieser Zauber hatte rein gar nichts mit Wunderwesen und magischen Kreaturen zu tun.

Fawkes ließ den Mantel fallen und wirbelte mit bewundernswerter Präzision über die Bühne. Das Publikum klatschte. Green klatschte aus Unauffälligkeitsgründen mit.

»Pah!«, sagte Julius.

Die Vorstellung begann.

Ein Baum wuchs. Blüten, Bienen, Früchte, weiße Vögel. Wind. Schnee. Ein Reh auf dem Hochseil. Eine Luftkutsche, vor die Hunderte von Schmetterlingen gespannt waren. Ein Schloss aus fließendem Sand.

Fast hätte Green sich beim Gähnen ertappt. Sicher, spektakulär war es schon, aber… irgendwie hatte er etwas Besseres erwartet. Früher hätte es ihm zweifellos gefallen, aber nun, nachdem er Elizabeth kennengelernt, mit Thistle und Hunch gefochten, das Labyrinth durchwandert und das Legulas durch Züge geschmuggelt hatte, von einer Schneckenfrau geküsst und von Bäumen bemuttert worden war, kamen ihm Fawkes' Attraktionen ein wenig lau vor. Außerdem machte der

Zauberer Fehler. Beim Jonglieren ließ er eines der Eier fallen, statt Schnee stellte sich zuerst Regen ein, so dass Fawkes triefend nass auf der Bühne stand. Jemand im Publikum wurde von einer der Nachtbienen gestochen und musste von zwei Sanitätern in Leuchtwesten aus dem Theater geführt werden.

»Er ist nicht besonders gut, oder?«, raunte Green zu Julius hinüber.

»Unter den Umständen … Wenn er mit meinem Ring am Finger überhaupt noch eine Show hinbekommt, muss er verdammt gut sein.«

Green wollte gerade fragen, was es mit dem Ring auf sich hatte, als er im Dunkel hinter der Bühne ein blasses, besorgtes Gesicht zu erkennen glaubte. Die Worte blieben ihm im Hals stecken. Elizabeth! Sie war hier! Sein Herz zog sich zusammen, erleichtert und bang zugleich. Hatte sie ihn gesehen? Wenn ja, dann ließ sie sich davon rein gar nichts anmerken. Green beobachtete ihr ruhiges Gesicht und hoffte auf ein Zeichen, ein Lächeln, ein Zwinkern, irgendetwas, aber nichts passierte. Sie kam ihm anders vor als sonst, gedämpfter vielleicht, so als würde er sie durch einen Schleier sehen. Gefesselt. Gebannt.

Er tastete nach seinem Notizbuch, aber es war zu dunkel, um etwas hineinzuschreiben, und er hätte sowieso nicht so richtig gewusst, was. Neben ihm zappelte Julius unruhig auf seinem Sitz herum, gespannt wie eine Feder – oder wie ein Floh vor dem Sprung.

Wenig später, während des wirklich sehr magischen Tanzes der Quallen, löste sich auf einmal der linke Teil des Bühnenvorhangs, und dahinter kamen drei verdutzte Gestalten zum Vorschein: ein Mann mit Rehohren und zwei Damen mit Libellenflügeln, die die Quallen eine nach der anderen aus einem Sack schüttelten. Die drei standen einen Moment lang blinzelnd im Rampenlicht, dann huschten sie davon und ließen den Sack mit den Quallen zurück. Die Quallen drängten in Panik nach draußen, alle auf einmal, strömten auf die Bühne und wirbelten dort orientierungslos im Kreis. Eine landete auf Fawkes' Gesicht und saugte sich fest.

Das Publikum lachte.

»Das ist meine Chance«, flüsterte Julius. Er stand auf, setzte sich ruhig den Zylinder auf und war auf einmal von seinem Platz neben Green verschwunden. Als Fawkes es endlich geschafft hatte, sich die Qualle wieder vom Kopf zu ziehen, stand Julius mit Sonnenbrille neben ihm im Rampenlicht, die Hände vor der Brust aneinandergelegt.

Die Qualle machte sich mit dem orientalischen Hut davon.

Das Publikum klatschte.

Fawkes faltete ebenfalls seine Hände und knackte die Knöchel. Wenn er wütend war, ließ er sich davon nichts anmerken.

Es wurde still im Theater. Green tastete in seiner neuen Jackentasche nach dem Messer.

Fawkes war verschwunden und hatte das Licht angelassen! Die Flöhe hockten unzufrieden auf ihrem Messingmann herum und sangen Flohlieder. Sie hatten schon dreimal *Spring ins Fell* hinter sich und fünf *Blut tut gut* und konzentrierten sich nun auf *Drachenblut*, aber selbst dieser neue Klassiker der Flohpoesie wurde ihnen allmählich langweilig.

Von Drachenblut zu singen war eben lange nicht so gut wie Drachenblut zu saugen! Da an große Sprünge in ihren Goldharnischen nicht zu denken war, begannen sie, zur Unterhaltung zu zappeln, zu wippen und zu strampeln. Zarathustra, der mit Hieronymus' linker Hand verbunden war, versuchte es erfolglos mit Selbstlevitation.

Hieronymus der Messingmann schwankte und zuckte. Er senkte den Kopf und griff sich an die Brust, streckte ein Bein nach hinten und legte in einem ungesunden Winkel den Kopf in den Nacken, er spreizte die Finger und rotierte mit den Ellenbogen.

Lazarus Dunkelsprung hockte auf Fawkes' Schreibtisch und sah sich die Sache eine Weile an, zuerst nur amüsiert, doch nach und nach verstand er, wie die Dinge zusammenhingen, wie *alles* zusammenhing. Der Automat war nicht einfach nur eine sinnlose Anhäufung metallener Glieder und Gelenke, nein, er war *etwas*, ein Zweibeiner wie Julius und Fawkes, und er sollte sich wie ein Zweibeiner bewegen.

Was es jetzt brauchte, war jemand, der die ganzen Arme und Beine und Finger koordinieren konnte, jemanden mit Überblick, einen Floh mit Vision, kurz: einen Floh im Ohr – Dunkelsprung!

Dummerweise hatte der Messingmann keine Ohren. Wer auch immer so viel Aufmerksamkeit auf die beweglichen, schlaksigen Fortsätze verwendet hatte, hatte die Wichtigkeit der Ohren für residierende Parasiten vollkommen übersehen. Zum Glück entdeckte Dunkelsprung eine kleine Vertiefung zwischen den fein gestanzten Augenbrauen des Automaten – ein winziges Schlüsselloch, mindestens ebenso gut wie ein Ohr, sogar zentraler gelegen! Von dort oben musste man eine wunderbare Sicht haben.

Dunkelsprung segelte also in hohem Bogen hinüber auf Hieronymus' Stirn und blickte sich um. Er sah sofort, was zu tun war: erst Oberon, dann Cleo, dann Faust, dann wieder Oberon – ein Schritt. Marie Antoinette und Lear – den Arm gestreckt. Zarathustra und Madame P. – ein Griff.

Koordiniert von Lazarus Dunkelsprung machten sich die Flöhe an die Arbeit. Eine Weile lang stolperte Hieronymus nur von einem Fuß auf den anderen, doch dann schafften sie erste schwankende Schritte. Schon besser! Gehen auf zwei Beinen war kaum die eleganteste aller Fortbewegungsarten, so viel war ihnen allen klar, aber immerhin kam man so vom Fleck.

Dunkelsprung dirigierte sie hinüber zur Leselampe in der Ecke, und Zarathustra und Madame P. machten das Licht aus.

Beschwingt von diesem Erfolg wankten die Flöhe hinüber zur Tür, hinaus in den Flur, neuen Abenteuern entgegen.

Endlich stand Julius Fawkes gegenüber, geschützt von seiner Sonnenbrille, und hörte seinem Herzen beim Klopfen zu.

Klopfklopfklopf.

Klopf. Klopf.

Der Applaus war verebbt. Alle starrten ihn an.

»Wie heißen Sie denn, mein Herr?«, fragte Fawkes freundlich und scheuchte mit einer lässigen Bewegung die letzten Quallen von der Bühne.

»Julius«, sagte Julius. »Julius Birdwell!«

Fawkes warf die Hände hoch, ein wenig spöttisch vielleicht, vielleicht aber auch mit echter Anerkennung. »Applaus, hochverehrtes Publikum, Applaus für einen wahrhaft mutigen Mann!«

Er kam auf Julius zu, blickte ihm tief in die Augen und gab ihm die Hand.

Wieder Applaus.

Sie sahen sich schweigend an, eine kleine Ewigkeit, wie es Julius schien. Fawkes hatte einen perfekten, festen, warmen, trockenen Händedruck. Er sah auf eine altmodische Art gut aus, so, als hätte er in seiner Jugend Duelle gefochten und mit Poeten Nächte durchzecht – und vielleicht hatte er das ja auch wirklich getan.

Julius erwiderte den Händedruck und versuchte, sich zu konzentrieren. Es war sehr einfach, jemanden wie Fawkes zu hassen, wenn er gerade nicht da war, und sehr schwierig, wenn er dann in Lebensgröße vor einem stand. Aus nächster Nähe war der Mann wirklich charmant, unwiderstehlich geradezu. Ein echter Entertainer.

Julius kämpfte gegen eine Welle der Sympathie für Fawkes an. Der Professor war in sein Atelier eingebrochen und hatte seine Flöhe entführt. Bei Flöhen hörte der Spaß auf!

Er blickte rebellisch an Fawkes vorbei.

Fawkes schien zu merken, dass Julius nicht so einfach klein beigeben würde. Er lockerte den Händedruck und hob spöttisch eine Augenbraue.

Julius ließ sich nicht aus dem Konzept bringen. Jetzt, hier, endlich Aug in Aug mit Fawkes, waren plötzlich alle Angst und Ungewissheit von ihm abgefallen. Sie waren beide keine Zauberer. Sie waren beide einfach nur Flohzirkusdirektoren. Fawkes hatte nur die größeren Flöhe.

Aber anders als Fawkes konnte Julius das einfach zugeben.

Julius sah aus den Augenwinkeln, wie in den Seitenflügeln zwei kräftige Gestalten mit Rehohren auftauchten und Fawkes fragend anblickten. Fawkes schüttelte fast unmerklich den Kopf. Er war zu sehr ein Showman, um Julius einfach taktlos von der Bühne schleppen zu lassen.

Julius war nun Teil der Show, und es hing an ihm zu entscheiden, ob es ein Triumpf oder eine Lachnummer werden würde.

»Julius, willkommen in der Wunderkammer!«, sagte Fawkes. »Was hast du uns denn heute für ein Wunder mitgebracht?«

Julius schluckte und fummelte an seinem Ärmel herum. Er war auf die Bühne gekommen, um Fawkes als Hochstapler und Kreaturenausbeuter bloßzustellen, aber jetzt kam er sich auf einmal selbst wie ein Hochstapler vor. Wer war er schon? Ein Flohzirkusdirektor ohne Flöhe – und das war wirklich nicht viel.

Er fühlte, wie die Aufmerksamkeit des Publikums von ihm abglitt und sich wieder an Fawkes heftete, und verstand auf einmal: Dieses Duell würde nicht durch Nummern und Attraktionen entschieden werden, nein, es fand in den Köpfen der Leute statt. In dieser Vorstellung – in *jeder* Vorstellung – ging es darum, etwas in Köpfe hineinzuzaubern.

Seine echten Flöhe waren von Fawkes gefangen genommen worden, aber hier, in diesem Moment, brauchte Julius keine

Flöhe. Er hatte ein Publikum – und ein Publikum war erfahrungsgemäß mehr als bereit, sich die Flöhe einfach einzubilden, wenn man ihm nur die Chance dazu gab!

Also verbeugte sich Julius noch einmal, graziöser als Fawkes, wie er fand, und begann zu erzählen, von mongolischen Riesenflöhen, groß wie ein Daumennagel und blutrünstig wie kleine Hunnenkönige, und davon, wie diese talentierten Riesenflöhe ihm soeben im Publikum entwischt waren. Er bat seine verehrten Zuschauer, ruhig zu bleiben, sich vorsichtshalber die Hosenbeine zuzuhalten und sich im Falle eines Stiches nicht zu kratzen, sondern durch Rufen auf sich aufmerksam zu machen.

Fawkes riss die Augen übertrieben weit auf und wackelte mit den Augenbrauen, um zu zeigen, dass Julius nur eine komische Nummer war.

Lachen aus dem Zuschauerraum – aber es war ein nervöses Lachen.

Jemand im Publikum klatschte etwas ratlos, hörte dann mit dem Klatschen wieder auf. Die Zuschauer wurden unruhig. Wasistdas? Wassolldas?

Gehörtdasdazu?

Der Ring an Fawkes' Hand funkelte boshaft, und Julius merkte, wie das Publikum dem Professor aalglatt und unaufhaltsam entglitt.

Julius Birdwell trat ganz nah an den Bühnenrand, blickte streng ins Dunkel und donnerte mit bester Flohzirkusdirektorenstimme »Dunkelsprung, aus! Nein! Nicht die Dame!«.

Einen Moment lang hätte man eine Stecknadel fallen oder einen Floh landen hören können, dann stieß eine Frau probehalber einen kleinen spitzen Schrei aus.

Im nächsten Moment drängte alles panisch den Ausgängen zu.

Fawkes blickte fassungslos zu Julius hinüber.

Julius grinste und hob den Zylinder.

Fawkes deutete eine Verbeugung an, zeigte Julius ein halbes Lächeln und klatschte in die Hände.

Dann standen sie alle im Dunkeln.

Die Flöhe marschierten im Triumphzug durch Fawkes' Wohnung. Wie erfrischend es war, zur Abwechslung einmal im großen Maßstab Dinge bewegen zu können, Dinge, die früher unverrückbar wie Berge gewesen waren: Bücher und Kisten, Vasen und Türen – vor allem Türen. Jede Menge Türen. Berauschend! Fast so gut wie Blut.

Hieronymus entdeckte für sie immer neue Räume, knipste Lichter aus, löschte Kerzen und warf gelegentlich versuchsweise den einen oder anderen Stuhl um. Bald war Fawkes' ganze labyrinthische Dachbodenwohnung in flohfreundliche Dunkelheit gehüllt.

Hinter vielen der Türen trafen die Flöhe Wesen an, warme und kalte, appetitliche und weniger appetitanregende. Einen Greifen. Ein blaues Eichhorn mit Vampirzähnen. Ein weißes triefnasses Pferd. Eine Sphinx, die verschlafen Kreuzworträtsel löste. Eine Frau, auf der Blätter wuchsen. Einen weißen Knaben mit Hasenohren. Einen großen glänzenden Salamander.

Den Flöhen floss das Wasser in den Stechrüsseln zusammen, aber eingespannt in ihre Goldgeschirre war an Stiche natürlich nicht zu denken, und Dunkelsprung, der einzige freie Floh, war noch immer satt von vergangenen Raubzügen. So begnügten sie sich damit, die vielversprechendsten der Wesen auszuwittern und Spekulationen über den Gehalt ihres Blutes anzustellen.

Die meisten Bewohner, verloren in ihren Milchträumen, Milchmeeren und Milchwäldern, bemerkten die Eindringlinge gar nicht, doch der Salamander erwachte. Er drehte sich zurück auf seinen feurigen Bauch und öffnete die blauen kalten Salamanderaugen.

Er züngelte, züngelte wieder, schmeckte die Dinge, viele

Dinge, die ihn nicht interessierten: Bücher und Möbel, Zucker und Metall, Gold und Luft und Wasser, Erde und dann, endlich, fern und verhalten: Feuer. Kaum ein Flämmchen. Nur ein Funke, aber es genügte. Der Feuersalamander glitt nach Feuersalamanderart durch die halbgeöffnete Tür, über Stein und Teppich, immer hinter seinem Funken Hoffnung her.

Green war aufgesprungen, die Hand am Griff seines Messers. Von allen Seiten drängten im Dunkeln Leute an ihm vorbei, schubsten, schimpften, schwitzten, stolperten und rappelten sich wieder auf.

Green tastete sich in die andere Richtung, durch die Reihen, Richtung Bühne. Diese plötzliche Dunkelheit war kein Unfall, noch gehörte sie zur Vorstellung. Fawkes hatte die Lichter gelöscht, um sich im Schutze der Dunkelheit aus dem Staub zu machen! Aber da hatte er die Rechnung ohne Green gemacht!

Plötzlich spürte er, wie sich etwas Kleines, Warmes, Sanftes auf seine Brust legte.

Er blieb stehen.

Eine Hand?

Etwas streifte sein Gesicht, eine Efeuranke vielleicht – oder eine schwarze Zunge? Die fremde Hand glitt über seinen Oberkörper, dann seinen Arm hinunter und verschwand schließlich in seiner Jacketttasche. Gleichzeitig fühlte Green etwas auf seiner Wange, weich, würzig und trocken. Einen gehauchten Kuss. Dann verschwanden die Hand und der zarte Efeuduft in der Dunkelheit.

Green tastete hastig seine Taschen ab.

Elizabeths Dolch war verschwunden, stattdessen hatte er nun einen Schlüssel und ein Stück Papier in der Tasche.

An den Eingängen kreischten Damen.

Green stand im Dunkeln und grinste.

Julius hielt sich sprungbereit und witterte nach Fawkes. Wenn der Professor dachte, ihn mit ein bisschen Dunkelheit abschütteln zu können, hatte er sich gehörig gestochen! Julius versuchte sich von all den verlockenden, pulsierenden, schubsenden Körpern im Publikum nicht ablenken zu lassen. Endlich entdeckte er Fawkes' Witterung, einen distinkten, feinen, altmodischen Geruch, so als wäre Fawkes schon vergangen, vorbei, verweht – und gewissermaßen war er das ja auch. Seit Jahrhunderten vorbei. Er wollte es nur nicht wahrhaben.

Julius sog noch einmal die Luft ein, dann sprang er los, in großen Sätzen, hinter Fawkes her.

Über die Bühne, hinter die Bühne, einen langen Gang entlang, nach draußen auf einen Parkplatz, wo Fawkes und seine Helfer hastig allerlei Gerätschaften in einen großen schwarzen Laster luden.

Eine Straßenlaterne erhellte die Szene, und Julius konnte Fawkes nicht nur wittern, sondern sehen, direkt vor dem Lastwagen, eine große Kiste in der Hand.

Und Fawkes sah Julius.

Sie grinsten sich einen Moment lang herausfordernd an, dann sprang Julius los, direkt auf Fawkes zu. Der Professor blickte ihm entgegen, und dann, im letzten Augenblick, öffnete er plötzlich die Kiste, die er gerade vor sich auf dem Boden abgestellt hatte.

Julius, der seinen Kurs nicht mitten im Sprung ändern konnte, segelte direkt darauf zu und landete mit beiden Sprungbeinen in der Kiste.

Es war eine simple Holzkiste, kaum größer als Plan B, aber der Boden war kein gewöhnlicher Holzboden, sondern weich wie Moos, weich wie Sumpf, weich wie Sand. Angenehm, fast flauschig! Trotzdem stimmte etwas nicht. Julius merkte, wie er immer tiefer in den Kistenboden sank, bis zu den Knöcheln, bis zu den Knien. Er versuchte, wieder aus der Kiste zu springen, aber seine Beine steckten fest wie in Fliegenleim. Schließlich guckte nur noch sein Oberkörper hervor, dann nur sein Kopf. Julius hielt seinen Zylinder mit beiden Händen fest und sank weiter.

Fawkes trat näher, blickte auf Julius herab und applaudierte. Julius starrte wütend zurück.

Der Professor klappte lächelnd den Deckel zu.

Es wurde dunkel und still.

28. Luciferretti

Julius sank.

Julius sank durch schwarzen Sand, tiefer und tiefer.

Und dann, irgendwann, hörte er mit dem Sinken auf.

Er konnte seine Arme und Beine wieder bewegen, Sprünge machen, atmen und sprechen.

»Hallo?«

»Hallohallo?«

»Haaallo?«

Nichts, nicht einmal ein Echo.

Es war vollkommen dunkel.

Es war vollkommen still.

Julius ging in die Knie und befühlte den Untergrund. Der Boden fühlte sich weich an, weich, aber solide, kein Sumpf, eher ein Teppich, flauschig und glatt.

Er richtete sich auf und streckte sich nach der Decke: nichts.

Er witterte: auch nichts.

Julius ging ein paar Schritte in eine Richtung, die Arme vor sich ausgestreckt, dann in rechtem Winkel dazu, dann wieder zurück in die Richtung, aus der er gekommen war. War es wirklich die Richtung, aus der er gekommen war? Er war sich nicht sicher.

Er kämpfte gegen die Versuchung an, blind und panisch loszuspringen, einfach so, nur um irgendwann irgendwo auf irgendetwas zu stoßen – selbst eine Wand wäre willkommen gewesen!

Stattdessen setzte er sich auf den komfortablen Boden und überlegte: Machte es Sinn zu gehen, wenn man nicht wusste, wohin, oder sollte er lieber hierbleiben? Und wo war hier? War er wirklich durch den Kistenboden gesunken, oder steckte er womöglich noch immer in der Kiste? War er vielleicht nur geschrumpft, hinunter bis auf Flohgröße?

Wollte ihn Fawkes wirklich hier versauern lassen, gepökelt in Dunkelheit? Julius hatte doch *gewonnen*. Er hatte Fawkes gezeigt, dass er auch ohne Flöhe und mit Sonnenbrille ein Publikum in seinen Bann ziehen konnte!

Doch jetzt saß er da, während seine Flöhe irgendwo in einem Orchester musizierten.

Julius stand auf. Er konnte nicht einfach so abwarten.

Er hatte einmal gelesen, dass man ohne Orientierungspunkte immer im Kreis ging, also entschied er sich für einen Zickzackkurs. Wenn man im Zickzack ging, konnte man nicht gleichzeitig im Kreis gehen, oder?

Nachdem Julius eine Weile lang gezickzackt war, in unveränderter vollkommener Dunkelheit, auf unverändertem flauschigem Teppichboden, glaubte er auf einmal, in der Ferne ein Licht zu erkennen, schwach und blass, fast grünlich, aber da.

Sein erster Instinkt war es, sich nach Flohart von dem Licht fernzuhalten, aber das Licht war immerhin *etwas*. Hier war *nichts*. Also sprang er los, auf das Licht zu, aber so schnell er auch sprang, das Licht kam nicht näher. Schließlich blieb er schwer atmend stehen. Wenn das Licht nicht näher kam, war es entweder sehr weit entfernt, oder … oder es bewegte sich von ihm weg! War da überhaupt wirklich ein Licht, oder bildete er es sich nur ein? Zur Probe kniff Julius die Augen zu.

Als er sie wieder öffnete, war das Licht immer noch da, vielleicht sogar heller und näher als zuvor.

Julius sprang wieder los, blieb dann stehen, blinzelte.

Nach ein paar Versuchen war er sich sicher: das Licht bewegte sich von ihm weg, solange er darauf zuging, und kam näher, wenn er nicht hinsah.

Julius rückte seine Sonnenbrille zurecht, legte sich auf den Boden und vergrub das Gesicht in den Händen, um dem Licht eine Falle zu stellen.

Green hatte es bis hinaus auf die Straße geschafft, getragen von einer Flut panischer Theaterbesucher, und konnte nun endlich im Licht eines Schaufensters den Zettel lesen, den Elizabeth ihm zugesteckt hatte.

DER GROSSE FAWKES stand da gedruckt – Elizabeth musste das Papier aus einem von Fawkes' Programmheften gerissen haben – und darunter handschriftlich eine Adresse in Bankside. In eine Ecke hatte Elizabeth noch hastig etwas gekritzelt, fast unleserlich. Green rannte schon, Richtung U-Bahn.

Die Adresse – Fawkes' Adresse! Endlich gab es etwas zu tun!

Seine Hand umklammerte den Schlüssel in seiner Jackentasche, als er in eine Bahn nach Osten stieg.

Julius lag auf dem Boden, die Augen zugekniffen, das Gesicht fest in seine Armbeuge gepresst, und lauschte nach Schritten.

Schritten auf Teppich.

Es schien zuerst ein hoffnungsloses Unterfangen, aber dann konnte er in der vollkommenen Stille auf einmal doch etwas hören: ein Flüstern von Stoff und Luft, kaum ein Hauch, aber da.

Julius wartete ab, geduldig wie ein Floh. Das Flüstern kam

näher, umkreiste ihn, schien ihn fast zu streifen. Das Seltsame war: obwohl das Geräusch so nah war, konnte er nicht das Geringste wittern.

Egal.

Julius tauchte nach vorne, griff blind zu und bekam etwas zu fassen.

Stolpern. Fallen. Ein geflüsterter Fluch.

Julius riss die Augen auf und war sofort geblendet von einem durchdringenden grünlichen Licht. Trotzdem ließ er nicht von seiner Beute ab, bei der es sich der Form und dem Zappeln nach wahrscheinlich um so etwas wie ein Bein handelte. Julius tastete sich das Bein entlang, fand einen Torso und setzte sich vorsichtshalber darauf.

»Nein, nein, nein!«, schimpfte es unter ihm. »So geht das nicht! Ich bin Fremdenführer! Ich kann so nicht arbeiten!«

»Du sollst auch nicht arbeiten!«, knurrte Julius und blinzelte. »Du sollst mir sagen, was hier los ist!«

Nach und nach hatten sich seine Augen etwas besser an den grünen Schein gewöhnt, und Julius konnte genauer sehen, was da eigentlich unter ihm zappelte: ein dürrer Typ mit spitzer Nase, Nickelbrille und flachpomadierten Haaren. Ein Buchhaltertyp. Zwei Arme, zwei Beine, ein Kopf, alles vollkommen normal, bis auf die Tatsache, dass Kopf und Haare und Gesicht und sogar die Kleidung grünlich leuchteten. Gefährlich schien der Kerl nicht zu sein, aber Julius brauchte mehr als nur nicht gefährlich. Julius brauchte Hilfe.

»Das ist höchst ungehörig«, schimpfte der glühende Buchhalter. »Das ist Freiheitsberaubung, wenn ich mich nicht irre! Das ist keine Art!«

Julius hatte keine Lust auf Höflichkeiten.

»Wer bist du? Wo sind wir hier?«

»Ich bin …« Der Buchhalter äugte verschlagen nach links und rechts und spähte schließlich zwischen halbgeöffneten Lidern zu Julius empor.

»Napoleon Luciferretti, Fremdenführer – zu Ihren Diensten, wenn ich mich nicht irre!«

Fremdenführer? Das schien zu gut, um wahr zu sein.

»Und wenn doch?«, fragte Julius. »Was, wenn du dich doch irrst?«

»Ich irre mich nie!«, antwortete Napoleon Luciferretti schrill. Es klang nicht besonders überzeugend.

»Wo sind wir hier?« Julius versuchte, Luciferretti zu schütteln, wie er es bei Green gesehen hatte, aber da er auf ihm saß, schüttelte er sich sozusagen selbst mit.

»Oh, das ist einfach, das kann ich genau ... wir sind genau ... wir sind – verirrt, würde ich sagen.«

Luciferretti kicherte, und Julius hörte mit dem Schütteln wieder auf.

Etwas ließ ihn plötzlich stutzen, etwas, das er früher einmal gehört hatte, als Kind, in Geschichten, vor langer Zeit.

»Du bist ein Irrlicht, stimmt's?«

Luciferretti zappelte noch wilder. »Also, das hat mir noch niemand ... so eine Unverschämtheit, so was muss ich mir nicht anhören! Ich ... ich werde Sie verklagen – wenn ich mich nicht irre ...«

Er verstummte und senkte verschämt die Augen.

»Na gut, na gut. Ich bin ein Irrlicht, na und? Das ist keine Schande, jemand muss den Job schließlich machen! Geh jetzt endlich von mir runter!«

Aber Julius saß nur weiter da und überlegte.

Das Irrlicht war ein Irrlicht, weil es sich eben doch irrte – das musste doch irgendwie auszunützen sein!

»Was passiert, wenn ich dich freilasse?«, fragte er schließlich.

»Ich führe dich in die Irre, was sonst!«

Luciferretti starrte ihn beleidigt an.

Julius zuckte übertrieben unbekümmert mit den Achseln. »Wir sind in einer Kiste – wie kann man sich da schon groß verirren?«

»Ha, für Amateure ist das vielleicht ein Problem, aber für ein erfahrenes Irrlicht wie mich: Kleinigkeit! Ich habe einmal einen Gerichtsrat zwei Wochen durch seine eigene Westentasche geführt, und schließlich sind wir in der Wüste Sahara gelandet. Haha!«

Luciferrettis Augen funkelten.

»Großartig!«, sagte Julius, scheinbar skeptisch. Auf einmal hatte er einen Plan.

Das Irrlicht biss sofort an. »Du glaubst mir nicht, was? Ich werde es dir zeigen! Ich werde dir zeigen, was es heißt, gründlich verirrt zu sein, verschollen, vollkommen orientierungslos – wenn du nur endlich von mir runtergehst!«

»Ich will eigentlich nicht wirklich irgendwohin«, sagte Julius scheinbar gleichgültig. »Mir gefällt es hier! Es ist so schön dunkel. Ich mag eigentlich gar kein Licht, weißt du? Nimms nicht persönlich. Es gibt allerdings einen Ort, wo ich auf keinen Fall landen möchte. Solange du mich nicht dorthin bringst, können wir gerne ein bisschen herumirren.«

»Was denn? Wo denn?«, fragte Luciferretti begierig.

Julius seufzte. Eine große Leuchte war das Irrlicht nicht, so viel stand fest. Er beschrieb Fawkes' Wohnung im Dachgeschoss und den schwarz-goldenen Flohpalast, der sich vermutlich dort befand. »Solange wir nicht da landen, ist mir alles recht!«

»Kein Problem, überhaupt kein Problem!« Das Irrlicht rieb sich erwartungsvoll die dürren Buchhalterfinger. »Wann fangen wir an?«

Julius zögerte. Er konnte es kaum erwarten, endlich aus der verdammten Kiste zu kommen – aber was, wenn Luciferretti sich einfach davonmachte? Was, wenn ihm langweilig wurde oder ihn etwas ablenkte – er schien ja ein eher zerstreuter Typ zu sein. Julius brauchte mehr als nur Luciferrettis anfängliche Begeisterung – er brauchte einen Köder.

»Und die Bezahlung?«, fragte er.

»Oh, meine Dienste sind vollkommen...« Luciferretti stutzte. »Bezahlung?«

»Na ja«, sagte Julius. »Ich weiß, dass guter Service heutzutage seinen Preis hat, und ich dachte mir...«, er kratzte sich demonstrativ am Kopf und zog sich dann Roses Feder vom Hut. »Ich habe hier zufällig diese einzigartige Schwanenfeder bei mir, mit der man problemlos durch Labyrinthe finden kann – wäre das vielleicht eine angemessene Entlohnung?«

Das Irrlicht starrte auf die Feder und leckte sich mit grünlich leuchtender Zunge die Lippen. »Hmm, das wäre allerdings... ich muss gestehen, Labyrinthe sind manchmal ein Problem, sogar für ein Irrlicht!«

»Sie gehört dir«, sagte Julius und sprang endlich von dem Irrlicht herunter. »Solange du mich nur nicht zu diesem Flohpalast führst!«

Napoleon Luciferretti rappelte sich auf und machte eine elegante kleine Verbeugung.

»Bitte hier entlang – wenn ich mich nicht irre!«

Der Feuersalamander hatte in der Asche eines Kaminfeuers, im Herzen eines Kohlestücks, einen winzigen Rest weißer Glut gefunden. Seine Augen leuchteten auf, wacher nun, eisiger. Er nahm die Glut in sein Maul, um sie zu nähren, dann glitt er davon, auf der Suche nach einem geeigneten Nest für sein Feuer.

Natürlich irrte sich Luciferretti dann doch. Sie wanderten zusammen durch die Dunkelheit, das Irrlicht voran, Julius ungeduldig hüpfend hinterher. Stunden, Tage, Ewigkeiten – oder vielleicht doch nur Minuten? Julius verlor nicht nur das letzte bisschen Orientierung – wo war vorne? wo war hinten? –, sondern auch jegliches Zeitgefühl. Manchmal war er sich nicht einmal sicher, ob überhaupt Zeit verging.

War Luciferretti wirklich so ein gutes Irrlicht, wie er behauptet hatte? Und warum kamen sie dann nicht vom Fleck?

Endlich, als Julius schon die Hoffnung aufgab, je im Leben wieder etwas anderes zu sehen als Luciferrettis grünglühenden Rücken, veränderte sich allmählich die Dunkelheit. Sie war natürlich noch immer dunkel, aber vielleicht nicht mehr ganz so dicht. Julius glaubte, um sich herum Schemen zu erahnen, reglose Formen, wartend, stumm, halbvertraut.

Das Irrlicht stolperte über etwas und fluchte. In dem grünen Schein konnte Julius einen umgefallenen Stuhl erkennen. Es war der wundervollste, anmutigste Stuhl weit und breit – noch nie hatte er sich so über einen Stuhl gefreut! Weitere Dinge folgten: es gab jetzt Sofas, Bücher, Schränke. Und es gab eine Witterung: distinkt, fein, etwas altmodisch. Fawkes! Sie mussten jetzt ganz nah sein! Luciferretti führte ihn mit schlafwandlerischer Sicherheit durch eine Abfolge von Türen und immer neuen Türen. Wo Türen waren, waren auch Wände! Wo Wände waren, waren Räume, und wo Räume waren, war vielleicht auch so etwas wie eine Wohnung – womöglich eine Dachgeschosswohnung?

Julius schöpfte Hoffnung. Ein großes Lurchwesen kroch lautlos zwischen seinen Beinen hindurch, zischte und watschelte davon. Sie liefen nun einen langen Korridor entlang. An den Wänden hingen Masken, zu Hunderten, Masken verschiedener Zeiten und Kulturen, aus Holz und Gips und Marmor, bestickt, befiedert und bemalt, aber alle hatten sie Hörner. Eine Reihe von Statuen, Wesen mit Löwen- und Hunds- und Vogelköpfen. Bilder von Drachen und Chimären. Nach der vollkommenen Dunkelheit in der Kiste fühlte sich Julius von der plötzlichen Flut seltsamer Bilder und Formen überwältigt.

Greife. Basilisken. Türen überall.

Auf einmal blieb Luciferretti stehen, zögerte einen Moment und streckte dann seine glühende Hand nach einem Türgriff zu seiner Linken aus. Er winkte Julius zu, ihm zu folgen. Sie gelangten in einen ovalen Raum. Schränke, Tische, sogar ein Fenster. In der Mitte des Raumes ruhte ein großer dunkler Schreibtisch wie ein Schlachtschiff, und darauf... »Ooops«, sagte Luciferretti. »Ist das etwa der...«

Julius trat näher und nickte. Der Flohpalast. Unverkennbar.

Und er war leer.

»Das ist mir so peinlich«, jammerte Luciferretti. »Ich weiß überhaupt nicht, wie das passieren...«

Julius winkte enttäuscht ab. »Nicht so schlimm«, seufzte er, zog sich wieder die Feder vom Hut und hielt sie dem Irrlicht hin.

»Aber das kann ich doch nicht...«, stammelte Luciferretti. Im nächsten Moment hatte er sich schon vorgebeugt und Julius die alte Schwanenfeder aus der Hand geschnappt.

»Und die funktioniert?«

Julius nickte abwesend.

Das Irrlicht verbeugte sich mit einem zierlichen Handschnörkel, dann war es aus dem Zimmer verschwunden.

Julius blieb mit hängenden Armen vor dem Schreibtisch stehen. Was hatte Fawkes mit seinen Flöhen gemacht? Nun, ihm blieb nichts anderes übrig, als das herauszufinden.

Als er sich umdrehte, um mit der Suche zu beginnen, stand plötzlich Fawkes vor ihm, die Arme verschränkt, und hob wieder spöttisch eine Augenbraue.

29. Gelichterloh

Zwei Typen mit Rehohren hatten sich Julius auf einen Wink Fawkes' hin geschnappt und ihn nach kurzem Handgemenge in eine Zelle geschleift, eine richtige Zelle, komplett mit gemauerten Wänden, eisernen Gitterstäben, Stroh auf dem Boden und einem unmöglich kleinen, nutzlosen Fenster. Doch anders als wohl sonst in Zellen üblich, befanden sich hier jenseits der Gitterstäbe ein kleiner Orientteppich, eine Leselampe mit seidenem Lampenschirm und ein gemütlich aussehender Ohrensessel.

Fast eine Fernsehecke.

Und er, Julius, war dann vermutlich das Programm.

Julius hüpfte eine Weile auf dem Stroh herum, hin und her, dann begann er zu rufen: »Tesla!«, »Faust!«, »Zarathustra!« und natürlich »Dunkelsprung!«.

Nichts. Er stemmte sich gegen die Gitterstäbe und fummelte vergeblich an dem Schloss herum – was zum Kuckuck war das denn für eine widerspenstige Konstruktion? Wie verhext!

Er war gerade dabei, auf allen Vieren durch die Gitterstäbe nach dem Orientteppich zu angeln, als sich eine Türe öffnete und Fawkes hereintrat. Er trug einen rotsamtenen Hausmantel, Pyjamahosen, eine weiche seidige Kappe auf dem Kopf und bestickte Lederpantoffeln an den Füßen. In der Hand hielt er ein orangefarbenes Getränk. Julius witterte: Karottensaft.

Julius ließ von dem Orientteppich ab, stand auf, bürstete sich Stroh von den Knien und rückte den Zylinder zurecht.

Fawkes machte es sich in dem Ohrensessel gemütlich, nippte an seinem Saft und seufzte wohlig. Er streckte die Beine und gähnte.

Julius räusperte sich, und Fawkes blickte endlich durch die Gitterstäbe zu ihm hinüber. Er tat erstaunt.

»Du schon wieder.«

»Ich schon wieder«, bestätigte Julius.

»Wie bist du denn so schnell aus der Kiste gekommen?«, fragte Fawkes höflich. »Luciferretti ist auch zu nichts zu gebrauchen.«

»Ganz im Gegenteil«, widersprach Julius.

»Einen Drink?« Fawkes musterte Julius über die Oberfläche

seines Karottensafts hinweg. »Nach Feierabend gönne ich mir meistens einen Drink. Vi-ta-mi-ne. Darauf kommt es heutzutage an.«

»Nein, danke«, sagte Julius. Einen Drink hätte er eigentlich schon gebrauchen können – doch mittlerweile interessierte er sich für eine ganz andere Art von Säften. Julius begann, Fawkes mit kulinarischem Interesse auszuwittern, und stellte fest, dass er ihm nicht schmecken würde. Und seinen Flöhen schmeckte Fawkes vermutlich auch nicht, dachte er mit einer gewissen Genugtuung.

»Was willst du denn? Was wollt ihr Leute auf einmal alle von mir?« Fawkes streckte sich in seinem Sessel, und Julius sah an seiner Hand wieder den Ring funkeln. *Seinen* Ring! Er schöpfte Hoffnung.

»Meine Flöhe«, sagte er. »Die Nixe. Hieronymus. Greens Drachen. Alles! Alles, was hier nicht hingehört!«

»Ahhh.« Fawkes nippte genüsslich an seinem Saft. »Das ist eine interessante Frage, wo etwas hingehört, nicht wahr? Wo gehören Flöhe hin? In eine Kiste?«

»Sie sind gerne in der Kiste«, sagte Julius.

»Tatsächlich? Und was ist mit Nixen? Wo gehören die hin? In Flüsse, wo sie gutgläubige Jünglinge in die Tiefe locken? In Badewannen? In Aquarien?«

»Ich …«, sagte Julius, doch Fawkes unterbrach ihn.

»Und ich? Wo gehöre ich hin? Auf einen Lehrstuhl? In einen Lehnstuhl? In ein Grab? Und wo gehörst du hin, Julius Birdwell? Auf eine Bühne? In einen Laden? Oder vielleicht gar – hinter Gitter?«

Julius starrte Fawkes entsetzt an. Woher wusste *er* denn von seinen Jugenddelikten?

Fawkes lachte leise. »Wie es scheint, bist du, Mr. Birdwell, der Einzige von uns, der endlich da ist, wo er hingehört!«

»Das … das ist lange her …«, flüsterte Julius. Seine Stimme zitterte, doch Fawkes hörte ihm gar nicht zu.

»Früher war jeder besessen von der Frage, wo er hingehörte, aber heutzutage …« Fawkes zuckte mit den Achseln. »Die Frage ist doch wohl nicht so sehr, wo man hingehört, sondern wo man hinkommen kann. Das weiß ich jetzt – und du, Birdwell, weißt es auch … Glaubst du, du bist gut auf der Bühne, weil du dort *hingehörst*? Oh nein, du bist gut, weil du dort gerade *nicht* hingehörst. Deswegen strengst du dich an, deswegen läufst du zu Hochform auf – damit niemand merkt, dass du eigentlich fehl am Platz bist. Genau wie ich. Wirklich keinen Drink?« Er blickte Julius mit fast so etwas wie Sympathie an.

»Ich will meine Flöhe!«, sagte Julius stur. Fawkes konnte reden, das musste man ihm lassen, aber das änderte noch lange nichts an den Tatsachen.

»Ahhh, freier Wille!« Fawkes beugte sich vor. Er schien das Gespräch zu genießen. Vielleicht sprach er ja sonst nicht oft mit Leuten ohne Rehohren und Fauchdialekt. »Ein gefährliches Kapitel ist das, nicht nur bei Flöhen! Ich hatte eine Menge Zeit, über diese Dinge nachzudenken. Wahrscheinlich zu viel Zeit.« Fawkes lachte selbstironisch. »Wer weiß schon wirklich, was er will? Und selbst wenn wir es zu wissen glauben – ist es denn dann auch gut für uns?«

»Besser als gar nichts!«, sagte Julius.

»Vielleicht. Vielleicht aber auch nicht. Wenn jemand seinen Willen bekommt, bedeutet das meistens, dass dafür jemand anderes seinen Willen eben nicht bekommt. Was glaubst du, was passieren würde, wenn ich sie alle so einfach laufenließe?« Fawkes stellte erregt sein Glas ab. »Dies ist das Zeitalter der Vernunft, kaum zu glauben, aber wahr! Wo sollen sie denn hin? Unter Autobahnbrücken? In Waschstraßen? Supermärkte? Wie lange würde es ihnen da draußen gut gehen? Die Welt … die Welt hat immer weniger Platz für sie. Aber ich, ich habe Platz. Und ich habe Milch. Glaubst du, ich zwinge sie dazu, das Zeug zu trinken? Ach was! Sie fressen mir aus der Hand! Sie sind verrückt danach! Und die Welt da draußen – die Welt hat ihren Frieden. Was ist denn die Alternative? Faune, die auf Feldwegen Jungfrauen belästigen? Kelpies, die badende Kinder ertränken? Glaubst du, es lässt sich noch so gut über Quantenmechanik nachdenken, wenn man ständig Angst haben muss, dass einem irgendeine durchgedrehte Fee den Nachwuchs verschleppt?«

»Nein«, sagte Julius kleinlaut.

»Nein!« Fawkes stand auf und trat näher an Julius' Zelle heran. »Das meine ich auch. Es sieht vielleicht nicht so aus, aber dies hier ist mein eigener kleiner Beitrag zur Welt der Wissenschaft, und ich bin stolz darauf!«

Fawkes, dachte Julius, Fawkes war entweder völlig durchgedreht – oder er war auf seine Art vielleicht doch ganz in Ordnung. Was er sagte, machte schon irgendwie Sinn. Und plötzlich verstand Julius etwas: Elizabeth mochte Fawkes für einen Schurken halten und viele der anderen Wesen auch, aber Fawkes selbst hielt sich ganz und gar nicht für einen Schurken, genauso wenig, wie der Großvater sich für einen Schurken gehalten hatte oder seine Einbrecher-Freunde oder sogar Five-Finger-Fred.

Fawkes hielt sich für einen Zirkusdirektor auf einer ganz besonders großen Bühne. Und vielleicht hatte er ja Recht? Aber dann …

»Ich will dich etwas fragen«, sagte Fawkes. Er war ganz nah an das Eisengitter herangetreten, und Julius hätte jetzt einfach durch die Stäbe nach ihm greifen können, aber er stand nur da, gebannt von Fawkes' dunklen Augen, die scharf und klug waren, aber gleichzeitig auch seltsam tief und traurig.

»Was machst *du* auf einer Bühne? Warum bist du ein Flohzirkusdirektor? Was *suchst* du?«

Julius überlegte. Das war der Schlüssel, die entscheidende Frage, der springende Punkt! Und er spürte: wenn er die richtige Antwort wusste, würde Fawkes ihn vielleicht sogar aus dieser Zelle lassen …

»Ich …«, sagte er vorsichtig. »Ich stehe im Licht, vor aller Augen … und … und die Leute sehen mich, und sie freuen sich. Und ich freue mich auch. Es ist das Gegenteil von allem, was ich gelernt habe. Es ist das Gegenteil von Angst. Es … es ist all das, was ich nicht bin.«

Fawkes war einen Schritt von den Gitterstäben zurückgetreten und nickte, so als sei er mit Julius' Antwort zufrieden. Er begann, gedankenverloren in seiner Manteltasche zu kramen – nach einem Schlüssel?

»Als ich zum ersten Mal verstand, dass es sie wirklich gibt, die Faune und Nixen und das ganze Gelichter, dass die Welt nicht hier endet« – Fawkes tippte sich mit den Fingern an die Stirn –, »wusste ich sofort, dass ich sie auf eine Bühne bringen wollte. Die Leute sollten sie sehen, ohne Angst, in einem sicheren Raum, einfach nur weil es sie gibt.«

»Warum?«, fragte Julius und äugte vorsichtig nach dem, was Fawkes da aus seiner Manteltasche gezogen hatte. Ein Schlüssel – tatsächlich!

»Warum?« Fawkes blickte ihn mit fernen Augen an. »Staunen. Ich wollte die Menschen staunen machen. Es wird viel zu wenig gestaunt! Staunen ist wichtig, es ist so etwas wie die Morgendämmerung des Verstandes. Nullius in verba. Gucke selbst! Dafür war der Automat gedacht und später die Show. Und sie haben gestaunt! Oh, haben sie alle gestaunt! Aber dann, irgendwann, wollte ich auch *mich* wieder staunen machen – dafür der Drache. In diesem Beruf, mit den ganzen Kreaturen, verlernt man es, weißt du. Alles ist möglich. Nichts ist wahr. Aber jetzt … Vielleicht wollte ich ja einfach nur, dass er mich irgendwann frisst.«

Der Professor stand da, den Schlüssel in den Händen, und sah so geknickt aus, dass ihm Julius fast durch die Gitterstäbe auf die Schulter geklopft hätte.

Plötzlich öffnete sich die Türe nach draußen, und eine Frauengestalt huschte in den Raum. Elizabeth? Julius witterte neugierig, aber es war nicht die Gehörnte, sondern nur eine bleiche weiße Kreatur mit Libellenflügeln. Sie glitt hastig zu Fawkes hinüber, stellte sich auf die Zehenspitzen und flüsterte dem Professor etwas ins Ohr.

Fawkes fuhr herum, einen alarmierten Ausdruck in den Augen.

»Bist du dir sicher? Kein Zweifel?«

Das Flügelwesen nickte schüchtern, hielt inne, schüttelte dann verwirrt den Kopf.

Fawkes fauchte ein paar Befehle und stürzte zur Tür. Der Schlüssel entglitt seinen Händen und landete auf dem Orientteppich. Fawkes sah gar nicht hin.

»Was ist?«, rief Julius. »Was ist passiert?« Er hatte den Professor noch nie so aufgeregt gesehen, nicht einmal mit einer Qualle auf dem Kopf. Plötzlich hatte er Angst.

Fawkes wirbelte herum. »Der Feuersalamander ist durchgebrannt. Ich habe keine Zeit …«

»Sind die gefährlich?«

»Normalerweise nicht, aber dieser hier … ein echter Pyromane. Das große Feuer von London, 1666? Das war er! Wenn der jetzt irgendwo eine Flamme findet, sind wir geliefert!«

Dann war Fawkes aus der Tür und überließ es Julius, in der Einsamkeit seiner Zelle wieder mit neuem Elan nach dem Orientteppich zu angeln – vergeblich. Der Teppich war gerade eben so außer Reichweite. Es war zum Verrücktwerden!

Julius sprang frustriert auf dem Stroh herum. Dort draußen war ein pyromanischer Feuersalamander unterwegs, und Julius wollte nur noch seine Flöhe in Sicherheit bringen und sich selbst und vielleicht auch noch die Nixe – wenn sie denn in Sicherheit gebracht werden wollte.

Er lauschte. Von weit weg waren Schritte und Rufe zu vernehmen, Zischen und Fauchen und Singen, ferner und ferner. Im Stockwerk über ihm schienen Leute hin und her zu rennen, Türen schlugen, Dinge fielen um. Hatten sie den

Salamander gefunden? Wurde er gerade zurück in seinen Käfig geschleift?

Julius war lange genug mit Luciferretti durch Fawkes' Gefilde getappt, um zu wissen, dass diese Wohnung nicht nur einfach eine Wohnung war, sondern ein wahres Labyrinth aus Räumen, Treppen und Korridoren, vermutlich über mehrere Stockwerke, vollgestopft mit Bildern, Statuen und Artefakten. Es würde nicht leicht sein, hier einen einzigen Lurch aufzuspüren. Der Salamander musste nur irgendwo stillhalten, und sie würden ihn nie finden …

Julius lauschte angestrengt nach den Geräuschen, ferner und ferner, bis irgendwann nur noch Stille übrig war. Dann lauschte er weiter, bis ihm selbst die Stille laut vorkam. Und dann, auf einmal – eine Witterung.

Rauch. Zuerst nur ein Hauch, fast angenehm, wie von gerösteten Kastanien oder angebranntem Kuchen oder von Lagerfeuern. Doch nach und nach mischte sich eine giftige Note in den Geruch. Feuer, kein Zweifel! Dinge brannten, Dinge, die eigentlich nicht brennen sollten, Papier, Stoffe, Möbel, Teppichböden. Es stank. Der Qualm wurde dichter, stach in seine Augen, trotz der Sonnenbrille.

Julius sprang panisch durch seine Zelle, dann rüttelte er wieder verzweifelt an der Gittertür. Er würde verbrennen! Er würde hier einfach sinnlos und hilflos verbrennen wie … wie … wie ein Brathuhn, alleine, ohne die geringste Chance!

Er verspürte einen Stich.

Und dann – noch einen Stich.

Julius fuhr auf, krempelte sich seinen Ärmel hoch und starrte auf seinen Unterarm.

Tesla!

Der Floh hatte gerade seine Mahlzeit beendet und guckte Julius mit verständigen Linsenaugen an. Julius wäre ihm am liebsten um den Hals gefallen, aber natürlich haben Flöhe keine richtigen Hälse, außerdem war da der Größenunterschied. Also begnügte er sich damit, jede Menge freundliche Flohgedanken in Teslas Richtung zu schicken. Tesla rieb geschmeichelt die Beine, dann hielt er inne und prüfte die Luft.

Feuer nicht geheuer! sagte er. *Besser weg!*

»Ich kann nicht weg!«, rief Julius aufgebracht. »Ich stecke hier fest!«

Tesla blickte noch einen Moment lang zu ihm auf, mitleidig, wie es Julius schien, dann sprang er davon, mühelos durch die Gitterstäbe, und war verschwunden. Julius sank schluchzend in eine Ecke der Zelle – sein Floh, sein *letzter* Floh hatte sich davongemacht und ihn im Stich gelassen!

Green stand in einem halbrenovierten Fabrikgebäude auf dem zweitobersten Treppenabsatz vor einer Tür ohne Namen. Hier musste es sein! Alle anderen Türen im Haus hatten Namen, und keiner dieser Namen lautete Fawkes. Er holte Elizabeths Schlüssel aus der Jackentasche, steckte ihn ins Schloss und drehte um.

Er passte!

Die Tür öffnete sich weich und lautlos, ganz anders, als es Green von so einer alten, heruntergekommen aussehenden Tür erwartet hätte. Dahinter kam ein völlig unspektakulärer Flur zum Vorschein. Kleiderhaken, Sportjacke, Turnschuhe, Spiegel, Fußabstreifer, brauner Teppich, Lehnstuhl, alles von einem sanften grünlichen Licht erleuchtet.

Green trat ein. Das einzig Merkwürdige an diesem Flur war, dass keine Türen von ihm abgingen. Keine einzige.

»Sucht der Herr etwas? Hat der Herr vielleicht etwas verloren?«

Green zuckte zusammen. In dem Lehnstuhl vor ihm saß plötzlich ein dünner Angestelltentyp und glomm grünlich.

»Eine Tür!«, sagte Green.

»Ah, Türen!« Der Leuchtende machte eine wegwerfende

Handbewegung. »Türen sind für Anfänger! Türen werden überschätzt!«

»Ich muss in die Wohnung! Ich muss! Es ist wichtig!«

»Na und?« Der Glimmende faltete eine Zeitung auf und begann sie bei seinem eigenen Licht zu lesen. Green überlegte einen Moment, sich den Typen zu schnappen und durchzuschütteln, aber dann besann er sich. Durch Schütteln würde er auch keine Tür in den Flur zaubern können.

Seine Erinnerung regte sich, träge wie ein Lindwurm. Elizabeths Zettel! Sie hatte etwas in eine Ecke geschrieben, nicht wahr, etwas, das Green in der Eile nur halb überflogen hatte! Er holte das Papier hervor und trat näher an den Leuchtmann heran, um besser lesen zu können.

Bring ein Geschenk für den Türhüter mit! stand da.

Verdammt! Er hatte kein Geschenk! Oder etwa doch?

Green kramte demonstrativ in seinen Jackentaschen herum und tat so, als würde er etwas hervorholen und bewundern.

Der Leuchter ließ die Zeitung sinken. »Was machst du da? Was ist das?«

Green drehte sich weg. »Ach nichts!«

»Es kann doch nicht nichts sein, wenn du es in der Tasche hattest! Zeig her! Ich will es sehen!«

Scheinbar widerwillig drehte sich Green zurück Richtung Lehnstuhl und hielt dem Leuchtenden seine leeren Hände hin. »Ach, das ist nur ein Paar Luftsocken, warm wie Kükenflaum, vollendet gefertigt, one size fits all. Von einer Freundin. Gut, was?«

Das Gute an Luftsocken war, dass man sie immer dabeihaben konnte, selbst wenn man sie nicht eingepackt hatte.

Der Typ starrte auf Greens leere Hände und leckte sich mit leuchtender Zunge die Lippen. »Hmm, die sind allerdings … ich muss gestehen, so ein Paar könnte ich gut gebrauchen. Ich bekomme nachts manchmal kalte Füße, vor allem in den Sümpfen … und ich könnte sogar hindurchleuchten!«

»Nun, sie gehören mir!« Green tat so, als würde er die Socken zurück in seine Tasche stopfen.

»Aber …« Der Typ streckte die Hand aus. »Aber was, wenn ich dir etwas dafür geben würde? Wenn ich dir etwas *zeigen* würde?«

»Was denn?«, fragte Green verächtlich.

»Nun, zum Beispiel … zum Beispiel … die Tür!«

Julius kniete im Stroh, die Stirn gegen die kühlen Stäbe gepresst, und starrte auf den verlockend nahen, quälend unerreichbaren Orientteppich vor sich. Er hustete. Dicker Rauch drängte sich an der Decke. Seine Augen begannen zu tränen.

Julius blinzelte, und als er die Augen wieder öffnete, fiel sein Blick auf einmal auf zwei kunstvoll verzierte Messingfüße. Julius blickte höher: Messingbeine, Messingkörper, Messingarme, Messingkopf, Fayenceaugen. Hieronymus! Tesla hatte Hilfe geholt – Hieronymus der Automat war in seine Zelle gekommen!

Julius lachte laut auf. Natürlich war es nicht wirklich Hieronymus, der hier plötzlich aufgetaucht war, nein, viel besser: Dunkelsprung! Zarathustra, Faust, Cleopatra! Seine Flöhe, alle seine Flöhe! Julius sprang auf.

Blut tut gut! grüßten die Flöhe.

Blut tut gut! erwiderte Julius.

Damit war den Sentimentalitäten Genüge getan.

Julius trat nahe an die Gitterstäbe und erklärte seinen Flöhen, was er brauchte: einen Zipfel des Orientteppichs, damit er ihn heranziehen und so an den Schlüssel gelangen konnte!

Die Flöhe hörten ihm aufmerksam zu, dann ließen sie sich von Dunkelsprung hinüber zu dem Teppich dirigieren. Hieronymus beugte sich vor. Freud, Lear und Zarathustra machten sich an die Arbeit und packten zu.

Der Teppich entglitt den Messingfingern ein erstes Mal, dann ein zweites, aber beim dritten Anlauf hielten die Flöhe entschlossen fest.

Zentimeter für Zentimeter rückte der Teppich näher an Julius' ausgestreckte Hand heran. Er bekam ein paar Fasern zu fassen, dann eine ganze Stoffecke und zog mit aller Kraft. Der Teppich glitt mühelos in seine Richtung, beinahe wie von selbst, dann hatte Julius den Schlüssel in der Hand.

Das Schloss fiel.

Die Tür quietschte.

Er war frei!

Julius fiel dem Messingmann gerührt um den Hals.

Feuer nicht geheuer! erinnerten ihn die Flöhe. *Lichterloh!*

Julius löste sich aus der metallenen Umarmung des Automaten und blickte sich nervös um. Dicker schwarzer Rauch hing in der Luft. Es war warm, zu warm für Julius' Geschmack. Tief drinnen in der Wohnung konnte er Geräusche hören, Brechen und Knacken. Hieronymus zupfte Julius überaus geschickt am Ärmel.

Besser weg!

Wie im Traum folgte Julius seinen Flöhen, die sich erstaunlich gut auszukennen schienen, einen Gang entlang, um eine Ecke, ein paar Treppen hinunter bis zu einer Tür.

Da hinaus!

Julius riss die Tür auf. Eine Art Feuerleiter. Süße, klare, saubere Luft strömte herein. Hieronymus war schon im Freien.

Plötzlich blitzte ein Bild vor Julius' innerem Auge auf. Lichtes Haar, Augen wie Smaragde. Ein zierliches Tentakel, ein plätscherndes Lachen.

Spring schon!

Julius schüttelte den Kopf. Die Nixe! Er musste die Nixe retten, jetzt oder nie!

Er scheuchte den Messingmann Richtung Leiter.

»Das ist nichts für euch. Haut ab. Springt nach …« Julius

hielt inne. Was war ein guter Treffpunkt für Flöhe? Dann fiel ihm die alte Katze des Hausmeisters ein, die er früher bei seinen Beschattungsversuchen immer vor dem Haus oder an den Mülltonnen angetroffen hatte.

»Wir treffen uns bei der Katze!« Julius versuchte, den Flöhen ein geistiges Bild der Katze zu vermitteln: schwarz und weiß, warm und weich. Das alte Vieh würde hoffentlich heute Nacht keine großen Ortswechsel mehr vornehmen!

Macht schon!

Aber die Flöhe saßen nur einfach weiter auf dem Automaten herum und glotzten ihn klagend an.

Zu viel Gold!

Plötzlich verstand Julius: Fawkes hatte die Flöhe, seine freien Flöhe, in Golddraht gebunden! Sie hingen fest! Ihm wurde fast schlecht vor Ärger. Mit geschickten Juweliersfingern machte er sich daran, Floh um Floh aus seinen goldenen Fesseln zu befreien, während der Qualm, der sich den Flur entlangschlängelte, dichter und dichter wurde. Endlich hatte er es geschafft.

»Da! Jetzt aber schnell! Ich mache euch allen Sonnenbrillen!«

Mit diesen ermutigenden Worten ließ Julius die Flöhe samt Messingmann stehen und hüpfte mit eleganten Sprüngen den Flur entlang, zurück in Fawkes' Wohnung, um endlich die Nixe zu retten.

30. Sirenen

Green stolperte hustend durch Fawkes' Wohnung. Es brannte. Wieso brannte es? Überall liefen Kreaturen herum, gerieten zwischen seine Beine, fauchten und zischten und schnaubten ihn an. Alle schienen ganz genau zu wissen, wo es hinging: in die entgegengesetzte Richtung. Dorthin, wo Green herkam. Nach draußen.

Green dachte an den Kokon des Legulas und daran, dass der kleine Drache nicht so einfach weglaufen konnte. Er musste ihn finden! Er musste ihn retten! Doch als Green tiefer und tiefer in Fawkes' Wohnung vordrang und der Rauch immer dichter wurde, wurde ihm klar, dass seine Chancen da schlecht standen.

Green hatte bald alle Orientierung verloren und öffnete wahllos eine Türe nach der anderen, als plötzlich Elizabeth vor ihm auftauchte, rauchumtanzt, lautlos wie ein Geist. Sie sah wilder aus, als er sie je gesehen hatte, mit Ruß im Gesicht, angesengten Haaren und Brandflecken auf der Kleidung, aber auch irgendwie in ihrem Element. Triumphierend. Fast euphorisch.

Sie sah Green und floss wortlos in seine Arme, nur einen Moment lang. Dann entglitt sie ihm wieder.

»Es brennt«, sagte sie atemlos. »Lichterloh. Er hat sie alle freigelassen, damit sie sich in Sicherheit bringen können! Kannst du dir das vorstellen? *Er hat sie alle freigelassen!*«

»Bis auf das Legulas«, sagte Green und bekam einen Hustenanfall. »Das Legulas sitzt fest!«

Elizabeth nahm ihn schweigend an der Hand und zog ihn den Korridor entlang, durch eine Tür, dann noch eine Tür, eine Flucht von Zimmern und schließlich in eine Kammer mit dunklem Marmorboden. Genau in der Mitte des Raumes ruhte etwas Großes, Unförmiges, Rundliches auf einem roten Teppich. Der Kokon des Legulas!

Green trat näher und legte vorsichtig eine Hand auf die seidige Kokonhaut. Warm. Weich, aber stark. Vage erdbeerig. Green konnte fühlen, dass mit dem Kokon des Legulas alles in Ordnung war. Noch.

»Komm schon!« Elizabeth winkte ihn zu einer Tür, und Green begann, den Kokon über den Marmorboden in ihre

Richtung zu rollen. Der Kokon eierte ein bisschen, trotzdem ging es erstaunlich gut. Schritt für Schritt, Tür für Tür wies Elizabeth ihm den Weg.

Dann blieb sie stehen.

»Jetzt diesen Gang entlang!« Elizabeth zeigte mit dem Finger. »Nimm die dritte Tür links und dann noch einmal die zweite links. Die blaue Tür am Ende ist der Ausgang.«

»Und du?«, krächzte Green.

Sie schüttelte den Kopf. »Keine Zeit. Ich … ich muss ihnen helfen. Manche von ihnen sind so träge von der ganzen Milch. Mach … mach dir keine Sorgen. Alles wird gut!«

Sie küsste seinen Mund, fast ein Biss, und Green glaubte ihr. Dann war sie verschwunden.

Er fing an, den Kokon in die Richtung zu rollen, die sie ihm gezeigt hatte, aber bald war er sich nicht mehr sicher, ob er sich nicht doch vielleicht verzählt hatte. Von einer blauen Tür keine Spur.

Er rollte den Kokon um eine Ecke und stand plötzlich vor Fawkes.

Fawkes hob eine Augenbraue.

Julius war ein großartiger Flohzirkusdirektor, keine Frage. Er wusste genau, worauf es ankam! Die Flöhe wollten zuerst einfach instinktiv losspringen, im hohen Bogen die Leiter hinunter zu der von Julius verheißenen Katze, aber Dunkelsprung hielt sie zurück.

Was, wenn sie doch nicht sprangen? Was, wenn sie *gingen*? Was, wenn sie den Automaten einfach mitnahmen?

Hieronymus war zweifellos nützlich. Er öffnete Türen für sie, kratzte sich nicht, beschwerte sich nicht und machte immer genau das, was sie wollten. Abgesehen von einer gewissen Blutarmut war er der perfekte Wirt.

Die Flöhe sprangen also wieder zurück auf ihre Posten, und

Hieronymus kletterte unbeholfen, aber entschlossen die Leiter hinab, hinunter in den Hof, wo eine gefleckte Katze auf ihn wartete.

»Hallo? Haaalooo?«

Julius spähte mit tränenden Augen durch Räume und immer neue Räume, vollgestopft mit Büchern und Spieluhren und Skulpturen und allem möglichen Kram, nur nicht mit Nixen.

Wie sie wohl hieß? Er konnte doch schlecht »Nixe! Nixe!« rufen.

Jetzt hörte er die Flammen schon, ein ohrenbetäubendes Rauschen und Zischen, so als wäre im Nebenzimmer eine durchgedrehte Dampflock unterwegs. Schwarzer Rauch wälzte sich den Gang entlang. Drei Gestalten mit Federn und Schnäbeln hasteten im Schlafanzug an Julius vorbei.

»Hey, Entschuldigung, ich suche …«

Weg.

Ein weißes Pferd mit brennender Mähne galoppierte durch den Korridor.

Allmählich bekam es Julius wirklich mit der Angst zu tun. Die Räume, die anfangs erfreulich dunkel gewesen waren, waren nun von einem rötlichen Schein erfüllt, und Julius konnte vor sich auf dem Boden seinen Schatten erkennen, lang und schlaksig und dünn mit Hut.

Ein geflügelter Löwe glitt lautlos neben ihm durch den Rauch, die Augen weit und starr.

Welche Chance hatte er schon, in diesem Chaos die Nixe zu finden? Jeder normale Mensch hätte sich jetzt Hals über Kopf in Sicherheit gebracht – aber Julius war kein normaler Mensch mehr, vielleicht war er nie einer gewesen, vielleicht *gab* es gar keine normalen Menschen. Jedenfalls hatte er es satt, sich sein ganzes Leben lang ständig vor irgendwelchen Dingen zu fürchten: Einbrüchen und Fünf-Finger-Fred, kreativen Blockaden, Flohkrankheiten, Steuererklärungen, dem Steigen des Goldpreises, Fawkes, Elizabeth, peinlichen Momenten beim Flirten. Damit war jetzt Schluss! Hier und jetzt war ein hervorragender Zeitpunkt, um endlich ein für alle Mal mit der ganzen Fürchterei aufzuhören!

Julius blickte seinen Schatten scharf an, dann sprang er in hohem Bogen über ihn hinweg. Es fühlte sich gut an. Er hüpfte einen weiteren Korridor entlang, durch eine holzgetäfelte Halle, vorbei an einem Thron mit Ziegenfüßen.

Plötzlich konnte er Stimmen hören – nicht das Singen des Feuers, sondern Menschenstimmen. Rufe und Husten. Julius federte in die Richtung, aus der die Stimmen gekommen waren, riss eine Tür auf und wäre fast in Fawkes und Green hineingestolpert, die gemeinsam den Kokon des Legulas einen Gang entlangschleppten.

»Was? Wie?« Aber eigentlich ging es momentan nur um eine Frage. Julius packte Fawkes am Kragen und schüttelte.

»*Wo ist die Nixe*?«

Fawkes musste nicht einmal überlegen. »Links den Gang entlang, dritte Tür, durch den Salon, die zweite Tür neben dem Fenster. Aber Vorsicht, sie ist …«

Julius hörte schon gar nicht mehr hin. Er gab Green ein »alles okay«-Zeichen, dann sprang er los, in die Richtung, die Fawkes ihm gezeigt hatte.

Green und Fawkes legten den Kokon keuchend auf einem der unteren Treppenabsätze ab, wo schon ein benommener Greif und ein verdutzter blauer Gnom saßen.

Über ihnen tobte das Feuer. Dichte Rauchschwaden schoben sich an ihnen vorbei, die Stufen hinunter. In der Ferne ertönten Sirenen.

Green versuchte, sich mit dem Handrücken Schweiß und

Ruß und Tränen aus den Augen zu wischen – vergeblich. Er drehte sich um, um die Stufen wieder hinaufzusteigen, doch Fawkes hielt ihn zurück.

»Bist du verrückt? Was willst du denn da oben noch? Hör doch hin!«

Green horchte dem Feuer einen Moment beim Röhren zu. Fawkes hatte Recht. Und trotzdem …

»Julius! Elizabeth!«

Fawkes winkte erschöpft ab. »Oh, Lizzy weiß sich zu helfen. Sie ist bestimmt längst über die Dächer davon. Und dieser Birdwell ist auch nicht ohne …«

Green war auf einmal sehr wütend auf Fawkes, obwohl der ihm geholfen hatte, den Kokon des Legulas in Sicherheit zu bringen. Wie konnte er nur so gleichgültig hier herumsitzen? Er versuchte, sich den Zauberer vom Handgelenk zu schütteln. »Du kümmerst dich nicht um sie. Sie ist dir egal! Du hast ihr ein Horn abgeschnitten!«

Der drahtige kleine Professor hielt ihn mühelos fest. »Ja doch! Das war vor fast dreihundert Jahren! Ich war jung und betrunken. Ich hatte Schulden. Es tut mir leid. Das heißt doch nicht, dass sie mir nichts bedeutet. Ich habe mich entschuldigt! Was soll ich denn noch tun? Schließlich wächst das Ding wieder nach!«

Green gab auf. Er legte eine rußige Hand auf den noch immer makellos weißen Kokon des Legulas und sah sich um. »Was jetzt?«

Der Greif hatte sich schon davongemacht, und auch der Gnom watschelte schimpfend die Stufen hinab.

Fawkes zeigte mit dem Daumen nach unten. »Ich glaube, wir können es jetzt wieder rollen.«

Also rollten sie den Kokon die Treppe hinunter in den Hof. Draußen war es frisch und still, die Luft klar wie ein Bach. Die Ränder des Himmels verfärbten sich schon in ein aquarelliges Grau. Green fröstelte in der plötzlichen Kühle. Auf einmal war er so müde, dass er kaum noch stehen konnte.

Der Professor raufte sich die Haare. »Meine schönen Kreaturen! Meine ganzen kostbaren Wunder!«

»Ach was!« Doch im Stillen musste Green sich eingestehen, dass Fawkes irgendwie Recht hatte. Sein Unternehmen mochte moralisch fragwürdig sein, aber es war auch etwas sehr Seltenes und Besonderes gewesen. Ein großes Wunder.

Sie durchquerten den Hof und traten hinaus auf die Straße. Dort saß auf einer Bank Hieronymus und streichelte eine Katze.

Die Sirenen waren jetzt ganz nah.

Der Türgriff fühlte sich heiß an. Ein Badezimmer, genau wie Julius vermutet hatte. Dicker grauer Rauch hing in der Luft. Der Duschvorhang brannte, die Wanne war leer. Die Nixe lag auf dem Fußboden, schillernd wie Öl auf Wasser, und schleppte sich mit den Händen über die Fliesen Richtung Tür. Schmale Schultern, lange, scharfe Klauen, Schwimmhäute zwischen den Fingern. Sie musste sich beim Sturz aus der Wanne verletzt haben, denn sie zog eine Spur aus Blut und Wasser hinter sich her. Als sie Julius sah, bäumte sie sich auf und fauchte ihn feindselig an. Das kleine Tentakel in ihrem Haar kräuselte sich wild.

Julius blieb verblüfft stehen.

Er hatte so oft von der Nixe geträumt, dass er gedacht hatte, dass sie auch irgendwie von ihm geträumt haben müsste, aber dem war wohl nicht so. Die Nixe warf den Kopf in den Nacken und entblößte Reihen und Reihen nadelspitzer Zähne. Ihre grünen Augen waren wild und blind vor Furcht. Wieder fauchte sie ihn an, ein schneidender, scharfer, verzweifelter Laut.

Julius fauchte reflexartig zurück.

Die Nixe stutzte.

Ihre Augen trafen sich. Grün und grün.

»Blut tut gut«, bestätigte Julius. »Ich weiß. Aber nicht jetzt. Jetzt müssen wir erst einmal weg von hier.«

Er streckte die Arme aus, und wider Erwarten ließ sich die Nixe von ihm hochheben. Julius kämpfte einen Moment lang mit dem glitschigen, blutigen Fischschwanz, dann hatte er sie sicher im Arm. Sie war leichter, als er gedacht hatte, leicht wie ein Vogel. Die Nixe schlang beide Arme um seinen Hals und legte ihren Mund an seine Kehle. Julius spürte ihre spitzen Zähne gegen seine Haut gepresst, aber kein Biss folgte.

Das Feuer brüllte. Irgendwo hinter ihnen splitterte etwas und brach.

Julius sprang zurück in den Salon. Es war so heiß. Rauch stach ihn in die Augen, trotz der Sonnenbrille. Flammen leckten die Wände entlang. Eine Art großer Lurch tanzte gutgelaunt durch den Raum. Wo war hier der Ausgang? Links oder rechts? Julius blinzelte und hustete, dann sprang er los, über zerbrochenes Glas und kokelnde Möbel, hinter dem Lurch her, nicht wissend, ob ihn nicht jeder Sprung tiefer ins Herzen des Feuers führen würde.

Fawkes und Green saßen rußig neben Hieronymus auf der Bank und stritten sich um das Legulas.

»Ich habe ihn *gekauft*!«, rief Fawkes. »Ich habe ihn *ausgebrütet*!«

»Persönlich? Ach was! Ich habe ihn *gefunden*! Ich habe ihm die Welt gezeigt!«

»Yorkshire ist nicht die Welt! Du weißt überhaupt nicht, was die Welt ist! Du weißt noch nicht einmal, was ein Drache ist!« Fawkes erhob sich.

»Er ist mein Freund«, sagte Green trotzig. Er stand ebenfalls auf. »Und er ist grün. Das genügt.«

Fawkes krempelte seine Ärmel hoch.

»Manchmal genügt das tatsächlich«, rief er. »Und manchmal genügt es eben nicht.«

»Er hat Besseres verdient ...«

Fawkes glitt zwischen Green und den Kokon und verschränkte die Arme. »Besseres als was? Das, was das *Große und Geheime Manual der Drachenbrut* für die Jungdrachenpflege vorsieht?«

»Ich ...«, murmelte Green.

»Glaube mir, ich habe mich seit einiger Zeit mit dem Thema befasst, und ich wage zu behaupten: artgerechter geht es nicht!«

»Es steht nicht alles in Büchern«, rief Green und versuchte, Fawkes wegzuschubsen. Aber Fawkes stand da wie ein Baum. »Außerdem ... außerdem glaube ich nicht, dass das Legulas in einer Show auftreten sollte. Es ... er ist zu jung für so was.«

Plötzlich wurde Fawkes weich.

»Die Show ... ach, die Show ist sowieso vorbei ...«

Der Professor setzte sich zurück auf die Bank und legte das Gesicht in die Hände.

»Nimm ihn«, flüsterte er. »Er macht mich sowieso nicht glücklich. Nichts von alldem hier hat mich glücklich gemacht. Ich würde viel darum geben, einfach in meinen Käfig zurückzukehren, den Käfig der Vernunft.«

»Er macht *mich* glücklich«, sagte Green. »Er bedeutet, dass alles Mögliche möglich ist. Und wenn alles Mögliche möglich ist, dann – dann bin ich nicht verrückt. Ich ... ich kann ihn wirklich haben?«

Fawkes nickte. »Leider habe ich das Manual nicht mehr.« Er seufzte. »Was für ein Alptraum! Ich habe sie alle verloren, alle! Aber ich werde mein ganzes Leben die Erinnerung mit mir herumschleppen müssen!«

Sie schwiegen einen Moment lang. Eines von Hieronymus' Scharnieren quietschte.

»Nicht unbedingt«, sagte Green auf einmal.

Während der Messingmann neben ihnen mechanisch die Katze streichelte, erzählte er dem Professor von Aulisch.

»Und das funktioniert?«

»Oh ja!«, sagte Green.

»Zauberei!«

»Vielleicht.«

Fawkes sagte eine Weile lang gar nichts und zeichnete seltsame Zeichen in den Staub.

»Ob er mich wohl auch mehr vergessen lassen kann als nur den Brand?«, fragte er plötzlich. »Alles, die ganzen Kreaturen? Ob er mich in den Käfig der Vernunft zurückbringen kann?«

»Warum nicht?«, sagte Green. »Aber es wird eine Weile dauern. Und es wird nicht billig sein.«

Fawkes stand plötzlich auf. Er schwankte ein bisschen. »Dann lass uns gehen! Lass uns *jetzt sofort* gehen! Das ist etwas, worauf ich sehr lange gewartet habe!«

Green hievte sich widerwillig von der Bank und streckte die Hand aus, um Fawkes zu stützen.

Sie gingen los, den Kokon des Legulas zwischen sich.

»Eine Bedingung habe ich aber«, sagte der Professor aufgeregt. »Ich möchte mich weiter an die Evolutionstheorie erinnern können!«

»Ich bin mir sicher, das lässt sich einrichten!«

Es war noch zu früh für die U-Bahn, also gingen sie an der Themse entlang, auf der Suche nach einem Taxi.

Fawkes' Ring funkelte im Licht der Straßenlaternen.

Plötzlich erinnerte sich Green an das, was Julius über den Ring gesagt hatte: dass mit ihm am Finger alles schiefging oder etwas dieser Art.

»Den Ring würde ich besser loswerden!«, sagte er.

Fawkes zögerte einen Moment, dann zuckte er mit den Schultern. »Auch schon egal!« Er streifte sich den Ring vom Finger und warf ihn achtlos in hohem Bogen in die Themse, wo er sank und sank und sank und schließlich von einem ambitionierten Karpfen verschluckt wurde.

Julius stand am Ufer und fröstelte. Ruß und Schweiß strömten über sein Gesicht, er hatte Nixenhaare im Mund und Brandblasen auf den Armen. Irgendwo in Fawkes' Wohnung war ihm ein Schuh abhandengekommen. Die Nixe hing noch immer an seinem Hals, die Augen fest geschlossen, das Gesicht gegen seine Brust gepresst. Julius schüttelte sie sanft, und die Augen öffneten sich. Grün wie tiefe Wasser. Grün wie Kelpwälder. Verglichen mit diesen Augen waren seine Smaragde ein Witz.

»Die Themse«, sagte Julius mit erzwungener Leichtigkeit. »Wir sind da.«

Die Nixe blickte hinaus auf den schmutzigen, trägen, von gelben Laternen erleuchteten Fluss und zischte verächtlich, dann schlang sie ihre Arme noch enger um Julius und drehte den Kopf weg. Das kleine Tentakel tastete forschend über sein Gesicht.

Julius stand da wie vom Donner gerührt. Seit Wochen wünschte er sich nichts sehnlicher, als die Fischfrau endlich ins Wasser zu werfen, und jetzt, wo es so weit war, wollte er sie nicht loslassen! Was sonst? Was jetzt?

Julius überlegte. Er hatte zuhause eine geräumige Badewanne, aber wenn er seine Wohnung in London verkaufte, konnte er sich vielleicht irgendwo ein Haus mit Pool leisten. Oder ein Haus am Meer. Oder – ein Hausboot? Ja, das war es: ein Hausboot! Gemeinsam konnten sie sich Flohnummern ausdenken, große Sprünge machen, Sonnenuntergänge bewundern und arglose Rentner in ihr Verderben locken!

Julius wandte sich vom Fluss ab und trug die Nixe davon, zurück zu der Bank, um seine Flöhe bei der Katze abzuholen.

In den folgenden Tagen wurde London von einer Reihe seltsamer Visionen heimgesucht.

Der arbeitslose Mark M. sah sich in den frühen Morgenstunden zu seiner großen Überraschung einem weißen Pferd mit angesengter Mähne gegenüber. Das Tier entsprang plötzlich einem der Brunnen des Trafalgar Square und hinderte Mark M. daran, sich wie geplant zu Füßen der Bronzelöwen zu erleichtern. Die Erscheinung verunsicherte den jungen Mann derart, dass er den Alkohol aufgab, sich in ein Fortbildungsprogramm einschrieb und wenig später in der Unternehmensberatung Karriere machte.

Ein Zeitungsverkäufer in Spitalfields wurde über Tage hinweg von einer Sphinx mit nackten Brüsten aufgesucht, die sich meistens zum Feierabend in der Kreuzwortecke seines Geschäfts zeigte. Kurz entschlossen ersetzte der Mann sein Kreuzwort- und Sudokosortiment durch Erotikmagazine und wurde fürderhin nicht mehr von der Erscheinung belästigt. Auch der Umsatz seines Geschäfts verbesserte sich.

Zwei pensionierten Vogelliebhaberinnen gelang es, unter den Papageien der Kew Gardens kurz vor Parkschließung eine dunkle fledermausartige Gestalt zu beobachten. Das große Flugwesen mit den glühenden Augen schien vollständig in den Sozialverband der Papageien integriert und wurde von ihnen mit Früchten und jungen Trieben gefüttert. Als die beiden Damen die Beobachtung mit dem Vorsitzenden ihres vogelkundlichen Verbandes teilten, wurden sie von diesem als besoffene Schnepfen beschimpft.

Die Hausfrau Betty P. aus Camden hörte auf dem Rückweg vom Supermarkt hinter sich ein seltsames, schnurrendes Geräusch. Als sie sich umdrehte, fiel ihr Blick auf drei geflügelte Löwen, die sich auf dem Kopfsteinpflaster um einen geplatzten Milchkarton stritten. Betty P. stieß einen spitzen Schrei aus, ließ ihrerseits ihre Milchkartons fallen und verlor das Bewusstsein. Trotz Wochen intensiver Gesprächstherapie überfällt sie bis heute manchmal das Gefühl, von rauen Zungen beleckt zu werden.

Doch nach und nach wurden derartige Erscheinungen seltener. Die Wesen sahen und lernten und zogen sich zurück in die Schatten.

31. Metamorphosen

Der Mann stand einige Augenblicke unentschlossen in der Tür, unstet, fast schwankend.

Er machte einen Schritt nach vorne, blieb stehen, öffnete die Hände in einer halben Geste. Dann schüttelte er den Kopf, ließ die Hände wieder sinken und lächelte verwirrt.

»Sie sollten sich setzen«, sagte die Frau im Wartezimmer. »Ich setze mich immer erst einmal ein paar Minuten einfach hin und warte ab. Und nach und nach fügt sich dann alles wieder irgendwie zusammen.«

Sie legte ihre *Vogue* beiseite und lächelte.

Der Mann seinerseits hörte mit dem Lächeln auf, plötzlich, wie ausgeknipst, und setzte sich gehorsam neben sie. Sie musterte ihn verstohlen von der Seite. Nicht mehr ganz jung, aber auch sicherlich noch nicht alt. Zeitlos, irgendwie. Feine, gepflegte Hände, dunkles Haar. Er trug eine schöne samtene Jacke, fast eine Art Hausmantel, aber sein Gesicht war fleckig und rußig, wie das eines Feuerwehrmanns. Wahrscheinlich ein Notfall.

Schwarze intelligente Augen blickten forschend zu ihr herüber.

Sie senkte ertappt den Blick und versuchte es noch mal mit einem Lächeln.

»Na, wie fühlen Sie sich jetzt?« Sie mochte ihn. Sie hatte ihn gleich gemocht.

Der Mann öffnete und schloss seine Hände und schien nachzudenken.

»Kennen Sie das Gefühl vor Weihnachten, wenn man noch nicht weiß … Aber man weiß, dass … Früher, meine ich, als Kind, früher …« Er brach ab.

»War das Ihre erste Sitzung?«, fragte die Frau ermutigend.

»Ich … ich weiß nicht wirklich. Das ist wohl der Sinn der Sache. Und Sie?«

»Ach, ich bin eigentlich nur zur Nachbehandlung hier. Irgendein traumatisches Erlebnis, was weiß ich, Hauptsache, es ist weg.« Sie schob ungeduldig eine rote Haarsträhne zurück hinters Ohr. Ihre Augen hatten genau die Farbe einer jungen Haselnuss, cognacbraun mit einem Schuss Gelb. »Wenn ich es vergessen wollte, hatte ich sicher gute Gründe dafür, meinen Sie nicht? Irgendeine Beziehungsgeschichte, wie ich mich kenne. Ich habe erst vor kurzem meine Verlobung aufgelöst, wissen Sie?«

»Gut«, sagte der Mann.

»Wie bitte?«

»Sie haben mich doch vorhin gefragt, wie ich mich fühle. Nun, jetzt weiß ich die Antwort: Ich fühle mich gut!«

Es war wahr. Er fühlte sich wirklich gut, besser als seit … Ewigkeiten vermutlich. Seltsamerweise dachte er nicht zurück an das, was er vielleicht gerade vergessen und verloren hatte, kleine Brandlöcher in seinem Gedächtnis, noch zart und schmerzhaft und fremd, sondern an die vielen Dinge, die er noch wusste:

Die Erde war rund, die Sonne eine Kugel aus Gas.

Gravitation.

Mutation und Selektion.

Ich, Es und Über-Ich.

Atom. Molekül.

Elektrizität.

Relativität.

Unendlichkeit.

Eine wunderbare glasklare Welt von Wissen.

Die Frau lächelte ihn noch immer mit ihren Haselnussaugen an. »Ich fühle mich auch gut!«

Ihre Blicke trafen sich und hingen einen Moment zu lange aneinander fest.

Der Mann stand verlegen auf. »Ich glaube … ich sollte …«

Sie hielt ihm rasch eine schlanke sommersprossige Hand hin. »Odette. Odette Rothfield. Wollen Sie vielleicht nachher einen Kaffee trinken gehen?«

Er betrachtete nachdenklich, fast fragend ihre ausgestreckte Hand. Rote Fingernägel und ein seltsam schöner Ring, ein Frauengesicht mit grünen Augen, umrankt von wehendem Haar. Er blinzelte, hob ihre Hand empor und hauchte einen Kuss.

»Fawkes. Isaac Fawkes. Enchanté!«

Einige Tage später kehrte Julius in aller Frühe pfeifend und hüpfend vom Billingsgate-Fischmarkt zurück, eine Tüte mit frischem Rotbarsch in der Hand. Taufrisch, noch gar nicht richtig tot. Meroe würde sich freuen! Andere Leute brachten ihren Damen Blumen, aber das hier war besser, irgendwie … romantischer.

Julius blickte hinter seiner Sonnenbrille optimistisch in den Tag wie schon lange nicht mehr. Er konnte wieder arbeiten. Er verstand sich besser mit seinen Flöhen als je zuvor. Heute Nachmittag würde er sich ein Hausboot ansehen – vielleicht war es diesmal das richtige. Seltsam, wie schwer es war, ein Hausboot mit einer ordentlichen Badewanne zu finden.

Julius kämpfte gegen das Bedürfnis an, in großen Freudensprüngen durch den Park zu federn, aber er hatte gelernt, seine neuen Flohbedürfnisse zumindest in der Öffentlichkeit unter Kontrolle zu halten. Natürlich konnte es mit der Ähnlichkeit zwischen sich und seinen Haustieren so nicht weitergehen. Früher oder später würde er eine neue Nahrungsquelle für die

Flöhe finden müssen, Studenten vielleicht. Und was *seine* Nahrungsquellen betraf…

Er war schon fast zuhause angekommen, als plötzlich Five-Finger-Fred hinter einer Telefonzelle hervorglitt und ihm den Weg verstellte.

»Hi, Birdie!«

Julius blieb verdutzt stehen.

»Mensch, Birdie! Lange nicht gesehen!« Finger-Fred grinste unangenehm.

Immer dieselbe Leier! Julius grinste zurück. Er hatte kein bisschen Angst.

Finger-Fred merkte es und fingerte nervös an seinem Jackensaum herum.

»Ich … ich habe mich gefragt, ob du vielleicht …«

Julius zischte, dann setzte er in hohem Bogen über Five-Finger-Fred hinweg. Ohne sich umzudrehen, stieg er die Stufen zu seiner Haustüre hinauf und steckte den Schlüssel ins Schloss.

Green hatte den Fernseher auf die Seite geräumt, um in seinem Wohnzimmer für den Kokon des Legulas Platz zu machen. Da ruhte er nun zwischen Yucca-Palme und DVD-Regal, seidig, golden und geheimnisvoll, ein Ding aus einer anderen Welt. Abends, wenn Green aus der Detektei zurückkehrte, holte er sich ein Bier aus dem Kühlschrank, setzte sich in seinen Fernsehsessel und sah dem Kokon des Legulas eine Weile beim Nichtstun zu.

Manchmal legte er auch sein Ohr an die Kokonhaut und lauschte in die Stille.

Und dann, eines Tages, war da keine Stille mehr, sondern so etwas wie Atem. Leises Rumoren. Ein Niesen.

Und dann noch eines.

Greens Herz klopfte, freudig, aber auch ein wenig bang.

»Ist es so weit?« Elizabeth löste sich aus den Schatten, wie es so ihre Gewohnheit war. Sie hatte aufgehört, immer in Mützen und Mänteln herumzulaufen, und trug jetzt eine Kurzhaarfrisur, die ihre Hörnchen zur Geltung brachte. Es stand ihr gut.

»Ich glaube schon«, sagte Green. »Ich glaube, er niest.«

Elizabeth setzte sich auf die Lehne seines Fernsehsessels und guckte kritisch auf den Kokon.

»Ich weiß nicht viel über Drachen, aber ich weiß, dass sie nicht einfach zu halten sind. Eigentlich sind sie gar nicht zu halten.«

»Ich will ihn gar nicht halten«, sagte Green. »Ich will nur, dass er da ist.«

»Erinnerst du dich, wie er bei Julius durch die Wände gelaufen ist? Das ist erst der *Anfang*. Die ganzen Sagen und Legenden – das ganze Fauchen und Fressen und Feuerspeien? Das sind alles nur *Metaphern*. Drachen sind *unmöglich*.«

»Hmmmn«, sagte Green. Sie hatten diese Diskussion schon ein paar Mal geführt.

»Er wird anders aussehen als vorher. Er wird anders *sein* als vorher. Du hast keine Ahnung, worauf du dich da einlässt.«

Nein, dachte Green, aber wann hat man das schon?

Er beschloss, die Nacht in seinem Fernsehsessel zu verbringen, um für das Legulas da zu sein, falls es ihn brauchte.

Gedankenverloren blätterte er in seinem Notizbuch, zurück zu Hummelhimmel und Weathervane und noch weiter. Sein Blick fiel auf eine Zeile, zweifach unterstrichen.

Was, wenn er gar nicht grün ist?

Egal, dachte Green.

Vollkommen egal.

Als endlich das Morgenlicht durch die Fenster sickerte, zeigte sich im Kokon des Legulas der erste Riss.

Ein Blick hinter den Vorhang: Flöhe, Facts und Fiction!

Der Floh

Weltweit gibt es etwa 1900 Arten von Flöhen. Allen sind drei Dinge gemeinsam: Sie sind flügellos, haben saugende Mundwerkzeuge – und sie trinken Blut. Für diese Tätigkeit sind die parasitischen kleinen Insekten hervorragend ausgerüstet. Jeder Floh hat einen seitlich abgeflachten, stark gepanzerten Körper, mit dem er sich im Fell seiner Wirte gut fortbewegen kann. Der stromlinienförmige Floh bevorzugt nestbauende Säugetiere, aber je nach Spezies stehen manchmal auch Vögel oder Reptilien auf dem Speiseplan. Flöhe sind konservative Esser und bleiben ihrer Wirtsspezies meistens treu.

Eines der auffälligsten Merkmale des Flohs ist die überragende Sprungkraft – auf der Suche nach neuen Nahrungsquellen kann er mühelos das 200fache seiner Körpergröße im Sprung zurücklegen. Dank des widerstandsfähigen, kompakten Körpers und der kräftigen Sprungbeine eignet sich der Floh besonders gut zum Zirkusartisten.

Selber flügellos haben Menschenflöhe (Pulex irritans) seit jeher die Phantasie ihrer Wirte beflügelt. Die Beziehung ist vielleicht nicht immer herzlich, doch sie ist eng: Flöhe haben die Menschheit seit Urzeiten begleitet, man findet sie in Pharaonengräbern und Königsroben, Mönchskutten und Barockperücken. Kaiser, König oder Bettelmann – vor dem Floh waren alle gleich. Als Inbegriff der »conditio humana« haben Flöhe schon lange Eingang in die Literatur gefunden, wo die kleinen Plagegeister dank ihrer Frechheit und Sprunghaftigkeit manchmal sogar mit einer gewissen Zuneigung betrachtet werden. Dem Flohenthusiasten bieten sich Flohlyrik, Flohfabeln, ja, sogar erotische Flohliteratur.

Erst das 20. Jahrhundert und der Staubsauger haben dem Triumphzug (oder sollte man sagen -sprung?) des Flohs Einhalt geboten. Zumindest in der westlichen Welt sind die kleinen Parasiten heutzutage kaum noch anzutreffen, und sollte es doch einmal springen, handelt es sich meist um die wesentlich kleineren Hunde- oder Katzenflöhe.

Flohzirkus

Niemand weiß genau, wer als Erster auf die Idee kam, einen Floh ins Geschirr zu spannen. Möglicherweise waren es anfangs Juweliere und Uhrmacher, die Flöhe in Golddraht banden, um mit ihnen als »Maßstab« die Feinheit und Kunstfertigkeit ihrer Kreationen zu betonen. Die Blüte erfolgte erst im 19. Jahrhundert, als vor allem *Signor Bertolotto's Regent Street Flea Circus* in London die Massen begeisterte.

Bis heute ranken sich viele Mythen um den Flohzirkus. Werden die Flöhe mit Hilfe von Licht und Dunkelheit konditioniert – oder laufen sie einfach nur ziellos herum? Kann man sie erziehen? Reagieren sie auf Geräusche oder »Anpusten«? Sind Flöhe von Geburt an »Springer« oder »Läufer«, oder muss man ihnen vor der Zirkuskarriere die Neigung zu großen Sprüngen erst mühevoll abgewöhnen? Denn während laufende Flöhe für viele verschiedene Zirkusnummern einsetzbar sind, eignen sich Springer eigentlich nur als »Fußballer«.

Das Prinzip aber bleibt immer das gleiche: Der Floh wird in Golddraht gebunden und bewegt dann dank seiner enormen Kraft alles, woran er befestigt wird. Dabei sind der Phantasie keine Grenzen gesetzt: Wagenrennen, Säbelduelle, Fußballflöhe, Karussellattraktionen, Drahtseilakte. Die Herausforderung des Zirkusdirektors liegt hier vor allem in der Kreation kunstvoller Requisiten und Gerätschaften.

Und noch etwas ist unausweichlich Teil des Flohzirkusalltags:

die Fütterung. Da Flöhe nur Lebendfutter zu sich nehmen, wird hier der Zirkusdirektor meist selbst zur Nahrungsquelle.

Heutzutage hat vor allem der Mangel an den kräftigen Menschenflöhen dazu geführt, dass die Tradition des Flohzirkus fast in Vergessenheit geraten ist. Allerdings gibt es auch jetzt noch die Möglichkeit, sich von Flohartisten verzaubern zu lassen, unter anderem auf dem Münchner Oktoberfest.

Isaac Fawkes (≈1675–1732), auch Fawks, Fawxs, Fauks oder Faux geschrieben

Isaac Fawkes war ein bekannter englischer Zauberkünstler und Showman. Anders als andere Schausteller seiner Zeit distanzierte er sich von schwarzer Magie und Hexerei und präsentierte seine Vorstellung als pure Unterhaltung.

Fawkes trat traditionell auf den saisonalen Southwark and Bartholomew Fairs auf, konnte aber dank seines modernen Ansatzes auch die elegante Gesellschaft Londons für sich einnehmen. Außerhalb der Jahrmarktsaison zog er nach Haymarket, wo seine Zauberkünste unter demselben Dach wie Händels Opern zur Aufführung kamen.

Eine von Fawkes' berühmtesten Illusionen war es, einen Apfelbaum aus einem Samenkorn wachsen zu lassen, bis hin zu Blüte und Frucht – alles in noch nicht einmal einer Minute. Grundlage dieses Tricks war vermutlich einer von Christopher Pinchbecks Automaten.

Ab etwa 1726 stellte Fawkes auch eine gehörnte Frau zur Schau: Elizabeth French. Elizabeth blieb Teil der Vorstellung, bis sie sich einige Jahre später bei einem Sturz von der Treppe ihr Horn abschlug. Das Horn wurde an Sir Hans Sloane verkauft, Präsident der Royal Society und Erfinder der modernen Trinkschokolade.

Christopher Pinchbeck (≈ 1670–1732)
Christopher Pinchbeck war ein renommierter Londoner Uhrmacher und Automatenbauer. Er erfand eine Metalllegierung – nach ihm »Pinchbeck« genannt –, die als billige Alternative zu Gold populär wurde. Noch heute kann man antiquarisch Schmuckstücke aus »Pinchbeck« erstehen.

Christopher Pinchbeck arbeitete eng mit Isaac Fawkes zusammen und erschuf viele der Automaten und Illusionen, mit denen Fawkes auftrat.

Royal Society
Die Royal Society, eine britische Gelehrtengesellschaft, wurde 1660 in London gegründet. Ihre Aufgabe ist es, zum Wohle der Menschheit Wissen zu bündeln und zu fördern. Heute fungiert die Gesellschaft als britische Akademie der Wissenschaften für Naturwissenschaften, Ingenieurswissenschaften und Medizin. Die Royal Society hat derzeit um die 1500 Mitglieder, darunter 80 Nobelpreisträger.

Das Motto der Gesellschaft »Nullius in Verba« fordert dazu auf, sich nicht auf Gehörtes zu verlassen, sondern Wissen durch Beobachtung und Experimente zu etablieren – also nur seinen Augen zu trauen.

Alle Angaben nach bestem Wissen und Gewissen, aber ohne Gewähr.

Für alle, die sich tiefer in die Flohthematik einlesen wollen, empfehle ich *The Complete Flea* von Brendan Lehane.

Dank

Ich danke …

… Werner, Susi, O und Steffi fürs Testlesen und ermutigende Worte

… D für ein Wort über Züge

… Ulla für detaillierte Manuskriptarbeit und Jonglierwissen

… Professor Nicola S. Clayton, FRS, für die Exkursion in die heiligen Hallen der Royal Society

… Dr. Tim Cockerill, Entomologe und Flohbändiger, für Floh-Fact und Fiction

… Rumi Y. für Moral und »pressing on«

… Micha D. für Ideen und Gedankensprünge

… Astrid Poppenhusen wie immer für Enthusiasmus und Einsatz

… Claudia Negele und dem gesamten Goldmann-Team für die wie jedes Mal hervorragende Zusammenarbeit

… und RPB dafür, dass er für mich den Alltag im Schach gehalten hat.